shiji
wenxue
60*jia*

世纪文学 60 家

从维熙著

从维熙精选集

北京燕山出版社

从维熙文学简介

从维熙,男,汉族,1933年农历三月十三日生于河北省玉田县。1953年毕业于北京师范学校。

在学生时代发表处女作。先后任教师、记者、编辑、作家。1955年加入中国作家协会,至1957年前,先后出版长篇小说一部,短篇小说两部。因1957年错划为右派,曾沉沦劳改队为囚20年。因而,在1979年平反、重返北京文坛后,他的作品多为表现知识分子的悲情生活之作。因其率先描写了监狱生活,作品在当时曾引起了巨大反响,成为中国文学史上"大墙文学"的开先河者。

1996年《从维熙文集》八卷面世。截至2014年6月,先后出版了长篇小说《北国草》《断桥》《酒魂西行》《裸雪》《龟碑》以及散文、随笔集等,共七十一部。其中十三部(内含两部长篇)被香港、台湾及海外翻译出版,在英国、日本、德国、法国、韩国、塞尔维亚等国问世。1998年出版的长篇纪实文学《走向混沌》三部曲,是其二十年劳改生活的实录,曾引起强烈的社会反响。

曾任中国作协党组成员,作家出版社社长兼总编辑。

目 录

伴听 ……………………… 001
野浮萍 …………………… 103
落红 ……………………… 169
假面 ……………………… 255
空巢 ……………………… 327
死亡游戏 ………………… 381

伴　听

一

现在的职业尽管五花八门,"陪听"这个职业我还是头一次听说。因而当家政服务中心那位小姐说出这个职业名称时,我立刻像兔儿般地支起耳朵:

"你说什么?陪……陪什么?"

她又重复一遍,我还是没能听清她说的职业内容。当时我把那个"陪"字,敏感地与"三陪"一类的活儿联系在一起。我是一个学习生物工程的硕士生,在我们的大学里,不能说没有私下干这份差事的;可是我与时代的脂粉与红唇,有着一条界河。这主要得益于我的父母,他们都是老知识分子,从小就让我知道礼义廉耻。当然,我也并非清教徒,只是还没找到我的所爱。

在校期间,男同学们私下叫我"冷美人"。我是很冷,我总觉得这个世界流淌着的生活,若同一条泥河。在校期间,我宿舍的床头挂着的唯一一幅画儿,是美国与加拿大交界处的尼亚加拉大瀑布,那是我从一本画报上剪下来的。那垂天而落的银河,使我神往。一个偶然的机会,我读到一篇描写这个大瀑布的文章,文章中写到这个大瀑布旁边,还有一座"冬季花园"旅馆,这名字也含有冰雪的冷艳。这个偶然发现对我的毕业选择,起了决定性的作用,所以在我经过"托福"考试后,美国有几所大学要我去他们的学校深造,我躲开了纽约、曼哈顿……那些繁华的城市,而选择了西雅图的一所大学——那儿的地理位置在美国的西北部,和尼亚加拉大瀑布的色彩贴得最近。当然,更为重要的是那儿有生物工程的专业,我到那儿去攻读博士学位,我等待着那一纸入学通知书。

"陪听!陪听!"那姑娘见我神色恍惚,对我加重了语气说,"你想到哪儿去了,中国又没有红灯区,哪会有什么色情中介机构?"

我终于听明白了她的话,但是我不明白"陪听"是什么含意。

"就是陪人说话,特别是听人家说话。"她说,"人生分幼年、少年、青年、中年、老年,有些老年人进入黄昏年纪,生活上特别孤独;他或她不需要你照顾吃、喝、拉、撒、睡,那是保姆干的活儿。你的工作实际上很轻松,只是白天陪着老人说话。当然,由于老人们的生活经历各有差别,脾气秉性也存在着千差万别。我看你气质挺好的,又有大学学历,一般来求职的女性,我们还不敢随便介绍这个工作呢!"电脑小姐笑了,笑得甜甜的——很显然,她对我的感觉,一定和我对她的感觉一样美好。

"你贵姓?"我觉得这个女孩挺可爱的。

"我姓林,叫林笑。"

"我叫魏红——我的名字可没有你的那么雅静。其实,你在电脑屏幕上已经看到了我的名字,为了表示谢意,还是自报一回我的大号吧!不过,我想在上岗之前,给你们提个小小的建议,今后能不能把'陪听'这个容易招人误解的职业改为'伴听',让它更清白一点呢?""感谢你的提醒,我们现在就改。"说着,她在电脑职业中介的栏目中,改掉了原来的名称,换上了"伴听"二字。她重新坐回到电脑桌旁,对我莞尔一笑说:

"你要去的地方,是个军队离休干部的疗养所。在西山脚下,那儿环境幽静……"

"工资呢?"我打断她的话,"至少够我吃饭吧?"

"那还用说吗?但是我要告诉你一点,干这个差事要有耐心,你将要面对的是个落生在世纪初的老人。你明白吗?"

"我懂。如果是外星人就更好。"

林笑一笑两个酒窝:"你还挺幽默,在合同上签字吧!"

我在那张纸上写下了我的名字。在美国西雅图入学通知书到来之前,我应当学会适应自立的生活习惯——尽管这是父母并不十分同意的事情,在这方面我是家庭的叛逆,叛逆意识来自我要学会独立生活。这不需要家庭投票表决,我的意志就是句号。我挥手向林笑告别。

两天之后,我接到一个电话:"你来工作吧。从西直门上公共汽车,途经颐和园往西,在玉泉山旁边,有一座花园式的楼房,门口还有警卫。你向警卫报上你的名字,就可以进来了。"

二

凭着我的感觉,我的主人是一个挺有来头的人物。什么人能够享受伴听的待遇,在西方 19 世纪的小说里,我见到过孤独老人雇用女仆,给他(她)读小说什么的,以打发他(她)的时光,那情致十分古典。在当代的外文杂志上,我也看到过不愿进养老院的老人,找一些有文化的女士,陪着她或他养花种草。当然那些老人都是些有钱的人,中国的钱和权是连在一起的,我断定我的主人一定二者必居其一。在大学学习时,我的爱好是读一些福尔摩斯的原文小说,作者柯南·道尔那种严于推理的逻辑思维,对我影响很大——我就是拾人家的牙慧,来判断我未来主人的。

下了公共汽车,向平民百姓问路,那些居住在山脚下的人们,竟然不知道这儿有什么疗养所之类的地方。后来碰到了一个身着戎装的军人,他仔细地告诉我去那儿的路线,才算解决了我的疑难。不过,我已经走了不少的冤枉路了,待我按着他的提示,绕了两个 S 形弯路后,一片坐落在林荫中的小楼楼群,立刻出现在我的面前。这实在是个不错的地方,山峦草木葱茏,绽开于万绿丛中的映山红,在山风中左摇右晃,使人想到俏丽的古代仕女的裙衫,惹人千般遐想,逗人万种思绪。我想如果有人从远处看我,我这身白衣白裙,一定也是一道脱俗的风景,因为盛夏时节的西山虽然姹紫嫣红,但是唯独没有白色。我下意识地朝四周看了看,没有发现窥视我的人影和目光。我当真要感谢那位电脑小姐,让我在去美国新泽西州之前离开闹市,有这么一段拥有自然的时间。无论我的主人是个什么样的人物,能与自然贴得这么近,我也就心理满足了。

终于我看到楼群外边的那圈铁栅栏。那儿站着一个持枪的警卫,他看了看我的应聘证明,指了指楼群中的1号楼,我就兴冲冲地朝那儿走去。老实说,我在兴奋中也不无遗憾。这么好的山,这么好的绿,那楼群不仅一律是平顶楼房,而且在色泽上,也一律是青灰颜色。也许是我过多地欣赏过欧洲风情照片和录像之故,觉得这楼群十分单一,就像是一个个身着中山装的老人,笔管条直地站在那儿。中国喜欢突出共性,连楼群的建筑也是这个模式。当然,这些建筑并非今天之作,它隶属于20世纪50年代或者60年代,但是它实在与这山这绿以及山和绿形成的自然景观,失去了美丽的和谐。想到这儿,我又暗自笑开了我的浪漫,历史就是历史,那不是我这个弱女子能够搬得动的。历史是铁,我这是把历史感情化了。不是吗?我擦了擦头上的汗,按响了1号小楼的门铃。

门开了,出乎我意料的是,出来迎接我的不是我想象中的老人,而是一个文质彬彬的年轻人。他看了看我,向门内一指,做了个请进的手势。凭我的直感,他目光中有一种说不清楚的化学成分:是兴奋?不完全是。是窃喜?有那么一点。我猜着了,他一定是那个老人的秘书,认为来了我这么个伴听的大活人,他肩上的担子轻了,这就是他目光中闪烁出来的东西。走进小楼门内,是一间公用的会客室。沙发式样虽然有点陈旧,但还整齐干净。十分刺目的是茶几上的那台电扇,我断定那是20世纪80年代初期的品牌,一边转着一边发出哗啦哗啦的声响,就好像是一台老式的电唱机,它发出的那种声音,有悖于环绕立体声音响的时尚。

"请坐。"

我坐在了沙发上。

那年轻人首先把电扇吹风的方向转向了我,我客气地说不热,同时用手绢当扇子在脸边挥舞着。按说,西山脚下的任何一个地方,都比市内要凉爽许多。我之所以仍然感到炎热的原因,是内心的焦躁,我不知道我这服务的对象,是个什么角色。他身边既然有秘书,何必再要一个伴听不可?

"欢迎你来疗养所。"他说。

"你是他的秘书,是否能给我一点提示什么的。比如,首长的脾气秉性,生活爱好……"

他打断了我的话,并对我尴尬地一笑:"你错了,我是原来的'陪听',其实你把这项工作称为秘书,也不能说错。人老了,有老人的一面,也有返老还童的一面。该怎么对你说呢……你自己慢慢体会吧,也许这个工作更适合女性。"

噢!原来他是个男伴听,要离任了,我是来顶替他的人。他告诉我,首长是个用语言难以说清楚的人。他又说世界上有许多好人,可并不是好人都可爱。"还有……还有……还有……"了半天,他也没能说出"还有"些什么东西是应该告诉我的。我不是个低智的笨蛋,听话听音已然断定出,我的主人不是个容易伺候的角儿。不过,我父母生下我来,就说我是个不安分的怪胎,他没有抖搂开的"还有……"不但没有使我产生畏难却步之意,反而增加了我对主人的兴趣。要知道,时尚中的男人和女人,在物欲大潮冲击下,已然赤裸到一丝不挂,用不着你用X光透视,他们和她们的五脏六腑,已经一览无遗。我的专业是尖端的生物工程学,一切生灵都是我研究的对象,因而我对那位欲言又止的男伴听,心里升起一种淡淡的轻蔑。我已然剖析出我刚刚与他初见时的他那一丝笑意,他不过是为找到了我这个"替死鬼"心中窃喜而已。

"你可以走了。"我说。

他说:"我得和首长告个辞,不然他会认为我偷拿了他的什么东西。"

"会有这等事情?"我的心里咯噔一跳,"你有过偷窃的前科?"

"没有。我是一名高考落榜生,和你一样,是通过家政职业介绍所到这儿来的。"

"那就是说,他有心理障碍症了。"

男伴听大概仍然出于担心我会突然离去,便又呈现出忐忑不安的神情。"我看你对这项工作义无反顾,我才愿意告诉你,该怎么对你说呢,我过去读过一篇契诃夫的小说《套中人》,他又不完全像那故事的主人公……哎呀,还是你自己慢慢体会吧。"

我正要说些什么,楼上有了声音:"是不是新的生活护理来了,我听见门铃响了。"说着,一个矮矮的老头儿,手里拿着一把芭蕉扇,从二楼上走了下来。首先映入我眼帘的是他那一头散乱的银发,那银白的色泽使我想起学校秋游白洋淀时,顶在芦苇尖上的芦花白絮,继而,他身着旧睡衣、蹬着两只拖鞋,出现在我和男伴听之间。他身体虽然不失矫健,但是面部却十分苍老,由于两腮缩了进去,显得颧骨高高,特别是他额头上的一条条沟壑般的褶皱,使人想到大山山峦的峰谷。由于我比老头儿身材要高上一截,看见他芦花放白般乱蓬蓬的头发中间已然谢顶,那谢顶的部位秃秃的,若同衰草围着的一块磨光了的石头。

老人显然没有丧失他的敏感,大嗓门地对那个将要离职的男伴听说道:"怎么,你还没有把我的绰号告诉她?那么让我自己对你摊牌吧,我的脑袋谢顶谢得有点特别,不是全谢成为秃瓢,只谢了脑袋中间那块,因而外号叫作'中央'。我是东北关东人,姓甄名六,那个'甄'字就是把'西''土''瓦'加在一起,不是'真假'的'真'。这里的老家伙们常常叫我'甄中央'。再去掉那个绕嘴的'甄'字,你就叫我'中央'好了。当然了,叫这个有点犯忌,你可以理解为,我是这个疗养所的'中央'。"

我为这个老者的开场白逗笑了:"这名儿好记,我今后是称呼您'中央'伯伯,还是叫您甄伯伯呢?"

"姓名好比辣椒、白菜,你随便叫什么都行。"

老头儿的随和,是出乎我意料的。疗养所,顾名思义是个临时疗养的地方,他在这儿显然不是短期逗留了,不然的话,为什么还要生活护理人员来陪伴,而且算上我已经是第二个伴听了。于是我好奇地问了一句:"这地方是叫疗养所,不叫养老院……难道您的家不在北京,再不就是家里没有人……"

其实我问这话完全属于多余,不外是被这个老头儿的随和激起了兴致,想对他的情状知道得更多一点而已。未曾料到这几句话,可捅了火药库,那"中央"不仅没有了刚才的和蔼劲儿,简直像是晴天滚过一声炸雷,他没有对问话的我发邪火,莫名其妙地对即将离任的男伴听大吼一声道:"你是怎么搞的,刚才我在午睡前告诉你,要把我各方面的情况,事先向新来的姑娘介绍一遍,你这呆子都干了些啥,怎么这姑娘对我的情况啥也不知道?"

我手足无措地愣在了那儿。那个文质彬彬的男孩,面带窘状地看了看腕上的手表,额头大汗淋漓而下,他忙向老人解释说:"'中央'伯伯,她刚到没有几分钟。不信,您可以问问她。我们还没来得及说什么,您就睡完午觉下楼来了。"

"你还狡辩?我午休一个半小时,你有充足的时间和她介绍我的情况。"老头儿的手哆嗦开了,致使他手里的那把离了骨的破芭蕉扇,发出哗啦哗啦的声响。

"您冤枉我了,我早就在这儿等着,可是她……她……刚到不足10分钟。不信您问问她!"我猛然醒过闷来,原来罪魁祸首是我,就赶紧为那即将离任的男孩辩解道:"甄伯伯,我到这儿顶多有10分钟。不怨他,怨我迟到了一会儿。这个地方很难找,您有火就发在我身上吧!再说,我有充足的时间陪您,您将来慢慢对我说好了。"

老头儿把头扭向了我,那目光火辣辣的,就像是八月的炎阳。我的眼睛如同被烫了一下。我正不知该怎么应急才好,低头与抬头之间,老头儿眼中的那团火,渐渐黯淡了下去。我想大概因为看我是个女孩,怕我承受不了他那霹雳闪电的火气吧!借着这个"多云转晴"的机会,我再一次对甄六老头儿表示,愿意听前辈对晚辈讲的一切。

火,终于完全熄灭了。甄六老人用破芭蕉扇拍拍我的肩膀说:"你看看这姑娘多虚心。虚心使人进步,骄傲使人落后。毛主席这两句话,我对你不知说过多少遍,你怎么就没往心里装呢!"说着,老头儿好像记起了什么事情似的,走到沙发中间的茶几前,拉开了茶几下的小抽屉,从里边拿出一本卷了边的红本本,递给那男青年说:"你要走了,我甄六没有啥东西送给你,把这个在你们眼里可能早就过了时的礼物送给你。记住,它永不过时,常读常新。"我看清了,那是一本"文革"年代出版的小红书。我在家里听父母讲过那个国殇的年代,也看见过家里当古董收藏着的那本《毛主席语录》,想不到这老人,送那年轻人的竟然是这个宝贝。我立刻明白了,我将与之朝夕相伴的,是一个世纪的珍奇。在老人拉开抽屉那一瞬间,我有意无意地朝那抽屉里望了一眼,里边还有几本什么别的书,在书籍的四周,有一堆毛主席像章。像章有大有小,有铝制的,有烧瓷的,从其光洁度上看,老人是经常擦洗这些东西的。我在心里初步为老人画了一幅肖像,他是一个无法割舍过去的人。这个"过去"的含意十分广泛,我还无法得知是历史上的哪一段"过去"。

那个年轻人告辞了,老人送他走出小楼,我尾随在老人身后,送了他一程。一直走到警卫那儿,老人才停下了脚步。我敏感地注意到那年轻人投向我的目光,应该怎么解析那目光中的包容量呢:为我担忧?有那么一点。对我惜怜?绝对是这个意思……他全然没有了初见到我时的那种如释重负的眼神,我品出来这个萍水相逢又立刻匆匆分手的男孩,是在为我未来的工作担心。我对他点了点头,既表示自己对他的感谢,也是示意我的勇敢。我从走进小楼的第一分钟起,已然感受到了心理上的压力,这也没有什么,人的一生就是不断向自我挑战,走近陌生对我来说,是一次别开生面的人生旅行。

在回到小楼的路上,老人感慨地自言自语道:"都是这样的后代,中国就完蛋了!这小子有空就念那A呀B呀C的书,就是不念革命经。"

我沉默无言,我牢记我的职责是伴听。

"他连秋收起义在哪一年都不知道。"

我的天!我也不知道那历史事件的年代。

"你知道红军哪年到的延安吗?"他向我提问了。

我装作没有听见,其实是回答不出。

"你是什么出身?"他显然是不高兴了。

我不能再当哑巴了,告诉老人父母都是教授。

"我已经更换过五个生活护理员了,除两个是农家子弟以外,剩下的四个都是知识分子家里的虫儿。"他继续自我叨唠着,"他娘的,无产阶级的后代,都他娘的跑哪儿去了?是死绝了,还是他妈的去跑黑道白道,当新的资本家去了?"

我的天哪!我原来不是第二任——是第六任伴听了。这使我多多少少产生了一点畏惧心理。我听得清楚,老人对知识分子并不欢迎;但是对革命家庭的后代,也没有赞美之意。对于前者,我能理解,这天下是以农民为主体组成的军队打下来的,那些一度是"臭老九"的知识分子,这些年来成了香饽饽,引起一些人心态失衡,从生物工程学的角度去阐述,产生于基因的相异的本能。至于老人后半截话,倒是真费了我一番心思去解析,想来想去得出的结论是这样的:他不是没家没儿女的人,很可能那些儿女们,都成了他的精神叛逆。或许这个家也可能有过大一统的完美,但时代大潮的冲击让这个家失去了往昔单一的颜色,消解了甄六曾经铸造起来的家庭灵魂。我所以有如此迅速的心理反馈,真要感谢英国作家柯南·道尔,受他写出的那位福尔摩斯的影响,我常常自作聪明地自比为福尔摩斯的助手华生,读其推理小说时,就自作多情地捕捉它的情节发展。对甄六老人的推理揣测,就源于这种习惯本能。当然,我能攻读下硕士学位,说明我并不欠缺人类进入电子时代应有的智慧。

可是他并没有谈及他的家庭,就离开楼下的会客室,带我上楼来了。但是甄六不是一个能自我克制的老人,没走上几步,就拔掉了嘴上的那把锁:"哎!我家里那两个兔崽子,就忘记了传统,男崽跑他娘的天涯海角当地皮串子去了;女崽在市里开一家什么公司,口红抹得如同吃了死耗子一般。

分明都成了腰缠万贯的资本家,还有脸跑这儿来看我,让我回他们的家,呸!都他娘的被我骂了出去。我打了大半辈子仗,就为了消灭资产阶级。这世道也有点怪,好像是和我甄六转了个圆圈,身上带着七处弹伤,三次差点死在战场;可是打出来一个红色江山,峰回路转,自个儿的窝里,还出了一窝狼崽。"

我不敢笑出声来,但还是忍不住抿嘴偷偷地笑了。好在我走在老人身后,他不是千眼佛,没有长着后视眼,看不见我此时脸上的表情。不然,我不知等待我的会是什么。老头儿可能正沉浸在怒火中烧的情绪中,脚下不小心被绊了一下,身子猛地向前趔趄了一下,我立刻上前架住了他的胳膊,关切地询问道:

"您没事儿吧?可把我吓了一跳。"

老头儿脸色紫青地看了看我,之后那脸上的阴云略略散开了一些:"好闺女,你比那个走了的小子强。他和我好像是路人,也不知道他成天想些什么,有一次我让他上楼去取我的拐杖,那小子迷迷瞪瞪地把我过去使用过的家伙拿下来了。"

"什么?您说什么'家伙'?"

"杀人用的军刀。"

我被这个名称着实地吓了一跳,因为它对我来说既陌生而又遥远。但是我通过老人的自白,似乎更明白了世界的人生百相。而今已是世纪尾声,他还保存着战争年代的军刀,其他的一切也就尽在不言中了。尽管我不是他希望的那颗种子,我还是对这个世纪老人产生了同情和怜悯:他一生都在为一个主义活着,他毕竟是个为信念而奋斗过的人,国旗的色泽上覆盖着他的鲜血,绿色军装的布纹里织着他的精神纤维。他是被这个世界渐渐遗忘的人,是他的生命基因,支撑他现在主要的生存状态。

他很倔强。在我搀扶他上楼时,他一直在摆脱我搀扶他的手,以示自己有力量走上二楼。但我的两只手还是像两只铁钳那般,紧紧地架着他的一条胳膊,迈上那一层层的楼梯。古老的楼梯是木质的,每迈上一步,他那沉重的脚都发出一声嗵的声响,就如谁按了钢琴的低音键盘区的琴键。老人的腿有些僵直,使我想起机器人的腿,他一边气喘吁吁地爬楼,还不忘对我述说他的历史,他说那腿病是在朝鲜阴湿的坑道里留下的。当时他是工兵,任务就是不断在大山中开掘曲里拐弯的坑道。彭德怀司令员曾经表扬过他的工兵团。我一直劝说他在上楼时不要说话,但他一直说个不停。我从他的自述里,知道当时他是个工兵团团长或是个政委什么的。倒也不错,我这个伴听不用去询及什么,只要像兔儿般地竖起两只耳朵,主人的面目就渐渐清晰起来。

登上二楼,迎面的一间房子里传出来哗哗啦啦的声响。我好奇地向里边张望了一眼,那是一间棋牌室,有几个老头儿玩着麻将下着象棋。他们看甄六老头后边还跟着一个我,眼神都甩向了我们,与此同时,几乎是异口同声地喊出同一个称呼:

"'中央',又更换服务员了?"

"'中央',我向你报告,这家伙下棋竟搞偷袭,明修栈道,暗度陈仓。你进来看看,有这么走棋的没有?"

"'中央',丁政委偷了我一张牌,有意让我变成小相公。你给评判一下,这是什么军风,还干过政委呢,当年一定是个搞自搂的小农,你得整顿一下他的思想。"

最可笑的,有一个牌桌上的老头儿,举起麻将牌中的"红中",又举起另一张牌"白板",然后对甄六笑嘻嘻地叫道:"'中央',现在是'白板'当了庄家,'红中'成下脚料了。我们向'中央'禀报,这是阶级斗争新动向。"

"'中央'!进来看看,你的这些部下,现在都蜕化变质了!"

我既感到新奇,更感到刺激。在学校时,我自认为通过书籍了解了世界,但是这个角落的一切,我陌生到一无所知。我不知这些当年驰骋疆场的老一代人,是对甄六尊敬,还是对他讥讽和挖苦。我脸上虽然没有露出任何表情,心里却充满了酸涩,可是被老人们称为"中央"的甄六老头,脸色肃穆如铁,俨然就像是巴顿将军,他一挥手中的那把芭蕉扇道:

"没法夸你们这些老不死。象棋嘛,还能下下;那麻将是他娘的什么玩意儿,是他娘的资产阶级太太小姐们醉生梦死的玩意儿,我早就建议疗养所把它烧了!妈的,那管理员口头答应不下一百次了,你们还玩这一百零一次。同志们,我虽然革命资历比你们老一截子,可是你们在朝时,都比我的官大上好几级,怎么就非玩那鬼东西不可!"

他的话被人打断了:"我说'中央',当年毛主席在延安窑洞,可也玩过麻将。"

甄六老头儿的脸立刻雪上加霜:"少放邪屁,这可不是可以信口胡说的,你在部队可是当过政委——"

丁老头打断他的话:"给你看看这本文摘。"话到书到,我忙从地上拾起这本杂志,并递到甄伯伯手里。他有些发呆,让我立刻翻看其中有没有这事。我看老人如此认真,便劝老人说:"您累了,先回您的屋里去,到屋里我再读给您听。行吗?"棋牌室内的棋牌声再次响了起来,老人狠狠地向屋里瞪了一眼,无奈地离开了楼道。他一边走一边骂着:"都他娘的褪色了,这世道到底姓'无'还是姓'资'?"

老人的住室在楼道的尽头。从室内的窗子和墙壁的色泽上看,是刚刚装修过的。窗子双层玻璃,外层是铝合金的窗框,顶壁白得发亮,只有进口的"立邦"漆,才能涂出这样的效果。墙的下部贴了一圈大幅的伟人头像,从延安时期头戴八角帽的毛泽东开始,开国大典时的毛泽东,检阅军队的毛泽东,横渡长江的毛泽东,向红卫兵招手的毛泽东……直到晚年在中南海接见基辛格、尼克松的毛泽东。在这一圈头像的上方,还贴着一个用手工剪成的大大的红五角星,五角星和宣传画的张贴技术十分拙劣,许多地方因糨糊涂抹得不均而皱巴巴的;因其皱巴之故,有些主席像走形变异。我猜测那是因为老人在张贴这些东西时,手指的颤抖所致。在这一瞬间,我的想象力又告诉了我,老人获得"中央"的绰号,不仅仅因他的头发中间围着一块光秃秃的谢顶——那是取其头发的特点,更深层次的原因,是甄六老头儿的生活百相,酷像这儿的一位绝对领导。

他的生活用具和这间屋子的布置十分和谐。那是一张窄窄的木板床,就像我读大学时学生宿舍里的木床一样,绝对属于20世纪50年代木器厂的产品。那床边的桌椅,还不如我们学院上课时用的桌椅呢,漆皮脱落得体无完肤。当然,那床上的枕头和被褥也不会是干净的,尽管它发出呛鼻的汗酸气味,但却叠放得整整齐齐。真是金玉其外,败絮其中——外观这幢山峦之间的楼群那么诱人,而生活在其内绰号"中央"的老头子,竟然活得这副模样!"怎么,看着扎眼?"他敏感地发现了我的失态。

"没有。挺朴素的。"我违心地应承着,为了让老人信以为真,我还引证了一位美学家的格言,"世界上凡是最美好的东西,都是最简单的。"

这话是为了平衡老人的心,因为我不想让老人难过。可是没有想到的是,我得到的是一句火辣辣的反诘:"你说得倒是革命话,可是你嘴唇抹那么多口红,让我想起我那没出息的女儿。我希望你明天别涂口红,我看着心里难受。"

我沉默了好一会儿,没有出声。在历经片刻的不安之后,我似乎才刚刚确认,走进了一幅褪了色泽的历史画卷里来了,在这儿你必须没有了自己,似乎要把你的身心投入昔日的神主耶稣、佛主释迦牟尼、真主穆罕默德的神影中去,否则你就必须立刻"拜拜"。从不逆来顺受,是我的性格中的重要组成部分,在学校里"冷美人"的绰号,就是我性格的写真。我并不是来讨饭吃的,我是进入美国社会之前,来这儿锻炼自己的。也许逆来顺受,是我必须补上的一堂人生课,因而我沉吟了片刻,还是答应了这过分的要求。我说:"行,用不着等明天,现在我就可以抹去。您的卫生间在哪儿?"吐出这句话,我就后悔了,抹掉口红用纸巾就可以了,何必非要进卫生间? 这里不是我的家,我面对的老人,不是我的教授父母,而是一时之间,难以说清楚的另一类人,我必须认知眼前这个铁的现实。于是,我从背包里掏出来面巾纸。"行,比我女儿强,中国还有希望。"老人说话了,他指了指一个旁门,"你顺便去洗把脸吧,你脸上都是汗,那咸汗是擦不净的,要用水洗。"

我走进卫生间,第一个感觉就是这儿比他的卧室干净,四壁瓷砖落地,全套洗浴设备虽然称不上现代化,但也不算落伍。唯一让我差点笑出声来的,是洗脸盆前的镜子上也贴着一个五角星。大概是水汽蒸发之故,红色已然褪成了粉色,想来老人洗脸时,也没忘记革命。这时,老人的话传了进来:"你干脆冲个淋浴吧,我出去转上一会儿,你洗完了澡再来找我!"

我立刻回答老人说:"不了,我洗洗脸就行了。"我匆匆地用凉水抹了两把脸,又把唇上的唇膏擦掉,从背包里拿出自己的毛巾,胡乱擦了擦脸,就走了出来。

"你在学校受过军训吧?"他脸上绽露出一丝喜色,"做事还挺麻利的。"

"……对,是受过军训。"为让老头儿高兴,我以假乱真。我在一本书里读到过,在病人面前说谎,不算说谎。这个"中央"虽然并没有病卧医院,但是我总感到他哪个部位有病,因而我不为我的谎言脸红。

我拿过来桌子上那本杂志,面对面地坐在木椅上,开始为他读那篇文章。文章是当年一个老延安写的,其中一节当真写到了毛泽东在窑洞中打麻将的事儿。我刚刚读到关键地方,他就迫不及待地从椅子上站了起来,吼了一声道:"胡说八道,这是造谣——"

我告诉老人作者也是个老延安,他打断我的话说:"延安还出什么……什么……反革命叫什么王石为(王实味)的呢,让我们给毙了!"

"甄伯伯,中央可早就给他平反了。"

"哪个中央?"

我多着胆子跟老头开了个玩笑:"反正不是您这个'中央'。"

他脸上顿时蒙上了一层灰色:"咱们不谈反革命,谈麻将的事儿。我当年在中央警卫团大小也算个头头,怎么没听说毛主席还摸过那些玩意儿。"

"甄伯伯,您又不是贴身警卫,毛主席和几个领导人在窑洞玩玩麻将,您怎么能看得见。文章中说了,毛主席并不上瘾,而是把它当兵法来研究,常常打着打着,突然就离开牌桌。""这不结了嘛,我们这儿这群老家伙,除了外出旅游,就是围着方桌码'长城'。"他好像抓住了狐狸尾巴似的,嗓门拔高了好几度,"过去他们都是出生入死的英雄,现在成了搬运'长城砖'的好汉。这是彻底的堕落!堕落!还拿毛主席当他们的遮羞布,文章中说得好,主席是在方桌上研究'方城之战'哩!"

我不失时机地转移老人的思绪："您看,这屋里热得像蒸笼了,我把电扇打开。"

老头儿显然还沉溺在气头上,对我的话没有任何反应。我走到窗角的一个小桌旁,打开了电扇开关。这台电扇与门厅的没有差别,也是一台老掉牙的电扇,唯一不同的是,那台电扇还能转向,这台电扇不具有摇头功能,它只能朝着一个方向吹风。我把它提了过来,放到我俩的身边,以驱赶沉沉的暑热。在搬电扇的同时,我看见了墙角摆着的两件东西:一件是他刚才提到过的那把军刀,另一件是他的拐杖。那把军刀是弯形的,刀鞘上已然锈迹斑斑,显然已经有了年头,我过去看电影时常常看到日本军官挎在腰间,耀武扬威地血洗中国的农村。那根拐杖也与众不同,日常生活中老人用的拐杖,是木质或竹节的,拿在手里挂着十分轻便。他的这根拐杖上边挂着两个圆圆的铁环,形若老式大门上的门环,也挺像一副逮捕犯人用的手铐。

"你总朝那儿看什么?"他发现我吹风的时候,时不时地向那两件东西回视,"那把刀不用说你也会想得出来,那是一把日本军刀。你初来乍到,将来你就会知道我甄六为什么让它陪伴着我了。那拐杖嘛,算是一件新式武器,是我发明的,你要是在我这儿待长了,就会知道它的用途了。"

我充满新奇。打个比方,我有走进欧洲中世纪的古堡之感。我父亲出访过奥地利,拍回来几卷录像带,在音乐之乡萨尔茨堡附近的古堡里,我见过奥斯曼帝国时代的兵器,悬挂于古老的墙壁上。引起我这种联想,可能是老人那把军刀的作用。当然,那拐杖也不同于一般,很像是古代兵器里的一根铁杵。当时的奥斯曼帝国,可没有甄六老人的"新式武器"。

"你带来换洗的衣服了吗?"

我拍拍不算小的背包。夏天无须带过多的东西。

"那好,我带你去看一下你的住处。"

我要给他去拿拐杖,他摇摇头:"不外出,我从不拄那东西。"

我上前去搀扶他,他甩甩胳膊:"平地上也用你扶,我不是成了一具活尸了吗!"

人,真是个怪物。我在家里对待父母,都没有这份耐心。我之所以像变了一个人一样,不仅仅是出于我的角色要求,更为重要的,我产生了对这个老人的探秘本能。他距离我认知的世界太遥远了,说句形象一点的话,如同生活在两个星球上的人,外星人对外星人都是有着磁铁般的吸力的。当然,这只是我单方面的"相思",那甄六老人,对我这样的大学生,怕是只有相斥而无相吸,我想。

"你先要在精神上有个准备,我们这儿有个医务室,你和那儿的医生、护士住在一起。她们可不是那个年头的白求恩了,虽然也身穿白大褂,天仙下凡似的,可是她们心、肝、肺,长得都和白求恩的不一样。你在那儿不但不能受她们的影响,还要想法儿改造她们。"

我答应得很痛快:"行,我按着您的指示做就是了。"

"你在家里是独自一间屋子吧?"他两眼盯视着我,那目光使我想到法官的眼睛。

我说谎不再心跳:"不,在学校时,住上下铺;在家里嘛,与父母合居。"

"这怎么可能呢,过去是革命值钱,现在是知识值钱,教授家住房怎么会那么拥挤?"

"学校宿舍楼还没盖起来。"已然说了第一句谎言的人,是不怕说第二句的,"年底,大概可以迁居了。"

他相信了我的话,"行,只要不是娇小姐就行。这年头连称呼都变了,女孩叫小姐,结了婚的叫女士、太太。当年,在红军长征的队伍里,由革命妇女编成的西路军,要是都是这号小姐、女士、太太,那还能打仗吗?"

真是奇异的思维,他居然把时代改变了的称呼与西路军勾织在一起了。我正不知怎么表态才好,他的询问又开始了:"哎,魏红,你的名儿里倒是有个红字,我考考你,你知道西路军的历史吗?"

其实,在中国革命的正式读本里,很少有提及西路军的。我在杂志上读到过一点有关西路军全军覆没的悲剧,因而老人并没能考倒我。我用最简单的语言说:"那支可敬的娘子军,全被西北的军阀马步芳给屠杀了。"他立刻十分严肃地纠正我的语病道:"那不叫被屠杀,那叫壮烈牺牲;不是全部,还有千把人从甘肃凉州奔回到革命圣地延安。"

真是滴水不漏,任何一句中性或失准的语言,他都能用他的观点加以匡正。我曾是一只快乐的自由鸟,此时如同钻进了网笼,让我感到压抑的是,我的别名叫伴听,不能以纯粹的自我与之争辩。想来电脑小姐林笑,完全知道这儿的情况,说不定甄六老头的脾气秉性,也被她输入了电脑之中了呢。她为什么选中了我?可能是她只看我求职时那张温柔的脸,不知道在温顺的背后,我还有一个"冷美人"的绰号吧。

我的住处终于到了。那是在同一楼层的另一头,还没有走进屋子,就听见南腔北调的嬉笑声,同时有一股来苏水的气味从屋内飘了出来。让我吃了一惊的是,那甄六老头一出现在屋门口,就如同一鸟入林百鸟压音一般,屋内顿时消失了任何声音。在鸟儿哑了的同时,两个白衣天使,一块儿从椅子上站了起来:

"伯伯,您好!"

"这是您新来的服务员吧?"

"你们认识一下吧,她叫魏红。她们俩嘛,胖点的叫朱琴,是个主治医生;瘦点的是护士,名儿叫杜鹃。"

我和她俩握了握手。握手之间,我似乎感到两个人面孔上的尴尬。最初,我理解为是对我的不解,后来我才知道,是为了我住在这儿。这儿是里外间组合成的一套房子,当老头子提出让我夜里与值班护士住在一起的时候,那位医生提出了意见:"伯伯,您的意见我们非常尊重,可是您进来看看,我们套间里只有一张床;再说,夜里常有老同志找医生和护士打针什么的,不是妨碍这位魏红睡觉吗?"

那个名叫杜鹃的护士补充说道:"您可千万不要误解朱大夫的意思,夜里常常是我值班,我还希望有个伴儿呢,可是您进来看看,这张窄窄的单人床……"

"什么叫值班,值班还能睡觉?"甄六老头立刻发了脾气,训斥那医生和护士道:"打仗那年月,随军医院的医生和护理,昼夜连轴儿转,哪儿还有床铺住?你们是生在福里不知福!"

朱琴连忙对老人说:"这么办吧,您给管理员打个电话,让他给安排一张床铺,您看怎么样?"

我也趁势顺水推舟地说:"伯伯,年代不同了,我不能占用人家值班的床位。俗话说,老虎还有打盹的时候呢,值班医护人员夜里躺在床上闭闭眼,也不算什么过失。我看,您还是给管理人员打个招呼,我可以和管理员一块儿把床抬上来。"

老头子十分不情愿地嗯了一声。我理解这是他同意我去搬床的信号,谢绝了护士的帮助,亲自下到一层,找那个叫李贵的管理员去了。

三

管理员李贵是个面孔黧黑、浓眉大眼的小伙子。我走进他的办公室,还没自报姓名,他已然知道了我的来意。我猜测出在我下楼之际,医务室的电话打了过来;我没能猜到的是,他对我的情况了如指掌。我很惊讶,他却一脸苦相地对我说:"魏红同志,你算是帮了我们的大忙了。职业介绍中心的林笑小姐,已经把你的一切都在电话中告诉我们了。你知道为了给甄老头子找个服务员有多难吗,来了一个走一个。无论是男是女,少则干上一周,顶多干上半月,就把人家给吓跑了。那桑木扁担——拧种的脾气,没人能吃得消。林笑说你准能胜任,不会打退堂鼓。真是'阿弥陀佛'。"

我笑笑说:"那也说不定,我只是初来乍到。"

"别,你可别是'飞鸽'牌,最好是'永久'牌,你有什么个人困难,我尽量给你解决。"他诚惶诚恐地望着我,"你和老头子送前任小伙子走的时候,我偷偷顺着窗子往外看了,凭我的感觉,老头子能接受你。"

"这是双向选择,但愿我也能适应他。"

"你能吃下程咬金的头三斧子,就能适应。"他说,"说老头子蔑视文化,有点过分;说他不喜欢文化人,倒是一点不假。不过世界上的事儿,都有它的来龙去脉,我能理解一点老人的心。当然啦,他并不理解今天的一切,矛盾也就产生在这儿。比如,我们给他找过两个从农村来的姑娘以迎合他的口味,可他又嫌人家听不懂他的话。毕竟他是革了一辈子命的老同志了,文化理论都有那么一点点,所以你来这儿的任务,生活照顾是次要的,主要的任务是能听他说话,并能与他的话搭上茬儿,当然最重要的是,你不能逆着他的性子,只要能像鸡吃米一样,遇见你不同意的事儿,也不断点头就算是完成了工作。当然能让老头子高兴,是超额完成任务了。你知道,我们这儿是军队疗养所,上级首长下了硬指标,一定要让甄六老人活得愉快。"

李贵这番话说得很坦率诚恳,显然他为这位老头子的事儿伤透了脑筋。我明白了我工作的全部意义,实际上是为甄六老头寻找心理阳光。因而我对这位满头大汗的管理员说:"我尽力而为吧,有什么做不到的地方,请你及时提醒。当着老头子不方便,就背着老头子对我说。"

"真是难为你这位硕士小姐了。"他说,"我还怕这儿留不住你这只鸟儿呢!"

"你放心,我要在这鸟巢中待上一段时间。"说这话时,我有意对李贵笑笑,不知为什么,我不仅怜悯那位甄六,还同情起这个年轻人来了。李贵年纪不大,已然在黑发中出现了不少的银丝,要是多几个这样的"中央",他不是成了青年白头翁了吗!

"你的床铺,我们一会儿就给你送上去。这儿的被褥都是定期消毒的,保证清洁。"李贵见我不想当"飞鸽"牌,露出了满脸喜气,"你看,还需要我们做些什么,你只管开口。只要让甄六老头安安静静地生活,我这管理员是佛爷头上的匾——有求必应。"

"我在学校是学生物工程的,人也是生物中之一。为了工作少出纰漏,不出纰漏,你有空能不能对我谈谈老头子的过去?"

李贵笑了:"魏红小姐,这你就错了,老头子的事还用我说吗,他自己就会竹筒倒豆子,一粒不留地抖搂给你听。你想想,你的工作不是'伴听'吗?"

我笑了——笑得十分开心。李贵使我思绪立刻复位,我的角色就是伴听。

…………

可是李贵的话,并没有很快应验。从我住进医务室那一天起,我与老人中间好像升腾起一层云,一片雾,一道心上的篱笆,一道难解的数学方程式。我这个角色,本来是听他说话的,不知为什么,他倒一反常态地锁起他的嘴巴来了。我能感觉出来这并非甄六老头的本色,他所以这么自闭,完全出自我不可知的原因。

"伯伯,您好像不痛快。"此时,他手里正捧着一本《毛选》在读,青筋突出的手掌在颤动个不停,"天太热了,您喝口茶吧!"

我能这么做,已然扭曲了我的个性。我在家里没有给爸妈亲自端过饭,为了不愧自己的良知,当然也是为了磨炼自己的生存能力,我这么做了。可是他不理睬我的殷勤,只是把书页翻得哗哗乱响。我看得出来,他的心思并没有用在读书上,只是把那本《毛选》当作一个精神盾牌,而掩盖着他内心的狂躁。我有点忍无可忍,便对老人说道:"您在专心看书,我出去透透气。这屋子太闷了。"

他的双脚挪动了一下位置,轻轻咳嗽了一声。很显然,我的话引起了他的心理反应。管他什么中央不中央的,我站起身来就走。

"你就坐在这儿。"他说话了,"哪儿也别去。"

"您并不需要我在这儿。"

"谁说的?是我告诉你了?"

我反唇相讥说:"我是来工作的,可是我没有工作可做。"他从椅子上站了起来,双目瞪得滚圆。很显然,"中央"从没有受到过这种礼遇,而向他发起挑战的,又是他另眼看待的知识分子。既然战争打响了第一枪,我也不想后退,学校里

"冷美人"的绰号,想必是在眉眼之间表现得淋漓尽致,可惜屋里没有镜子,我没有办法看到我当时冷傲的面孔。

他狠狠地用巴掌敲击了一下桌子,《毛选》被震落到地上:"好你个伶牙俐齿的丫头,我……我……铐起你来。"

我毫不示弱:"我是公民,我没有犯法。你有辞退我的权利,可是你没有伤害我的权利。"

甄六老头脸色变得煞白如纸,他颤嗦嗦地走向了墙角,好像是要取他的日本军刀,可是拿回来的,却是他那根拐杖。如果这个时刻,不是医务室的朱琴大夫和护士杜鹃闻声跑了过来,我真不知道事态会是个什么结局。她俩并没多问原委,进到屋子,杜鹃把我扯了出去,朱琴大夫则在屋里安顿着甄六老头。我站在门口,看见朱琴第一个动作就是把白大褂口兜里的听诊器掏了出来,接着强把甄六老头按倒在椅子上,听他的心脏。我禁不住有点紧张了,要是老头子让我气出个好歹,可就坏了醋了。我曾向李贵保证能把我的工作坚持到底的,还没过两天,就发生了这样的事。

杜鹃在一边扯扯我的袖口,低声在我的耳畔说:"你放心,他的心脏比牛的还结实,医务室有他的病历。在疗养所他是天字第一号'史泰龙',朱姐不过是例行医生的保健责任罢了。"

我还是六神不安地站在那儿:"他年纪大了,万一……"

"你是初来乍到,最了解这儿的老头子们的是医务人员。当然,八十多岁的人了,哪有没有一点毛病的。他血脂超标,最容易得'中风'。"

尽管杜鹃这么说,我觉得她用美国的硬派武生史泰龙来比喻甄六老头,仍然有失准确。我在录像中看过史泰龙主演的电影,首先甄六在形象上就不具备史泰龙那身疙瘩肉;从年龄上讲,甄六可以当那个美国大腕明星的爷爷了。在我看来,这倒也可以视为杜鹃的精神自白,她崇拜电影明星,在两天同室而眠中,她对我说起的不是史泰龙,就是美国另一个阳刚气质浓烈,美国影坛上的后起之秀施瓦辛格,还有什么日本的高仓健,谈得最多的是法国扮演佐罗的阿兰·德龙。她的年龄正在多梦的花季,寻找心灵偶像并不使人意外,只是她梦中的蒙太奇太浪漫了一点,她办公桌的玻璃板下,压着一张法国演员阿兰·德龙放大了的彩照。她在夜里对我说过,当阿兰·德龙访问中国北京时,她曾追踪到他下榻的饭店……

"红姐,你还在这儿发什么愣,先躲开他一会儿就是了。"这次她不是拉扯我的衣袖,而是拉起了我的手,"这两天老头子气不顺,我知道内在原因。走,先到屋里坐坐,喝杯冷饮再来。"

我确实感到口干舌焦,便随杜鹃走进医务室,她拿出一筒可乐,并为我拉去了盖子。我一仰脖,一筒可乐就灌进了肚子,我漫无目的地坐了下来。但是,我立刻如坐针毡一般,猛地从椅子上站了起来:不能这样对待甄六,他毕竟是个长者,年纪比我爸都要大上许多,无论从哪个角度讲,我也不能在这儿闲坐。我感谢了杜鹃的冷饮,匆匆地走出医务室。杜鹃在我背后,不无埋怨地喊了我一声"红姐",我向她笑了笑,便匆匆回到楼道那一头的甄六老头房间。

老头此刻已然躺在了床上,朱琴大夫正用毛巾给老人擦汗。我悄然走了过去,接过朱大姐手里的毛巾,轻轻地擦着老人的额头。好在此时他正闭合着眼睛,不知道已然偷桃换李,因而神态上并没有任何表情。朱大姐低声地对着我的耳梢说:"风暴过去了,可不能让他再刮台风。他岁数不饶人了,对吗?"

我点点头,表示了自己的愧意。朱琴大姐又告诉我,老头子心脏没事,只是血压上升,已给他服了药物,不会产生其他问题。然后,她安然地望了我一眼走了。我理解那目光里的含意是很广泛的,既是要我不能急躁,更不能在这儿表演自我中心……是的,本来我来这儿是为老头服务的,我怎么能把在学校时的傲慢带到这儿来呢?再往深里想象一下,如果我在美国攻读学位期间,不得不到一个这样的老人身边打工,我能用这样的态度对待人家吗?

老人一直没有睁开眼皮。我一遍遍地用冷水洇湿毛巾,从额头擦到他的耳根背后。他显然是陷入什么往事的回忆之中,虽然他没有睁开眼皮,但是那睫毛一直也没停止翕动。后来,他睁开眼看见了为他擦汗的是我而不是朱琴大夫时,眸光中曾一次次闪耀出恼怒的神色。我刚想对他说上两句道歉的话,他一扭身子,把脊背甩给了我,同时,嘴里吐出一句冷冰冰的话:"你可以去呼吸新鲜空气了,我这儿用不着你。"

"看您后背上都是汗,我给您擦擦。"我说,"伯伯,刚才是我不好,我哪儿也不去,就在这儿陪伴您了。"

他没有再发雷霆,只是粗声地喘着大气。喘气之际,一口痰从嗓子里喘了上来,但我看到他喉头蠕动了一下,又把那口痰咽了下去。我用冷水一次次地洇湿毛巾,从他的脖子部位擦下来,一直擦到他的腰部。虽然我早已大汗淋漓,但我并没停止为甄六老头的降温工作。在我看来,老人太可怜了,打了大半辈子仗,后半辈子精神上还没从战争年代走出来,自己和自己不断较劲的同时,还和周围不断发生听不见枪炮声的战争,这种超负荷的痛苦,是难以用计量器计算出来的。正是为了这一点,我相应地产生了超负荷的热能,在家里是爸妈为我祛暑降温,但是在此时此刻,生活完全发生了错位,都因为甄六激起我内心的疼痛,这老人活得本来已经十分清苦,可是他自己还不断往自己的嘴里倒盐。奈何?

他终于把身子翻过来了,我发现他眸光中少了刚才四溢的火星。我把一杯凉开水端到他的面前。他没有喝,而是把它放在了床头柜前。沉默了片刻,他突然一个鲤鱼打挺坐了起来,对我说道:"你给李贵打个电话,让他马上给我准备车子,我要出去一趟。"

我本来想问问老头子,这大热天到哪儿去,但是话到嘴边我又咽进肚子,我是没有权利过问这些事的。电话打下去不久,李贵回电过来告诉我车子准备好了,同时小声地叮咛我道:"小魏,他想到哪儿就到哪儿,你不必多管。你要注意的是,别让老头子惹事,他是什么事都要管——而且是一管到底的。"

我应了一声,放下了电话。

此时,甄六老头已然穿好了衣服,并拿起了他总不离手的芭蕉扇。待我走上去搀扶他时,他让我把他的拐杖拿来。我顺从地去拿他的手杖,想不到这根手杖让我吃了一惊:那是根硬木制成的手杖,本身的重量已经不轻,再加上手柄上的铁环,就更增加了分量。我不知道那叮咚作响的铁环,是干什么用的,直到我把它递到老人手上,他十分熟练地往手腕上一套,才知道是老头子为拄着方便而设计的。尽管如此,我这个自封的"华生",仍然不知其中的奥秘:第一,有一个手环套手就可以了,何必非用双环?第二,这不是增加了老人手臂的更重的负荷吗?我看见过我们教授的手杖,为了携带方便是有带环链的,那上边多是藤环或竹环,甄六老头儿的手杖,真是比福尔摩斯的那根手杖还难以琢磨。

开始下楼了,除了脚步咚咚声响之外,还多了哗啦哗啦的声响。我没有进过监狱,但是我从电影中见过犯人戴着脚镣走路时发出的声音。这个联想使我徒生悲情,这个老人并非犯人,而是共和国的功臣,他一定有着不少的勋章,因为我刚才在为他擦汗时,在前胸和后背,至少看见了七个弹痕。也许这种声音,是他心灵上镣铐的声响吧!

我不敢多想,精神开小差,容易让老人滚下楼来,那将是我严重的失职。

楼下的汽车已然准备好了。那是一辆老掉牙的"伏尔加"。老人配老车,倒是挺般配的。那身穿军衣的小司机,有点胆怯地请示甄六道:

"首长,我建议您今天坐'马自达',这辆车太老了,怕是要在半路上抛锚的。"

"我从不坐日本车,你不是不知道,还瞎问个啥?"

"您这辆专车,早过了报废期,即使能开,交通警察看见,也要管的。"

"前几次不是没管吗?要管由我对付他。"

"首长,现在比不了过去了,军车牌子也检查得很严……"

"今天你怎么这么多废话,再严还不是共产党的天下了?上去,开车。"

小司机背着老头子的面,不满意地噘起了嘴。他拉开车门,让甄六在后排座位上坐定后,轻声地嘟哝两句:"真是一怪,疗养所里没有一个首长愿意坐……"

别看甄六老头人老,耳朵可是不老。他在车里,立刻训斥小司机道:"你说啥哩?我是我,我叫甄六,1934 年入党的老红军,到你这个岁数,已经在娄山关当机枪班班长哩!你他妈的开个车,还一肚子不满,你不愿意干,我找李贵再给我派个新司机来!"

起始我只是听着,在老人用车上我是没有发言权的。但我从报纸上看到过汽车到期报废的通知,小司机的话显然是有根据的,如果汽车走在哪个十字路口,被交警查扣不是挺麻烦的一件事情吗?于是我这个没有发言权的人,还是忍不住开口了。我说:"伯伯,这辆老'伏尔加'至少跑了 30 万公里了,万一坏在半路上,不是会误了您的事儿吗?我看……"

"你也懂汽车?别在这儿混充内行了。"他从车里飞出一瞥轻蔑的目光。

我说:"我不仅懂,我还会开车哩!是为了……"我舌头拐了个弯,把"去美国后适应生活需要"抹掉,改口说道,"今后的工作之需,我在驾校班特意学会了开车。"

"真的?"

"伯伯,这不是随便说着玩的。"其实我之所以对老人说起自己,完全是想让他更换一辆汽车,以免使小司机为难。想不到的是,老头子对我咧嘴一笑说:"那可好了,我还不知道你有这个本事,那你就上来开车吧!"

"伯伯,我的驾驶本子没有带来。"

"那好办,让司机先路过你家,把本子取出来,然后叫他坐公共汽车回疗养所,我们去我们要去的地方。"

我本想为小司机解脱,结果却把自己拴住了。小司机面露喜色,我则一脸惊恐。我不害怕开车,在驾校我的考试全优;我所以产生了不安,是因为我不能开这辆淘汰车。面对"中央"的固执,我已无回旋的余地,灵机一动,便与小司机演出了这样的一幕哑剧:我先上车鼓捣了一阵,声言车子打不着火;怕老头子不信,我下车之后,与小司机使了个眼色,他便心领神会地照方抓药,脚踩油门扑啦了半天,也没能让车子移动半步。还没容老头子发火,我替老头子发指示说:"怎么搞的?快去换车。"

小司机如释重负地奔跑而去。甄六老头气急败坏地从车子里爬出来,审视地望着我,意思是在审查我是否故意与他捣乱。这是我从语言上撒谎,发展到行动上撒谎的开端。

我对老人说道："这车今后您是不能再坐了,除非您不想活了,汽车队怎么能给您配这号车呢,我要替您向李贵反映意见。"

老头子摇摇头："这不怨他,我这个人就是恋旧。没有离休时,我坐'伏尔加',那车子宽宽大大,坐在里边舒心。"

我为老人欢心,有意开玩笑地说:"可是您个儿并不高呀,不像俄国老毛子似的,人高马大……"

他打断了我的话说:"你快去车库一趟,别他娘的给我弄辆鬼子车来。"

此刻更换的汽车,已经开了过来。那是一辆紫红色的"桑塔纳",我立刻告诉老人,那是国产的"大众"。我不能说洋里洋气的名字,"大众"的名儿能让老人开心。我已然渐渐地号准老人的脉搏了,他的心就像那辆行程超负荷的老车,浑身伤痕累累——但是,他并没意识到他已然和那辆车子一样老了。

四

此时此刻的我,职业已成了伴听兼司机。虽然这出于偶然,绝非我的自愿,而是生活自然演变而来。据国外回来的朋友说,要是能在北京开车,在美国开车就像白玩一样了,也好,只当是我在美国西雅图的开车预演吧!

"你这女娃,还能改造过来。"这是他坐在车上的第一句话。

"改造"这个词儿,虽然很扎耳朵,我还是歪头笑笑,歪头的意思是让老头子看见我的笑容,并说:"谢谢伯伯的鼓励,您是从哪儿看出来的?"

"你不吃死耗子了,你今天一点口红也没涂。"

"您所说的只是美的一种标准,那叫素面朝天。"

"我看没有别的标准。"他的声音变粗了,"除非你甘心当资产阶级。"

我咽下了要说的话,情不自禁地嫣然一笑。

"想不到你还能开车,要是在当年,你一定能够扛枪打仗。就像妞妞似的,经得起雪山草地的摔打。"

"妞妞是谁?"我敏感地抓住了这个陌生的名字。

老头子低垂下头来。从反光镜里,我看见谢了顶的那块葫芦一样光滑的头皮——那是"中央"绰号的来源。我想,老人在疗养所反常的沉默与暴躁,包括今天的出行,或许与"妞妞"这个名字不无关联。不然的话,在这炎夏,他为什么突然要车出来呢!不是去香山或颐和园散心,而是奔往市区西城北沟沿。我想来想去,无法打开他的心锁,不知他到北沟沿去干什么事。真是个怪老头,刚才他脸皮上还是"多云转晴",只因为我追问了一句"妞妞",便又"晴转多云"了。我几次询问"妞妞",他都像是没有听见我的询问一般,真是让人难以琢磨。

好在车里有空调,可以解除暑热煎熬。无聊之际,我打开了车里的音响,随便塞进去一盘音带。不一会儿,里边飞出来悦耳的女高音,那是歌剧《卡门》主人公吉卜赛女郎的歌声。老头子立刻把头抬了起来,我不等他下令制止,立刻停

播并换了一盘音带,那是一盘送红军上路的歌儿,究竟它来自哪部中国电影,我记不清楚,但是那歌儿我还是听过的:

　　一送红军大路旁
　　君的恩情永难忘

　　仅仅这两句歌儿,甄六老头就像是吃了兴奋剂一般,神往地竖直耳朵听了起来。我把声音调得大了一些,并通过反光镜窥视着老人的脸。他的两眼先是木然了一阵,之后那双木讷的眼睛里,就闪耀出星星泪光。我不敢再看下去,并即刻关上开关,可是老头子立刻对我大叫了一声:"听——听——你为什么关了它,打开——"

　　该怎么叙述我们的一路行程呢?准确地说,就是在这支歌儿的周而复始中,我把车子开进市区的。我似乎明白了,老人这次进城一定是觅故来了,说不定就与那个"妞妞"有关呢!但是我又很快否定了自己的推论,他嘴里言及的那个"妞妞",是个红军年代的人物,怎么能够活到今天?如果她当真活着,也一定是个干丝瓜瓢子了。

　　进了市区,车水马龙,我不敢再胡思乱想,全部精力都放在了方向盘上。车子过了西直门立交桥,没用我提醒老人快要到目的地,他已然伸直了脖子,注意开了车窗外的一切。"见红绿灯向右!"

　　我照办了。

　　"第四条胡同向右拐!"

"是。"我要求我自己尽量使用军人词汇。

至今我也不知道那条胡同的名字,因为我只注意一二三四的四了。车子拐进第四条胡同,在路南一个大门口停了下来。当我为甄六拉开车门时,看到了一个可笑的现象,几个街道的老太太,一边说着"中央"来了,一边拥向了汽车。见面的称呼,一律叫老头子为"大哥"。甄六老头则一律回称为大嫂。不用说我也知道,这儿是甄六老头的家,趁他们彼此问候的瞬间,我仔细地搜索着我能看到的一切:两扇大门上的红色油漆早已斑驳陈旧,两个大门的耳环,只剩下孤零零的一个,由于缺少了左右对称,我突然想起了欧洲的同性恋者挂在耳上的标志,我没看到过真实形象,但是所有外文小说中,同性恋者的形象都是一只耳朵上戴耳环的。我的眼睛运用到极致的同时,两耳也没有失聪,他们彼此的对话,一直围绕着老人的儿女:

"没见他们回来。"

"您女儿甄珍,五一节好像回来过。"

"对,我没见到人,可是我看见门口停着那辆宝马车了。"

"您儿子甄华吗,一直没露面,连他那辆奥迪也没见过。"

"听说不是请你到他们的家里去过日子吗?"

"咋说也是你的儿女呀!您何必!"

"我宁可回家乡辽河,干小时候河上捞尸的活儿,也不会去那两个浑蛋那儿,去当资产阶级。"老头子气呼呼地蹾蹾手中的拐杖,询问街坊邻居道,"你们街道搬里边去办公了没有?怎么大门关着?临去疗养所时,我把开大门的钥匙给了街道主任一把。你们都知道,这房子姓公不姓私,姓社不姓资。与其这房子闲在这儿,还不如街道办事处搬进去办公哩!"

"街道没那么大的胆儿,您是将军。"

"您同意了,您的上级也不会同意。再说,您还有儿子和女儿,屋子里都是您和孩子们的东西。"

"他们都买了自己的房子,你们不是不知道。好吧,我回去给上级打报告,请求房子交公,疗养所就是我养老送终的地方。"说着甄六老头从上衣口袋里摸出一把钥匙,走向大门。我忙上前两步,接过老头手里的钥匙,帮老人捅锁开门。

门上挂着的是一把大铁锁,大概是由于挂在这儿很久,任风吹雨打之故,已然长满了黄色锈斑。锁很难开,在我用心开锁之际,耳畔又听见街坊与老人如下的对话:

"哟!这闺女模样俊秀,是⋯⋯是女警卫?"

"我哪儿还有啥警卫员!她是我的⋯⋯我的⋯⋯干闺女。"老头儿把"干闺女"三个字吐得响响的,毫不回避我的耳朵。

我不禁哑然失笑。好在我面对大门,背对人群,没有人看见我脸上的表情。之后,老头子又进一步对我进行了阐述:"比我那两个孽种强,你们看见了吗,她嘴唇上没有死耗子血,脸上没有擦粉擦得像白脸曹操!"

一阵笑声,掠过我的耳鼓。我也忍不住笑出声来。笑过之后,我便徒生起几分悲凉,因为我发现了老人那颗苦寂的心。他需要温暖的充填,需要感情的照耀,就像是荒原上一棵历经过雷暴的老树,春光对于他来说,也许是比吃饭穿衣更为重要的东西。因而我把老人的信口胡诌,看成是对我工作的承认,尽管我不一定同意老人的生活观点。也许在这世纪末尾,像甄六这样的革命老者不止一个,我应当更理解他们,体贴他们,这就是我这个"伴听",在世纪末必须的付出。

之后,他们的话题,便游离开了我,而评议起他的那根拐杖,说他拄着它太沉太沉,早应换根新的之类……我从中知道了,这根新式武器由来已久。至于它究竟有多少年头了,我还无法推断——反正它是他生命中的一个组成部分,则是肯定无疑的了。真是幸运,我有机缘能够破译其中的一切。

门,终于被我打开了。我搀扶着老头子走进院子。是不是背后有盯视的目光之故,他没拒绝我搀扶他的手。当我回身要关起两扇大门时,他说话了:"不用关了,没有人来偷我甄六,我生来就是个无产阶级,革命到老还是个无产阶级。你听说过没有,北京有个飞贼偷了一个什么局长的家,说是偷走了几十万,他哪儿来的那么多的钱?他娘的一定是个贪官。"

我如果与老头子叙说这些,能给他说出更多的事例,但是我没有开口。眼前的空宅,让我想起古老而失修的寺院。院子里的藤萝架上,没了绿叶,那些枯干而弯曲的藤条,像一条条死蛇,盘旋在上空。甄六老头对我说:"直到80年代初期,坐在架下乘凉,可以不用扇子。"老人一连串的叹气之后,对我说开了这座庭院的历史:"听说清朝时,这儿是一个贝勒爷的王府,国民党的时候,这儿住着军统的一个大头目。共产党进城不久,我就被分配到这儿来住,'文革'时受到一点冲击,但是还没有败落成这个样子……"

我演绎出老人没说出的话:改革深入以后,这个家庭就"鸟兽散"了。

穿过中堂,里边是个四合院。内院的两棵古槐,还枝繁叶茂,但是由于院落内久无人烟之故,上边的枝杈间筑有几个鸟巢。我们一走进来,那些久不见人迹的乌鸦便呱呱地飞离巢穴,在天空中盘旋啼叫起来。那声音悲凉而凄楚,像是对着老人哀鸣一般。这场景突然让我想起毛泽东的词《娄山关》。在过去上文学课时,语文老师只是讲毛主席的用词如何讲究,意境如何深邃;但是我从其中的词句"马蹄声碎,喇叭声咽"中,却得到了潜在的旁白:当时红军长征正处于最为凄迷的境遇中,连毛泽东都徒生感伤之情。我之所以产生如此的联想,源于老人对我说过,他在娄山关时,已然是机枪班班长。

甄六老头抬头看了看头上鸣叫的鸦群,不可名状地叹了口气。之后,他用手中的拐杖推开了正屋的屋门,同时告诉我,这是他过去住的屋子。我的目光所到之处,墙皮脱落,蜘蛛结网。这里没有疗养所里他那间卧室的革命气氛,但是也有疗养所里所没有的东西。比如,镶嵌着玻璃门的橱窗里,摆放着一张张照片,我走近了才看清那是他过去不同时期的历史影像:年轻时代的他,不知拍于什么年代,过长的军装,快要垂到他膝盖上了;可以想象到,那是他刚刚参加红军的年代。一字排开的其他照片,一张比一张清楚,直到最后一张,是他身着将军戎装,站在天安门观礼台上的放大照片。那时的甄六老头,虽然个头矮矮,但是英气迫人。紧挨着那张将军照的,也是一张放大了的黑白照片,显然是由于年代久远之故,不仅影像模糊,而且角角上有一块撕落的空白。我用1.5的良好视力,仔细打量着上面的女人像,看了很久才看出那是一个女红军。她身上的军装已然无从辨识,我是从那帽子上的五角星和脚上依稀可辨的草鞋识别出来的。甄六老人好像并不是为寻找自己过去而来的,他拿出那张残破的女红军像,举起到齐眉的高度,看了个够,然后才对我说道:"她就是妞妞,就是妞妞。像今天的杜鹃一样,干的都是卫生员和护士的工作。这几天,我后悔让你搬到她那间值班室去睡了,每去那里一回,心里的原子弹就爆炸一回。所以我想回家来看看死了多年的妞妞。"

我到这时才明白了老人心中难解的疙瘩。那是杜鹃的恶性刺激,引发了老人失态的沉默,到这儿来寻找心理平衡的。当然,在我看来,老人心灵上的永久平衡,在时尚中已然不可能,仅有这一点快慰,还是应该让他发挥到极致,不然甄六老头可太苦太苦了。我注意到照片的下角,标写着她死于新中国成立前夜的渡江战役,便主动把话题引到妞妞身上。我说:"伯伯,我看她的脸,长得有点像我。"

"我见你第一眼,就想到她了。不然,我怎么叫得出'干闺女'来呢!那不是我信口开河。你坐下,听我慢慢对你说。"

在甄六老人若如空巢的家,我才第一次真正进入了伴听规定的角色。

五

我们这代人听起来,这是一个中国式的《天方夜谭》。中国这棵历史大树,真是奇伟极了,它的每圈年轮,都刻着中国历史的华表。中国百家姓中,虽然有"甄"氏一姓,但是甄六老人并不姓甄,至于他姓什么,他至今也不知道。他的一切,都是黑鹰渡口上摆船的红脸汉子甄五告诉他的:小时候东北辽河发大水,从上游顺水漂来了许许多多活尸,甄五用撑船的篙竿东打西捞,捞着哪个是哪个。也算甄六命大,撑船人那根船竿不偏不斜,正好从一个穿开裆裤的男娃裆中穿过,摆船的甄五用力一挑,就把甄六挑出水面。因而甄六从小不知谁是他的父母,也不知他生在辽河上游的哪方水土。他开始有记忆的时候,就在一个辽河渡口上,跟着一个自称"火狐狸"的汉子摆船。这汉子名叫甄五,便给他起了个甄六的名字。甄六从小就是在船上和岸边渡口的两间土坯房里度过的。第二年,甄六在船头上玩耍时,发现了一个小小的布包,忙叫来干爹。甄五打开小包一看,不知是哪个人家,把一个女娃放在船上了——那不是过河人的疏忽,而是有意把这个小丫头片子扔在渡船上了。甄五大骂了一阵扔娃的人"缺德"之后,便把她像拉扯小狗子一样,留在了渡口,起个名儿叫妞妞。甄五是光棍一个,无儿无女,便成了甄六和妞妞的救命"干爹"。

那年头每到夏天,总要顺河漂下几十具活尸和死尸来,其中有男有女,有老有少,有穷人也有富人;有水患冲下来的,有投河自杀的……所以每到辽河发水时节,他和妞妞还有看守渡房的那条大黑狗,便站在岸边看着干爹在河中捞尸。要是捞上来有名有姓的大户人家的活尸,甄六和妞妞就没有在河边玩耍的时候了,干爹要去上游送活尸,一去少则两三天,多则十天半个月,而黑鹰渡左右几里大河滩上没有别的渡口,过河的人则像羊拉屎那般稀稀拉拉地不断线,撑竿摆船的事儿,就由甄六和妞妞担当。初次摆船时船不那么听话,曾发生过船在河心打转转的事儿,妞妞就小嘴甜甜地向乡亲们说,干爹送活尸去了,大爷大娘多体谅他俩一点。俗话说"救人一命,胜造七级浮屠",过河的乡亲交上过河的船钱,也就没啥可抱怨的了。但是不能总让渡船在河心转圈圈,甄六是带棒的男娃,便责无旁贷地担任起了摆船的活儿。一回生,两回熟,生活逼着他必须学会撑竿摆船。夏天一身水,冬天一身冰,每每遇到干爹外出的时候,甄六全天若同钉在了船上一般,妞妞守着那条狗,在渡房里烧柴做饭。

狗通人性,每逢干爹回来的时候,它就蹿出渡房,汪汪地叫个不停。这是甄六和妞妞最兴奋的时刻,因为干爹每每送活尸回来,必给两个娃子和那条狗带来好东西。比如,给那条"大黑"买回来脖圈和系在脖圈上的铃铛。至于给甄六和妞妞带来的东西,则更出奇了,先是一人一块长命锁,后来又给妞妞带来擦脸用的雪花膏和洋胰子(即今天的化妆品和肥皂);给甄六带来的则是一副弹弓,这弹弓不是射泥丸的,它射出的是铁砂蛋蛋,干爹"火狐狸"说男娃就得活出血性来,长大了拉竿子进深山老林当红胡子。

"爹,你也是男的,怎么没去当红胡子?"甄六在和甄五摆船的日子里,听他干爹多次说起过红胡子的事儿,那是专门杀富济贫的土匪。干爹不想让他在这儿摆船,想让他拉竿子进山,他有点奇怪。

妞妞也对干爹的话不满:"让哥在这儿陪您摇船多好,为啥去当胡子?"

甄五没有答话,只是一抖动他肩上背着的褡裢,哗啦一声从褡裢里掉出来几个金元宝。在甄六和妞妞目瞪口呆之际,他开了口:"你们只知道干爹绰号'火狐狸',却不知道'火狐狸'是啥意思,今天我告诉你俩这金元宝的来历,也就知道干爹是哪条道上的人了。爹捞到的活尸中,有大户人家的闺女小子,你们以为干爹有送尸的瘾哪?爹是去用人换钱。给不给,不给银子我当场把活尸扔到辽河里去不说,再放上一把火,把那宅院给它烧个精光。"甄五怕两个娃子不信,解开衣襟把胸脯一挺,腰上一把带红绸穗的盒子枪,便显露在他俩眼前了。

妞妞吓得叫了一声。

甄六好奇地瞪大了眼睛。

甄五把盒子枪拔出来,在手里掂了掂,对着两个娃儿说:"你们原来是谁的骨血,我不知道;眼下我是你们干爹,你们都是我的娃儿了。你俩从小就要长记性,对谁也不能说,就像干爹这样,过河的人都以为'火狐狸'是个红头赤面的哑巴哩!谁也不知道我是山上设在这儿的一棵摇钱树。"

甄六和妞妞就是在这样的环境中度过童年的。在他的记忆里,到了民国二十一年,公元1932年,他和妞妞长到十二三岁的时候,他们的生活发生了意想不到的变化。那年夏天的一个晚上,从上游下来一条船,船在渡口停了下来。从船上走下来一个教书先生模样的男人,他夜宿在渡口房甄五住的那间土坯房里。在甄六的记忆中,这儿来过的陌生人不少,但都是和干爹差不多模样的人,大碗喝酒,大口吃肉,临走时还要把干爹捞尸的血汗钱带走一些。这次下船的那个男人,与那些满脸连腮胡子的大汉不同,他头上戴着一顶礼帽,说话斯斯文文。是出于童心的好奇,还是出于人人都有的窥视欲望?如今拄着拐杖的甄六,已然无从记起。但是他记住了那天正好是中秋节,天上的月亮圆得像个银盘,当他和妞妞从他俩住的房子土坯缝看过去的时候,立刻被惊呆了:干爹正在给那个教书先生模样的人往手提箱里装金元宝。这得利于当天月光如水,那如豆的灯光被月光代替,他俩不知道干爹为何变得那么大方,竟把藏在炕洞里的元宝掏得一个不剩。接下来的事情就更让他俩心跳不止了,干爹最后从炕洞里掏出来一个油布包包,抖搂开来的竟是两套新衣,一套是蓝的,另一套是花的,包包里还有两双新鞋。干爹甄五早就对他俩说过,给他俩买了新衣,还没到给他们穿的时候,此时此刻,干爹把它们都拿了出来,不知是为了啥事。

两个小小人儿正在胡猜乱想,干爹领着那位陌生的来客,走到他俩的屋里来了。

甄六和妞妞的生活,就在那月儿圆圆的午夜,发生了他俩无法预料的变化:干爹让他和妞妞跟着这位戴着眼镜的教书先生南行,甄六和妞妞成了这位陌生来客的一儿一女。为什么这么做,甄六和妞妞一无所知。甄五只是说,这位姓杨的先生会在路上把其中的缘由告诉他们。甄六当时有点想不通,觉得干爹这么做有点绝情,其一,他俩的命是甄五撑船竿子救的,眼下又把他和她送给了别人。其二,这条船和这两间渡口房,已然是他俩难以割舍的地方,夜晚的蛤蟆喧叫,白天的知了嘶鸣,都已然与他俩成为一体了,在这八月十五团圆节,他俩却要离开这方水土了。

妞妞更是不愿离开这船、这水、这人、这狗,以及河滩两岸已然放白的芦花。她哭了,哭得连那条"大黑"都跟着一起哀鸣起来。甄六没有眼泪,只是不断用拳头捶打门板,发出嗵嗵的声响。这时那位杨先生才开口说话:"小六、小妞,你俩舍不得你们的干爹,我心里清楚。可是鸟儿大了,是要离巢远飞的。你们的新爸爸带你们去的地方,可远可远了。可以说是从中国的北方飞到南方。就像是春天的大雁,从大草甸子飞向南方一样,说不定什么时候,你们还会飞回到辽河来的。"

甄六正想说些什么,干爹把手一挥道:"走吧,不然赶不上明早的火车了。"

…………

"当然,我后来一切都知道了,杨先生是井冈山派来的联络人员,在深山老林与红胡子办完事情后,要返回红军圣地。路上为了躲避白狗子的盘查,用我和妞妞当掩护。"甄六是一口气说出他的童年历史的,在他讲述远去的脚印时,神情肃穆,犹如一座泥胎,使我这个隔代人都不敢大声喘息。之后的事,他不说我也明白了:他和妞妞是在红区当上了红军的。我想不到的是,妞妞当上卫生员以后,由于队伍重编,她入编到开往西北的西路军里去了。说这些话时,甄六老人的手像是得了帕金森病的患者,一直颤抖个不停。这时我才突然明白了,在我初来疗养所那天,甄六在我面前,积极为西路军正名的原因。

不等老人再说什么,我的第一个动作就是从甄六手里接过来那张照片。因为他那只抖动的手,抖得我为之心颤。我仔细地端详着红军时代的妞妞,她的笑容很甜,在那荒山野岭背景下,就像是一朵开放在山脚下的野迎春。尽管摄影人的技术很差,但是她那璀璨的笑靥,仍然让我为之心动。

我说:"您把它交给我吧,我给您找个地方翻拍放大一张,相片角角上那块撕破了的地方,也可以修补到完好如初。"

"没有底片,这东西也能重新放大?"他觉得十分惊奇,"谁有这样的手艺?"

他的惊奇引起了我更大的不解,都到了什么年代了,一个堂堂的将军,居然不知道照片能翻拍放大修补。如果我不来这儿当专职伴听,有人对我说起有这样的一位将军,我绝对不相信这是个事实,而会认为那是造谣。感叹之余,我不禁再次想起俄国作家契诃夫的那篇小说《套中人》,甄六老人虽然曾经叱咤风云,曾是共和国的缔造者之一,并非契诃夫笔下卑微的小公务员,居然也成了今天另一种"套中人",真是令人不可思议。

甄六老人很快把那张妞妞的照片,抢回到他的手里。他一屁股坐在沙发上,两眼发直地望着地面。一只长尾巴的老鼠,猛然从厅堂地面上穿堂而过,给寂寥的厅堂留下吱吱的叫声。我被吓了一跳,而甄六像是什么也没有发现一样,仍然呆坐在沙发上一言不发。我正想搭讪两句什么,以化解老人脸上的阴沉,甄六老头子却先开口了:

"龟孙——"

"浑蛋——"

他在骂谁?是骂耗子,还是骂这所空宅?

接着,他气喘吁吁地站了起来,我以为他拿着妞妞的照片要离开这座宅院呢,便上前去搀扶他。他甩开了我的手,走向了电话机。我尾随了过去,生怕他出啥闪失,待他走到电话机旁,便用哆哆嗦嗦的手指,开始拨打电话。那是一台老式的圆盘电话,盛怒之下的手指,硬是对不准号码盘上的圆孔。我说:"您说号码,我给您拨号吧!"他指指玻璃板下的一张纸:"打给甄珍!打给甄珍!"

木桌上落了尘土,我用手抹了抹,才看清了甄珍的电话号码。在我拨打电话的时候,心里猜测出老人的电话是打给女儿的。电话很快通了,对面传来夜莺般轻柔的声音:

"你找甄总,请问你是哪里?"

我把电话听筒交给了甄六,只听到一声霹雳:"我是你爹!"

"请别无理取闹,我们这儿可以显示你的电话号码,你要是打骚扰电话,我们要向 110 报警了。"听到了电话中的余音,我知道是甄六错把接电话的人当成女儿了。

"我不是你爹,我是她爹!甄珍的爹!你快把她给我叫来。"

"刚才您没说清楚。"对方用语上立刻有了改变,把"你"字换成了"您"字,"您请少候。"

想来是甄珍来接电话了。甄六对着电话吼叫道:"他娘的,什么真总假总的,我革命一辈子了,也没有配备个秘书,你摆的是哪门子谱儿?你那秘书还他娘的要报警,我连你带她一块儿铐起来。你给我立刻滚回家来。我命令你,立刻!立刻!"

由于甄六声音大得怕人,我难以听清对面是如何回答的,但是我从老人的神态上看得出来,女儿没说一句辩解的话,并答应立刻回家,不然甄六是不会轻易放下电话的。老头子放下电话后,就把身子仰在了沙发上,他面色苍白如纸,虚汗顺着他的额头流淌了下来。朱琴大夫是个十分尽职的医生,尽管甄六没有心脏病史,还是把老年突发病的常备药交给了我,并告诉我随"中央"外出时,必须带在身上。此时,我从背包里拿出了一粒救心丸,递给了甄六老人。他看也没看,张开双唇含在了嘴里。

"您是不是在沙发上躺一会儿?"

他顺从地接受了我的安排。这儿没有枕头,我便把随身的背包垫在了他的脖颈之下。为了让屋子空气流通,我打开了一台立式电扇,怕老人受风着凉,我把电扇换了个角度,让风折射到老人身上。历经一场风暴之后,他躺在沙发上一动不动了,我则围着这间破落的客厅,左顾右盼地转开了圈子。当我重新走到木橱前,除了重新看了甄六的历史照片外,又在橱子的最上层,看见了几件闪闪发光的东西;踮着脚尖仔细看了看,那是红军年代、抗日年代和解放战争年代的三枚勋章。可以想象,那些荣誉勋章,都是新中国成立后补发的,因为制作工艺之精美,是战争年代无法铸造的。旁边则是妞妞的历史遗物,她的奖章比老头子少一枚,只有抗日战争和解放战争的两枚,而且其形状比甄六的小一圈。按道理说,她是从东北黑鹰渡与甄六一块儿到红区的,理应数额相等才对。我头脑轰鸣了一声:妞妞一定在西路军时期,留下过什么生活残痕,共产党是很讲究气节的。木橱里的其他东西,清一色是革命书籍,毛泽东各种版本的著作俱全。

该怎么表达我的思绪呢,我似乎是走进了一个完全陌生的世纪。我心中不禁暗生酸楚之情:躺在沙发上的世纪老人,他走了很长很长的路,经历了无数次的腥风血雨的洗礼,这老屋、老墙、老式木橱、老式地砖……似乎都是附属于他躯体上的各种部件,尽管在星转月移中,早就失去了它们的色泽,但仍然与甄六融为一体不可分割。他住过当今的五星级宾馆吗?他涉足过酒吧的吧台吗?他见到过时下的鸡(妓女)和鸭(男妓)吗?他……他……真是一出残酷的时代戏剧……

院子里的咯咯走路声,打断了我的思绪。我分辨得出来,那是高跟鞋与方砖地面接触时所发出的独特声响。我回头看看甄六老人,他躺在沙发上睡着了。显然是刚才的暴怒,使他的身心感到了疲惫。我迎了出去,院子里走来一个中年女人,不需介绍我也知道,来者就是甄六的女儿甄珍。她穿着一条入时的浅色西装女裤,丝绸衫上打着一条红色领结,由于天气炎热之故,西装上衣挎在她的胳膊弯里。女人看女人比男人看女人要毒得多,尽管她打扮得十分入时,脸上涂着高档化妆品,外表上看去也就有三十多岁的样子,但我还是断定她至少有五十岁上下了。我还特别注意到她手里拿着的紫色皮包,那是袋鼠皮制成的进口货。

"你是我爸的服务员?"她长得比甄六老人要高出一头,身体各个部位都十分和谐。

我回答她"是",并轻声告诉她老头子睡着了。她上上下下把我打量了几眼,彬彬有礼地对我一笑:"看你的气质,是不是大学落榜生?"

我不愿意多谈自己,含糊其词地应了一声:"嗯。"

"哎呀,到我们公司当'公关'倒是个坯子。"她两眼盯视着我,依然温文尔雅,"伺候我老爸,是挺累人的。我代表我们一家人谢谢你了!"

我笑笑说:"人都是个性动物,渐渐习惯了老人的脾气秉性,也就适应了。"

"没么简单吧?"她低声地说,"我和我哥对我爸可以说是毫无办法。"

涉及他们的家庭,我无言可对了。虽然在这短暂的时间内,我和她只不过有几句对话,我仍然感到她躯体内深藏着一股傲气,是商界新贵的精神标签,还是高干子弟的通病?我一时之间还无法界定,但是我相信我的那双眼睛。站在我面前,她虽然尽量表现出她的温和,她的微笑里有一种居高临下,老板打量雇员的神情。这无关紧要,我是她老爹的伴听,而不是老板的下属,所以我一直神态自若。

"看样儿,你是城市人,你爸妈同意你干这个活儿吗?"

我有点尴尬,正在考虑如何回答才好时,来了救星,甄六从室内发出了呼唤:

"怎么!你不管你老爹,还不许别的姑娘帮我?"显然是甄六醒了,从屋内传出来火药味十足的声音,"你他娘的是石头缝里生的野种吧,你眼里还有爹妈没有!"还没等我们走进屋里,老头子已然拄着拐杖从屋里一歪一斜地走了出来。甄珍刚叫了一声爸,老头子就红头涨脸地说:"你还知道你有爹妈? 走,先让魏红同志到你的窝里看看去!"说着,他甩开了我们,踉踉跄跄地向正房两侧的一间耳房走去。

"爸爸,我没带房门钥匙。"甄珍紧走几步,想追上他爹。

我也慌了神儿,想赶上去搀扶老人。

可是老头子走得贼快,致使我俩都难以跟上他的脚步。

在这一瞬间,我的精神忽然开了小差,不知为什么想起了在生物工程学里,对人的潜能的超常的记载:在第二次世界大战时,德国纳粹仇视犹太人。在集中营里,一个德国纳粹戏弄一名犹太人说,他要是能跳过电网,他就可以不进焚尸炉并获得自由。集中营里的电网有2米多高,不要说一名骨瘦如柴的劳役犯,就是世界著名的跳高运动员,要跳过这样的高度也是不可能的。可是这名生死线上的囚犯,疯子般地运了运气,加上短短几秒钟的助跑,竟然飞身越过阴阳界河的电网。当然纳粹并没履行诺言,还是把他给枪毙了。甄六老头,此时就有那死囚犯似的疯狂,不仅我和甄珍追不上他,他还以那根拐杖当撬棍使用,三下五除二地将那生了锈的门锁给撬掉了。这突发的举动,是我始料不及的,当我和甄珍赶上来时,甄六老头已然打开了电灯,气喘吁吁地坐在了女儿房间里的床铺上。

"爸爸!"

"伯伯!"

"您这是发哪门子疯!还要老命不要了?"甄珍首先说话了,"您把我叫回来,究竟有什么重要的事儿?"

"我要让魏红看看……看看……你们这间散发着糜烂气味的房子。"

进此屋门时,我已然本能地乜斜了两眼屋内的陈设,说糜烂还谈不上,只能说是够现代化的了。立式空调自不必说,连那冰箱也是进口的。特别引我注目的是,墙上挂着一帧帧她与丈夫的婚纱照,情态之亲昵自不必细言,值得我玩味的是镜框中那些仿制的欧洲名画,有半裸的男男女女,有做爱前的狂吻和抚摸……

甄珍本来没有义务对我做出任何解释,可能看我还有几分知识分子气质,更大的原因是想通过与我的对话堵住老人的嘴,还是对我说了如下的话:"那还是我们结婚时的留影呢,至于那些画儿,我们那口子过去是从事文艺工作的,眼下到浙江宁波经商去了……"她的话还没讲完,甄六老头怒火中烧地一拍床铺,打断了她的话喊道:"别他娘的嚼舌头了,人家魏红是知识分子家里出来的,知道啥是姓'社',知道啥是姓'资'……眼下我先把原则问题丢开,就说说这些婊子般的相片,你们脏了我甄六的门风,败坏了我老红军的名声。魏红,你们家挂这些脏玩意儿吗?"

"你看,我爸爸是不是得了什么病?"甄珍说话的声音不高,但是并没在老头面前让步,"这些画都是西方名画,有文化的人都一清二楚,我想你一定知道这些画是艺术品的。是吗?"

父女双方都让我判断是非,我万万想不到一个伴听的角色,会走得这么远,被缠绕到一个世纪末的故事里来,并成为没有法官名义的家庭法官。事已至此,我如果再当哑巴,还不知事态会怎么继续扩大下去,父女俩闹得不可开交呢!可是让我说些什么呢?老头子活得那么可怜,但那些画儿又非淫秽之作,我只好充当和事佬的角色:"伯伯,这屋子也没人住,画儿挂在里边,不会有人看见;再说,有些画我在美术刊物上是看见过的,不会对您的革命生涯产生什么影响的。您要是不喜欢,可以让他们摘下来,或者带到甄珍现在的住家里去,您眼不见为净也就算了。这屋里太闷,我看您头上都冒汗了,咱们还是回到客厅里说话去吧!"

"哎呀,我说魏红,你知道我为什么破门而入吗?我是因为你的一句话引起心火来的。"甄六老头猛然转移了话题,谈开了客厅橱子里妞妞的那张照片,"你不是说现在的照相技术无所不能吗,你看看我这个崽子窝里挂着的彩色画像和他们的照片,她怎么就不知道把她娘那张照片翻拍一张大彩照,挂在显眼的地方让她娘也风光风光哩!你也看见了,至今她娘还窝窝囊囊地摆在那个橱子的角角里呢!我甄六是为这个伤心。你也知道点西路军的历史,她娘原来是在大西北当了俘虏,活埋的活埋,杀头的杀头,多少女革命者都牺牲了。后来只剩下几百个女战士,从甘肃马家军手里死里逃生,好不容易才逃到延安。我这两个没心肝的狼崽儿,都是在解放战争中生下来的,我骑着马行军,他们的娘一个筐里挑着一个孽种,跟在后边赶路……好容易熬到新中国成立前夜了,她随军渡江当医护,死在长江里了。你说,他们怎么就没想想姐姐生养他们时的艰难呢?死后连一张彩色放大照片都没有,你说他们不是狼崽是啥东西!我手里眼下没有枪,有枪我真想崩了这两个狼崽!"说归说,做归做——老头子倒出他肚子里的苦水后,便开始了他的行动,举起手中的拐杖,便朝那一个个镜框打去。甄珍高喊着:"爸——爸——你疯了——"我则快步横在老人的面前,架着老人的胳膊,规劝着老头子说:"您别动这么大的火气,这会伤您的身子的。"甄六此时若同一头斗牛场上的狂牛,先把我撞倒在地上,一阵噼里啪啦的响声过后,墙上挂着的那些镜框,有的掉了下来,有的变成了窟窿小眼的乱纸。老人还一边挥动拐杖,一边不停嘴地骂道:"我回去就给上级打报告,把这套将军院交给街道,办幼儿园也好,让无房户搬进来也好,下岗职工办个厂子也好,就是不能让背叛革命的狼崽,占有无产阶级的果实。我建立起来的家,我再亲手砸了它,省得让街道干部进来,看见这些狗男狗女的玩意儿!"

一阵霹雳闪电过后,甄六老头已然汗流满面,他颓然地坐倒在床上。我顾不得甄珍的存在了,第一个本能动作,就是匆匆从口兜里掏出朱大夫交给我的救心丸,递到老头子手里。平日老头子是不吃药的,此时他却一张嘴把药吞了下去。他当真感到心里难受了,还是他在火头上失去了理智?我没有时间多想,下一个我要做的是去找凉开水,让老人把药顺进肚子。甄珍走了过来,打开冰箱拧开一瓶矿泉水,送到甄六嘴边。老人用手扒开她,我上去强制老头喝了两口。他大概真到了口干舌焦的地步,夺过我手中的瓶子,一仰脖把一瓶矿泉水都咕噜咕噜地喝了下去。

"爸,是我和哥哥的疏忽,妈妈的照片我们没有拿去彩扩。"甄珍脸色红晕着说,"可是爸不是不知道我和哥每天都在忙!"

老头不失时机地打断她的话:"忙于赚钱,对不?"

"爸,你的思想太陈旧了,改革开放多少年了,你还对从商看不过眼?"

"是啊,多少年了,你就心安理得地让你娘那张黑白照片在橱子旮旯站岗。"

"我这就拿走,去着色彩扩。然后镶外镜框,给爸送到疗养所。"

"用不着你们操心了,我身边有魏红。没有她提醒我这老糊涂,我还想不到呢!"

我做梦也想不到,我无意中的一句话,竟成了引发父女矛盾的导火引线,我的脸顿时涨红了。我算什么,一没有和甄六的血缘关系,二非甄家的远近亲属;我不过是个来打工的人,怎么能取代老人和女儿的亲情呢?因而首先对甄珍解释说:"真对不起,我不过是随便的一句话,你看……"然后我转过脸来,又对甄六老人说道,"那照片的事儿,先要翻拍,然后才能彩扩放大,再说我对照相洗相的事儿,也是一知半解,这事就让甄珍去办吧!"

"我和她要脱离父女关系。这事就交给你去办!"甄六斩钉截铁地一挥拐杖。

"伯伯,您不能这么处理事情。我的任务是伴听,不能为您办过多分外的事情。"我觉得我必须摊牌了,不然我将承担用权术诱使父女决裂的责任。当然说出这句话时,我的心情是很沉重的。因为从我来到老人身边,还没有拒绝过他的任何委托。眼前的事态,已然到了我必须明确表态的时候了,我已无第二种选择的任何可能。

显然我的婉拒,是出乎老头子意料的。他眼里闪烁出了惊愕与愤怒交织的光泽。好在甄珍还算不失聪明,她说了句"我去拿照片",就匆匆出了这间满地碎玻璃碴子的老屋。甄六老人猛然站起身来,想去制止他的女儿,我不失机缘地走过去,把老人按在床上,并对老人温和地说:"伯伯,您已然达到了启迪儿女爱他们妈妈的目的,万万不能把事情做到不留余地的地步。我看,甄珍还是听您的话并关心您的女儿,她毕竟是您身上的骨血呀!"

"放屁——"老人高声骂了一句,但还是坐回到床上去了。

我蹲下身腰,开始收拾地上杂乱的东西。甄六用拐杖捅捅我的胳膊说:"别动,让街道的人知道,我甄六还是当年的甄六。过去怎么打仗,眼下还怎么面对资产阶级!"

我心里暗自发笑,脸上却不敢流露一丝心绪。这时,甄珍回到这间屋子里来了,她举了举母亲姐姐的那张黑白照片,然后装进她的皮包。我不失时机地对老人说道:"快到疗养所开饭的时间了,我们回去吧!"

甄珍显然对我的暗中协助十分感谢,她说:"爸,咱们到街上找个馆子,我想和爸与魏红一块儿吃一顿饭。我和爸有两个月没见面了。"

"你不是忙着赚钱吗?滚——滚——快去钻你的金钱眼去吧!"

甄珍迟疑地望着我,一动未动。

我说:"伯伯让你走你就走吧,有空多往疗养所跑跑。"

"爸,那我就先走了,公司一大堆棘手的事儿等我去处理呢,过几天我把妈的相框给爸送过去。"她走到门口时,回过头来对我说,"你很会做事,真的谢谢你了。"

六

归途上,甄六老头像是一只放了气的皮球,靠在车子的后排座位上,疲倦地闭合着双眼。我在后视镜里,偶然望老人一眼,那神情让我想到美国战争片中,一场血战之后和衣而卧的巴顿。以老人的现在,演绎他的过去,在战场上,他是个无畏的勇士是肯定的;但是战争的硝烟已然熄灭这么久了,他还在不懈地与这个和平年代作战,我心里不禁有点发酸。当我们离开他的家时,他忘记锁上院门,就钻进汽车,是我帮着他用那个铁锁锁上大门的。当时我就暗暗祈祷:出门时千万别碰上街道干部,要是碰上,老头子真会把锁和钥匙交给街道的。那将使人家非常为难,不收吧,他会发火;收下吧,谁敢接将军的庭院?我虽然从没接触过军队,但我想象到当初批给他将军院落时,是会有一定审核手续的,即使要交出来,也得有相应的审批关口。到了世纪之交的时刻,北京的房子是黄金,特别这座院落地处市区的黄金地段,那么其身价就更可想而知了。

望着他似睡非睡的脸,我尽量找他与甄珍相貌上的共同点。当然女儿比老头子身量高出许多,可是那眉眼、鼻子都不乏近似之处。细想起来,那甄珍今天也挺失态的,我初见到她时,她对我还有一股子高干子弟与老板、大款合三为一的高傲之气,到头来把她初见我时的贵族风采,丢了个光腚而去。一个不知敬重母亲的人,哪怕她是天下第一首富,也是世俗中的行尸走肉。这世界的组合,真有点像玩具"魔方",当那些方木块块,不断变幻颜色的时候,人世间的一切也都随之而动。唯一不动的是甄六老头子,可是这个一动不动的人,又和即将到来的2000年的世界,有多么遥远?

"魏红,车开到哪儿了?"他睁开眼睛问我。

我说:"到城郊了,走了有一半路了。"

"停下。"

"伯伯,再要停车咱们就赶不上疗养所开饭的时间了。"

"不回去吃了,伯伯今天请你吃饭。"

我是不愿意在疗养所外多逗留的。道理很简单,中国当今的很多方面,都与他的眼睛发生冲撞,何必招老头子不高兴呢。我心里这么想的,嘴上却说出另外的理由:"伯伯,临街的馆子不卫生,现在又是夏天,我人还年轻吃坏肚子不要紧,您岁数大了,有个闪失我是有责任的。"

他如同没有听见我的话一样,说了声:"停车!"

我只是把车速减缓下来,并没停车。他指指车窗外一家餐馆说道:"就去那一家吧,上边写着东北风味,我想吃东北的拉皮和小鸡炖蘑菇了。在黑鹰河摆船时,我和妞妞常常吃这些好吃的。妞妞当时年纪虽小,可是学会了做这些菜。"

我理解老人了,把车停在能够停车的路边。我和他走进临街的小餐馆,找了个临窗的地方坐下。听那说话的口音,看那彪形的体态,就能断定这儿的老板和进餐的食客,几乎是清一色的东北人。年轻的女老板对轿车里下来的食客,显出格外的热情:"您吃点什么?我们这儿是地道的东北菜馆,您点菜吧!"

"如果不是东北馆,我们还不进来呢!"甄六把拐杖靠在餐桌旁,便说开了东北土话,"你是哪疙瘩的人?……啊,辽河,咱们是老乡。东北人豪爽、仗义,你这老板娘,可不能赚人家的黑心钱。明白吗?"

我不失时机地插话,对老板娘说:"你叫厨师菜弄干净一点。你这位乡亲可是位将军。"

"啊呀,这可给我们的小馆增光了,我一定按这位小姐说的办。"老板娘边往后边走,边高兴地对我们说,"菜由我点吧,我知道辽河人爱吃啥东西。"

本来这是一场富有浓郁乡情的会见,假如不发生那场突发的事件,我会为甄六老人高兴的。偏偏在这个时候,有几个食客在角落的餐桌上,不知是啤酒喝多了,还是有意挑起事端。有一个面孔黧黑的东北小子,大吼了一声:"喂!怎么啤酒里喝出来一只苍蝇!老板!老板!"这一声呼叫,使小小的饭馆立刻失去了安静,刚才那位满面春风的女老板,忙不迭地跑了过去:"我说黑子,你们每次来吃饭,没有不折腾的。你要说饭菜里有啥脏东西,我们可以负责,啤酒里喝出苍蝇,那是啤酒商的事儿……"老板娘的话还没说完,就被那黑小子打断:"你们去买啤酒时,怎么不长眼睛?"

"你这不是难为我们吗,一箱一箱的啤酒买回来,哪能有时间打开一瓶瓶地检查呀!你这么一喊叫,不是砸我们卫生饭馆的牌子吗?行了,你也别叫喊了,就算我们倒霉行不行,几瓶啤酒算你们白喝,总行了吧!"

叭的一声响,啤酒瓶子在瓷砖地上开了花。啤酒沫子飞溅到食客们的身上,有几滴酒沫,不偏不歪溅到了我的脸上。我忙用餐巾纸擦了擦,装作无所谓的样子,可是甄六老头的脸,顿时变得横眉怒目。旁边几个餐桌上的食客,有的也站了起来,对那闹事的小子叫道:"你他妈的砸什么酒瓶,玻璃碴子都飞到我脸上来了。"片刻之间,小小饭馆乱成一团,大有打群架的苗头。我忙对老头子说:"伯伯,社会上这种流氓多得很,您就视而不见算了,千万别动肝火。"但是这已然无济于事,老头子已站了起来,抄起拐杖离位而去。我自知拉是拉不回来老头子的,只好起个护卫的作用,用双手紧紧抱着他那条胳膊。

此时此刻那边已然大打出手,被酒瓶碴子划破了脸的人,以及他的同桌,与那个叫黑子的同桌,先是撕扯到一起,后来成了碟碗乱飞。老板娘夹在中间,浑身上下流淌着菜汤。双方的谩骂声以及女老板的尖叫声混成一团。就在这时,老头子一声霹雳:

"住手!都给我住手!"

夹在人群中间的老板娘,如同望见救星似的,随之尖叫了一声:"将军来了!将军来了!"

扭在一起的双方,被陌生的"将军"二字震住了。那个名叫黑子的亡命徒,历经了片刻的惊愕之后,对貌不惊人的甄六呸了一口唾沫:"裤子又没开裆,哪儿钻出个老鸡巴来?"老头并没回话,突然一提拐杖上面的环扣,那铁环竟然是个活物,他没等那黑子醒过酒来,两步跨了过去,咔咔两声,那副像手铐一样的铁镯子,已然戴在了黑子的手上。其速度之快,不但让我吃了一惊,连斗殴的双方都被这双铁镯子弄得懵懵怔怔。但这只是瞬间的沉寂,片刻之后黑子开始了反扑,他望着脑袋上只有几根稀疏毛发的甄六喊道:"你这老不死的,怎么敢随便给我戴铐?你就真是个老'雷子',也得出示你的逮捕证啊!你这是犯法!犯法!"

这等于给老头子火上浇油,他扬起那根重重的拐杖,声音嘶哑地喊道:"你还知道天下有法?我打烂了你这畜生!"老板娘大概是怕在这儿出人命案,一下架住了老头子颤抖的胳膊,我不失时机地见缝插针,含糊其词地警告那流氓说:"我告诉你,我是给他开车的司机,他是'不管部'的部长。你知道什么叫'不管部'吗？中央各部不管的事儿,他都管！你听明白了没有？"

在场的人显然听不懂我的潜台词,我想连甄六老头也没听明白我在说些什么。他听不明白更好,省得我多费口舌。第二件事,我立刻拨通了报警的110电话,并大声地向食客们宣布："110的警车马上就到。"

甄六老头不情愿地放下拐杖,打架的人开始四散。人们不懂"不管部",但都知道110。没过几分钟,110的警察来了,带走了那个寻衅闹事的黑子。老板娘连连向甄六老人道谢,并摆了一桌子东北菜招待老人。等老人吃完了饭,留在那儿调查事端的那位警察,才把那副安装在拐杖手柄上的土造手铐还给了甄六老人。那位警察不失礼貌地对老头子说了如下的一席话："您吃饭的时候,不便打搅您的胃口。今后再碰到类似的事情,还是让我们处理为好。特别是给人戴铐,那是关联到法律的事情,请您理解。"

"你说什么？我抓坏人还抓出不是来了？"

警察的脸上一直带着微笑："您想错了,您这么大的年纪,还敢于挺身而出维护社会秩序,我们只有感谢。我是指这手铐……"

"手铐怎么了？"老头子一笑不笑,脸绷得像块铁,"我若带着枪,还可能赏那小子一枪呢！"

警察还要说些什么,我忙打断他的话说："110挺忙的,同志你就先回去忙吧！"

"别走——"老头子摆出要教训那警察的架势,"你们

110首长是谁?"

"都是比您晚八辈儿的后生,说了您也不认识。谢谢您了,再见!"

....

可能是因为警察的那句有关手铐的话,引起了甄六的不快,因而在归途上,老头子一路无言。我也尽量缄口不语,因为是我让那位执法的警察离开的。我想,此时老人的心态正在失衡之中,说不定还在怨恨我多嘴多舌呢。我不想对老人解释当今的法律,那是费尽唇舌也难以和他说清楚的问题,弄得不好,在轿车里还会引发一场唇枪舌剑。再细想想,这老人是个生活的矛盾体,他既看不惯眼下的世道,又在维护着这个世道的正常运行。时至世纪末的1999年,他心里有一根永不移动的时针:那根时针是定位在井冈山,还是在延安,抑或是开国的大典之中? 我无法界定老人的思维罗盘,此时究竟还指向哪里。

由于一路无言,回疗养所的路,显得更为漫长。我十分心疼这位老人,为转移他心中的沉重负荷,我还是先开口说话了:

"您看香山的树叶,有的开始发黄,苦夏快要过去了。"

后视镜中的他,向外望了望。

"到了秋天,香山红叶一定非常好看。"

他不知说了句什么,声音低得难以听见。

怎么才能让老头子开心呢,其实我现在做的事情,已然超越了"伴听"的界河,伴听工作中有开车的吗? 伴听工作中有为老头子解围的任务吗?我的个性在这些天里变了气味,成了老人与社会的黏合剂,虽然它并不治病,只对老人的伤口起点愈合作用,其作用尽管微乎其微,我已然从自我变成了非我。可是在这个非我的过程中,我似乎学到了许多的东西!这些东西都是生物工程学中难以学到的东西。

汽车终于开回了疗养所。久久无言的甄六老人,到了这儿才在车里感伤地长叹了口气:"在战场上我能打日本鬼子和白狗子,眼下却不能铐一个黑狗子了……我活到八十多,真是越活越糊涂了。"

我心里为老人难过,但无法答话。我先下了车,并给老头子拉开车门。

"我也吃了一只苍蝇,还是个大绿豆蝇。"他自言自语的同时,把被我初来时视作秘密武器的拐杖,狠狠地向远处一抛,嘴里叨叨着说,"刀枪入库,马放南山。我甄六今年没仗可打了……"

不言而喻,他一定是感到了透骨的悲凉,才说出这些话的。我真想安慰老人一下,可硬是找不到合适的语言。此时老头子已然迈向楼房台阶,我匆匆地跑过去,先扶老人上楼,待我把他安排妥当了,才下楼把车开进车库。我觉得老人还需要一根新的拐杖,先到疗养所的小卖部,给老头子买来一根竹子拐杖,以便他走路时轻松一些。然后,我去了办公室,我觉得我有必要告诉李贵今天发生的一切,他是疗养所的后勤人员,理应知道老人的心灵脉搏。他并没有为老头子的事过于吃惊,显然是甄六老人已然演出过许多类似的故事了;

但他夸奖我工作做得十分灵活,说只凭我顶替了司机开车,就要给我发一份额外的奖金。我没有表示接受——我难得有练习开车的机会,正好是我去美国学习之前求之不得的事儿呢;但我也没有表示拒绝,给老头子当服务员,着实使出了我浑身的解数,调动了我全部的生活智能。

"说不定你这个干闺女,能够改造干爹的这个呢。"李贵指了指他的脑袋,半开玩笑半认真地说。

我说:"你是不是说的梦话?这个世界上没有能改变老人心态的人了。我的工作目标是,在我当伴听期间尽量让老人活得快乐一点。可是至今我还没能判断出,我有没有这样的智慧。"

七

事与愿违,甄六老头从这次外出之后,脸色变得更加阴郁。当天下午,老人一直站在玻璃窗前,遥望着窗外的大院。他背对着我,我无法判断出老头子究竟在遥望什么。大院落里有几棵杨树和槐树,还有供老人锻炼身体用的门球和羽毛球的场地。下午,炎阳似火,那儿没有一个人影,棋牌室里设有空调,老干部们都在棋牌室里玩牌下棋。那么老人在眺望什么呢?我开动思维器官,揣测了很久,猜想到老头子是在看他抛在那儿的那个"秘密武器"。他下车时,虽然出于一时激动,把他苦心营造的拐杖丢在那里,但那是他精神生活的一部分。说得再直接一点,那根特殊的拐杖,是甄六老人的世纪遗产。此时他一定是后悔此举,怕大院的勤杂人员把它当破铜烂铁,卖给收破烂的小贩。但这东西是他扔下的,又不好意思把它再捡回来。

一经判断,我立刻下楼,把那件宝贝拾了起来,并隔着窗子,兴致勃勃地举给甄六老头子看:"伯伯——这东西是工艺品,我挺喜欢它,我把它拿回来,您同意吗?"

他推开窗子:"你要是喜欢,就拿回楼上来吧!"

我怎么会喜欢这个锈迹斑斑的古董呢,分明是老人难以割舍;我哪里是拿那件沉沉的铁杵,我是放在肩上扛回来的。果然如我所料,取回那东西后,老人不在窗前站岗了,他回过头来对我说道:"魏红,你为什么喜欢它?"

我立刻回答:"第一,这东西像古代武士用的铁杵,有保留价值;第二,是您找铁匠打的,上边留有您的心血;第三,必要时,它还能发挥一点专政的作用。不过我要对您有个制约,在我当您的生活服务员时,我只允许您拄着轻便的竹拐杖走路,不允许您再自讨苦吃。"甄六没有应声,但是轻轻地点了点头。

我立刻抓住时机,对老人说:"您可是'中央','中央'说话是算数的。"

"哎呀,我说小红,我这'中央'管得了谁?"他第一次把我魏红的全名,亲切地改叫小红,"家我管不了,社会更管不了。别看这儿的老家伙们叫我'中央',没有一个人听我的。你嘛,可别对我施行'秘书专政'!"

我笑了。

他没笑。

但是我从老头子的谈吐中,觅到了他心情回暖的信息。那天晚上,天空电闪雷鸣过后,下了一场滂沱大雨,我给他关窗子,盖好夹被,坐在老人身旁,在雷雨声中听他对我讲述妞妞的故事。那是许多革命书籍里写过的故事,我不想对读者重复转述,可是支撑老人的那种古典的爱情观念,仍然让我动心:解放后他没有续娶妻子,尽管想攀附将军这个高枝的雌鸟很多。他区别于那些花心将军的地方,就在于他像坚守阵地那样寸土不让。一个独处了这么多年的男人,其痛苦可想而知,也许正是他历经的人生痛苦太多太多之故,才有了他今天的怪诞。不是吗?老人何以会自我折磨,他对我讲了这么一个细节:妞妞从西北甘肃重返延安后,上级批准他和妞妞结婚,当时的一个大人物,还特意为他和妞妞的结合,喝了两杯喜酒,并说了这么两句开心的话:"甄六同志,你现在是中央警卫团的负责干部,凭你打仗时像条老虎,将来怕是要离开守卫工作,上前线去打仗的。记住,将来即使你因战功显赫当上什么司令和将军的,可也不能花花肠子花花心,把你的妞妞给忘了。妞妞可是个好闺女,马步芳的侍卫官那么想娶她,她死不从命,是带着遍体伤痕逃回延安来的。痴情女子负心汉,你要是有朝一日变了心,我可是要过问的呀!"甄六老人对我说起这段往事的时候,他的两眼是紧紧盯视着屋子里那一圈挂像的。

我说:"那不是两句玩笑话吗,您怎么就当真一辈子?"

"我是军人,军中无戏言!"他说,"她在世的时候我执行,她离世了我也牢记于心。"

雷声。

雨声。

在这雷雨交加之夜,我似乎摸到了老人所以独处这么多年的另一根精神支柱。这是这一年最大的一场雨,直到老人入睡时,也没有停止。当夜,我把这一切讲给杜鹃听,心情是很痛苦的,可是她的反馈是两个令我寒心的字眼:

"活该!"

"你怎么能这么说?"

"都什么年代了,他却还在苦守。"

"你太刻薄了,那是他的个人信念。"我说,"虽然可怜,但不可侮。"

"你知道中国有句古话吗,'可怜之人必有可恨之处',"她说,"你也来这儿一段日子了,老头子在疗养所有一个朋友吗?为什么,这到底都是别人的过失造成的,还是咎由自取?你没有来这儿工作时,搞行政后勤的李贵,为他一个人的生活安排,都快找歪脖子树上吊了。"

"反正我挺同情这个世纪老人的。"我长叹了一口气,"看起来一个人的行为秉性,都是生活锻造而成的。在这里,我找到了生物工程学中有关人的行为的科学原理。"

"你说得不错,老头子所以总对我横挑眉毛竖挑眼,是拿他那个当年做卫护的妞妞,来丈量我这个今天的护士呢!"杜鹃自鸣得意地说,"红姐,我为你高兴,你要是不来当这个伴听,怎么会发现这样的当代古'化石'!"

"你别这样比喻甄六,他是为缔造新中国流过血的人。"

"你去看过秦兵马俑没有,那不都是两千年前的勇士吗?"

她的话严丝合缝,我竟无可对答。

"你再看看疗养所的老人,他们都在战争年代流过血,尽管他们与我们这代人有许多不同,可是总在随着时代往前走呀!说实在的,我今年去西安参观兵马俑的时候,我当真想起来那些身披盔甲的武士,就是我们今天的甄大将军。"

"够了,你住嘴吧。"我在床上翻了个身,把后背甩给杜鹃,"我要睡了。"

"再听我说一句,就一句。我要是你,我早就与这座石像拜拜了。一个硕士生,干这费力不讨好的活儿,有什么意思?"

我立刻翻过身来,回应了杜鹃几句:"很有意义,既研究历史,又研究生物工程学。坦率地说,我不是冷血动物,人与人之间是会产生感情的。"

这下可捅了马蜂窝,她反诘我说:"你的意思,是不是影射我是冷血动物?"

"有那么一点。因为你的话太过分了。"

"是呀,我没你那么多知识,可也没你那么自贱。"

我却无法忍受这个难听的词,因而立刻对杜鹃还以颜色。我说:"我靠劳动生存,并不幻想有朝一日,在梦里与法国的阿兰·德龙鹊桥相会,或与日本的高仓健云山雾雨。在这个世界上,我不依赖任何人,更不自作多情地去做一个个春梦!"

"魏红,你……你……怎么恶语伤人?"

"什么叫'自贱'?是你首先打第一枪的。"

"我只有中专水平,找不到准确的词儿,就……就……"

我的火气仍然没有完全熄灭,接着补了一句:"那就先提高文化素养,让自己的嘴巴干净一点。"

显然,我的话刺伤了她的自尊,杜鹃一下从床上坐了起来:"我是为你好,想不到你倒骂起我来了。"

"我不会骂人,只骂过家里的那只懒猫。"

杜鹃找不出词儿回敬我,竟然捂着脸低声呜咽起来。她一边哭,还一边踢蹬着双脚,像个撒泼的孩子:"我刚才还喊你红姐呢,想不到……想不到……你伶牙俐齿地这么对我……"这是我来到这儿以后,第一次显示出我的本相。"冷美人"的绰号里内涵十分丰富,这只是我初绽锋芒而已。自从干上伴听工作以后,我处处自我克制,之所以在杜鹃面前露出本色,也是不得已而为之。我觉得杜鹃不仅仅侮辱了我工作的崇高意义,更伤害了甄六老人那颗疤痕累累的心。他有着一颗关爱平民百姓的心,尽管我也不赞同他的行为方式,可是我从心底十分敬重他的行为初衷。当然他在时代大潮的冲刷中,确实褪色得像杜鹃说的石像;可是在我潜意识里,也看不惯当代女孩的轻浮。两种心情交织,便引发出这个夜晚与杜鹃的冲突。不过在当天夜晚,我还是主动向杜鹃承认了自己的语言失准。当然,我也没有肯定她的行为失度。我只是安慰了她,就像我安慰甄六老人那样。

从此,杜鹃少了些对甄六带刺的话。老头子到医务室来拿药或者打针什么的,她都表现出从来没有的勤快,我不知道是不是那天夜里唇枪舌剑的功效,也不知道她是否真的认知了一点生活的真谛。反正她对甄六,调整了她的态度。在这一点上,连朱琴大夫都有所觉察,她说杜鹃像个真正护士的样儿了。令人心烦的是,甄六对这些变化却没有一丝悟知,他照常对杜鹃发火,不外说她嘴唇像是吃了人血,脂粉擦得脸如白面妖精之类。每每遇到这种场景,我都对杜鹃暗抛眼色,让她两耳装聋。有一次,老头子莫名其妙地对朱大夫大发雷霆,原因是朱大姐劝老人按时服用防止心血管疾病的"威士克"。他听了这药名后,突然两眼一瞪说:"啥?是他娘的哪家药厂起了这个药名'维什克',只跟'布尔什维克'差两个字,这不是有意混淆革命者的纯洁名称吗!"他不容朱琴对他解释,把几颗黄黄的药丸往地上一扔,"这是政治毒药,我不能吃!"

朱大姐哭笑不得,只好把药盒送到他面前:"您看,上边写的是'威士克',不是'维什克'。"

老头子理屈了,但并不因此认输:"不是毒药我也不吃,我没心血管方面的疾病。"耐心的朱大姐,递过去一张近日的医药报。上边写着据西方医学专家临床研究,谢顶的人得心血管病的概率,比不谢顶的人要高出40%。朱大姐怕老人心存疑虑,还提示甄六说:"这可不是小道消息,是新华社的报道。您这'中央'不相信西方,总该相信咱们通讯社吧!再说,您的血脂一直超标,您今后每天要吃上几粒。"

甄六老头把报纸往小桌上一放:"现在只要是给钱,广告都能变成新闻。我就不信我这个秃头,能得心血管方面的杂病。我头上长不长头发,与脑血栓之类的杂病,能有什么内在关系?分明是西方在骗人,中国人还就上钩。"他不等朱大夫再说什么,已然站起身来,对我招招手道,"小红,走,帮我起草一个报告去。"

我说一切都可以照办,但必须先把"威士克"吃了——不仅今天吃,以后要天天吃。我的态度所以如此坚决,因为我看见朱大夫是翻看了老头子病历之后,上午特意为他从医院取回来的。为了尊重医生的苦心,更为了甄六老年病的预防,他应该按医生的意见服药。

甄六看我一动不动,声音突然拔高了八度:"你是怎么了?是不是也中了西方的邪了?小朱给我的救心丸,我没有拒吃过。那是中国生产的灵丹妙药,我信我这正牌的'布尔什维克',不信冒牌的'维什克'!"

真是秀才遇到兵,有理说不清。他头脑里那根从没松弛过的政治神经,正在绞杀吞噬着当代科学。我没有随老人出屋的道理,因而再次规劝老头子说:"伯伯,您先吃了药,我立刻跟您走。"说话之间,朱医生已然倒好一杯凉开水,我右手端着水杯,左手把药丸送到甄六面前,并对老人半开玩笑地说,"您不是说不许秘书专政吗,在吃药问题上您得听我的,这不算是秘书专政吧!"

朱大夫笑了。

杜鹃也笑了。

但就在我们嬉笑之时,出乎我们意料的事情发生了:老头子对我大发了雷霆。他先把我手中的杯子扔在了地上,哗啦一声杯子摔得粉碎,后又对我扯着嗓子吼叫道:"魏红,你搬到这屋子来时,我就担心你受资产阶级影响,结果还是不出我的所料。我告诉你们,我坚决不吃那些迷魂药,今天不吃,明天也不吃!"

朱大夫吃惊地愣在了那儿。

杜鹃被吓得背过了身子。

我被老人激起了火性,猛然跳出一句话来:"您这是对谁发威?妞妞阿姨是在部队从医的,如果她能活到现在,会同意您今天的做法吗?"

说这话时,我并没有经过缜密思考,只是在火头上顺嘴而出。这下可是惹下大祸了,他两步蹿到我的面前,用哆哆嗦嗦的胳膊,指着我的鼻子尖说:"好啊个你,你骨子里原来也和前边的服务员一类货色,你马上给我走!走!我这老粗,用不了你这臭知识分子!"他一甩手,踉踉跄跄地走了。由于怒火攻心,他的头在门框上撞了一下……

八

事情惊动了整个疗养所。朱琴大姐和杜鹃正在安慰我时,李贵脸色煞白地走了进来。不用说也能猜到,老头子到他那儿发威去了。我长这么大,还没有受过如此的训斥,泪水猛地涌上眼帘。我说我走,我立刻离开这个扭曲我个性的地方。李贵急了,连连乞求我说:"别走,千万别走,老头子对你还算是最好的呢。你这样的服务标兵一走,我去哪儿能哭出另一个魏红来!再说,老首长不是把你看成他的干闺女了吗,干爸对闺女发发威,也是情理之中的事情。"

朱琴大姐说:"这老头子抗拒服用西药,也不是一回了。他的血脂越来越高,不吃是不行的,从老人身体考虑,你也不能一退六二五。在我眼里,他对你还是最好的呢。他骂别的服务员用的是'滚',对你用的是'走',这一字之差,说明你在老人心里的位置。"

我默默地听着,但没有为之心动。刚才那一幕太刺激人的神经了,如果仅仅是老人的心理变态,倒也罢了;在他指点着我鼻尖训斥我的瞬间,我回想起昔日电影中看见过的军阀。这个联想从心头浮起之后,我忘乎所以,立刻站起来,开始收拾我的背包和杂物。第一个上来阻拦我的自然是李贵,他张开两只大手,挡着我的去路;朱大姐也跟了上来,说出一条条我不能走的理由。只有杜鹃上来帮我,她对老头子本来就水火不容,此时出于同室而居近一个月的友谊,帮我收拾卫生间里女人用的东西。李贵见我动了真格的,便匆匆跑了出去,我以为他是结算我的薪水去了,哪知不到两分钟他就跑了回来:"魏红,我向首长汇报了你要离去,首长说要你为他起草完了一份报告再走。"

"对不起,我不伺候。"

"哎呀,二十四拜只剩下一哆嗦了,你就完成了它吧!"

"你也不是文盲,由你完成吧。"我已整好了我初到这儿来时的背包,并把它挎在了肩上。李贵拦住了我的去路,并关上了房门:"我说魏红,这不是我说的,是'中央'说的,古话说'响鼓不用重槌,一点就通',你还不了解'中央'的意思吗,他心里并不愿意你走。可是泼出去的水,没法再收回来。你这干闺女,就不给老头留一点面子?要让他承认错误是不可能的,你就再委屈一回,别这么绝情行不行?"李贵说这话时,面上大汗淋漓。仿佛我是他的一根救命稻草,或是大海里的一只救生圈似的。

我背着挎包站在那儿了,心里当真掀起了波澜:该怎么处理眼前的事情呢,显然是老头子听说我当真要走,有点下不来台了;如果我耳软心活地留下来,我又觉得有失自己的自尊。我正在矛盾的漩流中,寻找泅渡的舟桨时,李贵"劝降"的话又开始了:"魏红,你不看僧面看佛面,就留下吧!不然,我跑折了腿到家政服务中心,也找不到你这样的了。那将是什么样的局面呢,甄六挂着他那根'秘密武器',要像孙悟空大闹天宫一样大闹疗养所了!我李贵、朱大夫、杜鹃当然更是在劫难逃,就连棋牌室那些疗养的老头子们,都会不得安生。"我喘了口气,坐回到椅子上,灵机一动,想出个折中的办法来:"这么办吧,老头子当面不好说,为了让他下台阶,让他给医务室打过来一个电话。"

李贵虽然面露难色,但是沉吟了片刻,还是去了老头子的卧室。过了老长老长的一段时间,医务室的电话铃终于响了起来,朱大姐把听筒递给了我,电话里传来李贵的声音:"喂,魏红吗,首长对你说话……"我等待着,约莫过了又有一分钟,老头子的声音终于传了过来:"刚才没说清楚,我是让你给上级打个报告。我在疗养所住着,那所空宅不属于我,它姓公,不姓私,我请求把它交公。可是我写字手哆嗦,你马上过来一趟!"

虽然仍然是命令的口吻,但我听出来声音里已然少了火药气息。不知道李贵凭着三寸不烂之舌,怎么把老头子说动的,反正他修正了让我离开疗养所的命令。朱大夫脸上绽出了一丝微笑,轻声对我说:"天哪,这是我见到的头一回。别看老人嘴硬,心里还是离不开你。"杜鹃脸上则阴阴晴晴,莫衷一是地窥视着我,我没有任何的犹豫,放下挎包,就奔向老头子的卧室。时下一些当官的能捞则捞,能拿的就拿,能占的就占,能贪的就贪,哪儿还听说过将军还没离世,就主动退房还公的事儿,而这个新的"天方夜谭",就是老头子的一声时代绝响。

"伯伯,您不撵我走了?"我走进屋子后,还是难以压抑我的情绪。

"你听错了。"李贵马上接过我的话头,"首长是请你到这屋里来。"

真是难为李贵了,他立刻打开了圆场。李贵又一次见缝插针地补充说:"过去首长打发服务员,从来就用一个'滚'字,从来不使用'走'字。你看首长把纸笔都给你准备好了,你就完成首长交给你的任务吧!"说着,他还关上了窗子,说是夜里下了暴雨,一场秋雨一场寒,怕首长身子骨受了凉。在他关闭窗子的刹那间,还不忘用目光警示我!我了解他目光的含意,别再打破砂锅问到底了。甄六老头狠狠地盯了我一眼,邪火却发到李贵身上了:"关哪门子窗户,天刚凉快一点,我离死还远着哩。你走吧!"

李贵如释重负地走了。屋子里只剩下了两个人,显然这是一个非常尴尬的时刻,无论是老头子,还是充当他伴听的我。正在这时,打破僵局的第三者出现了:电话铃声响了起来。往常接电话的事,一律是老头子自己干,此时不知出于什么原因(是不是表示对我毫无间隔)甄六示意我去接电话。平时老头子的电话不多,主要是棋牌室缺人手了,才想到老头子身上;而打电话来的人,多是那个人高马大的丁政委,丁政委过去和甄六一起共过事,来这儿又在一起下过象棋,与甄六算是有着历史和现在的双重缘分。因而我自然而然猜想到电话是丁政委打来的,但是我一接电话,就意识到我猜错了。

"噢,你是……你是魏小姐吧,我是甄珍。我爸在吗?"

"在。请少候。"

"不,我先对你说吧,你好好安顿老头子的情绪……"甄珍的话还没说完,不知老头子的耳朵怎么这么尖,他已然听出来是女儿打过来的电话,一下把电话听筒抢了过去:"有话快说,有屁快放。是不是你妈的照片洗出来了,洗出来就立刻给我送来。早就该办的事,拖了多年才办,真让我寒心透了。"

电话里甄珍的声音很大,因而一字不漏地钻进我的耳朵:"爸,相片的事,我当天就去办了,人家又要翻拍,又要着色,还要修补放大,还要等上两天……"

"那你给我打哪门子电话?"

"我本想对您封锁这个消息,可是不告诉您又不行! 咱家失窃了。街道给我打来电话,说是在咱家的瓦垄上,发现了女人的内衣,怀疑是不是有贼光顾了。刚才我回家看了看,您的屋里没的偷,把我和我哥哥屋内的东西偷了个精光。两个屋里的电器:电视、音响、VCD……都一扫而光。爸,都怨您那天撬开了我的房门,不然那臭贼也许不会偷得那么方便呢!我刚才已给110打电话报警了。"

突然飞来的消息,让我吃了一惊;可是老头子的回答,简直让我惊上加惊。平日没有笑容的他,此时脸上竟然绽出了笑靥:"好!很好!窃贼偷了别人的东西,那是犯法行为;拿了你们的东西,那算是革命行动。《共产党宣言》里怎么说来着,'无产者要解放全人类,最后解放自己',你们不愿实践这一神圣目标,有人帮助你们实现,这不是好事吗!你们俩开的什么公司,天天大摇大摆地赚黑心钱,还不许人家拿走几件用用?只当是资本家周济了穷人,不是挺好的吗,你他妈的报哪门子警!"

"爸。真是没法跟您对话,您怎么能与贼一个鼻孔出气呢?"

"我该怎么说?我告诉你,现在我后悔那所空宅交公晚了;要是早交了公,就没这丢人现眼的事儿发生了。也好,它让我加速起草报告!"

显然是这个消息,盖过了失窃的震动,甄珍在电话里对老头子嚷了起来:"爸,你真是疯了,关于那所宅子,我和我哥正在联手疏通有关部门,准备开一所'四合院超市'呢!将来开业以后,我们将按期交房屋主管部门一定的租金,这不是一举数得的好事儿吗!您怎么不看看时尚潮流,甘当发展经济的绊脚石?我和我哥坚决不同意!"

"你俩道行真是越来越高了,居然把手伸向军队了。那所宅子是部队分给我用的,交房的事与你们无关,你俩就死了这条心吧!另外,我还要告诉你这狼崽,你别让110的刑警到我这儿来查询什么情况,我甄六不能跟你们一块儿丢人。就这样!"咔嗒一声,甄六挂断了电话。

突然而来的家庭风暴,把我和老人之间的芥蒂一下子化为乌有。但是老头子坐倒在沙发上,半天没有出声。我给老头子倒上一杯茶,摆在他的面前:"伯伯,您先喝几口,您的声音都沙哑了。"

他没顾上喝茶,立刻指令我说:"小红,你马上给我向上级行文,写交房报告。"

我很愿意为老头子代笔,但是难处不少:第一,我不知道如何书写这类公文;第二,涉及军队内部的事情我知之甚少。我忐忑不安地拿起笔来,竟然连上交报告的单位名称都不知道。老头子似乎看出来我的为难情绪,叹了口气说:"这么办吧,我说你写,然后再斟酌修订。"

他刚刚开口,那烦心的电话铃声又响了起来。甄六老头狠狠地骂道:"娘你个×,又是那崽子打来的。你告诉她,让她收敛她的贪心,要想私吞公宅,我将起诉他俩。去,就说这话是我说的。"

我拿起电话就愣住了,对方告诉我他们是110,要找将军说话。老头子只好无奈地站起来,走到电话机旁,开口就说:"贼嘛,你们还是要抓。我们家被偷的案子,你们就剔除在外吧！你们问……问……为什么？那些东西本身就来路不正，你们只当是贼偷贼好了！""老将军，这怎么能看成是贼偷贼？法律保护私人财产，您看我们什么时候去找您谈谈？""恕不接待，我的意见就是不用立案。"

对方电话哑了。

老头子趁机放下了电话。我心里不禁暗然发笑：那些110的刑警，不是把老人看成精神失常，就是把老人看成痴呆病患者。但是我清楚老人的心，他对时代的贪婪疾恶如仇。到了20世纪末，这种人是不多了，即使过去曾经是这样的人，心灵也在不断地改变着颜色。不是吗？

这是我最最难以忘却的一天，也是我最为悲恸的一天，因为老人刚说几句，电话铃声又响了起来。我估计是刑警们没有听懂老人的话，再次来询及老人问题的。可是我忘记了甄珍还有一个同盟军——她的哥哥甄华。这个电话来自深圳，不用说我也明白，那是妹妹把老爸交房的事儿传了过去，老头子的儿子，为此事亲自披甲上阵了……

九

甄华在长途电话中，与老人交锋十分激烈。他虽然称甄六为"老爸"，但实际上却没把甄六看成老子。甄珍还把老人称呼为"您"，儿子则一律称呼为"你"。是不是南国商界之风，节约了儿子对老子应有的礼貌，我无从考察，也无心细想！我能记下来的对话，犹如一场家庭战争：

"你睁眼看看，中国还有没有你这样的傻瓜？"

"有。我不就是其中的一个吗!"

"冒这样的傻气,你认为有什么实际意义吗?"

"意义重大,大就大在我不改初衷!"

"老爸,你真是迂腐至极,我实话对你说吧,关于咱家的宅院问题,我们早就与有关方面达成意向上的协议了,你写报告不过给你的儿女多增加一点障碍而已,你认为你就能螳臂当车?"

"你跟谁谈的,你小子告诉我,我不把他弄上法庭我就不叫甄六,而叫'假六'了。你说出那狗娘养的姓名来,让你老子长点见识!"老头子的口气虽然还是铁硬,可是脸上的肌肉却抽搐开了。

"这是秘密,将来你会知道。老爸,我劝你还是自量一点,你现在一没权力,二没后台,三岁数过了八十……你以为你是谁?你还以为你是'三国'里的老黄忠?如果打一场现代化的战争,怕你都找不到东南西北了。我劝你在疗养所找点乐事,别天天跟自己和这个世界叫板——"

"浑蛋——浑蛋——你给我住嘴——住嘴——"

对方没有住嘴,老头子却无声了。起始,我只认为老人在独自生气,待我走近老人一看,把我吓了一跳:甄六坐在电话机旁的椅子上,不知为何变得嘴歪眼斜,尽管他的双唇上下翕动不止,但就是吐不出半句话来。我慌了手脚,不顾对方还在喂喂地喊叫,跑出屋子把朱大夫找来。朱大夫只看了一眼,就下了结论:中风。之后,疗养所里一团忙乱。我们先把老人抬到了医务室输液,老头子拒吃的"威士克"已然无用,我看看输液瓶上标写着"维脑路通",口服的药片是进口的"都可喜"。不用朱大夫说,我也知道,老人之所以突发了脑血栓,是他在与儿女的"战争"中,超常的精神负荷而导致,不是他不想与甄华把家庭之战进行到底,而是老头子产生语言障碍了。李贵来了,问朱大夫是不是要送医院。朱大夫说先抢救一下,看有无效果再定,但是通知家属是必须的。甄六老头虽然失语,但耳朵没有失聪,听说要叫他的家属来这儿,便连连晃动没有瘫痪的右边那只手,并啊——啊——地叫了起来。此举,就更使李贵为难了:疗养所本来都是短期来疗养的老干部,老头子所以长期在这儿生活,就是因为和家庭子女处理不好关系,经上级特批才成了这里的常客的,而此次病发的引线,就是由儿女所致。如果此时逆老人意志而动,把身在北京的甄珍找来,会不会加重老人的病情?甄六的脾气秉性在疗养所无人不知,情急之下发生什么意外,谁能对此负责?李贵绞尽脑汁也无计可施,最后大家合议,还是看看老人病情发展再做决定。

那是我的一个无眠之夜。朱大姐一夜没有回家,我和杜鹃围着病床转来转去。直到后半夜老人终于睡着了,朱大姐和杜鹃才有机会打了个盹,我则被朱大姐推到老头子的屋里去睡。出于我生活习惯中爱清洁的怪癖,我无法在老人的住房里入睡。是见景生情,还是我突发了奇想,我觉得这间屋子,堪称一间世纪之屋,从本世纪之初,到本世纪之尾的历史,都在这里一览无遗了:从日本人留下的战刀,毛泽东头上戴过的八角帽,到甄六那件铁杵一般的秘密武器,以及他遗落在这间屋子里的形影……用电影中的"蒙太奇"手段处理一下,中国20世纪的面貌便勾勒出来了。我想当今的中国,也许没有任何屋子,与甄六的卧室有着类同和近似了,这是中国一个不凡的进步。但是在历史火车头拐弯的时候,把甄六给甩下来了。不,更确切地说,是他拒绝搭乘这趟列车,而梦呓着黑鹰渡的船舶,黄土高原上的延安宝塔。那个永不褪色的乌托邦梦想,让他成了这样一个狂执的老人。

他有着令人起敬的一面,但也有着可怜的另一面。我是学习生物工程的,我无法从中找到他个人基因的遗传影响,但是我能抚摸到社会基因在他身上的无限延伸。我本来是为适应未来在美国生活学习,而来这儿当伴听的,可是看到和听到的,却是对生物工程学中的另一种基因学的重要补充。如果不是凌晨更深,我真想打个电话给爸妈,告诉他们我的收获。可是此时甄六墙上的老式挂钟,正在敲响早晨4点。我的身心都感到累了,坐在沙发上就进入了梦乡。

这是一个十分奇怪的梦境。梦里出现了欧洲中世纪的水车,当那一扇扇生了水锈的叶片旋转过去之后,出现了中国西北出土的木乃伊,那早已风干了的尸体,突然站了起来,向我询问起岁月的年轮,到底转到了天宇之间的哪个刻度上,是人类飞向了金星,还是飞到了火星?然后他又问我今天的生物基因学,能否克隆出一个他的原形来。老实说,这些并没有使我害怕,因为梦境本来就是千奇百怪的,使我从梦中突然惊醒的是,那具会说话的木乃伊竟然幻化成了谢了顶的秃头"中央"——甄六老人。古人说,梦是心中想。我以为是老头子出了什么问题呢,匆匆去了医务室。阿弥陀佛,里边寂静无声,老人正在点滴中安然而睡。

我干脆躺在沙发上安心睡了,一睁眼已然是中午时分。想来是他们不愿惊醒我,因为我这伴听是解决不了老人的栓塞问题的。但我用水洗了洗脸,还是立刻奔向了医务室。楼道里就有人喊我:"哎呀,我看我爸来了。"我回过头去,看见甄珍怀里抱着一个大大的相框,喜兴地朝我走了过来。看样子,她还不知道这儿发生的一切,这反而使我不知所措。

"我爸的报告上交了没有?"她在门口小声地问我。

我脑袋顿时大了一圈;但是理智提示我只能装傻充愣:"什么报告?"

"有关那所宅院的。我昨天打电话过来,先是你接的,证明你是在我爸旁边的呀!"

"我……我……后来出屋给老人取报去了。"

"那你回来之后呢,你看见老头子写什么材料没有?"她一边轻声询问,一边指指屋门意思是让我小声回话,"我爸对你那么信任,你应该是知道那份报告的。"

一股愠怒从我心中升起:好个甄珍甄华,生养你们的老爹,都被你俩气得突发了脑血栓,你们还蒙在鼓里呢,直到现在你们还咬住这所房产,像猎狗咬住猎物那般死不松口,真是贪婪到丧失伦理良心的程度了,我索性让你心里流点脏血吧!于是我故作神秘地说:"我好像是看到老人上书什么报告,至于上边写了些什么东西,我无权知道,也无权过问。"

"好哇!怨不得我哥来电话说,他与我爸的电话打到一半,就断了线呢,他是狠心不认他的儿女了。"说着,火气十足地推门而入,见室内空无一人,便一改初见到我时的温文尔雅,像质询她的雇员那般居高临下地对我说道:"他去了哪儿——哪儿——"

戏已然唱到这个份上,我真不知道该如何收场。告诉她真情,倒是十分容易,连一分钟也用不了;可是谁能预料她的出现,会给甄六带来什么结果呢?继续假戏真唱,人家毕竟是血缘父女,她又是以给老头子送妞妞放大照片缘由出现的,该怎么处理这当务之急呢?左右为难之际,我抓起电话拨通了办公室,我告诉李贵甄珍的到来,并特别告诉他"是为给老爹送照片而来",弦外之音则是,截止到现在她还不知道这里发生的一切。显然,李贵也被这位"公主"的突然光临,弄得不知如何应对,他在电话中沉默了许久,才放下了电话。"你们这是搞的什么名堂?"眼里揉不得沙子的甄珍,从电话中似乎捕捉到了什么反常,朝我大发雌威。

我把脊背甩给了她,索性不做回答。

"你以为你是谁?你真以为你是我爸的干女儿了?你记住,在这儿你是保姆。将门子弟的光环,永远也落不到你的头上!"

"请你别把肉麻当有趣。"我不咸不淡地回敬了她一句,"将门之后少虎子。"

她把妞妞的照片相框,叭的一声扔在了桌子上:"你在骂谁?"

"我骂的是犬子犬女。"我的冷傲突然爆发,"是癞皮狗都贪吃窝里的食。"

她刚要爆炸,李贵走进了屋子。她的满腔愤怒立刻转向了李贵:"啊!你就找了这么个小泼妇来伺候我爸?我爸到哪儿去了她都不知道,你是怎么对待首长的?你今天马上给我换掉这个人精!"

可怜巴巴的李贵,满脸赔笑地说:"甄总,这我可做不了主,由我们首长说了算。坦率地说吧,首长很喜欢她。特别是在目前,首长……首长……突然得了脑血栓,抢救了一夜,刚刚好了一点,更不能对首长说这个问题。"

"你为什么不通知家属?前几天他好好的,怎么突然得了这个病?"

"甄总,听说昨天晚上首长跟你们哥儿俩在电话里吵了起来……电话没有通完,老首长就……就……我还正要问问甄总你哪,究竟是为了个啥,你们惹老人不高兴了?"李贵虽然在甄珍面前点头哈腰,但却不失时机地把球踢给了甄珍,"首长出了这么大的事,我们敢不通知家属吗,就是我李贵长着八个脑袋也没那么大胆子。第一,首长坚决不让我们通知甄总,我不能不服从;第二,从病情上考虑,我又不能按首长说的办,我还是偷偷地给你公司打了足有半个钟头的电话,可是你的办公室没有人接。今天早上我又给你打电话,你的秘书说你没去公司。甄总你看,你要是说我失职,不是天大的冤枉吗!"

滴水不漏,无懈可击,蔫儿了巴唧的李贵,亮出他左挡右遮的本事。虽然他内心不无悲凉,但面孔上绝找不到一丝不快的痕迹。真是难为这个负责行政的李贵了,老头子不好伺候也就罢了,谁让他是开国功臣呢!他女儿是算个幺还是算个六,也摆出一副盛气凌人的架势,对他大发威风。李贵的杰出表演,就在心里骂着八辈祖宗,脸上表情居然天衣无缝。

"我爸住进哪个医院了?"甄珍终于回到现实问题中来了,她脸上掠过一丝惊慌。

"正在医务室输液呢!你来得正好,往哪儿送,医生想听听你的意见。"

按情理推论,此时做儿女的,一定风风火火地闯进医务室。可是甄珍并没那么做,而是满腹心思地愣了许久,好像有什么难以言喻的事情,使她为难。直到李贵催促她去看看老爸,她才拿起那妞妞的照片相框,心神恍惚地跟随李贵出屋。我本想在屋里静静心思,但出于对甄六老人的惦念(也掺杂着想看看甄珍如何演也),便一同走进了那间病房。

"爸!爸!您是怎么了,过去没有这个病啊!"

老头子本来是睁开双眼看屋顶的,听她叫"爸",立刻闭合了眼睛。

"您吩咐我做的事我做完了,您睁眼看看妈的放大像!"说着,她绕到了病榻旁边,举着那个大相框,让甄六看。

老头子当真睁开了眼睛。全病房的人也都朝那相框望去。当今的洗印技术,真是无所不能,我在老人家中看到的那张卷了边边、黯然无光的妞妞照片,此时不仅变得色泽亮丽,连妞妞的两个酒窝,都被细致地表现出来了。甄六眼中的两滴老泪,顿时滚落了下来,他嘴唇翕动着似乎要说什么话,朱大夫立刻上前制止说:"请先收起来,老人需要安静。"

"这是我妈,"甄珍向朱大夫解释着,"她能医治我爸的心病呢!"

"现在不行。你要听从医生的。"

甄珍还想争辩什么,朱大夫又开腔了:"老人血脂呈黏粥状,是病发的内因。听说老人犯病,是你们当儿女的引发的。你把照片留在这儿,我先和你商量一下送老人去医院的事。"

第一个反应不是来自甄珍,而是来自甄六。他伸出右手晃动不止,那意思表明他不去任何医院。朱大夫并不理睬老人的手势,继续尽她医生的天职:"在这儿治病,我们当然会竭尽全力,但是你也知道这儿没有大医院的各种设备,我个人的意见是送301,那儿收治军级以上的干部,甄老将军应该马上到那儿去住院。"

"爸……您看……"

老头子再次晃起右手。

朱琴急了:"你怎么能听病人的呢,来,咱们出来商量一下。"

室内的人都出去了,只留下我这个失去意义的"伴听"。我还能听什么呢,老人都失语了!但就在这两个人的世界里,甄六老人先示意我到他床头,待我刚刚坐定,他那只没有失去自由的右手,紧紧地把我的手拉在他的掌心之中。他目光直直地望着我,好像生怕我突然离他而去似的。我的心颤抖了,接着泪水失控地流淌了下来……

之后,全凭我对老人昔日的了解,来理解他的手势了。他向我表达的第一件事,我理解是把妞妞的遗像挂在病床旁边的墙上;第二件事,是他拒绝去什么高干医院的病房,他留在这儿治病;第三件事,让他的女儿马上离开这里,别再来看他;第四件事,就是挽留我不要走,他还会重新出声说话的。我顺水推舟地安慰老人说:"相信您能重新站起来,我不会轻易离开您的。就是您女儿坚持送您去301,我也要去那儿当'特护'。"

屋外的会谈结束了。朱琴进来向老人传达谈判结果:家属的意见是就地医疗,必要时请些专家来会诊;送不送301医院,视老人病情发展而定。当甄珍再次走向老头子的床前时,老人一直闭合着双眼,任甄珍如何喊爸,甄六也没睁开眼帘。最后,她说她公司脱不开身,向朱医生说了几句感谢的话,就告辞了。直到这时,我才想到我还空着肚子。李贵当天特意为我开了一顿小灶,他陪我吃饭的时候,弄来一瓶凉凉的啤酒,说是冷冻一下肚子里的火气。我说:"你活得可真不轻松。"

他说:"小小公职人员,习惯了左右逢源。"

"你不过是这儿的办事员,棘手的问题该让疗养所所长出头哇!"

"你以为我愿意顶着雷过日子哪,人家到杭州休养去了。"

"真有意思,疗养所所长外出疗养,这儿条件不是挺好的嘛!"

"蜀中无大将,廖化作先锋。我就是这个受苦受累的命。"

"我看你也算是出师了,你今天回答甄珍的质询,真是面面俱到。"

"这公主还好对付。你还没见到那位甄华公子哥儿呢,一说话能吓人一溜跟头。"

"我已然领教过了。"

"他在深圳,你们又没见过面。"

"在电话里。"我把他与老头子的对话细节,一字不漏地对李贵述说了一遍。

"噢!我醒过闷来了。我说我和朱医生力主将老头子送往301医院,她一直持反对态度呢,那所医院里住的净是些军队的负责同志,她是怕老头子当面向上级谈及交房的事情。"李贵好像是破译了什么重要密码似的,脸上闪过一丝苦笑,"真是机关算尽,千方百计地想化公为私。为了那垄房瓦和地皮,就不顾老爸的病了。"

"画龙点睛,言之成理。李贵,老头子是写不成这份材料了,昨天他还用手比画着,意思是让我起草报告,你看总得了却老头子这桩心愿哪!"

李贵说道:"那你就能者多劳,动手写吧。"

"我说李贵,我是军外人,连开头的称呼都不知道,怎么下笔?这么办如何,你写我给你打印。"

李贵面露难色,再三问我这是不是老头子的意愿。我理解了他身为军人的难处,为他解疑说:"我说的话我负责,电脑存档写明是我代笔执行老人的嘱托。"

"这不属于你我的阴谋吧?"

"就算是'阳谋'吧！来,为了我们的'阳谋'干杯!"我举起了酒杯。

啤酒杯子在空中碰撞了一下,我俩将杯中的啤酒一饮而尽……

十

算是老头子命硬,大半生多少关坎都闯过来了,甄六初犯的血栓,经过朱大姐和杜鹃精心护理,20多天过去以后,老人已然能趔趄着身子下地,坐在医用小推车里,出现在楼道上了。不过他的舌头仍然不会拐弯,说话失去了往日的清晰。因而在楼道里遇见一些老人时,老家伙们常常拿他开心说:"哎呀,我说'中央',你升官了,你成了二战时期坐着轮椅说话的罗斯福了。"

"我——我——是——中国——的——甄六——"

与老头子下过象棋的丁政委,俯下身子对着他耳梢说:"你还能跟我楚河汉界一回吗?"

"能——能——我能——杀你——个片——甲不——不留——"

"你这家伙生性好斗,可是你从没赢过我一盘棋。"

"午睡——睡后——到我——屋——我们——"

丁政委看甄六说话吃力,打断了他的话说:"行了,一言为定。"老丁个儿高,说完这两句话后,还躬下身腰十分友爱地吻了吻甄六的秃顶,"像你这样既非常讨厌又十分可爱的老家伙,已然快走光了。你大难不死,必有后福。"

自从这个半瘫的甄六能够挪动身子开始,他就自觉地离开了医务室,搬回到他那间屋子里来。因为疗养所里都是花甲老人,他们经常找大夫看病拿药,屋里有张病床十分不便,这是他急于搬回老窝来的原因之一;之二,妞妞那张彩色放大的照片,他不愿意让别的老头们看见,只想和她独处。照片相框是挂在他床前墙上的,他常常坐在轮椅上久久地望着她,一动不动或喃喃着什么。本来病后他就变得口齿不清,谁也听不懂他与她究竟在说些什么。每每看到这个镜头,我都为老人的情痴而心动。

此时已至萧瑟秋天,窗外黄叶飘飞凋零的景象,就挺撩人感伤情怀的;加上老人室内这幅画面,我常常感到古典情愫之珍贵。但是朱大姐告诉过我,不能让老人恋栈于悲情困绕之中,所以我还有不断地转移老人情绪的任务,推着轮椅各处转转,或千方百计让甄六背对那个相框。有时成功,有时失败。

这天午睡过后,他又要痴呆地面对妞妞照片时,我来了词儿了:

"伯伯,您忘了与丁伯伯下的战书了?"

他歪斜的嘴角咧开了,那是他在笑。我真是高兴死了,先去棋牌室搬过下棋用的小桌,然后马不停蹄地找来丁政委。我给两个老头儿沏上两杯绿茶(那茶叶是我抽空回家时,从家里带来的),又帮他俩摊开棋盘,考虑到甄六只能使用那只右手,我把小桌摆得略向右边倾斜一点。

"当——头——炮——"

"把——马——跳。"老丁故意拉长声音,以和甄六对应。

当两人双双进入角色以后,我把杜鹃找来应急,我去找李贵完成那件"阳谋"的扫尾工作去了。上交房宅的公文,是由李贵起草的,经我修改后曾读给老头子听。费了好半天的工夫,我才听出来老头子的表态,是说草稿语气不够坚决,还责令我们必须在报告上,同时给两个崽子的贪婪曝光。李贵有点害怕,我则亲自挥笔。这是最后的一遍文稿了,我将其扫描进办公室的电脑,以示文本与李贵无关。然后,我又打出成文,以让老头子看得清楚一些。

重新回到老屋之内,屋里的气氛出奇地好。杜鹃站在一旁观战,甄六老头子见我进屋就忙不迭地对我报捷:

"小红——头一盘——盘棋,我杀——杀得他——举了——了——白旗。"

丁政委更是连声附和:"哎呀！我怎么搞的,竟成了老甄的手下败将!"

"你——不该——跳——跳马——该把——车——车——沉底——"

"甄六,你的棋艺长道行了,居然兵临我的紫禁城下。"

"我——本——来——就比——你——你——强——"

"完了,我缴枪投降。"

丁伯伯高声赞扬甄六棋艺长了道行,杜鹃则朝我偷偷地眨眨眼睛。我明白了:这是丁政委有意以输棋给病友找乐。而甄六当真像个老小孩那般,对这"猫腻"一无觉察。此时老丁才亮出底牌:他的疗养期满,明天就要打道回府,今天是陪

"中央"下的最后两盘棋,"中央"以全胜收场。

丁政委又亲吻了一下甄六的秃头便告辞了。杜鹃见我回来早已溜号,此时屋里只剩下了我和老人。趁着他正沉溺于难得的胜利喜悦之中时,我把那份打印好了的报告交给了老头子。他的表情已然告诉我,他满意最后形成的一纸公文,可是当他在报告上签名时,遇到了非常大的麻烦:能摆弄棋子的右手,怎么用劲也无法握紧那支钢笔,最后我只好攥住老人的手,歪七扭八地签上了"甄六"的大名。老头子十分急切,签名后立刻催我交李贵封好,立刻送往上级主管单位,并通过哑语般的手势告诉我,这也是打仗,因为他的两个崽子,也正在翻云覆雨,快速是战争取胜的重要因素之一。

在我的印象中,这是老头子少有的欢快时刻:那位使他刻骨铭心的妞妞,在用含笑的目光看着他;他在楚河汉界之争中又打了翻身仗,两次直捣棋友老丁的紫禁城;此时他又在制服贪婪的黑手,他自信能斩断来自家庭的魔爪。我为老头子的快乐而快乐,一个年纪到了黄昏斜阳时分的老人,心情愉快比吃任何补品都重要,这是人人皆知的道理。可是在我为这一纸公文去李贵办公室的时候,杜鹃干了一件疏忽的事:她去给老人服用"都可喜"的时候,无意间说起下午楚汉对弈的事儿。她说丁政委这个人非常大度,硬是把该赢的棋给下输了。

"他——根本——不是——是——我的——对手。"

杜鹃起始只是笑笑:"您先把药吃下去,我再告诉您其中的秘密。"

"有——啥——秘密——你——在——旁边——是看——看——见——了的,我杀——杀他——他个——片——甲不——不留——"

"您到底老了,头一盘他偷偷拿下自己的'车';第二盘,他的'当头炮'分明已然'将'死您了,可是他没取您'老将'的脑袋。"

"你——是——胡——说——胡——说——"一辈子没认过输的甄六,一下子把快要咽下喉咙的药片,喷吐了出来,"你——这——嘴唇——涂——涂了——死人——血——的——妮——子——走——滚——"

杜鹃满脸沮丧,甄六一脸怒气,正在这时,我回来了。我何尝不知道杜鹃说的是实话,但还是不得不以谎言对待真诚:我说杜鹃不会下象棋,是在胡乱地指点棋弈。在说这话的时候,我狠狠地踩了杜鹃一脚,让她金蝉脱壳快快离开这儿。以杜鹃往日的脾气,一定会拐弯抹角地甩两句臭话,才能咽下这口窝囊气的,这天她蔫蔫地走了,不一会儿又端来两片"都可喜",我喂老头子吃了下去。

本来事情到此就该画上句号了,可是这个甄老头子并没到此刹车。他问我那个老丁是不是当真让他的棋了。我说没有,我看见了第二盘的最后决战。他神色迟疑了一会儿,突然让我把丁政委找来。我的天!都成了半瘫的病人,还是不改他生平的争强好胜的秉性。我十分无奈,只好找借口说,人家明天要离开疗养所了,正忙着和老朋友们告别,是不是饶了人家。谈判的最后结果是:让我打个电话给老丁,但他要亲自听到丁政委的回答。

我苦笑着拨通了丁老的电话,并说明了用意,然后把电话听筒交给了甄六。丁老哈哈大笑地对甄六说:"好你个甄六,你身上的枪伤,都是打在前身的,说明你打仗时从不退缩,一个身经百战的将军,怎么能在棋盘上打败仗呢!这两盘棋我是输给你了。"为了让甄六不再生疑,他附加上了另几句话,"输给你这秃顶老家伙,我是不服气的,有空我来疗养所时,一定要找回面子。再见!"

人过八十老小孩。丁政委三言两语就解开了甄六心中的疑云,可是我却为此绞尽脑汁,让老头子心里恢复平衡。当天夜深,我躺在床上和杜鹃聊起了这件事。杜鹃一反过去的矫情,说她不该泄露天机;但她反复声明是无意的,绝没想到几句闲谈,竟会惹老头子对她发火。杜鹃之所以挨了老头子的臭骂没有还以颜色,她总结成两句话:"过去我只是恨他,现在我当真发现了他的可怜。"

"你没发现他也有许多可爱之处吗?"我说。

"可那些可爱的东西,还有实际价值吗?"她反诘我说,"我见过他儿子甄华,他不仅仅是花花太岁,那是一个神通广大的人物。你们那一纸公文,就能有擎天之力?"

"时下手眼通天的蛀虫确实不少,可是毒蛇吞大象的事,我至今还没有见到过。"

"骑驴看唱本——走着瞧吧!"杜鹃打了个哈欠,"红姐,你也别多想了,你这些天比我累多了。咱们小小百姓,管不了官场幕前幕后的事,睡吧!"

....

从丁政委离开疗养所以后,我责无旁贷地顶替了丁老与甄六对弈的位置。道理很简单,其他老家伙只会拿甄六开心取笑,谁也不愿意和这个半瘫交手。他们都是来这儿短期疗养的老人,对他们来说是寸时寸金,都在这里拼命地潇洒晚年,有谁愿意与一个说话乌乌涂涂、动辄就大发雷霆的伙伴为伍呢?因而我这些天来,除了给老人读报,就是下棋。基于杜鹃泄露天机的教训,我下棋时不得不装出十分认真的样子,十盘棋我至少要输掉九盘,以让甄六享受难得的一乐。使我为难的是,我还要输得像是真输的样子,以防老人看出破绽。那天,我的"卒"拱到他"士"脚,他的"兵"也拱到我的"相"眼,双方都只剩下一车一卒,步入残局的时候,我忽然想起来这个残局,酷似甄六的晚年:一张妞妞的相片相伴,一辆轮椅相随,一个伴听相助——除此之外,几乎与这个喧闹的世界绝了电缘。他的女儿只是在国庆节那天,送来一些活血通栓的食疗补品,她的那位宝贝哥哥,一直没有露面,好像这儿半瘫了的甄六,不是他的爸爸,而是两旁路人。

"你——发哪——门子——愣,走——走棋——棋——呀——"

我的思维回到了棋盘上,应对地说:"这是残局,很难走步。"

"是——残——局了,你——我——都——快——成了——光杆——司——令——"

我笑了,笑得有点酸楚。我之所以悲上心头,是甄六并没意识到他昔日的一切,正和盘上的棋子一样,所剩寥寥无几。但我并没想到这也是我生活中的一盘残局,因为就在我为甄六而悲的时候,一个与甄六有着密切关联的人出现了。凭着我的敏感,我猜出来这是甄六人生棋盘上的重要棋子之一,来者就是他的儿子甄华。

他瘦高如竹,穿一身笔挺的西装,风风火火走进屋内之后,先不失礼貌地说了声:"老爸,听说你中风了!"然后,他那双鹰鹫般的目光,就逼向了坐在棋桌前的我。我坦然地站起身来,避开了他的视线,回头之际我才发现,李贵神情嗫嚅,也手足无措地站在门口。不用问我也知道,甄华是先去了办公室才到这里来的。

"你——还知——道——道——来看——我?你——你给——我——出去——"本来脸色就苍白如纸的甄六,对弈残局被儿子搅了后,脸上的肌肉就哆嗦开了。待甄华把目光扫向我的那个瞬间,老头子的面部神经似乎失去了控制,面部肌肉歪斜得走了形态。

"老爸,我工作实在太忙,怨我来北京来晚了。"儿子不动声色地说,"要是知道你身边有个漂亮的女秀才,我早就该回北京。表演得真不错嘛,与办公室的小小谋士,提前把交房报告递到上边去了。唉!这叫智者千虑,也有一失!"

老头子拼着老命想从轮椅上站起来,同时吼叫地打断了儿子的话:"你少——放——屁,那——那——是我——我的——旨意。"

"你都到了半瘫的份上,还能写字?你儿子不是傻瓜,傻瓜成不了豪门大户。"

"你——你——你——"甄六一下子坐回到轮椅上,头像歪嘴葫芦那般,沉甸甸地磕在椅背上,他昏厥过去了。

我顾不上与这位太子争辩,马上跑到医务室。待朱大夫和杜鹃过来,老头子已然只剩下不均匀的呼吸了。于是又开始了又一次的紧急抢救,李贵和我加上朱大姐、杜鹃,费了好大力气才把老人从轮椅上抬到了床上。在朱医生和杜鹃履行天职,为老人吊瓶的时候,我无论如何也难以平复心中的愤怒:

"你别站在这儿碍手碍脚的,上次老人犯病,就是为你那个泯灭天良的电话。你要是摆你亿万富翁的谱,回你老窝摆去,这儿在救人!被救的是你父亲!"

"小姐,你口气太大了吧,正因为他是我老爸,我才比你们更有发言权!"

杜鹃火了:"你是他儿子,为什么不帮一把手,站在那儿充大爷?"

"你们有的是医生,有的是护士,有的是疗养所的工作人员,有的是我老爸的保姆。按职能分工,这是你们的事。"甄华振振有词地说,"我的权利在于,我是我老爸的血缘亲属,对善后处理有决定权。"

平日从不动容的朱大姐,此时都难以忍受他的出言不逊:"你说,我们该怎么办吧!""办法有三:第一,马上送301医院,现在应该送那儿去了;第二,李贵把我老爸的工资,结算清楚转给我妹;第三,这位冷面小姐的保姆工作,到此完结。据李贵说,她曾为我老爸付出了不少的心血,奖金我替我老爸付清。"说着,他拿出一沓钞票,数也没数就递给了我。

我从没受过如此的侮辱,接过钞票后,我用足了力气,甩了个天女散花……之后,我挽起我的背包,步出大院的院门。

后边传来李贵的喊声:"魏红!魏红!老人离不开你,到301去护理老人吧!"

我无语。

我无泪。

直到我走了一段路,回首那片青灰色小楼时,我的泪水才冲开心灵的闸门,流淌了下来……到了该年深秋,来自美国西雅图的入学通知书,飞到了北京。在离开北京之前,我给李贵打了个电话,不外询问老人的病情,以了却我的思念。可是他告诉我,甄六老人已在月前逝世了。我没有过于悲恸,因为老人活下去是很苦的。在我登上赴美飞机的前两天,我特意去了下葬老人的墓园。在献上了一束冷色的白菊(那是我的形影)的同时,在墓碑前还留下了我的几句心语:您还记得我们对弈时的残局吗?其实那是您晚年一幅悲凉的写意画,就像您墓地旁,落叶纷飞的深秋。您步履匆匆地走了,陪您同时逝去的是一个时代。该怎么说呢,您如同一首乐章的终止符号,我则是另一个乐章序曲的第一个音符。

我要走了,我去的地方是您并不喜欢的西方世界。您的一生,无可遴选地将成为我生物工程学中的一篇论文,因为它的基因内涵太丰厚了。我真想把您"克隆"下来,永存我心,永铸于世。伯伯,再见了!而我把这次远行,看成一只去寻找多种色彩人生基因的蝴蝶……

野 浮 萍

——眼睛备忘录之一

一

路过广州,一个腰缠百万的年轻老板,执意要引我到宾馆,去会见一位卦师。我说我相信诸子百家,唯独不尊巫术。老板是个年轻的暴发户,急赤白脸地动员我说:"哇!机会难得有第二次哟,过往这里的港客,都等他算命,误了飞机航班也在所不惜,你怎么能这么顽固呢?"小老板把"呢"字尾音拉得很长,还拐了几道弯,就像琴弦上的滑音,挺刺激我耳膜的。

我再次婉拒了他的盛情,并向他表示了谢意。

"是不是衣袋里没带银纸?这一百八十块钱我出。"小老板拍拍西服上衣,示意他的衣兜里装有钞票,"莫迟疑了,作家先生,跟我走吧!说实在的,要不是我爱读你的小说,我舍得起钱,还舍不得时间哩!公司业务忙得我脚底朝天,你是该知道的喽!"

我犹豫起来,燃着一支烟,想从烟圈里找到回答。因为我是途经广州,目的是去S市采访一个带有传奇色彩的企业家。

小老板很会揣摩我的心理,他拉开"尼桑"车门,一挥手说:"请吧!如果误了你去S市的火车,我开车送你去;车轱辘一转,几个小时就跑到了。"

事已至此,我已无退路可觅,便把长长的烟蒂塞进路旁的垃圾筒,一弯腰钻进"尼桑"。一路上,小老板喋喋不休地对我介绍这位算命先生的神奇:他绰号"板门居士",虽然是双目失明,但在三分钟之内能测出你的高矮胖瘦,面部特征;十分钟之内能道出你的职业行当,吉凶祸福。据居士自称,他气功已练到了开天目的地步,能与宇宙之间日月星辰对话,因而预卜人世间喜怒哀乐,从来箭不虚发,支支中的。小老板曾怀着好奇心,去宾馆向居士请教,居士知识渊博深厚,上知天文,下晓地理;从禅宗佛祖到基督耶稣,从《圣经》到穆罕默德的伊斯兰教义。他口若悬河,一泻千里,只有初中文化程度靠成衣加工而陡起的小老板,在居士面前,先是目瞪口呆,很快便引为忘年知己。

"居士有多大年纪?"我来了兴致。

"约莫有六十多岁。"小老板说,"他忌讳谈及他的庚年。"

"是不是什么教授改行,干起占星问卜的巫术来了?"我觉得十分蹊跷。

小老板一手握着方向盘,另只手连连摆动着说:"作家先生,你的观念需要更新,他搞的绝不是跳大神般的巫术,是个问卜专家。"

"百闻不如一见,宾馆到了!"车在停车场停住了。

使小老板失望的是,这位居士被请走了。门厅服务台的一位小姐彬彬有礼地告诉我们:早上居士就被S市来车接走,居士的客房没退,至于何日返穗不得而知,因而无详情奉告。

小老板懵懵怔怔地站在门厅失意地摇着头说:"真糟!晚到了一步……"

"我不是也去S市吗?"我提示他说,"如果有缘分的话,我或许会碰到这位巫师哩!"

小老板连连拍打着脑门说道:"对!对!我要想办法叫你们见面。但我必须提醒老兄一句,他不是巫师,是卜算专家。"

没容我说话,柜台后边的小姐笑盈盈地开口了:"居士神通广大,他居然知道我的右耳背后,有一颗红痣。"说着,她一甩黑丝绒般的秀发,回过头去,叫我观看镶嵌在她耳后的那颗红豆。

小老板对突然出现的旁证,得意扬扬:"信实了吗?老兄?"

我相信服务台后边小姐的话绝非虚夸,但我还是摇了摇头。世界之大,无奇不有。空中的飞碟,地上的怪圈;百慕大三角的沉舟,自然空间的奇异返祖……这些宇宙之谜,总有一天会被科学所破译。但是相士居士古士巫士灵光显圣之说,我不敢表示苟同。

"顽固不化,真是朽木不可雕也!"小老板拍着双腿训斥我说,"难怪你劳改了二十年呢,原来你真长着一个花岗岩的脑袋!"

"承蒙夸奖!"我诙谐了一句。

"我非用程咬金的斧子,劈开你这块花岗岩不可!你到S

市等着吧,我叫居士去你的住所。"小老板询问了我去S市采访的公司经理姓名,一挥手说,"走,我送你去火车站。"

在去S市的火车车厢里,我靠着椅背闭目遐思,觉得广州的荒唐闹剧蛮有趣的,带有魔幻般的喜剧色彩。那圆头圆脑的小老板,那亭亭玉立的宾馆小姐,那夜空中变幻着的七色霓虹灯光,那卡拉OK酒吧中的痴男醉女……生活若同一条奔驰跳跃着的大河,它既席卷了南国城市昔日的冷漠和麻木,还原了人的许多良知良能;但同时也吞噬了人的自然底色,"迷你裙"伴随着浓香粉黛,消磨了寸阴寸金的时光,人的才情像片片落红,正在随水飘零。

欢欣和失落同时闯进我的心扉,就如同左摇右晃的车厢,把我的甘甜和苦涩,抛向了两个逆向的极致。是的,我读过《易经》,也翻过《圣经》,种种的玄学中的故事,都在述说着人生之外深不可测的冥冥世界。

我想起了20世纪80年代初,出访日本时的一段小小插曲:那天,我随着占卜的日本善男信女,走进东京都郊外的浅草寺。日本友人非要我在扶桑之域占卜一下人生,他见我露出婉拒神色,便把日元投进占卜箱内,以示朋友的诚意。出于好奇,我便信手抽了一签。签帖打开,上写"第三十八吉",解曰:

    离暗出明时
    麻衣变绿衣
    旧忧终是退

遇绿必交辉

友人笑道:"灵吧?"

"何以言灵?"我请他解疑。

他说:"'离暗出明时'这句话,是指你结束了漫长的劳改生涯;'麻衣变绿衣'之含意,是指你有仕途官运;'旧忧终是退'这句话,影喻你未来再无灾祸;'遇绿必交辉'的意思,是……是……是……是不是启迪你应当参加贵国的人民解放军?"之后,在一次文学座谈会上,我遇到身着戎装的部队作家王愿坚(已故,时任八一电影制片厂编剧),我对他诡秘地说:"老兄,让我穿上军装吧!"

他不解其意地望着我:"当兵?"

"嗯。"

"为什么?"

"你看——"我把日本浅草寺的神谕,写在一张纸片上递给他。他看罢哈哈大笑,连连摆手说:"不能收下你这个兵。"

轮到我问他了:"为什么?"

"太老了,怎么能打仗呢!"

"那我如何去'交辉'呢!"

他以诙谐回答了我的玩笑:"那个'绿'字是指森林或庄稼地什么的。神昭示你去当园艺师和护林员,在森林的绿色怀抱里,你会碰到普希金小说里的那位美丽'村姑',于是便有了小说家和村姑的浪漫故事!"

我笑个不住。

"且慢。要是重新钻进庄稼地嘛——"他卖关子般地沉默了会儿,跟我耳语道,"老兄,那可不是交好运的兆头,那是神还要叫你再劳改上二十年!"

"看样子,我不能去觅'绿'了?"

"能。"他煞有介事地说,"去找穿绿色军装的女兵,我知道女兵中你的崇拜者不少,一定会创造出只有你知她知的紫罗兰般的温馨来的!"

我捶了他一拳:"你真能编,不然怎么能当编剧呢!"

…………

"喂,拿出'出防入境证'来。"有人在我耳边喊着。

我醒了。

我看见了"绿"。那是一位身着军装的边防警察。警察是个男性,他身材魁梧,气宇轩昂,待他看过入境证明后,不失礼貌地提示我说:"S市就要到了。请您不要再打盹睡觉,小心您架子上的旅行包。"

二

S市是个比广州还要富于杂色的城市。"洋人"洋得已不再像中国种儿,"土人"比北国佬还要土得掉渣。入境盘查得这么严格,在火车站旁和街头长椅上,居然还有那么多背包挎囊的庄稼小子和庄稼丫头,一群一伙,惊疑而又胆怯地东张西望。报载:这些来自北方和中原的乡下人,是为挣钱,潮涌般流向这座城市的。

被采访的公司经理,把我安排在一座饭店住下。他考虑

我旅途的疲劳,吃罢晚饭就告辞了。我刚到卫生间去冲澡,电话铃就吱咕吱咕鸟儿般地叫了起来:

"喂,是从先生吗?"

"是。"

"我是广州××。"

"有话请快讲,我正赤着身子冲澡呢!"我对小老板说,"要不,你过十分钟再来电话吧!"

"别!别!我马上要去和港商谈一笔生意,车子在门外等着我哩。我告诉你,我已经和'板门居士'通过电话了,他和你住在同一座饭店。"

"房间号码?"

"别急哩,听我仔细对你说哟。"小老板拿着谈生意时的牛皮筋战术,把光条条的我钉在了浴池之外,"我说你问卜的心十分虔诚,特意从北方到南方来找他。当然了,你的职业、特征……一个字也没提及,提及这些不就显不出他的神机妙算来了?"

"房间号码?"我感到浑身发冷,声音陡然拔高了八度。

"还有两句话叮嘱你:第一,求他的人车水马龙,你不能再错过这个契机;第二……"

"对不起,我冷得不行了。"我叭的一声,失礼地掐断了电话。

我真佩服小老板锲而不舍的追击精神,我刚刚穿好衣服,电话铃又鸣响起来。我本想冷冻他一下,不去理睬这叽咕叽咕的鸟叫,转念一想,这样做等于戏弄友人的一片诚心,于是我又拿起了电话听筒。

"……第二,我要提醒你的是,居士自尊极强,望你说话时要斟酌字眼。"

"还有什么条条框框?"我不无讥揄地说,"我洗耳恭听。比如,要不要像李莲英叩见慈禧太后那样,单腿跪地'喳'的一声!"

"别开玩笑哟,老兄!"

"小老板,别啰唆了,你不怕多付长途电话费?"

"他的房间号是:1404!"

好一个电话马拉松,直到最后一秒钟,他才亮出关子,道出居士的房号。我躺在床上默想着1404这个数字,不禁哑然失笑:这个4位数中有两个"4","4"字和"死"字读音何其相似乃尔?日本医院就因其读音谐和,没有4号病房,病房内又没有4号病床;如果居士知识渊博,而又通晓阴阳风水,他就该像欧洲人躲避"13"这个不吉利的数字一样,不在"1404"下榻。可是他居然睡在死(4)室之中,岂不怪哉?

我觉得十分有趣,便拨通了他住房的电话,对他进行第一次火力侦察:

"喂!我找'板门居士'!"

"在下便是。"

"广州××老板介绍我来看您,您看什么时候方便,我去求教。"

"此刻室内有两个台胞闲坐,您要是不急于入睡,半小时之后,我去登门拜访如何?"居士声音悠悠如云,似随风飘逸而来,"您的房间号码,××小兄弟已然告知了在下,只是还不知尊姓大名?"

"打搅您了,还是我去看望您吧!"我有意隐去自己的姓名,并屏气凝神地倾听室内的其他音响,看他是否在对我进行搪塞或欺骗。我的判断结果是:他的室内确实有谈话声,讲的是一口闽南话,想必那就是跨海来下卜的两位台胞了。

放下电话,我当真对这位居士产生了探秘的欲望。我从古书堆里,曾读过一些相士的传奇记载,我记忆最深的是有关老北京相士"刘半仙"的传说。40年代尾期,有一国民党将军,身着布衣布履只身去"半仙"寓处求索。将军尚未启齿"半仙"便离座抱拳,连连求来者恕其失迎之罪。将军佯装呆傻之状,以隐其军界要员之身职。半仙当即狂癫大笑,不但道出其军衔,还直呼出了将军姓名。将军汗颜之后,惊呼:"半仙并非半仙,乃全仙真仙是者!"

刘半仙当即收敛其狂癫神态,手摇着诸葛亮式的羽毛扇,谦逊了一番,立刻直逼将军的肺腑:"将军亲临蓬荜寒舍,我已知其来意!"

"请明析之,仙公如能言中,当有重谢。"

刘半仙垂眼闭目道:"将军非为家事而来。"

"对!"

刘半仙把眼睛开:"亦非为公事纷争而来!"

"是。"

"请将军附耳过来,此乃天机不可泄露于人世。"待将军伸耳于刘半仙口边,刘半仙轻声言道,"将军乃为社稷安危而来。共军先占其咽喉锦州,又回师攻克沈阳,国军大势已去,君应寻机南下。"

"此棋结局如何?"

刘半仙顺长袍里取出一轴画卷,将其展现于将军面前:画卷上无其他杂物,只有一个笔筒;笔筒里并没插有毛笔,而插有八杆大旗。刘半仙问道:"君能解其意否?"

将军左看右看,然后连连摇头:"请仙公指点迷津!"

"此乃'八路'点染江山之意矣!"

将军懵怔许久,问道:"可有根据?"

刘半仙以羽毛扇遮口,轻声说道:"这是唐贞观年间李淳风、袁天罡留下的一幅'推背图',务请君为此宝执密。"

将军走了,请副官为刘半仙送来五根金条,以谢神明。然后他以疗养胃疾恶瘤为名,携眷南飞云南滇池。

…………

少年时代的我,曾为刘半仙之神奇推算而目瞪口呆。事隔几年,我在劳改队"五毒"群居的大通铺上,曾把这个故事滋滋有味地讲给"牛鬼蛇神"们听,用以驱赶夏夜的闷热,填补精神上的痛苦和空虚。哪知,"五毒"中杀出一条老北京的混混刘才,他说他是当年刘半仙的"托儿"①,深知此出鬼戏的内幕:那位××将军要去刘半仙寓所占卦之前,他身旁的侍卫副官,已悄悄送信给刘半仙,双方讲定事成之后四六分成,那副官为此得了两根金条。那笔筒中的八杆大旗,亦非李淳风、

---

① "托儿"之意,即暗中的帮手。

袁天罡留下的喻世遗书,而是由他胡涂乱抹而成。何以如此,因为他是刘半仙的侄子,名叫刘才,刘半仙对他百般放心。

我怕刘才出于哗众取宠之心而编造谎言,当即追问他说:"你说八杆大旗是你画的,你又不是神仙,怎么会知道'八路'要指点江山?"

"秀才,那时候你还小,可能看不透局势,我是一盆糊涂糨子,兴趣是去梨园剧场听粉戏《大劈棺》《纺棉花》什么的,管他谁坐江山呢!"刘才振振有词地白话着,"我叔刘半仙,可是个绝顶聪明的人,从'四野'攻克四平、长春,他就判断出要变天了。他授意我买来颜料纸墨,并勾出'八杆大旗'的草图,要我照葫芦画瓢,裱好挂轴。这一切一切,都是为蒙哄那位将军的;虽说是一场骗局,局势却又被我叔所言中!"

我想起刘才平日爱给人看面相手相,批生辰八字,为此在劳改队还受过禁闭三天的处分,也就哑口无言了。事后,我很感谢混混刘才,如果没有他戳穿这个戏法,少年时代的记忆,将给我留下许多疑问,留下我难以解释的天地间一片混浊⋯⋯

想到即将见到"板门居士",我记起了这页已然翻过去的皇历。它随着岁月流逝虽早已枯黄,但这片已经褪色的日历,更增加了我探秘的冲动。

我看着表,半个钟头过去了。我不再等待,我该主动出击。对着镜子我梳理一下散乱的头发,匆匆走出了我的住室。

三

我走在客房通道上,像是走进了墨西哥大峡谷的神秘怪圈。我觉得我在寻觅图腾,认识图腾——尽管图腾都是后人造出的形形色色的神;而这些本不存在于宇宙的神,又肆无忌惮地驱赶着形形色色的群氓。

我如一只蝼蚁,陷入了用"避瘟球"(樟脑制成的防蛀药球)勾画成的露天牢房之内。儿时,我曾有过这种嬉戏,圆睁着一双童眸,看那些地上蝼蚁在"避瘟球"勾画的白圆圈内转来转去,无论如何也挣扎不出那白白的圆圈。

这只蝼蚁就是我。我原本可以借晚上的时间,翻看一下被采访者的各种背景材料的;但我陷入那位巫师的怪圈,好像脑袋和四肢分离了一样,竟然一步一步朝那巫师的住房走去。

到了他的住室门之前,我屏气静心,觉得该和这种游戏告别,转身而去,但另一种欲念突然萌生,何不在问卜中反卜这位巫师一下呢!或许他该是文学领域里的一个独特角色,俄国小说家果戈里的文学画廊里,不是有巫师的肖像画吗?

我按响1404的住室门铃。

静无回声。

我用力再按。

仍然没有任何回响。

我估计他去送客人了,便反身来到电梯间,直下一层门厅。我想,我的福尔摩斯角色已经开始。既然开始,就不能中途而废。

果然不出我的所料,巫师正在门厅,但我意想不到的是,他竟然有那么大魔力,刚刚送走求卜来客,大厅内的一群众生,又把他团团围住。

我站在离人群约有十米远的地方,从空隙间打量这位巫师。他银发银须,身穿一身浅咖啡色西装,手拄一条鹤嘴拐杖,巍然而立,俨然一副仙翁下凡的不俗神态。他身材细高瘦削,一副黑蝴蝶般的墨镜不仅遮住他的眼睛,墨镜边缘一直遮到颧骨部位;因而从他的面部,我只能看见他前额、鼻子、下巴和嘴。此时,他正彬彬有礼地向围拢他的芸芸众生解释着:"请原谅,楼上还有一位客人在等我;如果诸位心诚,排号要排到后天下午了。其实,本居士并无通天之术,双目失明后,靠气功练就的天目,并熟知阴阳学说,以此卜示过去和未来,仅此而已!"言罢,他微微而笑,笑容里既展示他的谦逊,还夹杂着几丝禅道的恬淡和清苦。

我乘机偷拍了一张巫师的微笑。当搀扶他并为他引路的那位翩翩青年,领他走出人群时,我迅速把相机藏在兜里,迎了上去:

"居士先生,我想您是送客人来了,便到这儿来找您。"

他个儿比我高多半个头,"黑蝴蝶"向下俯视了我一两秒钟:"想必你就是从北方到南方的那位远方来客了?"

"是我。"

"贵姓?"

"到室内再说吧。"我说,"您年纪这么大,站着说话太累了!"

年轻小伙搀扶着他往前走,嘴里提示着他:"要上台阶了,一共三层,您要注意,脚抬高一点!"

不知是白胡子巫师腿脚不灵,还是他心不在焉,登第三层台阶时,竟然磕绊了一下。我和那陪伴他的青年,狠命地拉住他,才使他站稳了身子。他连连摇着脑袋说:"人老了,到了喝水也塞牙的年纪了!"走到电梯间旁边,他那双"黑蝴蝶"朝我闪了两闪,速度之快比得上相机的快门,然后他便转过脖子,把后脑甩给了我,像是逃避我的目光似的。难道他真开了天目,凭着意象测定我在审视着他,并揣摩出来我在对他进行反卜?

电梯灯标从最高层正向第一层行驶,我的心也在滑落下沉。第六感觉告诉我,他好像意识到了什么,刚才他上台阶时的磕绊,并非腿脚功能失灵,而是心理障碍所致。就像古代灯下的妙龄少女思春时,手中的针扎破她的手指一样,并非她不会穿针引线,而是精神发生了恍惚之因,难道不是吗?

我装作若无其事的神态,询问这位老者:"请问居士大名?"

"板门居士!"他所答非我所问。

"您说话的尾音像是东北人。"

"四海为家。"他又避开了话锋。

我还想询及什么,电梯降到一层,门唰啦一声开了。我按亮了我居室的10层灯标,那青年却按亮了14层灯标;电梯虽然笔直如一地直线上升,不同楼层的灯标却显示出南辕北辙的迹象。老者和他这位"托儿",是不是不想为我推算命运了?

"您看是您到我的住室,还是我去您的住室?"我忐忑不安地问道。

"我很累了。"

"您是说改期会面?"

白须巫师沉吟了片刻,用手理了一下胡须:"你非一般的问卜来客。恕我直言,你是想多一个小说中的人物,而来寻踪我的。一个江湖卦师,不想成为你笔下的一个精灵,因而……因而……咱们就断了机缘。"

我先是惊愕,而后脸红心跳,急忙对老者说:"不,我真有问题向您求教,我……"

他打断我的话说:"刚才你还偷拍了我一张照片,你以为我不知道吗?"

"是的,那是出于仰慕神名,想留作纪念的。"我诚惶诚恐地解释着,"您刚才已经推算出我的职业,使我已抛弃一切杂念,专候居士神明。"

"容老叟思考一下,今晚答你如何?""黑蝴蝶"下面的嘴角微微上翘,他露出一抹清淡的微笑。

我还想再说什么,10层楼到了,电梯不解人意地开了梯门。我用手指按住了暂停升降的键钮,向老者发出邀请:"请您到我居室小坐片刻,请您一定赏光!"

"暂不必了,你等我的电话吧!"

"谢谢!"

"再见——"

电梯门闭合了,我站在电梯间外徘徊良久,才神不守舍地拉开房门。坐在椅子上,我看着飘浮在我眼前的缕缕烟圈,全部思维都被这个鹤发银须的老叟所占有:他显然具有"刘半仙"的绝顶聪明,搀扶他的那个青年无疑是他的"托儿";但是一个瞎子,他何以能知道我的职业,并立刻猜断出我的思路来呢?想来想去,我把疑点集中到那年轻小伙身上,他虽沉默寡言,但目光炬炬如电火弧光,表面上小伙似只起竹竿牵引盲人行路的作用,但在他搀老叟的过程中,是不是已用暗号——假设成叩击老者胳膊,或者用上台阶时"您要注意,脚抬高一点"之类的双关语——向老叟传递了只有他们两人之间能破译的电波密码呢?小伙文质彬彬一副读书人的模样,不排除他曾读过我的小说,并在报刊上见过我的照片,因而意识到了某种"露馅"的潜在危机。于是,老叟立刻婉谢了我的问卜,这一连串的推想,不是挺符合逻辑的吗?

"鸟儿"叽咕叽咕地叫了,我拿起电话听筒时,手禁不住地颤抖起来。但我立刻失望了,电话不是老叟打来的;接受我采访的经理在电话中告诉我,他明天有一项和外商的紧急谈判,不能来饭店会我了,叫我到游乐厅和水上公园去玩玩,或坐出租车浏览一下市容,他负责一切费用。失望中又掺杂了我的几分喜悦,明天——明天——正是我这只蝼蚁爬出怪圈的宝贵一天,我无论如何要识破"庐山真面目";不管老叟对我是否欢迎,是绝不能失之交臂,放走这个怪诞人物的。我要写他之急切,已然超过了我要采访的主人,阴差阳错,这是90年代眼花缭乱的大千宇宙,赋予一个作家的使命。

铃声又响了,不是"鸟儿"叽咕,而是门铃叮咚。

我打开门,那青年正站在门口。他向我有礼貌地鞠了一躬,递给我一张纸片,转身而去。

我亮了台灯,立即伏案展纸而读。字是用墨笔写下的蝇头小楷,字体工整而清丽:

　　未忘故知
　　双人成影
　　心系佳丽
　　沉以火中
　　吾为浩水
　　天泪汇成
　　水火相济
　　濡沫以情

我反复在灯下吟读这八句"四不像"的歪诗,然后徘徊于室内,对其中的隐语进行破译。三根香烟掐灭之后,像解开一道代数难题似的,ABCD的九曲连环,终于一环连一环地被我全部解析清楚:这仅仅八行三十二个字的小小纸片,不仅道出了老叟和我的姓名,点明我们曾经相识,还特别使用了一语双关的词汇,勾画了在劳改队的日日夜夜,我和妻子以及和他曾经有过相濡以沫的友情和情怀。

妙!

这简直可以和间谍的暗语媲美!

"双人成影"一句,既指出我的"从"姓,还影喻我是和女眷一块儿进大墙的;"心系佳丽"一句,"系佳"二字合成为

"维"字,全句还写明我对关在女监眷属的悬记;"沉以火中"一句的"沉""以"二字,使用的是谐音,是"臣""已"下边加上火字,即古写的"熙"。这不是道出了我的姓名和我沉沦为社会"贱民"后的全部情景吗?

后四句歪诗的破译工作,比较简单:"吾为浩水"一句,指其姓氏为"江","天泪汇成"四字,说其名字为"雨"。后两句,是叙述他和我曾有过不寻常的患难情谊。仅此而已!

面对纸片,我失笑了一阵,便开始从记忆库中,寻找江雨这个名字。我的记忆库实在太庞杂了,辗转二十年的苦难行程,先后在十几个劳改驿站蹉跎,囚徒如觅食的蝼蚁之群,在我面前逶迤蹒跚而过。高的,矮的,胖的,瘦的;人精,白痴,傻瓜,歹徒;妓院老鸨,毒品贩子,国民党兵,遗老遗少……我觉察到这样海底捞针,纯属浪费精力,便把搜索圈儿紧缩到知识分子的苦行僧当中,因为从老叟的仪表谈吐,举手投足,特别从这八行蝇头小楷的功力去分析,此人绝非人氓白丁。

想了一阵,我开始骂自己的痴呆,瞎子怎能写出这笔好字?难道像刘才画那八杆大旗一样,此字是"托儿"为之代笔?假设这个结论能够成立,那么搜索记忆的范围,只限于劳改队中的盲人就行了。

"盲人。"

"瞎子。"

我像着魔一样,默默地念叨这两个同义字眼。但我很快发现我的思路进入了误区,因为劳改队里没有服刑的盲者;由于他们丧失了视力,无法去完成种田、修路、盖房、开渠、烧砖、挖煤等种种沉重的劳役,而这些又是劳改队的专修课程,必须门门及格。

我非常自信自己的记忆能力,但在"江雨"的名字上出现了空缺。百般无奈之际,我走向了电话机,就如同对方和我有心电感应似的,"鸟儿"先呼唤开我了:

"喂!老弟,'天书'破译出来没有?"老叟喜兴的声音,一反门厅见面时的冷漠。

"只是想不起你是谁!"我答。

"你是作家,我是卦师;你是精英,我是凡夫俗子。十年河东,十年河西,当然记不起我这个江湖贱民了!"

"老兄,能否提示老弟一二?"

"只说一点你就明白了,我们曾在一条大通铺上睡过觉,喝过劳改伙房一个锅里的菜汤。"老叟侃侃而谈,"我记得你讲过'刘半仙'的奇闻逸事,我们铺位紧挨着半仙的'托儿'刘才,这段生活对我至关重要,甚至可以说受到了某种启迪。记起了吗?"

"我不记得劳改队有过瞎子呀!"我依然没有爬出沼泽,找不出回忆他的思路。

"当时我不是瞎子,是个'哑巴'!"

"哑巴?噢……噢……原来是你呀!"如同划破夜空的一道流星,立刻燃着了我死去的记忆,"你姓姜子牙的姜,叫关羽的羽,你'天书'中的名字叫'江雨',你玩的鬼变狐把我给蒙了!"

"如果蒙不了你,我就无法从事我的职业,你智商很高,通过你,我在检查自己的智商。还好,不算是个白痴。"

"我去屋里看你!"

"太晚了,把一切都留给明天吧!说实话,在门厅时我就该紧紧拥抱你,跟你来个洋人的 kiss(亲吻),但我感觉到了你审视我、鄙夷我的 X 光射线,因而在上台阶的时候,我差点被台阶绊倒。回到屋里,往日如今历历在目,当我耐不住患难之情的煎熬时,我给你送去了一张纸片,自知这是非理智的行为,但我相信你能理解。你就是身穿警服的'雷子',我也相信你不会泯灭良知和人性,砸了我的饭碗,对吗?"

我哑了。

"你说话呀!"

我嘴唇翕动,仍然吐不成声。

"别太激动!夜里睡个好觉。我是有我行为规范的准绳的,过去不是骗子,今天也不能算是骗子。明天,你就会知道了。晚安!"

不等我答话,电话就断了。

四

南国之夜是喧嚣的。凭窗下望,汽车的红色尾灯,组接成一条灯的河流,缓缓向前奔涌。

我心上那条河却在倒流,它像驮着一片落红,把我驶离高楼大厦,带回到泥棚茅舍。泥舍是黄的,茅草是灰的,围在灰黄之外的院墙是红砖砌的,上边攀织着几道电网,电网上的红灯,像经过七七四十九天老君炉熬炼的孙悟空的眼睛,显得贼亮贼亮,永不打盹眨眼。

时正"天地一片红"的最最年代,红书、红灯、红标语、红高墙,姜羽就是在这样轰轰烈烈的年头,肩上扛着行李,身着褴褛衣衫,进入我们这个班组的。高高的个儿,光光的葫芦头,集合听训话时,他是排头兵,站在第一个,初来乍到时,人们都喊他"旗杆"。但为时不久,他"旗杆"的绰号,就被"哑巴"代替了,这不仅因为他沉默寡言,还因为他在学习会上,是属于不许暴露罪行的特殊成员。因此当"牛们、鬼们、蛇们、神们",例行一年内数十次的罪行检查,并振振有词地痛挖其犯罪根源时,姜羽则坐在铺位上缄口不语,闭目养神,像尊打坐的光头和尚,在修身养性一般。

我很羡慕享受他的哑巴待遇。

刘才则嫉恨他悠闲自在。他是班长,靠着两片抹了油沾了蜜的京油子嘴唇和他当了多年混混的混世本领,极得劳改干部的信任。有一天挖河回来,在晚学习中,他突然对姜羽说:

"你别菩萨打坐了,这儿不是享清福的地方。"

姜羽睁开了眼睛。

"全组都检查一遍了,该轮到你了!"刘才得知主管我们的劳改干部,去省里开会,便摆出了"二队长"的架势。"你这个哑巴,到底犯了什么罪?偷了,拿了,抢了,杀了,强奸少女啦,还是他妈的摆卦摊玩'四旧'骗人家钱财啦?"

姜羽像犯困似的又闭上了眼睛。

"你这'旗杆'摆老大来了?这几十号人的班房,老大不是你,是我刘才。"他佝偻着水蛇腰,两眼钩子般地钩住了姜羽,"初来乍到这儿的,都知道什么叫'蒙头会'①,你是不是也想尝尝。"

我学习的位子紧挨着姜羽,趁人不知鬼不觉的当儿,狠狠捏了他大腿一下,叫他不要吃眼前亏。姜羽当真把眼睁开了,如有所悟地对刘才点点头:"我说。我说。"他说他和刘才犯的同样罪错,曾经给一个叫李半仙的卦师当"托儿"。接着他深挖自己的犯罪根源,像倒背"小六九"一样,居然和刘才的检查一个字不错。

牢房里有人喊"好",有人拍起巴掌。几十号人无一例外地都为姜羽的惊人记忆力所折服,连混混刘才,也在姜羽面前目瞪口呆。

我担心刘才因丢面子而恼火,便为这尴尬场面打圆场:"哑巴终于开口了,大伙是为哑巴开口而鼓掌,该怎么说呢,也只有班长刘才有本事叫哑巴开口,要不然恐怕往姜羽嘴里插根撬棍,也撬不开他那紧紧闭住的嘴巴。姜羽又和刘才犯的是同类罪错,今后该是亲上加亲的哥们儿了!"

刘才若同癞蛤蟆吞了咸盐一般,连连咳嗽几声,只好顺坡下驴地说道:"秀才说得对,同行在外边是冤家,在里边是亲家。从明天起,姜羽你的劳动任务变动一下,甭去稻田地拔草了,留在队里淘厕所吧!"

---

① 蒙头会,即将人蒙在被子里,由流氓拳打脚踢一顿,使被殴打的人,不知谁是打人的凶手。

我明知这是给姜羽小鞋穿,他也只好不顾脚疼了;无论怎么说,也比受一顿"蒙头会"的惩处要好得多。全队一共七个厕所,外加一个干部厕所,此时又正是八月盛夏,屎蛆满坑满地;即使你有燕子李三的一身轻功,进厕所一次也要踩死几十条又白又胖的粪蛆。这本属于半惩处性的活儿,多分配给刚出禁闭室的反改造分子去干;但仅仅因为姜羽给了混混刘才难堪,这伟大光荣的差事,就落在他头上了。

对我说来,姜羽留在墙圈以内干活,可以有个解闷消愁的伴儿了。"文革"两派武斗开始以后,我奉命涂抹"红海洋""红天地",由于劳改队奇缺写画人才,除去叫我写"万岁万岁万万岁"一类的标语,出"文化大革命好,文化大革命好,文化大革命就是好"的黑板报之外,两个互相对立攻讦的干部,还常叫我代笔写攻击对方的大字报。我本属两派的专政对象,一下异化成了两派使用的工具和符号。我心惊胆战,但又不敢不为,有时我串通劳改队医生,开出病号假条,以逃避这种令人心悸的折磨,但双方干部都说:"咋的,发烧就不能拿笔写字了?又不签你的名,有事我兜着。"假病不成,只好又写那些十八层地狱图中才能见到的画面:油烹××,刀剐××,火烧××,××是阶级敌人的司令部,炮轰党内走资派×××的老巢,诸如此类,不一而足。一言以蔽之,我成了十二级强台风里的一片树叶,被吹得团团旋转,一会儿上天,一会儿入地,但只是飞不出那高耸的大墙。姜羽被留在墙圈以内,便有了可以彼此倾吐心事的话篓儿了。在我眼里,他是烂谷子地里的一棵高粱,只凭这天在晚学习会上,他对付刘才的谋略,以及他那过耳不忘的聪慧,足以证明他绝非庸才。

两天以后,出工的队伍走了,牢房里只剩下我和他。我俩有了片刻的谈话空间。哑巴突然抢先说话了:"我淘粪没什么可怕,我在为你担心。一旦武斗的两派化干戈为玉帛的时候,会说这是阶级敌人的挑拨,这个阶级敌人不是别人就是你这个落魄秀才!"

"装病都不成,应该咋办?"

"手。"

"手?"

"不是左手是右手。"哑巴画龙点睛地道出他的解脱我危难的招儿就说,"爬高贴标语,从梯子上摔下来了,扭伤了右手手骨。"

也许就从这天起,我和姜羽之间,萌生了某种相濡以沫的默契。上午十点左右,当我龇牙咧嘴地走进医务室,照方抓药地表演这幕戏时,身上沾满粪迹的姜羽,也跟了进来。他说:"我亲眼见他从梯子上摔了下来,他以手护头,头部没有受伤,伤了手腕骨!"

医生嫌他身上散发着臭气,撵他出去。他动也不动地说:"不行,看他腿脚摔坏了没有,要是爬不动走不动的,我还得把他背回到大通铺上去呢!"

医生看着我用热水烫过的手腕和发红的手背,匆匆涂抹上了点消炎药膏,又像捆猪似的在我右手上勒了几层绷带,便一手捂鼻,一手像哄猪似的向门外挥手:"快把他背走吧!卧床休息十天!三天以后换药布来!"

"谢谢。"出了挂有红十字的门口,我含着泪笑说。

他挑起粪桶叮咛我一句:"记住,你还是个瘸子!"

"是。我是瘸子。"我一拐一拐地从岗楼上的警卫眼皮下走过。

我解他之危。

他解我之灾。

从那天以后,笔杆跟我绝了缘分。代替笔杆的,是一根歪七扭八的树棍,这是姜羽从干部厕所墙边捡来的,叫我拄着它,以防我忘记自己是个瘸子,而露了原形。

淘粪的短暂喘息时间,他把臭气熏天的裤裆扒下,甩在屋外,光着上身,赤着脚板,浑身上下只剩一条短裤兜裆,大步流星地走进屋来和我聊天。

我取出一角二分钱一盒的劣质"绿叶"牌香烟,抽出一支递给他,自己嘴上也衔上一支。尽管只是一支烟的馈赠,十分轻薄,但因其是用劳改的血汗钱买的,仍然显出情义的无价。因而他最初推让了一番,直到我划着火柴,他才点着了烟卷。

在团团烟云中,我耐不住好奇,询问他进劳改队的缘由。他反过身去,叫我看他的后肩,我用手去抚摸了一下那凹凸不平的肉疤:"这是什么?"

"你不懂?"

我点点头。

"枪伤,再往上偏斜一点,脑袋就开花了,那将在劳改队的花名册上,少一个叫姜羽的人。"

"你当过兵?"

"哎!一言难尽,往事如烟。"他狠狠吸了两口烟,鼻孔飞出两条烟龙,"就为这个枪伤,我失去了应有的一切。简单地对你抖搂一下我自己吧,省得闷在肚子里生蛆长虫。"

在喷云吐雾中,我终于了解了这个陌生人的陌生世界:他是东北吉林省××市人,原是在师范学校读书的学生。1947年,那年他22岁,扔下笔杆扛起枪杆,南渡长江,追歼过"老蒋"的部队,后又北过鸭绿江,参加了朝鲜战争。

凭着他作战时的机智和勇敢,他在志愿军某部任侦察排长。在朝鲜战争的五大战役的第一次战役中,他奉命带着战士潜入敌后,在戛日岭一带围歼美军第一骑兵师和歼灭土耳其的一个加强营中,立过赫赫战功,军部曾给他荣记过二等功。

"如果没有后来我军突破三八线后又急于挺进汉城,也许就没有我的悲剧。"他感慨地摇着光葫芦头,目光充满秋杀的悲凉,"是谁下的这道军令,我无从知道,战线拉得那么长,军需供应不能及时补充,在我军占领汉城不久,美军就以其坦克优势、空中优势切断了我们的退路。

"那是在三月下旬的一天,我清楚记得那天下着似雨非雨的小雪粒,我带着侦察排的战士,在后撤中担任侦察敌人火力的任务。在汶山附近蹚入了美军第187空降师4000人的埋伏圈,子弹从四面八方雨点般地飞来,我排战士奋力突围,我后肩中弹昏厥过去,待醒来时已经躺在战俘的卡车上。"

"你当过战俘?"

"嗯。战俘营叫巨济岛。"他手中的烟头熄灭了,"在电网里关押了两年多。公开的斗争,地下的越狱,我都参加了,但没有成功。不瞒你说,我已经有过两次死的经历,那时我解脱了被毒打的疼痛,也没了精神的严酷折磨,但是死神不接受我,酆都城的方城门不对我开,我又活了过来。"

"烟!"

我吸着了,递交给他。

"到了板门店谈判的时候,我矛盾到了极点。一方面,我怀念故土山河,决心回来。另一方面……另一方面……"他猛吸了一口烟,坦诚剖析自己说,"我怕'战俘'这个字眼。记得我曾读过一本斯大林的著作,他说过一句铁铮铮的话:'红军中间没俘虏。'言外之意,你很清楚,要么壮烈成仁,要么舍生取义。为这句话,我曾有过在交换战俘时出'南门'的念头,但中国泥土的黏合力量,我无论如何也抗拒不了土地的诱惑,因而我还是毅然地走出了归国的'北门'——

"果然不出所料,在归管所对所有归国战俘的审查中,当真引用了斯大林那句名言:'红军无战俘。'以这条定律推论,无论你过去立过功,无论你是因何被俘,无论你曾有何种反抗,无论你曾被折磨至死;但是你没死,你活着回来了;活着本身就是对斯大林教义的亵渎,因而所有回归祖国的战俘,都又成了'原罪感'的俘虏。

"特别是我,比'原罪感'还多两条罪恶。第一,你的枪伤怎么在背后?而不在胸前?显然你在战场上是逃跑中被击俘的。第二,有的难友揭发过你,曾经诽谤过斯大林革命英雄主义的至理名言,曾有过走'南门'去当叛徒的想法,并以此想法蛊惑同志,干扰归心。

"我当时虽背上'原罪感'的沉重坠石,但还没消失战士的勇气,对后两条罪状进行了反驳。后果可想而知:保留入朝前军籍军龄,开除出党。1954年秋天,我孑然一身,背着南征北战枪林弹雨给予我的黑十字架,驮着那块体积虽小,但却分量沉沉的汤姆弹的弹伤,走过大路,穿过小路,又涉过我童年时曾嬉戏过的小溪,回到我魂牵梦萦的家乡来了。"

院内传来内勤干部的喊话:"谁负责淘粪,怎么把粪桶放到院子里了!大蛆都爬到院子里来了!"

姜羽一个箭步蹿了出去,挑起粪桶去干他的淘粪活儿。我也迅速躺平身子,装作卧床养伤的架势:我身子虽躺成180度,内心的狂涛却此起彼伏,"哑巴"姜羽走进我心窝来了。

五

小老板真是个热肠子人,午夜光景又给我打来长途,询及我问卜的结果。我笑着告诉他,"板门居士"果然不凡,对我的卜算丝丝入扣。他感到非常满足,叮嘱我和他交个朋友,他可以帮助我在晚年逢凶化吉,大步走入文学圣殿。我连连答应,不是我有意欺骗他,而是我希望他快点放下电话,以衔接起被电话铃声冲断的,我苦涩而又苍凉的回忆……

不能算失眠,而是没有睡意。躺在这豪华饭店的席梦思上,回忆岁月的凄风苦雨,能使人感到命运轨迹的莫测和人生漫漫旅途的扑朔迷离。

……那天下午,我迫不及待地去寻找姜羽。淘粪的活儿又脏又累,午休时间,我不便打搅他片刻的鼾梦;下午他去淘粪不久,我就拄着棍子,奔向厕所。这儿虽然溢出粪便恶臭,但这儿是既合理又安全的聊天场所——管天管地,管得着我来拉屎撒尿吗?

"你还乡了,怎么又到这人鬼杂居的地方来了?"我的那只"伤手"吊着一条绷带,另只好手用扫帚帮他打扫粪蛆。

"怎么对你说呢!我活得就像这些吃屎的蛆。"他用粪勺把儿,顶着他的下巴颏,缓缓地说道,"本来,我是想还乡教学的,'战俘归管处'的介绍信,也是开到×市教育局的。可是负责人事的干部,一看'战俘'两个扎眼的字,真像见了粪蛆一样。他说安置复员军人一类的事儿,该属民政部门管理,你能否到民政局跑一趟。我已属残品,自知价格低廉,便又到民政局去请求安排。民政局接待我的是个女干部,笑眯眯地对我解释道:'同志(我还能被称为同志吗),"归管处"的公函不是写给教育局的吗,他们责无旁贷地要安排你的工作呀!'如此这般几个轮回的推磨,我的心如同顺着磨眼流下去的苞米粒儿,被磨碎了;苞米粒儿磨不出血来,我的心可被磨出血来了。

"红色的血液冲撞着我的心扉,我对着教育局的人事干部吼叫道:'我两次渡江,市中心广场的五星红旗上,有我血染的纤维,你们理解吗?在朝鲜战场上有两次弹尽粮绝,我们像抗联的杨靖宇将军那样,掏吃过军衣里的棉絮,你们知

道吗?'

"'在战场上你也这么勇敢吗?'人事干部挖苦嘲笑我,'那你身上的枪眼,怎么留在背后?'

"我呆住了,原来这条不是罪状的罪状,也像幽灵一般随着档案来了。呆愣之后,我一跃而起,抄起办公室一把椅子,向那干部抡了过去。还算万幸,没有砸着那位干部,却把墙上镶嵌着毛主席的指示——世间一切事物中,人是第一个可宝贵的——的镜框给砸碎了。

"那位干部的脸吓得煞白。

"我的脸红涨得像紫猪肝。

"因为办公室里有许多面奖状镜子,借着太阳的反光,我看得见我自己的肖像。秀才!我满以为这下惹下祸了,哪知祸福相辅相成,福中有祸,祸中有福。这一闹,惊动了局党委书记,他是从'四野'转业下来的。他翻过了我的档案之后,嗫了半天牙花子说:'姜羽,先委屈你一段时间咋样?现在市里中学教员满额,等到有自然减员(死亡)的指标后,我们优先考虑递补你。眼下嘛,你先到××中学去当门役,收发一下书报,干点杂事,你看咋样?'

"这个差事真是成全了我。一个由残品变成废品的杂什,还能有什么过高的奢求呢!我每天开关学校大门,打扫操场,例行我分内的公务;但一到晚上,图书馆是我唯一的去处。我父母在'四平拉锯战'时,不知死在国民党还是共产党的枪弹之下。战俘又是贴在我脑门上的标签,虽说我长得还像个男子汉,却没有姑娘向年近30岁的门役,送上那一汪秋波。全校教职员工几十口子,唯有那个女图书管理员,给了我一丁点温热。她下班时,偷偷把图书馆的钥匙交给我;她上班时,我从门房的小窗口把钥匙再交还给她。每到星期天,我一天泡在图书馆,数学、物理、文史、哲学,以及各种书报杂志,都在我的阅读视野之内。你信不信,我有极好的记忆力,当侦察兵的时候,夜里不用带指南针,我也能摸回自己的营地,部队首长曾叫我'猫头鹰'。在知识的苦海里行舟,比在丛林中记路标容易多了。但凡遇到我感兴趣的书籍,我还有摘记要点的习惯,一年十二个月,我记了二十大本笔记。我自信,我这个废品,能回炉成纯钢,并不逊色于学校的所有老师。在朝鲜汶山丛林摔了跤,从知识海洋里鼓篷扬帆,划向另一个成功的彼岸。

"记得吗,秀才,反右派前夕的1956年,胡耀邦在团中央,吹响了向科学进军的大喇叭。×市举行了教师科学知识统考,我他妈的这个门役,当了头名状元!锦旗和证书都准备好了,发奖的头一天,教育局才记起这个姜羽有政治前科,当过战俘……"

姜羽几乎是一口气抖搂出这些往事的,他的神色既无激动,也无忧伤,那神情好像是在客观地叙述别人的事情。我初则如痴如呆,如梦如醉,继而心跳加速,浑身如火如焚。什么屎臭、蛆爬、尿臊,对我都不复存在,唯一存在的是浑身溅满屎尿的姜羽。我既为他蹉跎的命运而战栗,又为他目前的境遇而愤愤不平。此时我才仿佛知道了:劳改干部何以不许他讲案情,叫他当哑巴,或许是怕姜羽把这些东西倾吐出来,叫"同类"知道真相吧？其实,这是比关禁闭更为蛮荒的精神折磨,因为人是感情动物,该哭的不叫人哭,该笑的不叫人笑,该喊的不叫人喊,该怒的不叫人怒……根据医学书上论述:不能宣泄人的内心情绪,是致癌的重要精神因素。姜羽今天总算在我身上掘开了一道泄洪的决口。

我把这些想法告诉他,他显得比我超然。他说:"我希望我真正致癌呢,最好已经到了癌症晚期!"

"别这么想,能总这么'油烹''刀铡'的吗?"我向他打着隐语,"雪莱诗是怎么写的,你记得吗?"

"我非常熟悉:冬天来了……"

我们的谈话,被一声怒喝打断了,抬头一看,是岗楼上的荷枪警卫,在对我们吼叫:"你俩鬼鬼祟祟在厕所干啥哩!老半天了,是不是一对男流氓,在搞鸡奸?"

"报告班长——"我用那只好手举起手中的扫帚,"我在打扫厕所。"

姜羽也举起淘粪勺子,对那警卫调侃地说:"班长,天这么热,这儿又脏又臭,有搞那种勾当的条件吗?"

警卫露出笑脸,一摆探出岗楼的枪口说:"去,喝口水,回屋歇会儿去吧,今天气温高达37℃。"

我吊着绷带,无法在自来水龙头下冲澡,只咕咚咚地喝了一肚子凉水。姜羽索性蹲在水龙头下,用凉水冲刷着浑身的粪臭,一边喊着"凉快",一边在冷水下发抖。警卫本来是出自好意,体谅我们在高温下淘粪的辛苦,但是姜羽被冷水一冲,淋出了一场感冒高烧。

当天晚上学习的时候,刘才找来医生,给浑身哆嗦的姜羽屁股上打了两支药针,医生叫他蒙上被子睡了。他淘粪的活儿干不成了,刘才只好另请别人。哪知第二天早上,出工的队伍刚离开大院,他一个鲤鱼打挺蹦了起来:"秀才,怎么样,上次是我当导演,你当演员,这回的戏,是自编自导,让刘才那些弯弯绕见鬼去吧!"

我惊愕地张大嘴巴:"医生量你体温,已经烧到39℃以上了!"

"这个戏法太好变了。当时,我身上盖着被子,医生把体温计夹在我的腋下。"姜羽一边说,一边给我做着示范动作,"我的另一只手,伸到夹体温计的胳肢窝里,用手指揉擦着那体温计的尖尖。这是极简单的物理学,它受摩擦而产生热,因受热而水银柱上升。外边又有棉被当护身,神不知鬼不觉地,我就成了发高烧的病号了。"

"连我都被你蒙在鼓里了。"我忍不住笑了起来,"我还以为你打摆子,得了疟疾呢!"

"别看我瘦得像块搓板,身子可没那么娇嫩!"他毫无快意地说,"在朝鲜,有一次我奉命去侦察敌人军需运输情况,披着一件白床单,在清川江卧冰整整一夜。嘻,还说这些干什么……我变了小小戏法,只为了解除刘才对我的报复。当然了,屁股上白白挨了两针,这也只疼上十几秒钟;而那淘屎蛆的活儿,怕要干到入冬,太煎熬人了!"

为了不使他显形,早上我给他打来一大海碗稀粥,两个窝窝头。他狼吞虎咽吃完,又用舌头舔净粥碗,我俩便续上昨天中断了的叙谈。

"……鉴于我考了头名状元,在教育口已经闹得沸沸扬扬,头头没法收场,便采取了一个折中办法:奖状奖金免了,但给我一个当教员的差事。我说我喜欢文、史、哲,随便让我教哪科都行;可人家说这三门学科里寓有政治方向问题,不适合我干,最后决定让我担任初中的物理、化学教师。

"我好像从'废品'真的还原成'残品'了,生活看见了一点点希望。1958年我成了家,老婆你猜想得到,就是学校的图书管理员。我是老大光棍,她是老大姑娘;我当过战俘,她除去出身不好之外,姐姐哥哥都在美国,属于'内控'对象。算是瞎子背瘸子,也可以说是瘸驴配破磨,不管怎么说,我算是有窝的鸟儿了。

"她很疼我,我很爱她,1962年我们这个'鸟巢',终于孵出了一个带小鸡的男娃。起个什么名儿哩,我俩琢磨来琢磨去,也没有取得一致意见。

"她说:'干脆叫抗生吧。'

"我说:'为什么?'

"她说:'你还有过抗美援朝的光彩一页哩,起这名儿吉利。'

"我说:'名儿太虚,叫俘生吧!'

"她说:'就是你当过战俘?'

"我说:'不当战俘,怎么会跟你认识;不认识你,又怎么会有你我的男娃。'

"她说:'这名字太冷色了!'

"'好!好!就依你的想法起名。'我说,'干脆用俘的同音字,就叫这小崽福生,怎么样?'

"她认同了。其实,这名儿要多俗气有多俗气。仔细琢磨,俗气里也深埋着对下一代的祝福。秀才,你说我们下一代,还应陷入你我这种境地吗?如果历史是一条泥河,死水总是滞留在泥沙之中,我们生下孩子来,本身就是造孽。

"想归想,盼归盼,可是历史像块锈铁疙瘩,用砂纸是磨不出亮光来的。不久,这场大劫就携雷夹电地席卷而来。学校停课,学生造反,我和我那口子很快成了乱箭齐发的活靶。先抄了家,屋门被贴上封条,她母亲战战兢兢地把刚满四周岁的小外孙藏到自己家去了。后又把我和妻分头抓走,押在两个不同的地下室,接受审讯和严刑拷打。

"秀才,我不夸大其词,中国人拷打中国人的手段,绝不比南韩的高丽棒子手段逊色。梦里我常常觉得我又回到了战俘营,但不同于战俘营的是,用皮带和棍棒抽打我的不是职业打手,而是昔日那些文质彬彬的学生,今日的男女红卫兵。

"一天,我陪烤回来,我脸上带着火烧图书馆里藏书的纸灰,刚走进地下室,他们便开始了新一轮的武打,并让我交代问题:

"'你是不是在战俘营里当了叛徒?'

"'你何时参加的美国情报组织?'

"'你的外国主子,交给你哪些任务?'

"'你刚回国时,为什么抡圆椅子打碎了毛主席——人是

最可宝贵的——的语录?'

"'你是特务兼现行反革命!'

"'你是披过绿皮的人狼!'

"'你和你老婆是反革命别动队!'

"'你和你老婆都和国外特务机关有勾搭!'

"我的天!望着那些往日虔诚地喊我'姜老师'的男女学生,我真想抱头痛哭一场。我给了他们知识,他们反而以原始的野蛮对待我。我曾是军人,我在战俘营没掉过泪,面对同祖同宗——60年代有知识的'原始部落',我心发热眼发酸,当真地淌下了眼泪。我用手背抹了抹泪水搅拌在脸上的血水,对他们说:'革命小将们,我没死在战场上,已经是超期服役,活过头了,你们愿意打死我,那是你们的自由。可是刚才你们干了些什么呀!秦始皇在公元前213年,曾干过你们今天干的事情,焚烧了除《秦记》和医书之外的一切书籍,并在京城咸阳活埋了460多个儒生,你们怎么能干出早被历史唾弃了的愚蠢事情来?'

"秀才,我知道我的大劫来了,我愿意留下我的一点声音。后果可想而知,我被打得皮开肉绽,但一桶凉水又让我活过来了,我没有被打死。我没预料到的是:我的这番攻击'文革'的现行反革命言论,立刻波及到我妻身上,他们以对待我的'武士道'对待了她,她身板单薄,本来就弱不禁风,当天就被打得咽了气,尸体连夜被送到火葬场。

"她不在人世了,反而焕发了我的生存欲念。因为我还有个四岁的孽种,就是为了他我也得活下去。我想到可以求生的唯一道路,就是逃离这间地下室的死牢。我当过几年侦察兵,历经了无数艰险,具备一种寻觅契机的职业本能。在战俘营,我虽有过逃跑的失败记录,因为那是集体行动,而在这个逃跑集体中,又出现了叛徒。这儿没有别人,只有我的肉体和我的灵魂,灵肉合而为一,只有我一个受难者。

"我看看地下室,没有通路可走,周围都是墙壁,连一扇通风的窗户都不存在。这儿原是学校堆放杂什的地下库房,唯顶棚上边有一四方的通风口。通风口连接着物理实验室,只要能爬到实验室,我就能破窗而出。但50年代建筑的楼层较高,蹬着木床也够不着那通气口,关键之所在是解决登高问题。第二天看守我的革命小将给我来送饭的时候,我开始实践我的逃离死屋的计划。

"我对送饭的红卫兵说:'经过反省,我确实对人民有罪。'

"'能认罪就好,写交代吧!'

"'我一定老实交代我的所有问题。'我说,'只是我身上伤痕累累,趴在床上写不了字。'

"'可以给你弄张书桌和椅子来。'看守我的红卫兵警告我说,'你要是跟我们打持久战,可没有你的甜果子吃。懂吗?'

"'我懂!我懂!'我点头哈腰地向那个红卫兵表示殷勤,'我请求小将们三天之内,不要对我进行批斗,让我在这反省室里,一条一条地交代罪行。后天傍晚,请小将来取我的罪行材料。'

"秀才,我他妈的有什么罪行可写? 三天期限,纯是为了恢复体力。到了第二天夜里,我估摸着住在地下室出口处的红卫兵该睡觉了,便像叠罗汉那样,把桌子架到床上,椅子又架到木桌上,爬到通气口下边,推开四方顶板,一纵身就钻出死屋,到了物理实验室。倒也省心,不用我去开窗户,因为实验器械和窗玻璃,早已被造反小将砸了个稀巴烂,我像猫儿钻洞那般,立刻钻到了操场上。

"我不忙于跳出学校院墙,先到水池旁洗净脸上手上的血痕,后又到造反团总部,抄出一套身量最长的'国防绿'时髦制服(当时的红卫兵,以穿国防绿为荣),摸摸袖子,上边还别着红袖章。他们做梦也不会梦到,造反团看管的'头号要犯'溜号了:不是像扒窃一样溜号,而是不慌不忙大摇大摆地逃离死屋。

"留在我身后的事情,我一无所知。我只是把这身国防绿兜兜里的学生证,用一块手绢包扎好了,塞进邮筒里。学生证里我夹了一张借条:××对不起你,你兜里的几十斤粮票和80元钱,我暂借用,等到太平盛世时,我会加倍偿还,并付利息。

"我转悠到我岳母家,本想翻墙进去,跟老人家辞行。想来想去,还是断了这个念头为好:一惊老人,二吓孩子不说,万一老人家出于害怕,拉着我的衣襟,哭哭啼啼地不叫我走,或者述说起女儿被打死后,收拣尸骨时凄惨的场景,不是催一个堂堂男儿泪落吗?

"我像古诗《孔雀东南飞》里写的那样,围着老人家宅转了三圈,向老人住的房脊,鞠了一个大躬,扭身就奔向了南下的火车站。让我欣喜的是,火车站有那么多串联的红卫兵,不但我可以面无愧色地挤进他们的行列,上车还可以不买车票,这真是天助我姜羽不死！当年曹孟德高呼'天不灭曹',我则在内心独吟'天不灭姜'。

"独吟之后,不禁备感天之不平,命之恓惶。我姜羽为革命出生入死,为何成了浪迹天涯的亡命之徒？向哪里逃？昔日没出板门店的'南门',投向'另一个世界',今日辛酸落魄,去蹈那条旧辙？此举不可为之；可是天下哪方水土,才收留一个昔日由战俘而导致的'特务''叛国者''反革命'呢？

"无奈之际,我想起××城市里有我一个难友。我教学时,曾和他有书信来往,抒发过彼此悲凉境遇,宣泄过对无辜战俘待遇之不公。他在一家照相馆混饭,想来不会把昔日难友拒之门外；但当我千里迢迢到了那座城市,准备去推那家照相馆的玻璃门时,我的手缩了回来,因为在大玻璃窗上,贴着一张醒目的大字报：××自绝于梁柱,是他畏惧暴露其在战俘营内当了叛徒的铁证,这样的叛国投敌分子,死有余辜。下面是一片密密麻麻革命群众的签名。签名下面,不知哪位过客,留有一行圆珠笔迹的小小批注,上写：死者孬种,生者万岁！

"秀才,不,秀才这年头是倒霉的称呼,我还是叫你老弟吧！老弟,在这块疯狂的国土上,这行不显眼的小字,使我听到另一种声音,那就是春水在冰层下流的潺潺之声,虽然声音弱若游丝,但总是让人精神为之一振的声响。特别是'生者万岁'这四个字,对我说来,是及时雨,是强心剂；是夜行时的北斗,是昼行时的罗盘。

"我死够了,我需要生。苏格拉底说:'死亡不过是肉体和灵魂的分离。'我厌恶这个分离,我需要的是肉体和灵魂的合一。可是该怎么活下去呢?偷、摸、抢、盗、砸和以乱裹乱,在乱中中饱私囊,对我来说,没有什么困难,但是这些都不是人该干的。有一次,在这省城的火车站上蹲夜,我正筹算着东西南北中,该往哪个方向去浪游时,一个铁路警察从侧面拍拍我肩膀说:

"'喂,证件!'

"我指指红袖章。

"'工作证件!'

"我琢磨着该怎么应付他时,他撇撇嘴一笑说:'看你这身红卫兵行头,一看就是假货。'

"我低头一看,'国防绿'上已沾满斑斑污痕,连红袖章上也蹭上了一块落满尘土的油渍。

"'跟我走一趟吧!'

"我毫不惊慌地站起来,蹲夜在哪儿都一样,说不定跟他走,比蹲墙根还舒服一点哩!要想溜号,在枪口下都能跑。我没皱一下眉头,就尾随着他走了。说起来,也真是该着,路警派出所人满为患,一辆大卡车,把我们转移到了铁路审讯处。凡是被挑拣到审讯处的,个个都是蓬头垢面,看样子这些盲流模样的人,将要接受重点审查。

"来者都神色慌惶,唯我安然自在。因为我是羊群里跑的骆驼——在这群人里个头最高,还是我沉郁的目光,引起审查处人员的注意?我无法说得清楚,反正一个浓眉大眼的中年人,只用目光扫了我一下,路警就首先要我进去,接受审讯。

"老弟,该怎么对你说呢?假如没有这个命运转机,你我将一生失之交臂。当时,凭着我那双揉不得沙子的眼睛观察,这个中年人是审讯处的头头。他举步稳健,目光深邃,当我们目光对视在一起的时候,我联想到夏夜的闪电。他笑了笑,从木桌后边抛过来一支烟,我坐在他对面的一个木凳上,伸手就把那支香烟接在手里。可是他并没有扔给我火柴,而是要我走到木桌边,去亲自点火。当我划着火柴点香烟的瞬间,我分明感觉到他那目光,在盯视我的双手。

"我吸了一口烟,目光反弹了他一下,说:'我可以坐回到凳子上去了吗?'

"'请你按照我的话去做。'他避而不答我的询问,'先脱下外衣,让我看看你的肌肉。'

"我毫不迟疑地扒掉那身'国防绿',显示我坦然的心情。但第六感觉提示我,针尖碰到麦芒了:没有一个审讯人员,会这样开始审讯嫌疑犯的。

"'转个三百六十度的圆周。'

"我顺从地转了一圈,心想:这汉子是在看我身上有没有刀痕之类的印记,从而断定我是不是流氓吧?

"老弟,我想错了。他叫我退回到木凳上坐定,立刻提出一个尖锐问题:'你当过兵?'

"我想摇头否认,却像鸡啄米一样,点了点头。因为他问话的口气里,已带有确认无疑的语音。我回答他:'是的。'

"'是国民党兵,还是共产党的兵?'

"'共产党。'

"'当了几年?'

"'1947年到1950年。'我省略去那段既光彩又不光彩的'跨过鸭绿江'。

"'不一定是实话吧?'他往烟灰缸里弹了弹烟灰。

"'那么你说,实话该是几年?'我开始确认他的审讯能力,微微有些心悸。

"'在哪儿当兵?'

"'四野。'

"'参军的地点?'

"'辽宁。'我必须隐去吉林那座城市的名字,辽宁和吉林人说话口音是近似的,这是为了使他相信我的回答。

"他把烟蒂往烟缸里一塞,朝我微微一笑:'是不是辽宁参军,我不敢确定,我能确认一点,你1950年并没脱下军装。'

"我没答出话来,这对于我来说是绝无仅有的一次。但我马上来了个反火力侦察:'我知道你是个复员的老兵。'

"他绕开我的火力点,以防我干扰他的审讯思绪:'我这么断定你,你曾经去过朝鲜。1947年到1950年在四野当兵,是和国民党军队打仗。当时他们的部队,只有少数精锐部队装备了汤姆式,而你后肩上的弹孔,分明是汤姆枪弹的弹痕。伙计,说真话吧,你为什么到火车站来蹲墙角?'

"我疏忽了这一点,他乘虚而入,一下把我真的逼到墙角上来了。我略略沉吟片刻,向他提出一个要求说:'你如果诚实地回答我一个问题——尽管你是审讯者,我是被审讯

者——我就像竹筒子倒豆子一样,都抖搂开给你听。'

"'问吧!我只当一分钟的嫌疑犯。'他看了看腕子上的手表。

"'你入过朝吗?'

"'是的。'

"'部队番号?'

"'三十八军,常胜将军梁兴初的部队。'

"我像是在大海里看到一只救生圈。虽然它离我十分遥远,但如果我奋力游过去,或许能抓住它。

"'问哪,你在想什么?'

"我沉默无言。

"'再不问,时间到了。'

"'我不想说,我想喊——'我突然吼叫了一声,就走近他的木桌,不顾礼仪地拿起一支烟放肆地点着了火,并把火柴杆往地上一掷,扭转脖颈,连雹子带雨一块儿倾泻到他头上,'你在朝鲜打过仗,你是这场战争的参与者和目击者。你我的差别,或许仅仅因为你是幸运儿,在五大战役中没有成为战俘!可是你知道昔日那些勇敢不屈的战俘,现在承受着什么样的劫难吗?逃亡!流浪!被抓到这间屋子里,接受你这幸运儿的审讯!'

"他立刻制止我再说下去,从门外呼唤来一个路警,严声厉色地命令道:'把他押到单间的拘留室去,给他打一份饭吃。去吧!'两分钟后,我被带进了一间斗室,很合我的心愿,斗室里有一张床,我已经有一个月,没睡过床板了,至于是凶是吉,是祸是福,随他妈的便。我像死狗一样,倒在床上便睡,恍惚听见有人进来送饭和哗啦啦的锁门声。

"这是一个没有梦的夜晚。世界上只有疲于奔命的人,才懂得睡觉这两个字,具有金子般的含意。让那些失眠症的患者,享受一下被追捕的快乐吧,那比一切高级安眠药都更能医治失眠。一觉醒来,已是第二天下午,桌上摆着三份饭食,想必是路警已为我送过三顿饭了。我用手指抠掉眼屎,把眼屎抹在裤子上,便风卷残云般地吃了起来。我把三顿饭变成一顿,统统吞进了肚子,当黄昏降临,路警又按时给我送来晚餐时,我摆摆手,表示腹中已无容量。但路警十分恪守职责,还是把饭放在了桌子上:两个馒头,一碗菜汤。

"'喂!'我对送饭的路警试探着说,'能不能叫我去洗个脸。'

"'没接到上级指示。'他像个机械人,木然地走了。

"想必他把我这个要求,转告了他的头头。大约是午夜时分,昨夜审讯我的那位头头来了。他别的没带,只带了一条湿的手巾:'擦把脸,精神一下,抖搂抖搂你的心事吧!我有几个战友当了战俘,遭遇都不尽如人意。不过,我这小小七品绿豆官,人微言轻,尽力而为吧,因为我们同是在异国他乡浴血奋战的过来人。我希望你讲实话。'

"老弟!我当时说些什么,你都知道了,就是我对你说起的这些陈谷子烂芝麻。当时,他只是沉默地听着,没有任何表情,到了第三天夜里,他手里拿着一副手铐,低声对我耳语说:'为了给你找个避风港,这个形式是必不可缺的。待会儿,给你剃成光头后,便要给你戴上这副铁镯子,把你送进××劳改支队。我已和劳改局打过招呼:你属于我处送去的监管对象,一旦查清案情,再另行处理。其实,这么做不完全合乎手续,但在这乱世之中,难以找到其他良策。你到那儿,跟一群死兔死猫掺和在一块儿,虽然臭点,但绝对安全。你需要注意的是,不许暴露案情,以防节外生枝,当地红卫兵寻踪而来,就完蛋了!'

"我掉泪了,颗颗热泪都滴到那环套环的手铐上。路警把拘留所的一套行李扔上吉普车,我和路警钻进车里,便连夜启程上路。我回头想看看拯救我于冰雪炭途的战友,但沉沉夜色切断了我的视线……老弟,于是哑巴就出现在这条大通铺上,命运还真不错,在这儿还结识了你!"

六

我必须吃安眠药了,因为此时已是凌晨三点。纷乱的记忆像电脑中闪烁跳动的光点和符号,争先恐后地向我头脑里涌来,我感到脑袋长在脖子上的沉重。

我服用的是"海洛神",这种药安眠作用极强,怕我早上起不来床,便减半只服用了一片,但在床上醒来时,已日照窗栏,时针分针指向了九点一刻。我忙不迭地跑进卫生间漱洗,又以运动员"竞走"的速度奔向14层楼。

经过服务台时,我被服务台的小姐叫住了:"您是从先生吧?"

"嗯!"

"'板门居士'八点去叩您的门,您正在睡觉,现在,他被人来车接走了,给您留下一封信。"

我没拆信封,马上问道:"退房了吗?"

"没退。"

"好!好!"

回到住室,我还是没急于打开信笺。我想:老头子姜羽夜里也一定失眠了,居然能按时起床,看来这家伙有着过人的精力。老叟实非老叟矣!

拆开信封,一张便条中夹有一张照片。我习惯先看照片,为看得清楚,我戴上了老花镜。我很失望,这不是他的生活照,而是一所颇具规模的平顶楼房。再看信笺,心更怏怏,上面没有任何叙旧文字,只画有几个互不关联的图像。

头一个图像是个圆圈,圆圈四周有太阳般的辐射直线。圆圈中心写着一个"卒"字。

第二个图像更为离奇,两条几何学的平行线中间,有一圆洞,洞口似烟似雾,烟雾之间写有个"炮"字。

第三个图像,线条比较单纯清晰,似两条并排而游的鱼,但鱼无头尾,腹中揣一圆球似的东西,从圆球中垂下一连串的惊叹号:"!!!!!。"

纸片上虽无叙旧文字,却留有嬉戏小诗,仍为四字一句:

君夜不眠

未敢惊梦

往日悲喜

皆在图中

无事可干,又无法割断与姜羽往日情谊,便泡了一杯浓茶,猜谜似的解析着"板门居士"留下的"推背图"。我首先沿着第一幅图像位居中央的"卒"字,开始了推想:"卒"被圈在一个圆圈中间,周围又有伸向四面八方的辐射线,这是否意味着,他曾是"红太阳"的一个忠实小卒?但我马上推翻了这个联想,因为他当兵打仗的事,已在我和他中间反刍了若干次,他无意重提这件事。

那么这个"卒"字是什么含意呢?我在屋内徘徊踱步,默念着"卒卒卒卒卒",在默念中眼前突然亮起一道彩虹,那是他在向我回叙一场象棋大战的趣事哩!

每到春节,劳改队照例要举办些简易的文娱活动,以转移大墙里的囚徒思念亲人之情。混混刘才,在整个劳改队被誉为棋圣,这个称号倒不是他自吹自擂,而是劳改农场场长赐给他的。因为他在往年春节,杀败了其他六个班组的所有棋手。场长是个棋迷,闻讯后亲自与他来对弈,连败三盘,棋圣刘才由此得名。

那年春节,大雪飘飞,刘才又以牢头的身份,大摆象棋擂台。姜羽本来无意与这条混世虫面对面地坐在一起玩棋,但嗜棋如命的场长,亲临牢室观战,姜羽想当众出出刘才的丑,杀杀他的狱霸牢头的威风,便摸摸光葫芦头,说:

"我和班长试上一盘如何?"

刘才闪着一双绿豆眼:"算了,还是让我和场长下吧!"

姜羽偏要拦他的高兴："我跟你下盲棋,让场长观阵,不是更增加春节的喜庆吗?这么办吧,你把七个组的棋手各叫来一个,场长如不嫌弃,也一块儿乐和一下,我一个人背对棋盘,和八个棋手对垒。怎么样?"

场长立刻拍手叫好。

刘才愣如一根木桩。

但是场长已然一锤定音,刘才也只好点头称是。这是惊动整个劳改队的一件奇闻,连劳改干部和楼岗警卫,都被这稀罕事给吸引来了。

这是阶级阵线混淆的一天,人们冒着大雪,拥挤到文娱活动室。乒乓球台上摆上八个棋盘,下明棋的八个人,各自坐在木凳上手执红色棋子,姜羽也坐在凳子上,面对墙角,闭目凝思。我担任姜羽绿色棋子的走棋人,按他指点的步数,移动车、马、相、士、帅。

我真不知姜羽有几个脑子,他脑瓜简直就像一台90年代的电脑,背对棋盘,和八盘明棋厮杀时,棋路清楚,出子不乱。尤其使我感到快慰的,是他首先战败刘才,然后按1、2、3、4、5、6的编组顺序,取其对方紫禁城内的"老将"首级,最后,只剩下他和场长一个人对弈了,他有意胡乱走子,和场长下了个平局。他善于在走棋中用"卒",楚河汉界任其驰骋,既赢了棋,又赢得了棋盘之外许多东西;既表现了他无与伦比的智慧,又显示了他在人际关系上的谋略雄才。

这件逸事在农场轰动了相当一段时间。在这段日子里,他先取代了混混刘才的班长差事,很快又跳上了大班长的职务,统管全队七个班组。而这一切都非姜羽所需要的——他只是想杀一下牢头刘才的霸气,但一盘盲棋,使姜羽成了劳改队里的风云人物。其身价在几十名干部之下,在几百个劳改成员之上;紧闭着的铁门任其出入,他成了涸泽中的游刃之鱼。

有一次,我对他说:"现在社会上风声松动了一点,你该走了。"

"不。"

"为什么?"

"与其到孔雀群里受人讥笑,还不如老鸹落在猪身上,就在这黑窝里混哩!"他铁青着脸回答,"我这是知识不如大粪贵重的年代,《水浒传》里有个军师叫什么来着?"

"智多星——吴(无)用!"我答。

"对了。智慧越多越没用。"

"姜羽——"

他打断了我的话说:"我好像觉得我真正的生命,已然被枪毙了,留下这个壳体的目的,就是游戏人生。我那天下棋,就是陨落的开始!"

我心沉如铅,宽慰他说:"人间的法轮常转,历史在子午时辰突然降落在你头上的时候,你的奇才,会创造出一番伟岸的事业来的!"

他只是苦笑,笑得十分悲楚:"对于这个世界,我已然不复存在,我心里唯一思念的,就是我的孩子,他是我存在下去的支撑力量。"

"写封信去吧!"我建议他。

"不能写,只能为他祝福祈祷!"他说,"人生不像下棋,棋子由人的意志支配,而命运在冥冥的不可知中,支配着下棋的人!"

取过"板门居士"的图像再看,见那太阳似的圆圈,向外的辐射线正好是八条。可以这么断定,他既在提示我一对八的那场象棋大战;"卒"圈于中心,还有抒发当年他身陷囹圄而不能自拔的深层含意。他是个兵,又在棋艺中善于用"卒",一语双关,这老叟真是太善于影射了。

之后,由于他当了大班长,便搬离了我们的大通铺,住进医务室旁边的一间小屋。但好景不长,就发生了劳改队的大迁移,起因于我们这个劳改农场离京城太近(其实有二百多华里之遥),说是怕玷污水晶城的纯洁与透明,于是开始了像原始部落移居时的那般场景:褴褛的衣衫,散乱的人群。当然,这已非钻木取火、射猎围禽的古远岁月,时代发明了卡宾枪,前有武警引路,后有枪口压阵。我们奉命一路向西——向西——先乘卡车,后上火车。

我想,"板门居士"的第二幅图像,就是启迪我追忆这段生活。那两条平行线,象征着永远等距离的铁轨,而中间那个洞口的如云烟雾,则着实叫我煞费了一阵脑筋。我们下火车的劳改驿站,是个砖瓦厂,只有大墙陡立,而无洞穴可觅。想来想去,我发现了我的执愚:这图像并非劳改生活的编年史,而是跨越时空对沉重步履的回盼,我沿着这条思路延伸,终于意识到了那洞口的图像,是指我们足迹所到的矿山。

那已是70年代中后期的事情,到了那个年月,"文革"已到了龇牙咧嘴、猖狂一跳的时刻。轻如败絮的我们,被季风吹来卷去,历经几个泣雨炎阳的劳改驿站后,飘落在×省的一座中型煤田。

这是一座瓦斯含量较多的"超级瓦斯煤矿"。煤质虽属绝对一流,但在采掘中充满了危险。经过十几年苦水煎熬的我们,生生死死、死死生生的事儿,已经历了不少;因而我们对乘坐罐笼,从山表沉沦到百米深处去挖煤,并不认为是什么可怕的事情。

我们这一伙编号为采煤二队。姜羽依然是统管这几百号人的大班长,我经过一个星期的业务培训,担任该队的专职瓦斯检查员。我的活儿,表面上看起来非常轻松,每天在姜羽带领大队人马下井之前,我都要单枪匹马先去漫游一次"阴曹地府"。我头戴柳壳帽,帽子上别着一盏矿灯,身背形状像照相机大小的一个瓦斯检查器,走遍二队干活的几个采煤巷道。

那小玩意是进口的德国货(当时的东德产品),仪器伸出一个长长的胶皮导管,我把导管开口处伸向巷道的高处,另只手反复按几下吸奶器一样的皮囊,巷道含有瓦斯毒气的浓度,就显示在瓦斯检查器里的小小光片上。然后我在每条巷口的小黑板上写上瓦斯含量,凡属瓦斯超饱和状态的巷道口,都必须标明"禁止作业"字样,以防打眼放炮时引起明火,导致瓦斯爆炸。可以这么比喻,我干的是姜羽在朝鲜战场上侦察员的差事,事关芸芸苍生性命,不敢马虎从事。姜羽曾开玩笑地对我说过:"老弟,你在这儿可是阎王爷,想叫谁死谁得死。可瓦斯熏死了谁,你也甭想活了。你要小心脖子上的脑袋。"

那天,我检查完了瓦斯,照例在井下休息室吃干粮。一个馒头,一块咸菜,一杯白开水。吃饭之际,姜羽带着几个班组的成员下井了。

我俩照例要在休息室碰头。

"怎么样?"

"太平无事。"

"哪条巷道瓦斯浓度最高?"

"726,但瓦斯并没超限,要加强通风。"

姜羽当即叫来负责通风的刘才,告诉他要加强726巷道的吹风量。可能姜羽当过兵的缘故吧,他总是身先士卒,在最容易出危险的巷道指挥生产。当天,他就去了726巷道,就在这天,726出了震惊全矿的大事故。

几声采煤的炮声响过之后,幽暗的巷道里突然蹿出一团火光,声音就像夏夜的球雷,震耳欲聋。当时,我正在休息室的防爆灯下,填写一周的瓦斯报表,闻声后顿时扔下钢笔,奔向了726巷道。

"瓦斯爆炸了!"有人在呼喊。

"快来救人哪!"分不清是谁的声音。

待我疯子般跑到726巷道口时,井下十几名应急的救护队员,已个个面戴防毒面罩,手持一支支喷水水枪,向浓烟滚滚粉尘弥漫的巷道里冲了进去。我是瓦斯检查员,瓦斯爆炸和我的职责密切相关,因而我把防毒面罩往鼻子上一扣,也尾随急救队员,冲向了巷道深处。

由于瓦斯爆炸的火焰燃着了工作面的几座支护棚架,顶板上大如磨盘、小如鸡蛋的煤石,如陨星坠落般地不断塌陷下来,致使巷道能见度极低,既看不见工作面的灯光,又听不见呼救的呻吟。

我心颤了,第一个想到的是姜羽。急救队员也情不自禁地呼喊出他的名字:

"姜羽——"

"姜羽——"

"大班长,你在哪儿?"

"你答应一声,大班长!"

没有回应。

有的只是顶板坍塌的怕人巨响。

我像傻了一般,靠在棚架的支柱上,这是局部瓦斯爆炸,万幸的是火被扑灭了,没有引爆井下的全部瓦斯,但仅这一条也够我喝一壶的了,姜羽加上十条人命,等待我的没有别的,只有手铐。但在瓦斯不超饱和限度内,何以会引起瓦斯爆炸?我的瓦斯数据仍在,而且在我检查瓦斯之后,有干部身份的瓦斯检查组长进行核查,如与我的检查数据有出入,一定会来休息室质问我的。掌管瓦斯的干部,并没来找过我,那何以会出这样的大事故?

我的心乱成一团。慌乱之中,看见巷道口一片头灯晃动,一闪闪的,像夜空眨眼的星星。这是矿长带领干部,指挥抢险来了,主管我们二队的劳改队长,走在最前边。没有任何问话,他就拿出手铐先给我戴上:"出井去吧!等待事故调查。"

我交出瓦斯检查器。

我走上出井的罐笼吊车。

尽管没人押送,手腕上的铁手镯就是不拿枪的武警。走出井口,井上的人员围拢过来,纷纷询问井下情况,我紧闭嘴唇,不予答复。我不知道我自己是怎么走回住房来的,一脚踹开上着锁的屋门,就躺在了自己的床铺上。

这间红砖小屋,离井口有百十米远,小屋中只有我和姜羽两个人的铺位。所以受到这样的优待,绝非出于矿山对他和我的恩宠,而出于井下劳动需要。他是大班长,必须和瓦斯检查员亲密配合,瓦斯又是这座矿山的一只地下猛虎,我俩便有幸和大通铺告别,以增加切磋井下许多生产事宜的时间。

我是透过蒙蒙泪光,睁开我紧紧闭合的双眼的。首先映入我眼帘的,是墙上贴着的一张张肖像画。这是姜羽忙里偷闲画下的,一字排开,都是他想象中小儿子的形象:圆圆的脸蛋,大大的眼睛,龇着小虎牙,头顶瓦片头。肖像画一张比一张大,他说过这是儿子从小到大的模拟画,他今年该十一岁了。

我问他说:"为什么在这儿,没完没了画开小儿子了?"

姜羽回答得直截了当:"四块石头中间夹着一块肉,谁知道什么时候一块石头掉下来,把我拍成肉饼!如果我当真有这么一天,老弟,你把这画儿抠下来,拿着它去吉林省××市去看一下我的儿子,拿着这画像找人就行。"

"说点吉利话。"我不爱听他对自己的诅咒。

他不以为然地笑笑:"命运!命运!谁能预卜自己的命运呢?我在朝鲜丛山密林中穿行,执行侦察任务时,我能想到二十多年后,会来这儿钻巷道吗?"

"你是劳改队特殊的成员,你上递辩解申诉,你完全可以离开这个'鬼门关',不当煤黑子。你为什么不写申诉。"我再一次提示他,"你是有条件去和儿子团聚的,武斗时期早已过去,他们还能再把你关进死屋?"

"没有合适的契机。"他摇摇头,"安全系数也还不够。"

"什么时候,才达到你所谓的安全系数?"我讥揄他说,"等到猴年马月羊上树的时候,你头发就白了!"

"不。我心中有一盘棋。"

"说给我听听。"

"你睁大眼睛看着吧!"

我看什么?眼前只留下墙上那一排扎人眼疼的肖像画。想着想着,我的眼泪流淌下来,泪水爬过我的脸腮,泅湿了我的枕头⋯⋯

由于手腕上的一副铁镯子,没有任何成员敢雷池我住室半步。尽管这儿不是禁闭室,都认为我是726瓦斯爆炸的元凶祸首,禁闭室还有人从小窗口往里边送饭,住在这儿没人理睬我的肚子。好在我心里火烧火燎,没有一点食欲,像一个绝食的待毙者,等待厄运的到来。直到三天之后,满脸胡子茬的二队劳改队长,才旋风般地闯进来,骂了声:"娘的×,这事故是刘才一手制造的,委屈你了!快去矿山医院看看姜羽吧!"他打开我手铐上的锁,又捶了我肩膀一拳,"瓦斯组长证明你没失职,下午休息半天,你去找他领回瓦斯检查器,明天照常下井!"

我是一口气跑到矿山医院的,三天肚饥被我忘了个精光。

"你还活着?"这是我的第一句话。

姜羽躺在病床上,眼睛和鼻子部位被厚厚的绷带缠着,露在绷带外边的嘴角微微上翘,似乎他在对我微微而笑:"命大,这是死神对我开恩。"

我的手伸进被单,紧紧握住他的手:"其他人呢?"

"十一个人,死了六个。"他上翘的嘴角垂落下来,"有烧死的,有砸死的。瓦斯爆炸卷起的煤石,砸伤了我的眼睛和前额。其实,我当时一个前扑,就卧倒在巷道的积水里,不可能伤及我的面部。那个贼刘才,不知哪儿来的那股英勇劲儿要冲向工作面去救人。我站起来死死把他拖住,并把他往巷道的积水里按。你知道,水是瓦斯的克星。这时候迎面飞过来的煤石,砸伤了我。"

"他呢?"

"安然无恙,只被煤石蹭破一块皮。"

"我听队长说是他制造的事故!"

姜羽沉默了。

"说话呀。姜羽!"

"六条人命,刘才会加刑,直到老死在狱中。"姜羽语音里,饱含了感伤,"我悔恨我在那年春节,不该下那盘'一对八'的盲棋……"

"你胡言乱语些什么呀!"我打断了他的话,"待会儿护士该赶我离开病房了,她只允许我三十分钟的探视。"

"我说的不是梦话,而是实情。人,那是善和恶的混合体,凡恶行大于善行者,妒恨起人来,无所不用其极。其实,那盘盲棋,不过叫他丢了牢头的差事,但刘才一直对我心揣报复之心。"姜羽怕我不信实他的话,便给我讲了刚到×省砖瓦厂劳动时的一个例证。姜羽说,有一天,他正猫着腰码出窑的砖垛,隔着码缝他看见砖垛对面,有个人在垛旁停住脚步,他觉得奇怪,便直起腰来想看看来者是谁。就在他直腰瞬间,近两米五高的砖垛突然倒塌下来,他猛地往外一闪身,算是躲过了一难。他追过去一看,刘才装作提鞋的样子,老鼠见猫般地哆嗦着说:"都怨我,摔了一跤,撞倒了砖垛,没伤着你吧!"姜羽当时真想赏他脑袋一砖头,但他还是按捺住了性子,只对刘才说了两句话:"算了,找个时候咱俩再当众摆一盘棋,你赢我输不就行了吗!"

我狠狠捏了一下姜羽的手:"为什么,这事你没对我说过?"

"何必扬人之恶!"姜羽淡淡地说,"大家活得都很费力,得过且过也就算了。"

"这回他搞的什么鬼名堂?"我急不可耐地追问。

"怎么对你说呢,还是使出他下三流的雕虫小技。记得吗,在井下休息室我叫他加强通风?这个混混则反其道而行之。"姜羽说,"在直通大巷的交叉点,在风筒的暗面,他用通风工离不开的那把剪刀,捅了个三尖口子。风减弱了强度,工作面的瓦斯浓度骤增,一开炮就燃着了瓦斯。这个龟孙,还想在这节骨眼上,表现他的英勇,没我按倒他,他早他妈的成了一把骨灰了。老弟,说实在的,他这么干的动机并不是出于什么反社会主义,只想在我当天干活的726巷道,制造一起事故,以解他输棋后的长期积怨。这回,我想宽恕他,手铐也不饶恕他了,事故调查组的结论是:风筒周围没有顶板坠落的石块,排除了自然因素,却在走风漏气的大口子周围,化验出他密麻麻的指印和手纹!"

我缄默无言了。

姜羽反捏了我的手一下,笑笑说:"你猜昨天把他从医院抓走的时候,他抖着嗓子喊了一句什么?他像疯了似的反串了两句《三国演义》中周瑜的戏词:'既生刘,何生姜!'"

女护士走了过来,冷眉冷眼地对我说:"半个钟头到了,你该走了!"

我想松开一直紧握着的手,他的手却铁钳般地把我的手钳住了:"老弟,我的眼睛怕是不行了。过去我对你说过,命运里藏着各种契机,请记住我吧,泥河里相逢的野浮萍!"

我觉察出姜羽的手在颤抖,顿时眼眶发热,眼睛发酸。他似乎在暗示我什么,但时间已不许我再和他多说什么。因为那女护士已从冷眉冷目,变成了横眉竖目,我只好说了句宽慰他的话:"你的眼睛会好的。"就离开了病房。

两天以后,我借着倒休的一个下午,再去病房看他。女护士不屑一顾地对我说:"他转到省公安医院去了!"

"为什么?"

"眼伤。"

…………

我仔细端详着"板门居士"的第三幅图像,那无头去尾的鱼,不就是眼睛的外形吗?那鱼腹中间圆圆的东西,是隐喻他的眼球;眼球下的一串串惊叹号,或许是他流下的眼泪。

三幅图像的解析,至此完结。留下的悬案,只剩下那帧照片了,我不想对它再进行揣测——我太累了,我急待着"板门居士"回来。

七

入夜九点,我的门铃响了。姜羽拄着鹤嘴拐杖,缓步走了进来,他身后跟着扮演"托儿"的青年。他出外神游一天,神色毫无倦意,我俩紧紧握手之后,他招呼那青年说:

"叫叔叔!"

那西装革履的青年人向我深鞠一躬。

"叔叔,我父亲常常提起您。"

我愣了:"这是……"

"贴在那小屋墙上的那个娃娃!"

"你儿子?"

"还有谁?就是他。"姜羽在沙发上坐定,理了理他的白胡子说,"我能断定,你把他看成是姜半仙的'托儿'了!"

我没否认,诚实地点点头。

"智者千虑,必有一失。"姜羽神采奕奕地笑道,"他在美国上学,回来度假,我带着他,不,应该说是他带着我,到这个城市,来转悠转悠,听说这里近十年来发生了巨大的变化。想不到在这儿碰到了你老弟!"

"'板门居士',你何以知道是我?"我半开玩笑地称呼着他的道号,"知己知彼,我不认为你有如此神奇的心电感应。"

"这是玄学领域的问题,咱们还是避开敏感问题,叙叙旧吧。"姜羽提议。

我急于探秘,便说:"你是因眼睛失明而去省公安医院的,一去就断了音讯。我最关心你的眼睛。一别十几年了,你能不能摘下'黑蝴蝶'来,叫我看看你的眼睛。在劳改队,你那双神眸,又黑又亮,是楚楚动人的。"

"我又不是妙龄少女,你用'楚楚动人'的词儿,可是有失作家选择词汇的准确。"姜羽哈哈大笑了一阵,并没摘下鼻梁上架着的"黑蝴蝶","老弟,你不必心急,对你来说,我无任何秘密可言。"

正面探秘受阻,我只好开始了迂回的寻秘:"你走了之后,为什么不给我往劳改队写封信呢?"

他笑吟吟地答道:"一个双目失明的人,怎么拿笔?"

"你在跟我捉迷藏。"我说,"那八句叙旧诗和那三幅图像是谁写的,又是谁画的?"

"老弟,修炼至阴阳合一,天目自开。你别忘了,你我分别已经十几年了,愚兄已到了无所不能为之的境地。"言罢,他又狂放不羁地笑了起来,"老弟要是愿意放弃爬格子,我收你这个高明的弟子,如孔仲尼之收孟轲和颜回。如何?"

我被逗笑了:"你真能嬉戏人生!"

姜羽渐渐收敛起笑容："该怎么对你说呢？简直是一个接一个的梦。你知道的梦，我不再重复。你还记得，在医院里要分手时，我对你的暗示吗？"

"记忆深邃，你说'命运中藏有各种契机'。"

"从我在医院苏醒时起，我就觉得这种契机逼近了我。转送到省公安医院后，我确信眼伤，给我增加了回归社会的安全程度。

"最初，医生说我的眼睛只是外伤，没有丧失视力。我就下床走路撞墙，出屋后滚楼梯，为此，我被摔得鼻青脸肿。对我说来这算不了什么，当兵的时候，跳沟登崖，摸爬滚打，磕磕碰碰是家常便饭。在医院，我拿出这套看家本事来了，几乎天天要跌几个斤斗……折腾了半年，医生终于被我的表演搞蒙了，承认了我确实是丧失视力的瞎子。

"老弟，你知道丧失视力，就等于丧失了劳动能力。劳改矿山的头头，很快同意送我回到原籍吉林省××市。鉴于我过去在学校教学成绩斐然，我原来所在的中学，表示愿意接受我回到学校。但在双方公函的旅行中，矿山隐去了我双目失明这个重要细节。我个人也怕露了馅儿，要求遣送我回原籍的劳改干部，为我配制一副茶色墨镜，劳改干部立刻心领神会。直到生米已经煮成熟饭，劳改干部离开了学校，我才把丧失了视力的医院证明，从口兜掏出来交给学校。

"失踪了十来年的我，突然归来，已在学校卷起一股旋风；我交出医院证明信后，简直若同形成了十二级台风。感叹者有之，同情者有之，奔走相告者有之，但唯独没有人解决我的饭碗问题。

"校长惊呼上当受骗,把棘手的难题甩给了教育局,教育局说,这是学校内部问题,叫学校自己消化矛盾。于是,我以战俘身份回国时,被当成足球踢来踢去的场面,又重新再现。不同的是,这场足球比上场比赛,我被来来回回踢的次数更多,双方守门员表演的脚下功夫更为精彩,你一脚我一脚的竞赛场面更为激烈。其实,我刚踏上回归故里的火车时,已预料到会有这种热闹场面,虽然劳改局的证明信中,把我十几年劳改成绩说得天花乱坠,但是学校收留一个瞎子干屎用?何况我的前科仍在——我当过战俘。

"老弟,面对现实,我已然没了当年抡椅子砸人的怒气。劳改队的男流氓,有一句口头禅你还记得吗?贞女怕磨郎。我不是伤风败俗的流氓,但这句禅语,对我很有作用。我住在学校的库房,还找了一根竹竿,天天围着操场转来转去,转操场的目的既是磨泡的手段,又是锻炼身体的自娱行为。我还是一团糨子,粘在学校身上了,磨着学校给我解决糊口问题,解决查抄我家的问题,赔偿我因被错斗而承受的种种损失。

"这种被当成球踢、只够糊口的生活,我大概过了两年多的光景。其间,我以竹竿探路,去过我丈人家。街坊们说,二老已入土好几年了,我的孩子经过上边同意,被他从国外来奔丧的舅舅带到了美国。人去楼空,虽然使我感伤万分,但也卸掉了我沉甸甸的感情包袱,独行大侠,百无禁忌,一个人吃饱了,一家子不饿,不也是优哉游哉的神仙生活吗?

"到了1982年,这地方才开始贯彻1980年上边发下来的——重新给入朝战俘做公正结论的文件。50年代到80年代,人能有几个三十年?而这三十多年,对我来说是凄风苦雨,雪雾迷离,昔日的血气方刚和棱棱角角都被生活这盘石磨给碾碎了。也许,我曾经是一棵挺拔的长白山杉松,虫叮蚁咬已掏空了我的树膛,只剩下了空空的外壳。所以,什么退赔抄查财物,什么恢复名誉,对我说来,都已为时太晚。

"我变卖了老丈人的房产,拿着退补我的工资,第一件事就是寻找我当年借了人家80元钱的红卫兵。那红卫兵已经人近中年,除连连向我赔礼道歉外,死活不收那付上利息的400元钱和那身衣裳钱。我扔下钱就走。几天以后,他给我送来一根鹤嘴拐杖和一副黑墨镜。他忏悔地对我说:'姜老,送您当作纪念吧!这是一个疯狂而绝灭人性年代的纪念,无论您和我,都是大小不同的悲剧演员。当然,您的付出极为惨烈,除了灵与肉被鞭挞之外,还付出了大半生的年华。'

"我很激动,握住当年那个红卫兵的手说:'谢谢你的馈赠。我将以这根拐杖,代替我手中的竹竿;以这副黑色墨镜,换下劳改队的茶色墨镜。让那一页中国的血色历史,永远跟随着我,以防淡忘。'老弟,今天我脸上戴的,手中拄的,就是当年斗争我的红卫兵送给我的那两件历史道具。"

"爸爸,你太激动了。"儿子提示着父亲,"休息一会儿吧!"

我把一杯热茶递给他:"喝吧!"

儿子看看手表,走近电视机:"爸爸,快到八频道新闻重播的时间了,海湾战争的双方正在交换战俘。"

姜羽摆摆手:"你准时打开电视就行了。我还有许多话要跟你叔叔说。"

"我已经全都清楚了。"我说,"之后,你就开始了'刘半仙'的生活"。

"这太简单,不足以概括我的全部生活的艰难。"姜羽呷了几口茶,调侃地笑笑,"开始,我偷偷给人摇卦算命。先在郊区,后进城市。后来,名声不胫而走,便有专人去请我,这里边包括某些大人物的秘书。这已经是我第三次云游南方了,顺便让儿子看看南方城市的奇妙变化。"

"这些都是过程,而不是核心。"我说,"我最关注的是……"

姜羽立刻截断我的话:"不行,没有过程,就走不到目的地。我需要向你解释的只有一点,我虽游戏人生,但绝非以此来饱私囊。你把那张照片拿过来。"

我把那张楼群的照片递给他。

"你能破译三幅图像,能破译这张照片吗?"他问。

"我现在能猜个八九不离十了!"我说,"这座规模可观的楼,是你用从许多富豪——特别是从港、澳、台以及华裔巨商那里占卜来的钱,捐赠给了某个城市,在那儿盖起了这座楼房。"

"其之所用呢?"他追问道。

"大概是一所学校。"

"非也!"他摇摇头。

"或许是什么福利学校吧!"我说,"比如,你当过真真假假、假假真真的盲人,是不是为盲、聋、哑的残疾人修建的?"

他沉吟了一会儿,喝了一口茶:"说你只猜对了帽子,没有猜对脑袋和身子。残疾这个概念,应当包括得更加广泛。我手拄拐杖,走乡串店的时候,在北方碰到许多我的同类,他们是特殊的残疾人。只因为他们当过战俘,'文革'中有的更名改姓,流窜进大草甸子;有的精神分裂,天天高喊:'我有罪——我有罪——'我想让那些过去'狡兔三窟'的政治残疾和那些生活残疾都有个疗养的地方!"

"上边开绿灯了吗?"

"正在办理交涉,但愿头头们开恩。"

"看样子,你并没有飞离红尘,跳出五行啊!"我离开了那个属于未知数的难缠话题,"嬉戏人生只是你的蝉翼,你这只冻僵了而没冻死的秋蝉,还在声声鸣春!"

"唉!算是物伤其类,兔死狐悲吧!"姜羽长吁了一口气说,"真做到万念皆空,怕是难了。我头脑里,总是盘旋着受难战俘的影子。"

我刚要答话,姜羽的儿子突然向我说了声:"叔叔,对不起,新闻重播的时间到了,海湾战争结束,双方正在交换战俘。我爸对此十分关心!"说着,他打开了电视开关。

国内新闻闪过后,举世关注的海湾战争的镜头,走进了屏幕。电视画面出现了这样一个镜头:一行属于多国部队的某国战俘,正喜笑颜开地走下飞机……

室内沉寂了。

时间凝固了。

此刻的姜羽,早已摘下那副遮目的"黑蝴蝶",他伸长脖颈,肃穆无声地向电视画面凝望。

我无须再探秘了:除去他双眼的眼皮上、下方,留下瓦斯爆炸劫难的记号之外,他那双神往于屏幕的眼睛,依然闪亮如初。

画面很快从荧屏上消失了,他久久地面对荧屏痴呆而坐。这短短的瞬间,他好像老了十年,一条条皱纹,一块块老斑,都随着那画面的逝去而呈现出来。

接着,一个个"惊叹号",从他的眼眸里爬了出来。他突然扭过头来,一双水雾蒙蒙的眼睛直视着我说:

"老弟,我同意你把这一切都写出来了,因为我就是一具历史的活木乃伊。"

我强做出雀跃欢欣之状:"你起个题目吧。"

"无根的水上飘零之绿——野浮萍!"

落　红

——眼睛备忘录之二

> 落红不是无情物，
> 化作春泥更护花。
>
> ——清·龚自珍

虚幻的开篇

时间：一九八八年早春之夜的子时。

地点：鄠都城内城隍庙的阴曹地府。

人物：城隍庙的阎王爷、判官。大殿两厢站有青面红发的牛头马面等厉鬼。守护殿门的无常官和鸡脚鬼，威严而立。

判官手翻生死簿：报告阎王，寅时又有一阳世生者回归西天，驾返瑶池。

阎王：阴阳？

判官：阳性。

阎王：曾是何物转世投生？

判官：牛。

阎王：阳寿几何？

判官：六十七。

阎王：善恶？

判官：善迹斐然，恶迹零丁。

阎王：令其进入善门升仙。

判官：有一疑窦未解。

阎王：讲来。

判官：此"牛"一生勤奋耕耘，阳间理应结有善果；不意，踏上西天正路之际，被阳间换上一双假眼。

阎王：竟会有这等事情？

厉鬼：我去索命时发现的。

阎王：归西时被掘其目，想其必有斑斑恶迹。判官，你去核查一下，如其恶大于善，令其下十八层地狱。

判官：现在将其置于何处？

阎王：天堂与地狱之间的"方城门"①门洞。

一

我已经死了。"死了"是俗称，文明字眼称之为逝世。按照文明用语，我着实是逝世了。逝世前我叫牛耘，人家喊我"老牛"；逝世后我有了个返老还童的名字，叫迎春。光阴一下倒流回来六十年，小小迎春花才吐花蕾，她今年才七周岁！

刚刚破土的草芽。

才才萌生的新绿。

如同惊蛰雷震醒的一条蚯蚓，我又活了。我是依附于小

---

① 方城门，民间传说的阴间酆都城城门。

小迎春体躯上的一个黄皮肤精灵。我有成熟的思维,我有长途跋涉的经历;我尝过酸甜苦辣咸,我喝过祁连山、大青山的雪水。我全部的生命秘密都镶嵌在小小迎春的瞳眸里。

迎春对着镜子照自己的影儿时,我看见她的眼睛晶黑透明,亮得像水潭里闪闪发光的宝石。这既是她,又是我;她在看她,我却看见了我;她看不见我,我却看见了她。

小小迎春长得很甜。她有着长长的黑睫毛,她每眨动一次眼睛,就像是一个闪电般的梦幻。她一笑,腮间盈出两个圆圆的酒窝,窝里总像汪着一泓春水;那长长豆荚似的眼睛,就像春水中的一只月牙小舟。舟无帆。舟无桨。舟无舵。舟无篷。小舟的周围只有腮的嫩红,像一缕霞。她的脸就是一幅恬静的田园画。

这是晚上,迎春上床前最后一次看镜子里的自己。她太累了,帮助瘸腿奶奶干完家务,还要温习一年级课本。爬上床,她就闭上眼帘睡了。

随着她均匀的呼吸,外部纷繁的世界已与她隔绝。其实,此时此刻才晚上九点,城市的大街上汽车在鸣笛,卡拉OK在喧闹,每个楼窗的灯光还在睁大眼睛,整个的城市都在旋转中跳动。

我——一个刚刚逝世了半个月的亡者,一个死了但又活着的精灵,虽然被她闭合的眼帘锁在幽暗的"小屋"内,但我没有一丝倦意,我仍在回味镜子里的迎春。她脸上那幅恬静的画儿太诱人了,那豆荚形的长圆眸子,那月牙形的小舟,我曾在哪儿见过……我搜索着我的全部记忆,终于那一叶小舟,漂浮到我面前来了。

……那是在一九四〇年的深秋。那地方叫桃花渡。黄河飞流而下,在这儿冲开了一条河湾。时正河湾两岸芦花飞絮,大雁编队南飞的秋夜。我拄着一根树棍,支撑着一斜一歪负了伤的身子,钻进了芦花荡。这年八月下旬,我参加了"百团大战",跟随部队对娘子关和井陉进行了奇袭。炸毁了井陉煤矿,在和日本第八旅团的贴身战中,我用从日本军人手中缴获来的一把"王八盒子",冲进敌人指挥部,亲手击毙了指挥官松本大佐。后来,从晋中西下介休、霍果,在同浦铁路沿线,和日本第四十一师团血拼,在火线上被提升为排长。"百团大战"的尾声中,我们奉命北上,中途受了伏击。我掉队了,我要过河追赶队伍,我第一眼就看见河边有只月牙小舟。

月夜静默无声,只有河水潺潺而流;小舟横卧在水面上,似乎就是为我渡河准备的。身后还响着日本"马三八"的枪声,我瞅瞅四周没有任何响动,便狠狠包扎了一下腿上淌血的伤口,扑向了那只救急的小舟。

我落生在渭北高原,是一只地道的旱地鸭子,我不知过河需要长长的篙竿,只用手中拄着的木棍当了划水桨。当小舟漂近河心时,由于木棍探不到河底,小舟便在急流中转开了圈子。接着,小舟被水浪倾翻了,我本能地喊叫了一声,就死了一般没了知觉。

捞我出水的撑船丫头叫苗春桃。喂我喝鱼汤的是她,为我伤口吸血吮脓的还是她。她虽称不上漂亮,但有陕北米脂丫头的水灵和白净。她弯弯眉毛弯弯的眼,只是其中的一只眼睛,略略贴近了鼻梁,因而,每当她和我目光相撞时,总是一只眼睛的目光笔直如剑,另只眼睛目光则有一点点偏斜。但不管是直线还是斜线,都是燃烧着的火炭,一望见她那双凝视我的眼睛,我常感到燥热难耐。终于,在桃花渡的最后一个夜晚,我被火炭融化了,在她的腹腔里播下了牛娃的种儿。

"你真像一头中条山的野牛。"她分明是在笑,眼里却盈出泪光。

是的,我当时正血气方刚。

"不会忘了俺吧?"喜泪淌过脸腮之后,她出现了恐慌和不安。

她真是想多了。黄土高原的一颗谷粒,学不来水性杨花。

"万一俺要怀上了崽儿呢?"她脸色苍白,白得如同泥巴墙上的月光。

男人的第一次,都不会想到结果。

她见我只是发愣,突然在我肩膀上咬了一口,狠狠地说:"俺连身子都给了你,你咋装开了哑巴?"

"没那么巧。"我装得若无其事。

"万一呢?"她流泪了。

"那就骂我造孽吧!"我慌了手脚。

"俺不糟蹋你。"她用巴掌抹掉泪瓣,"俺要向乡亲的爹娘说,俺是八路军牛排长的媳妇。把那血疙瘩,像小狗子一样拉扯大,等你回来。"

"要是我在战场上脑瓜开了瓢呢?"

"俺给你去收尸,当寡妇当到白头。"她说。

说这话时,她的头发就白了。那是月亮给她染的。天上银月如盘,把那月牙小舟,照得如同水上漂浮的一尾芦花。她手拉纤绳,把小舟引到岸边,用手一点长长的撑舟篙竿,角角上翘的月牙小舟,便离开了岸。

"来时满月,走时月圆。"她抒发着河边渔家丫头的浪漫,"托月亮里的兔儿爷保佑,你和俺也能早团圆。"

我从腰带上解下一个亮晶晶的小玩意,塞进她的巴掌:"给你。"

"这是啥东西?"她两眼一正一斜地盯着看。

"日本军官身上的护身佛!"我说,"留给你当个纪念物吧!"

"可是俺没啥东西给你呀!"

"你已经给我一条命了,又给了我……只要我这块黄土坡上滚下来的土坷垃,不滚进坟头里去听野蝈蝈,大妹子,我这辈子就是你的人了!"

"俺信得过八路。"

"八路也信得过你。"

"这护身佛还给你吧!只当它就是俺。"她说,"你把它放在贴身口兜里,当俺日日夜夜陪着你,并保你不吃枪子儿!"

我本不想把松本大佐身上搜到的小佛爷带在自己身上,怎奈春桃情意切切,上边留有她抚摸过的手印,便将它塞进贴身的小裌口兜,飞身跳下小舟,回身向她招了招手,就钻进了芦花荡。

在桃花渡我流了血,也流尽了一生中的全部风流。就像桃花渡流走了满河月光,这条河就干涸了一样。我是军人,我要去寻找我的部队,寻找我的军魂。但这只月光下的小舟,却从此镶嵌进了我的灵魂,它载着我漂流了一生。直到我此刻,藏入另一只"小舟"——迎春的眼睛,这就是我人生的档案卷宗。

迎春睡得很熟,我像藏在她幕布里的一个幽灵。我看不见舞台下的芸芸众生,看不见他们的人头攒动,如同王府井大街的商店关闭了店门,遮蔽了商品橱窗的隔板。我又像被云层包围着的两颗星星,在天宇中难见地球的蓝色,难觅飞鸟的翅膀,难寻如棋的村镇,难找如弦的河流。

迎春闭上眼帘后,我的乐趣在于反刍人生,像一匹无声的老驼反刍草料,以及草料中藏有的蒺藜。我还有另一种快慰,就是倾听一个七岁女孩的稚语童声,品味这朵小小迎春花儿梦中溢出的芳香。七岁七岁,女孩女孩,正是骑着仙鹤远飞的梦季,无论是春天的新绿,夏季的雨丝,秋日的落叶,冬天的白雪,都是梦的树巢,梦的幽谷,梦的衣裳,梦的梳妆。

此时,她似乎又有了梦,眼帘轻轻颤抖了一阵,便发出了梦中的呢喃。那声音像窝里的雏燕啼食,它从檐下伸出嫩黄的嘴圈呼嘎捕食去的老燕子速归:

"爷爷……"

"爷爷……"

迎春,喂你食儿的是你的瘸腿奶奶,你喊叫爷爷干什么?爷爷死了你是知道的。在病榻前,你把你的小手伸进我冰冷的手掌,就曾这么对我呢喃过。那正是我诀别人世前的回光返照吧,一个快咽气的老人,居然能有力气在掌心揉搓你的小手,并且吐出我的声音:

"听奶奶的话。"

"好好上学。"

你哭了。尖尖的声音震动了病房的玻璃:"我的眼睛……我的眼睛……"

我对你说:"别哭,你的眼睛会复明的。你能再看见绿的草,红的花;白的云,蓝的天……"

你说,你不是为自己的眼睛而哭,你的眼泪是为两位叔叔和一个姑姑而流,你请求我能放他们进到病房里来。

我无声了。

"他们就站在病房外边,爷爷!"

我闭紧了嘴巴。

"爷爷,你答应吧!"

我听见了自己在咯咯地磨牙,那声音就像夜猫子咯咯地叫。你奶奶代我回答了:"别让你爷爷难过了,他不想看见他们。"

你愕然地停止了哭泣,只是因为你听从了爷爷和奶奶的话,并不了解深藏在这背后的沉沦和悲怆。社会污垢塞满的一只只垃圾筒,体积和容量都太大了,你小小的方寸心田,没有那么大的空间。

小迎春,你原谅爷爷的固执吧!也许等你长大了,奶奶会对你回叙的;假如奶奶不愿回首往昔,我托梦讲给你听。因为我和你是一个人,我就活在你的眼睛里,是你生命器官的一部分。这是真的!

我还会对你讲起我的七岁和我七岁时在黄土高原的土坷里藏着的影子,以及我在一层层梯田的羊肠小道上留下的脚印。假如你陪奶奶看见电视上,一个洋妞子唱起一支土得掉渣儿的歌儿:

  我家住在黄土高坡
  大风从坡上刮过

那就是我的坡,我的家,我的窑。

我还会在你的梦里,教你唱一首信天游:

  灰溜溜的毛驴黑炭窑
  羊肚肚的手巾红裤腰

我要从七岁一直讲到十六岁,那年我扛着一杆打鬼子的套筒子枪,穿起"八路"土黄色的二大裰子。

爷爷的话,你在梦中听到了吗? 睡吧! 迎春!

她着实安静了,安静得像一只树叶里蜷卧的虫蛹。我就是那张包裹着她幼小生命的树叶,只不过由于风霜雨雪的吹打,而早已失去青春的绿色,边边沿沿卷曲起来,变成一片虫蛹栖息的枯黄色摇篮。

我摇荡着迎春催她熟睡。

我自己却全然没有一丝睡意。

医学书上说,人进入暮年只需六个小时的睡眠就够了,书上却没说人死后的幽灵,需要多长时间的睡眠。医学书上没有,《吉尼斯世界纪录大全》中也没有这个条目,我有资格用我自己的体验,为这本书籍以及《圣经》《禅说》《佛通》等经卷,做一个有意义的补充:死人升了天堂或入了地狱,是不需要睡眠的。

我已亡故了近一个月,无论白昼还是夜晚,我没有打盹的时候,像加拿大的约翰逊和阿根廷的马拉多纳服用了兴奋剂一样,精力饱满,体力充沛。我还有一点超人的功能,也是环球书刊上没有记载的,即我附着于童真的眼睛,虽不能透视铜墙铁壁,却有了穿过肚皮透视人五脏六腑的功能;因而我既看见了我活着的日子没有看到过的美丽,也看见了我在世时没有看到过的肮脏!

我受到的唯一限制,是迎春的眼帘,她只要闭合两目,外部世界就全部消失,我只能享受孤独,回味人世间红的蓝的白的黄的黑的搅拌在一起的万花筒。我最怕迎春流泪,那苦咸的泪水腌得我酸痛难耐,谁叫我寄生在她眼睛中呢,这是我时不时要经受的痛苦。

此时,迎春又好像做上梦了,她翻了两次身,眼皮微微睒动起来。接着,我听到她悲悲戚戚的颤音:"如果你的眼睛亮了,《二泉映月》一定拉得更好听。是吗?"她在梦中对瞎子阿炳倾吐着心声。

"让我跟你去学胡琴吧!行吗?"她语音像是忧伤的孩子,"你一手用横竿探路,另只手拉着我的小手过马路!"

"你是大瞎子,我是小瞎子,你拉胡琴,我唱歌儿。"她继续着她的梦游,"你要是答应,我说服我的爷爷,叫爷爷放我跟你走!"

"行吗?"

"说呀!"

我记起来这梦的原由来了:三年前她刚四岁,那年冬天的一个雪天,她因病毒性角膜症,而失去了一双明眸。迎春的妈妈本来在我家当保姆,女儿突如其来的横祸,击碎了她仅存的一点生活意念。她借着上街买菜的当儿,钻到了汽车轮子之下,冰冻的路面很滑,司机紧急刹车失灵,小迎春一下成了没有母亲的孩儿。

她母亲是从安徽大别山区到北京来的,离家的原因是为了抗婚。为此,她付出了和家里断绝一切关系的代价。当她千里迢迢地来到这座有一千万人口的城市后,不知哪座深宅大院的恶棍欺骗并玷污了她。当她叩打牛家小院的门环,请求我和老伴收下她时,她没有隐瞒她已怀孕四个多月,只是对奸污她的恶棍守口如瓶。

我对于收下她犹豫不决,因为涉及生育指标,而我的老伴比我果敢,她一锤定音:"进来吧,我在妇联工作,想想办法看。不能让成了人形的肉疙瘩,再去'人流'呀!"夜里,老伴对着我耳梢说道:"我想起了桃花渡,你也给我揣上一个肉疙瘩,将心比心,不能叫这大别山的妇女去寻绝路!"从此,这苦藤苦瓜就和牛家攀结在一起。当她分娩那天,我给这娃起了名儿:"无论是男是女,都叫迎春吧! 这名儿吉利,迎春不能再是她母亲的影子。"

小小迎春在双目失明后,不断喊她的妈妈。我和老伴串通一气,哄她说她母亲回安徽老家种田去了。为了转移迎春的精神视觉,我和她依偎在沙发上,播放瞎子阿炳留下的《二泉映月》,并一遍又一遍地讲述瞎子阿炳的故事,目的不外是抒发我的悲怆,并以此来鼓舞小小迎春的生活勇气。没有料到,三年前的往事,在她梦里再现了:她先是念叨跟阿炳去学胡琴,后来又嘤嘤地抽泣开了……

我像掉进了腌菜缸的酸汁苦液里,以梦托梦地对她说道:

"迎春,你在做噩梦!"

"那个瞎子阿炳早就死了!"

"你的眼睛不是又亮了吗?"

"你醒醒,一睁眼就知道你不是瞎子了。"我喋喋不休地撕碎着她的噩梦,"睡前,你还照镜子哩,你那眼睛弯弯的,像只小舟!你忘了吗?"

"别哭了,再哭该把里屋睡觉的奶奶给搅醒了!迎春,要听爷爷的话!"

是不是迎春听见了我的内心独白,我无从判断,反正她的梦呓渐渐终止,后来连呜咽声也消失了。噩梦像乌云飘过天幕之后,她咂咂嘴,便又重新睡去了。

梦走了。

人来了。

那是迎春梦中的低咽召唤过来的。不用问,我也知道那是我的老伴苗春桃。尽管你拐着的拐杖头头上,包了一层胶皮套儿,我依然听出来是你走了过来。一九六九——一九八八,我已听了你近二十年的拐杖拄地的声音。

你原来是有一双粗壮的大脚板的,在桃花渡时你健步如飞;解放北平城你我邂逅重逢时,我都撵不上你走路的步点。从一九七〇年,你的半截小腿残了,从那年起,你成了"金鸡独立"式,一只单拐开始敲打水泥地面。

老伴,你原谅我吧!假如没有桃花渡的一夜风流,如果我这匹野马那夜能紧紧勒住马缰,不在你身上造孽,你今天还是全须全尾的苗春桃,你或许永生陪伴着那条流着月光的桃花渡。

是我把你拖上那条灾难的小舟的。我虽姓牛,化身却不是金牛星,命运注定我是扫帚星,而你偏偏飞上我的生命星座。在那场惊天地泣鬼神的"轰轰烈烈"中,我这条标上"走资派"标签的泥牛,在如潮的人浪冲击下,已化为一摊泥水,没有能耐再驮上你蹚过河了,像你当初,把我从浪峰里背上岸那样。我眼看着你跟随我一块儿沉没,而没有一点咒念:你是哪个"天方夜谭"故事中的"西路军"?"西路军"在大西北遭劫难的时候,你还是桃花渡梳着一根辫子的小丫头,你怎么会成为马步芳的俘虏,又怎么会成为"叛徒"?

是的,也怨你太痴情。你确曾到大西北去找过我,腾格里和准噶尔大沙漠,至今还留着你寻夫眼泪砸出来的巨大沙坑;你的脚掌磨出了一串串血泡,因而沙丘上长出了一棵棵血色的红柳。你没找到我,但找到了和我穿着同一种颜色军装的人,你跟着部队走了。

那已是一九四〇年以后的事情,离马步芳蚕食"西路军"的悲剧,时间相距有六七年之遥;但那些造反勇士,居然论证出你给马步芳的马弁当过小老婆。起因不就是我成了一个部级单位的走资派,此外当年有一位"西路军"女战士和你同名!

你在批斗会上愤然地喊叫着:

"同志们,我是四二年把一岁的男娃留给老人,去大西北的。"

"我参加的部队的番号是××××。"

"你们是张冠李戴!"

"你们在冤枉好人!"

辩解词还没说完,你便倒在了尘埃里——你两条健壮的腿,被打折了一条。果子落地,不能重新长在树上,被打碎的小腿腿骨,难以再和原来的骨榫弥合。老伴,从那时起你的拐杖就开始敲击地面,"哪……哪……哪……"的声响,像"镑砸木"用尖嘴巴镑砸大树"哪……哪……哪……"一声连着一声,像是谁在敲打战争年代报警的梆声……

拐杖敲地的声响停住了。我估摸着你此时已然坐到了迎春的床边,正用巴掌抹着迎春梦中淌出的泪瓣;或者你怕她受了夜寒,正为她掖好踢蹬开的被子;不,也许你正用手心挨着迎春的脑门,试着她的体温,像当年在桃花渡,你抚摸我的体温那样。你放心吧,老伴,迎春没有发烧,我和她是连体人,她如果发起高烧,我会有所体察的。

床板发出一阵窸窸窣窣的声响，接着我感到了你身子的蠕动。老伴，你怎么也挤到这张床上来睡了，七岁的迎春已经能够照料自己了，两个人挤到一张床上睡觉，都睡不踏实，你来凑什么热闹。忽然，我解过这层谜来了：你是找我说话来了，因为只有迎春熟睡之际，才是你对我倾吐心声的最好时机。老伴，你有话就说吧，声音一定要轻，不要惊醒了孩子。

"老牛，你能听见吗？"

我是精灵，但吐不出声音。隔着迎春的眼帘大幕，我也无法看到你的表情，但我对你的声音有海绵吸水和磁头纳音的功能。我在倾听你的声音，我的老伴！

"你临终前叮嘱我的事情，我都做了。"你开口了，声音轻得如同鸡毛落地，"第一，我把你的骨灰盒，从那座深墙大院里取了出来，送进了老山公墓，现在你已经和那些平民百姓的骨灰盒，放置在一起了！"

为什么不一开始就把我送到那儿去呢？我不过是黄土高坡上的一颗草籽，当初我把脑袋拴在裤腰上，参加革命的时候，并没想到死后要进入神龛的行列。《国际歌》里面怎么唱来着？"从来就没有什么救世主，也没有神仙和皇帝"，我本来就是一抔黄土，死了也该还原成黄土的本色，只有古代的帝王将相才修建什么宫舍殿堂哩！老伴，你干得好，只是不该让我到神龛里去拐个弯子出来。

老伴仿佛和我有心电感应，她说："老牛，你知道把你抠出那儿有多难吗！我拐拉拐拉地进了治丧委员会办公室，人家死活不同意你不进八宝山。我拿出你的遗嘱，人家说：'活着有活着的规格,死了有死了的条例。部委级干部骨灰盒要进正房,一律坐北朝南。'我说:'活着有级别待遇,死了也有等级差别?老头子临死时说了,他不接受这种安排。'治丧委员会的头头,请示你的上司回来,斩钉截铁地对我说:'牛耘的一生是革命的一生,十六岁参军,半生南征北战;转业到地方以后,工作业绩斐然,理应受到这种尊重。'我朝他们蹾开了拐杖:'请你们尊重老头子的遗嘱。'可人家笑容可掬地回答我说:'苗春桃同志,你是不是神经有了毛病,对老牛来说,这是荣誉;对家属来说,这是安慰。'"

老伴,你不会给他们唱那支《国际歌》听吗?你不会说周恩来死后把骨灰撒进江河湖海了吗?你那么能说会道,怎么能被子弹堵住枪膛?

"唉!我的老头子,不是子弹堵住枪膛,而是咱身子连在一起闹春后,生下的那三个孽种,堵住了我的嘴。"老伴对我娓娓而谈,我通过迎春呼吸的鼻子,嗅出老伴语音里的火药气味,"治丧委员会正在为你进八宝山还是进老山公墓进退两难的时刻,咱的三个崽儿闯进了治丧委员会。老大牛勇把墨镜从鼻梁上摘下来,往桌子上一拍:'妈,你疯了还是傻了?睁眼看看,哪个老干部升天,不进八宝山?革命这个字眼和人民这两个字是连在一起的,爸的遗嘱,是不是有点把革命和人民对立起来了?这么干,影响极坏!'老二牛放倒不像他哥哥那么不知礼仪,他把我拉出治丧办公室,在楼道里悄声对我说:'妈,人卖一张脸,货卖一张皮,那紫貂和狗皮能卖一个价钱吗?时代对活人死人的标价,也分高低档次。妈您知道,爸在世的时候,因为我干上了皮包公司的高级倒爷,爸跟我断绝了父子关系;尽管这样,我能发了,还是靠爸的老革命金招牌。妈您想想,我如果当真是死了进老山公墓平民百姓的儿子,怎么能盖下那圈套圈的十八枚橡皮图章,开办起个皮包公司来?人家都说爸跟我断绝父子关系是假的,我也就顺水推舟,一直把公司推到有了几家分公司。这回,如果爸爸进老山公墓,外界知情的,觉得爸是天字第一号大傻瓜;外界不知情的,会猜疑爸一定有什么问题。进一步就会指着我的脊梁骨说:瞧!牛放这小子他爸,骨灰埋进了乱坟岗子。风筝的线儿一断,我或许来个倒栽葱,一下从云影里,跌进谷底下去呢!妈,爸进革命公墓还是进老山公墓,关系重大,您可不能……'

"老头子,听老二讲这番话的时候,我浑身哆嗦个不住,像犯了疟疾,像打了摆子,我恨不得搂头盖顶给他一拐杖。我颤巍巍地说:'进八宝山除去老头子不愿意外,我也有我的想法,因为我没有进八宝山的条件,我们生前在一起,死后也想在一块儿。'但在这节骨眼上,老三牛怡攥住了我发抖的胳膊,她斯斯文文地对我说:'妈,大哥二哥的话,说得都有道理。大哥怕为这事,影响他的仕途;二哥怕为这事,动摇他在商界的地位。只有我不怕这怕那,因为我是拿到绿卡的异国公民,可我千里迢迢来奔丧,也希望丧事办得风光一点。即使是不举行追悼会,也总得有个和遗体告别的仪式吧!只要电视台的屏幕上,能出现爸的遗容,我也就不虚此行了!'

"儿女三个对我进行轮番轰炸。一个唱黑脸,一个唱白脸,一个唱粉脸,弄得我口干舌焦,还是拿不下来你进老山人民公墓的通行证。这时,你离休后接任你职务的部长,被治丧委员会的头头招呼来了。他说他个人十分尊重你的遗嘱,但没有碰到过类似的先例。只见到为进八宝山,死者家属纠缠组织的,没见到过够级别而不进八宝山的。他希望我别给他出难题,要是我坚决要求按你的遗嘱办理,他还要请示中央,因为和遗体告别的讣告,已经寄给了你的亲朋好友,地点就选择在八宝山革命公墓殡仪礼堂。

"我质询你的这位接班人说,×同志,一个革命者生时住进深宅大院,死后还要进革命祠堂,这符合《共产党宣言》中说的,无产阶级只有在解放全人类后,才能解放自己的宽敞胸襟吗?他沉吟地笑了笑,避开我的话锋说:'老嫂子,这不是探讨共产党人革命宗旨的时候,您拄着拐杖站在楼道里够累的了,而且会产生不好的影响。是不是您先回去,容我们再研究一下牛老的安葬问题,过两天再答复您。怎么样?'

"我还想说什么,老大老二老三围拢住我,像电视中的绑架画面一样,把我连搀带抬,装进了干休所的汽车……之后,我不说你也能猜测得到,殡仪礼堂外面的车水马龙,你的战友,你的亲朋,你昔日的下级和咱们的街邻,其中还包括你过去最轻蔑的一群同僚,排着长队,在哀乐声中,鱼贯而入,面对你的遗容弯腰鞠躬。有的真哭,有的假哭;有的为你逝世悲痛欲绝,有的像走马灯一样木然而过。拍电视的灯光,亮了又灭,灭了又亮,于是荧光屏上便出现了静卧在青松翠柏之间的你化了妆的遗容。

"老头子,我眼泪疙瘩一个劲儿地往下淌。我想起了桃花渡的日日夜夜,我想起那只月牙般的小船。你属于生你养你的那片黄土高坡,你属于你跋涉过的山川大地。我打定主意,告别仪式完毕之后,我要想办法按你的遗嘱,让你的魂儿飞出院墙,飞到你该去的土窝窝里。你的骨灰盒只享受了一周'坐北朝南'的待遇,我就说服了骨灰堂的管理人员,把你迁居到老山公墓去了!原谅我吧,老头子!我没能不打折扣地按你的遗嘱去办!实在是身不由己,你听见我的话了吗?"

真够难为老伴的,我真想对她说点宽慰的话,告诉她只要魂归黄土,我已然感到满足。但我只有能看的眼睛,也只能和迎春有连体交流,你我之间,只靠心电感应,这真是委屈老伴你了!代替老伴儿语声的,是迎春在梦中唱的儿歌,她语音稚嫩爽脆,如同给老伴儿的那番话,做了个孩提式的注解:

排排坐
吃果果
幼儿园里故事多

迎春唱的是支童真的歌……

我却像听见一个亘古不变的故事:是啊!她在上幼儿园的时候,就知道"排排坐"了。老人国所发生的故事,或许不值得新奇,因为它不过是小人国秩序观念的延伸。老伴儿,你能理解迎春唱的这支歌儿吗?

老伴儿没有回答。

她太累了，我估摸着她在迎春旁边睡着了……

二

迎春床边的小闹钟，秒针嘀嗒嘀嗒地走着。它和时针交叉起来，像把剪刀，剪碎着时间，于是便出现了日日夜夜，春夏秋冬。人们始终在零点至十二点——十二点至零点之间的圆周上蜗行，直到停止呼吸，也没爬出它的圆周。

我是早已停止了呼吸的亡者，也许正因为我是死人，才能把活人在三百六十度圆周上跑来跑去的蠢态，看个一清二楚。就像那沿着圆周不停运动的秒针，它自以为走了很远很远的路，但它一旦有了思维，就会发现那是一个古老磨房的磨道。如果把它拟作为人，颇像苦苦在"路漫漫兮"中行吟的诗祖屈原，他在对天上的圆弧"求其索"地进行"天问"。难道这世界，只有转来转去的圆？

屋里静极了，静得如同真空。

只有那嘀嗒嘀嗒的声音，显示这儿并非离开凡尘的禅佛之界。它时而离我很近，听起来就像连发的"王八盒子"的枪声；时而离我又非常遥远，遥远得就像祁连山、大青山的骑兵马蹄，叩击山路的回声……

我背过日本式的王八盒子枪。

我骑过一匹棕色的蒙古马。

那时候，我是啥职务来着？对了，我是骑兵团的团长。随着东北、西北战场的不断胜利，对国民党大反攻的军号吹响之后，我带着的骑兵团的铁骑，昼夜兼程，追歼南逃的溃敌。

那天夜里,霜雪弥漫,我们沿着大青山的一条山路,向东南迂回穿插,当我们穿过一个大峡谷时,蹦入了敌人的埋伏圈。

轻、重机枪的子弹,雨点般地从两侧山头向我们射来。我想,如果要想从山嘴突围,要付出重大牺牲。为了钻出口袋阵,减少伤亡,我下令隐蔽起身下坐骑,把骑兵改为步兵,不钻敌人布置下的口袋嘴,而向坡度缓冲的一侧山头冲杀突围。

  天有夜幕当掩护
  地有兀石当掩体

历经一个多时辰的拼杀,我们终于撕裂了敌人的口袋,攻占了两侧山头中的一侧。兵败如山倒的溃敌逃跑了,在追击残敌时,我觉得胸右侧热辣辣地像火烧了一下,待到天亮一看,血早已洇透了我草黄色的棉军衣,剥开血衣看看,他娘的,敌人的子弹尾巴,还歪斜地挂在我的肋条上。

老伴儿,出了枪膛的子弹,可不是娃儿弹弓打鸟的泥丸,何以会没射穿我的胸膛?其实这故事我已经对你说过一百八十遍了,"文革"中还为这个故事燕飞了两个时辰,但我还是要对梦里的你说:春桃,第一条命是你给我的,第二条命还是你给我的。假如在我离开桃花渡那天夜晚,你没把那光溜溜的"护身佛"塞回我的巴掌,我牛耘早就变成了一把骨灰。天底下就有那么凑巧的事,那颗子弹先打在黄铜铸成的小玩意上,然后那子弹头儿才顺着小佛爷光溜溜的身子,滑进我的肋条;护身佛卸了子弹的力量,因而留下了我牛耘的命。老伴儿,这不是你在保佑我躲过马革裹尸的大难吗?

在开设在一个山村的随军医院里,师政委老田走到我的病榻之前,连连对我表示祝贺:

"老牛,仗打得不错嘛,向侧翼突围这着棋,救活了一个骑兵团。"

"钻进人家的口袋阵,本身就是失误。首长,你别说叫我开心的话了,我感到脸上无光。"

"千里骏骑,也总有漏蹄的时候,你在大西北打的胜仗还少吗?记住,天底下没有常胜将军。"田政委紧紧握着我的手说,"这回,算和敌人打了个平手,不算败棋。"

"谢谢首长鼓励。"我说。

"伤势怎么样?"他关切地询问我。

"差点交了差,都靠了它!"我从口兜里掏出那亮光光的小佛爷,并让政委观看铜佛肚子上子弹咬下的一道印迹。

田政委摸摸他满脸胡子茬,把小铜佛在掌心里翻来覆去地看了一阵,自言自语着:"这是日本鬼子腰上系着的玩意儿。"

"是的。'百团大战'时,从被我击毙的松本身上搜到的。"

"一直带在你身上?"他漫不经心地问我。

"嗯。"我点点头。

"牛耘同志,你信它吗?""它"当然指的是小铜佛。

"革命军人怎么能信佛呢!"我说,"我本来想把这小玩意儿送给人,可人家又归还给我了。这次子弹打在它身上,完全是凑巧。"

"参军前你——"

我立刻回答："农民,黄土高坡上的赤贫。"

"要警惕呀,牛耘同志,我们打天下的目的,可不是李自成进京,是彻底摧毁'三座大山',是去当人民的公仆。"田政委好像从这个小铜佛身上,发现我身上的某种杂质似的,十分委婉地对我提出忠告。

春桃,我的老伴,我当时无法对首长说:我贴身口袋揣着的不是佛,揣着的是桃花渡的记忆,揣着的是春桃那颗祝福我一路平安的心。但对首长的隐喻和暗示,我又不能不表示个态度,便说:"感谢首长的提示,革命军人是无神论者。我牢记在革命成功后,将它送入抗日战争资料馆。我还要将首长的教导铭刻于心:'不当闯王,只当公仆'!"

田政委颇有兴味地在掌心翻看着那个小玩意儿:"你看,佛脚下还刻着日本军人的名字呢!日本军人一般都带有瓷佛。这尊小铜佛属于家传,我能断定,你击毙的一定是个军官。"

"军衔大佐!"

"死鬼没能保护自己,却保护了我们的团长!"田政委哈哈大笑,"说不定前生和来世,跟你有什么缘分哩!留下它吧,当个纪念!"

田政委这几句幽默的话,逗得病房伤员都开心地笑了起来。他还要去其他病房探视伤员,离开我的病榻之前,他再一次紧紧地握着我的手说:"你姓牛,我姓田,我也参加过'百团大敌',看样子咱俩缘分也挺深的。你知道,没有牛拉犁,就播不下去种子;没有田给牛耕,牛活着的意义也就不存在了。让你这头牛和我这块田,一块儿为新中国播种收获吧!假如你我命大,将来一定会有见面的一天!"

老伴儿,我打了几十年的仗,见过那么多死尸,我没流过泪;可是田政委那番既亲切又富有哲理意味的叮咛,使我眼圈发红了。记得,我直溜溜的目光,一直追随着他的背影——他个儿并不高,但在我心目中,他的形象无比高大,直到他走出我们这间伤员病房。

当时,我真想把这尊救我一命的"护身佛",顺手扔到窗外。但你在桃花渡的渡船上对我说:它就是你。我把本已扬起的胳膊,又收拢回来,我没有理由把你和它一块儿抛在那养伤的驿站。

真是被田政委言中了。可是这个亮亮的小玩意儿,给我们牛姓一家,带来了不少的故事。老三牛怡的行为,是由它引起的;老大牛勇和家里的冲突,也有它在从中作怪;老二牛放的放荡不羁,虽和它没有直接关联,但九曲连环中的一环,也和它有所连接。你看,这小玩意儿既救了我的命,又赐给人间无穷尽的烦恼;它既导演生命的喜剧,也导演家庭纷争的悲剧!难道这个死道具,真他娘的有鬼神戏弄活人的灵性吗?春桃!

小迎春身子翻转了过去。是不是她翻身时碰撞了你,还是我无声的独白拨动了你心上的那根弦子?反正你醒了,我感觉你在为迎春披着踢开的棉被,然后我听见那熟悉的拐杖拄地声,"笃笃笃"地渐渐远去。忽然,那声音又由远而近,你又折身回来,喳啷一声,这是瓷盆碰击地面的声音——我知道了,你是给小迎春去取尿盆。然后,你又走了,"笃笃笃笃"的拐杖声,把迎春惊醒了,她的眼帘启开一条窄缝:

"奶奶,您还没睡?"

你故意不答,好让迎春尽快入睡。

"奶奶,明天我自己上厕所,您不要为我拿尿盆了。"迎春下床,解着小手时,对外屋的奶奶说,"爷爷不在了,您腿脚又不方便,我真怕把您累坏了!"

你还是不搭腔。老伴儿,你的心有时软得像一含就化的棉花糖,有时却也硬得赛过金刚钻。在这个世界上,也许只有为别人而存在的人,才有这种禀性和品格。

迎春见你没有回声,屏气跷足地走到外屋,去检查奶奶是不是睡了。她看见的和我看见的一样,你平卧在床上,紧紧地合着双目,一副酣睡正甜的姿态。迎春毕竟太小了,她当真以为奶奶睡着了;然而我却看见了你露在棉被外边的一只脚,还没脱掉鞋子。

她重新回到床上,盖上了被子。可是她没有合上眼皮,两眼望着小桌相框里镶嵌着的照片。满圆的春月,把月光洒在照片上,使照片上的我,显得有些苍白;相框周围披着的那半圈黑纱,被月光照得更加肃穆。那还是我刚刚入城时的早年遗照,胳膊上系着"军管会"的臂章,挺胸叠肚,器宇轩昂,目光炯炯,俨然一副舍我谁能拯救中国的神态。

迎春凝视我时,神情专注怅然;我打量我自己时,觉得有点傻得可笑。记得,我在拍下这张照片时,背后还留下一行小字,上写:牛耘,你要记住,革命不是闯王进京,是为了给人民当公仆。这几句话是田政委的赠言,我把它当成我一生的行为准则。当时,我把这个问题想得像人走路那么简单,只要事事先人后己,事事出于公心,这个标准就是不难攀登的珠穆朗玛峰。

是的,我和春桃都以此来当尺,不断丈量着自己,做到了无愧于革命,可是我昔日那些战友呢?解放前以此来告示我的田政委呢?还有……

迎春睁得发酸的眼皮闭合了,我披挂黑纱的肖像,随着她撂下的窗帘,而在我面前消失。不看见自己也好,眼不见心净,省得我去掂量一些人到底是当了"公仆"还是当了"老爷"。蜗居在迎春的眼窝里,我也应该恢复七岁时的稚嫩,七岁时的童心,七岁时的思维,七岁时的向往!

昨天——就在昨天,我不是跟随着迎春返老还童了吗?早晨,迎春所在的小学,去城市的远郊踏春。我认识这个地方,是修复了不久的慕田峪长城。昔日我来到这里只觉得它木呆而苍老,烽火台一座连着一座,远看就像一个个皇帝玉玺的排列:从秦始皇到汉武帝……近看却像一台台现代化的冰箱,苍凉的中国历史,都在里边冰冻住了,成了一个个不会说话的古木乃伊。

可是在迎春的眼里,它巍峨而雄浑。陈老师在对孩子们讲长城故事的时候,一排北返到北国草原的雁阵,排成人字形,正飞跃过长城的巅峰。

"大雁——"

"大雁——"

孩子们跳着、叫着。他们向大雁挥手,他们向大雁问安,他们向大雁祝福。陈老师不失时机地对着雁阵,教孩子们唱一支歌:

> 雁阵雁阵有秩序
> 它们永远排着队
> 一会儿排成人
> 一会儿排成一

之后,陈老师就告诉同学们,要有秩序地爬长城,像雁阵一样,以免掉队。

是什么吸引了迎春?是长城脚下那一簇簇的金黄。她朝那一簇簇金黄走去,走近了才看清那是早开的迎春花。

我真想告诉她:这就是你的名字;你就是这黄灿灿的花朵,爷爷给你起这个名儿,期冀着对你一生的祝望。

迎春走了过去,顺手掐了一束。她把花儿放在鼻下,嗅着它那淡淡的幽香。一个放羊的山村男娃,赶着一群绵羊到小溪来喝水,迎春隔着潺潺而流的小溪,问那男娃说:

"这花儿叫什么名儿?"

男娃一口山音:"野迎春!"

"哎呀,我就是它!"

男娃的山音更响:"你说啥哩?"

"我叫迎春。"

男娃直眉瞪眼地瞅着她,根本没听懂她的意思,因而没有分享到她的任何快乐,就轰着羊群走了。迎春好生不解地望着那男娃的背影,仿佛受了莫大委屈似的,直到那男娃和羊群在溪水旁消失。

我心里也很难过,因为我看到了童年的我。我也放过羊,只是比这男娃的衣裳还要褴褛;黄土高坡上羊群没有水喝,要翻过崩梁把羊放到山底,才能走到那混浊的水坑。羊在水坑里喝水,我也在这水坑里喝水;黄土高坡的汉子和婆娘,从这儿担起一担水,穿山过脊地挑回窑洞,两脚要磨出一个个血泡。

小迎春把视线收拢回来,那男娃的影子顿时消失了。

"迎春,爷爷活着的时候,你不是总问爷爷小时候的情况吗?那男娃就像小时候的爷爷。"我无声地对迎春说,"只是那儿没有这条小溪,小溪里没有游来游去的小鱼,河底下也没有这么多好看的鹅卵石,更没有小溪边这绿绿的草芽。迎春,你在这儿玩个痛快吧,这儿空气新鲜,还能听到声声布谷催播,对比那混浊城市中的喧嚣,这是大自然的童话世界!"

迎春蹲下身子,把那束迎春放在跳蹦的溪水里,溪水便驮着这只花舟,向东漂流而去。春阳升起来,把一束金灿灿的光洒向小溪,小溪突然变得色彩斑斓,那小小花舟被镀成了一叶无帆无篷无桨的金舟,在溪水中起伏跳荡……

迎春站起来,沿着青青的河畔,追着那叶金舟奔跑,一边跑一边兴奋地喊叫:

"花舟,你就是我!"

我祝福她能有这样的命运。

"花舟,你流到哪儿去?"

还用问吗,当然是太阳升起的遥远腹地,那儿该是个童话般美丽的王国。

"花舟,你漂得慢些呀!"

不要要它放慢速度,迎春你应该加快脚步,挥发出生命的全部热能。

"花舟,我追不上你了!"

迎春,你该再使点劲。为了对太阳的光源探视,你应该竭尽你的努力!

小溪在山脚转了弯。

花舟在山脚也转了弯。

迎春追随奔跑的溪水,拐过了大山湾湾。

我寄窝在迎春的体躯内,瞬间便出现在大山的另侧。

眼前是一片开阔的湖泊,波光粼粼,水雾缥缈。迎春和我,目送着那只花舟,被小溪带进了无际无垠的水波。

迎春笑着:"真太美了!"

你该知道,它美在开阔。

迎春朝那叶花舟招手:"野迎春,再见——再见——"

你不该说"再见",你该说祝花舟在百舸争流中奋力击水,一直到太阳升起的天际!

这时,你才发现了你是离开雁阵的一只零丁孤雁,忙跑回到你折下那束野迎春的地方。但为时已晚,你的老师和同学已然从长城上折回,首先对你发难的不是老师,而是同学:

"我们以为你丢了呢!"

"老师不是讲了天上雁群的纪律吗?"

"你眼睛已经复明了,还要我们背着你上长城啊!"

"迎春同学,你该检查你离开队伍的自由主义!"

迎春哭了。

我也哭了。

尽管我不想哭,她哭就是我哭。

陈老师关切地拍拍她的肩膀说:"别哭了,你对老师说说,现在你有一双明亮的眼睛了,为什么不跟同学们一块儿登长城?"迎春只是抹着眼泪。

"是怕摔跤?"

"不,我视力已恢复到左眼1.2右眼1.1了。"

"那为什么不听老师的话?"

"我找到了我自己。"迎春抽泣着说,"老师您看——"

陈老师顺着她手指的方向望去,看见了脚下的那片金黄。

"这是我第一次看见迎春花。我爷爷给我起了个迎春的名字,我始终不知道迎春花长得什么样儿。山下放羊的小伙伴说,那花儿就叫迎春,跟我同名,我高兴极了,便走近那一簇簇迎春花儿,忘记了爬长城……"

陈老师动情了,她掏出手绢给迎春擦去眼泪,安慰迎春说:"老师明白了! 老师完全理解你的心情了。"老师安慰迎春过后,转身对同学们说:"同学们,对一个眼睛刚刚复明的同学来说,头一回看见她自己生命的花儿,激动的心情可想而知。我们该为迎春同学而高兴。"

一朵朵迎春花,飞向了迎春怀里。陈老师还叫男同学挖出一束连根的迎春花,叫她回家移栽到花盆里。这是同学们为祝贺她眼睛的复明,而奉献给她的。

迎春再次哭了。不是为挨了同学批而哭,而是为老师和同学们的一颗颗爱心而哭。在这条潺潺而流的爱河里,我不仅看到了中国的希望,还拾回了我自己的童真——我七岁时虽然没有读书的机会,像那个放羊的男娃,但我当时也像你们一样纯洁透明,只不过这颗爱心后来被社会蛀蚀得像筛子眼了。

静。

子夜之后的城市,万籁无声。通过你的耳膜,我唯一能听到的,是在极遥远的什么地方,有火车的轻微喘息声。这声音弱若一缕游丝,轻若天上的一丝浮云,仔细分辨一下,这哪里是远方火车的喘息?是你——小迎春均匀的呼吸,你又进入睡梦的摇篮。

睡吧!孩子,一天春游你太累了,你的路还很远很远,随着你眼睛的复明,你将看到一切:

>春天的迷离细丝……
>
>夏季的雷电风暴……
>
>秋日的无声落叶……
>
>冬时的漫天雪霁……

这就是被诗化了的人生。与美好同在的,是扭曲的变态,假面的舞蹈,疯狂的吸吮,伪善的邪恶……迎春,你要过好这一道道的鬼门关,并非像春游那么逍遥轻松。

你大叔牛勇,十九岁从桃花渡来到你爷爷奶奶面前时,还是个"头顶高粱花,脚沾浆泥瓣"的憨直农村青年。一见到生人,他就脸红心跳,是个说不上一句完整话的土老撮,他进工农速成中学学习时,是个品学兼优的优秀学员。爷爷把田政委叮咛我的那番话转告给他时,他说:"爸妈放心,我要拿出姓牛的牛性来,给人民拉车一生,只求奉献而不要任何索取。"他后来被调到一个报社去,当助理编辑记者,当时他衣着简朴,克己奉公,除了人事干部之外,竟没有一个人知道他是我的儿子——你爷爷当时已经是个不大不小的副部级干部哩!

一九五七年反右派斗争开始了。一天晚上,他在台灯下用墨笔抄写着一张大字报。我有意地看了一眼,看见他批判的人,竟是在编辑部里搞编务的一个老报人。过去他曾不断对我谈起这个老头,如何教他写通讯报道,怎样检查出他文章中的错别字,特别是他以敬佩的口吻告诉过我,这老报人为了防止他在文章中出丑,掏钱为他买了本成语词典,置于他的案头。一个煞费苦心帮助他提高业务能力的老头儿,怎么一下子,就成了他射击的靶牌了呢?

他告诉我:"他过去给国民党办的《扫荡报》写过文章!"

"什么文章?"我追问他。

"题目叫……叫《泰山揽月》。"

"这不是写风花雪月的文章吗?"

"不在于他写的是不是风花雪月,而在于他的文章,发表在《扫荡报》上。"牛勇振振有词地说,"他在这家报纸副刊上辟了专栏,除了风花雪月的文章外,就是写些花街柳巷的青楼女子。"

"就凭这些?"我十分诧异。

"这些还不值得批判?"他反问我说,"在反动派的报纸上,麻痹蒋管区人民的斗志,这算不算贩卖精神鸦片?"

"我希望你能全面地历史地对待这位老报人,旧社会走过来的文人墨客,难免沾染上各种斑驳的污点,但反右运动针对的是政治问题,你要审慎对待这张大字报!"

"爸,编辑室就他是留用人员,只有他一个白丁。我是支部书记,要旗帜鲜明,笔锋不对准他对准谁?"

"有现行言论吗?"我问。

"鸣放时他提了唯一的一条意见,说报纸副刊办得枯燥乏味。"

"我同意这位老报人的看法,你们每周两版的副刊,办得像个身穿中山装的干部,千人一面,实在是乏味得不行。"

"爸,我们是党的喉舌,您这位老布尔什维克,怎么能说出这种话来?"留着短短平头的牛勇,瞪大了眼睛,虎视眈眈地盯着我,"但愿这只是您偶然的语失,而不是革命意志的衰退。"

我对儿子的话感到吃惊。

春桃索性闯进这间屋子里来,用食指点着牛勇的脑瓜门说:"你才离开桃花渡几年?懂得什么叫革命?你这小教条脑袋,居然教训开你爸爸了?"

我担心为这张大字报引发一场家庭风波,便拦住老伴说:"也许孩子的话不无道理,你我无权阻拦老大的革命行动;但我只再提醒你一句,对一切问题都要讲实事求是。这是历史的今天,还会有历史的明天!"

之后,发生的事情是我意料不到的,牛勇贴出这张大字报不久,那老报人就悬梁自尽了。结论最后几个字是:右派自绝于人民,畏罪自杀!

老伴在床上咬牙切齿地对我说:"怎么生了这么个孽种?"

"怨我在桃花渡的感情失控。"

"让他搬开吧,他也有对象了,也该另外搭窝了。"

我说:"别,遇事我俩还能提醒他一点。再说,这又不是牛勇的个人过失。"

没有想到,牛勇主动向我们提出了另立灶门的要求。他说他要结婚成家了,家里又有弟弟妹妹,一天乱糟糟的,影响他对事业的追求。没有挽留,也没有什么告别仪式,牛勇就离开了家。说实在的,我倒是从这牛犊子的虎虎之气上,看到一点我年轻时的影子,因而当春桃骂儿子是孽种时,我还劝阻过她。我说牛家和苗家的种儿,该有这种气概,不该当屋檐下喳喳乱叫而不敢高飞的家雀子。春桃说:"只怕它变了鸟性,成了捕吃鸟儿的秃鹰。平心说,他有啥能耐?文章写得像木头,只因为他在反右中整人有功,不是也荣升为副处级干部了吗？怕他吃出了整人的甜头，再演一出逼人跳河的戏！"

"也别把老大想得那么坏。"我宽慰老伴说，"类似老报人的事儿，也不止一件两件，历史形成的台风眼，不是一个人的力量，也不是一个人能逃脱得掉的。"

"跟你这么说吧！老大外表五大三粗的，显得又憨又直，我总觉着在憨直的背后，心眼不正。"春桃纠正我对儿子的偏袒说，"那肉疙瘩是从我腿缝掉下来的，当娘的比当爹的，更知道这肉疙瘩的禀性和分量。信不？"

我内心承认春桃对老大极为明快的透视，但我不情愿点头认账。我希望他活得像他外貌一样忠厚，或者他自我矫正内心的缺陷，表里统一于他的憨直外形。但我们的期望很快破灭了，在席卷全国的饥荒的一九六〇年初期，我和春桃都节衣缩食，过着和平民百姓差不多的生活，但他家里却应有尽有，一个刚由副处提到正处级的干部，不知哪儿来的那么大本事。

春节他带着媳妇来给父母拜年，我质问他说："这黄油罐头哪儿来的？"

"挣的。"

"这金华火腿也是工资里的？"

"当然。"

"你们俩一个月多少钱工资？"春桃插嘴问道。

媳妇嘴尖如刀，代替老大回答说："看您给爸妈拜年还拜出不是来了！反正这些市场上难见的东西，不是偷的，抢的。"

我的心像被火通条穿了一下,立刻正颜厉色地告诫牛勇说:"我和你妈活得挺好,吃不下这些东西。你们拿回去,自己去享受吧!"

老大的确憨中有细,他立刻改口说:"爸,小弟小妹这么小,正是长身子的时候,二老要嫌有碍你们当人民公仆,留着给小弟小妹增加点营养吧!"

老二牛放当时十岁,闻声立刻把黄油罐头抢在怀里。六岁的老三牛怡学着老二模样,从茶几上提起点心盒子。我火了,朝他们大吼一声:"小强盗,都给我放下,咱牛家几代受穷挨饿,可没有人当过土匪!"

牛怡扔下点心盒子,哇的一声吓哭了。牛放却施展出他的鬼聪明,在我发威的时候,他已然撬开大大一桶黄油,用手指往嘴里抹上了。春桃追他,他围着方桌跟他妈打开了游击,春桃两只大脚片子,硬是撵他不上,还是我从对面堵截,算把这小崽子给揪住了:

"你给我放下!"

"不!"

我一手把黄油桶夺过来,往桌子上一蹾:"再贪嘴,我揍扁了你!"

老二不敢用手再掏黄油,但沾满黄油的小嘴,却像一挺机关枪,把一梭子"子弹"朝我射过来:"我和小妹,在西山××小学寄宿,别的同学车接车送不说,每次回家都带回去各种罐头。论官衔,他们都还没爸大呢,可我和小妹在班里,却当了贫雇农。听同学说,对爸妈这样的老干部都有特供照顾,你们守着烙饼挨饿,让我和小妹也跟你们一块儿瘪肚子,每到周一早晨周末晚上,还要去挤公共汽车!"

春桃和我刚要说话,被老大牛勇给堵住了。他走到我面前,指着桌上的一堆高级食品说:"革命不是叫人当苦行僧,爸妈怎么总是不开窍呢! 其实这些东西,是从您儿媳萍萍家搞来的。她爸和您同年参加革命,可她爸说:'不保住健康的身体,也就没了当好人民公仆的资本。'没别的,希望您们对自己开放绿灯,为小弟小妹的成长多创造些条件。"言罢,他说他还要去几家亲戚朋友,便和儿媳一块儿离开了院子。

一场火爆的家庭大战,匆匆地完结了,给我和春桃,留下一串问号。

公仆咋个当法?

公仆是啥个含意?

有那么一两件事,春桃动了惜怜老二、老三之心,跟我商量动用小车,去西山接送孩子。我说:"春桃哇,能有第一次,就会有第二次,这个泄洪的闸门,万万开不得。"春桃说:"在桃花渡,你是真正的八路;现在,你还是真正的八路,就照你的意思办吧!"

日历翻到了一九六六年,部委各派系的造反兵团,开始杀气腾腾地揪斗走资派。因为我清廉如水,无懈可击,最初,我还活得相当潇洒,成为大潮中的游刃之鱼。万万没有料到,贴我第一张大字报的不是部里的造反小将,而是我和春桃在桃花渡制造下的那个肉团团。大字报的标题,我今天还一清二楚:"擦亮眼睛,透视我爸牛耘的托派嘴脸。"文中列举了我在战争年代曾身揣护身佛,到了一九五七年,又对反右派斗争表示疑惑。他以老报人之死为例,说我这个老革命,实际上早就是右派的同路人了。大字报最后号召革命群众,要识破牛耘"人民公仆"的假象,深刻认识托派假革命的灵魂。

那年头,儿子揭发老子的事儿,虽然并不稀罕,但我仍为牛勇的行为惊愕战栗。站在几百人的批斗会场上,红卫兵的疯狂呐喊,我都充耳不闻,我只在想一个问题:一双解放后才进城的泥巴脚,何以走上了这样一条道儿?一九五七年导演一出老报人的血剧,事隔十年,又把他爸爸当成祭品了。其中,最刺激我的是,他提到的那尊小铜佛,抗日战争纪念馆筹备的时候,是他代我把那日本军人的遗物送到筹备处的。他闭口不提这些事实,而把我勾画成一个靠佛保命的怕死鬼。何故?

遗传基因?我和春桃身上都没有这种狼性。是对我和春桃那次野合的惩罚?我们只不过是先斩后奏,解放后补办了结婚手续,并没违反道德伦理!想来想去,我想起春桃对她的肉疙瘩的剖析,比我来得更为贴切,那就是在憨直面孔的背后,牛勇的灵魂潜藏着和这个变态社会互相咬合的东西:仕途为整人的斗士敞开大门,人面蛇心的两条腿动物,便堂皇而入。牛勇确实从一九五七年尝到了甜头,便难耐这个定律的诱惑。选择谁最为合适,爸爸是标定人选,因为"大义灭亲"的形象最招徕目光,可以产生比一般大字报更有成果的轰动效应!

斗争我的口号此起彼伏……

我想起了桃花渡,那只在水面上跳动的小舟。

"勇士们"对我拳打脚踢……

我惦记着被我牵连进来的春桃,不知她能不能承受得住这种惩处。我愿替她承受一切灾难,以此来忏悔桃花渡那次的浪漫风流。

当春桃的腿骨被打折时,老二牛放老三牛怡,正胳膊上戴着"红卫兵""红小兵"的胳膊箍儿,在全国大串联中风光开眼,巴山蜀水,长江黄河,吃得过饱的火车和江轮,带着他们到处游逛。兄妹俩不知道,他们的妈妈躺在截肢的病床上,当然更不知道,他们的爸爸被押送到大草甸子上的五七干校去改造。

老大牛勇还是那副憨傻模样,提着一兜水果去医院看望母亲,春桃用尽全部力气,把一口唾沫吐在他的脸上。他到火车站上给我送行,隔着车窗口对我表白着说:"爸,希望您理解儿子的革命行动!"我没有春桃的火气,只冷冷地还了他一句:"我只知道人奶也能喂出狼来!"

他追着列车奔跑:"爸……爸……"

"别喊我了,我再没有你这儿子。这样,你没了走资派的牵连,可以官运亨通——"

"爷爷,移栽在花盆里的迎春花,真好看!"

我的思绪被打乱了,顿时从一片混浊中,回归到早春的自然怀抱。

"爷爷,我记住清明节去看望您,我知道那儿,那儿叫老山公墓。"

迎春,爷爷就在你眼睛里哩!

"爷爷,我的好爷爷!"迎春的梦呓和白天说话一样清晰,"没您把眼角膜移植给我,我一生也看不见迎春花。我该怎么感谢爷爷呢?"

我还要感谢你哩,迎春!你给了我第二次体验人生的机会。昨天,在那条小溪边,我又看见了如烟的柳林和飞雪般的小蝴蝶。我看见草芽在长,鱼儿在游,大雁在飞,羊群在走,鸟儿在叫……我被你的童真所洗礼,我重新有了七岁,我要和你一块儿活下去,活好长好长时间哩!

"爷爷,天下那么多失明的瞎子,听奶奶说,其中还有您的战友,您为什么偏偏把角膜给我呢?"

因为你是报春花儿,爷爷从小就喜欢黄土高坡上的野迎春。它是春天的使者,严冬的送葬人。

"我妈妈要是活到现在,该多高兴!"

她一提妈妈,我语塞了。

迎春的梦断了。

夜,重新恢复了原来的幽静……

三

随着迎春梦断金黄,我面前旋起了漫天沙尘,它来势汹汹,像大戈壁掀起了一场铺天盖地的沙暴。那土黄土黄的尘沙,忽然幻化成满天飞舞的银雪,白了楼,白了街,白了城市的一切。

那天雪后,我和春桃急匆匆地赶向医院急诊病房,去看望钻到车轮之下的迎春妈妈。她已奄奄一息,脸色比雪片还要苍白。

"还认识我吗?"春桃问道。

她艰难地点点头。

"你会好起来的。"我说。

她吃力地摇着头。

"你放心吧,我们会把迎春像孙女一样看待。"春桃宽慰着一颗即将去天国报到的母亲的心。

我说:"我们要竭尽全力,为迎春医治眼疾!"

她流下女人最后几滴咸泪,断续地吐出了她隐蔽了五年的喋血之音:"……毁了……毁了……我的那条恶棍……恶棍,家住……家住……大沙……沙沟××号……号楼,是……大伯……您……老战友……友的儿子,名叫……叫田……田成。我……见老二牛放……跟他一块儿……一块儿开公司,便把……把话……话……深埋……到今天。我……我本来……想……想把这话带……带到黄……黄土里去,可……可又觉着……对不起大伯……大妈。这条……条恶棍……亲口……对我说……说过,我是……是他玩……玩弄的第……第十三个……保姆。没……承想……我逃婚……逃出安徽,却……却又进了……狼……狼窝。"

她咽气了。

春桃气得用木拐叩地。

我却木然地缄默无声。

迎春,你还不到知道这些事情的年纪,待你长大成人,奶奶会对你说起这些悲凉的往事的。都怨爷爷没有回天之力,不然我拼着老命,也要把那恶棍押上法庭!

老二牛放和那恶棍结识,缘起于我到五七干校流放。到那天苍苍野茫茫的大草甸子以后,我才发现阔别了二十多年的田政委,也被当成"走资派",到这所几百个"牛鬼蛇神"的干校,来开荒造屋,改造思想来了。

我第一次见到他,是在人拉犁的草棵子里。十二个人,身背两股纤绳以人代马,我和他正好并肩而行。

"我的政委,还记得在随军医院,你我的缘分吗?"

"我只记得探望过你的枪伤。"

"还有什么?"我追问道。

他想了想:"对了,是一个日本军人的护身佛,保了你一条命。"

"对,但这还不是全部。"我提示他。

他把满是褶皱的脸转向了我,一边吭哧吭哧地使劲,拉动纤绳,一边用目光询问我。那神情,表示因岁月悠悠,他已忘记了探视伤员时的详细情景。

我提示他说:"当时,你说话机智幽默。你说:'你姓牛,我姓田,看样子咱俩缘分很深。'老田,二十多年前这句话,真的被你言中了,咱俩不是一块儿背纤拉犁来了吗?"

"我记忆力严重衰退,这些话我已然忘了。"他似有意避开我的话锋,而另辟谈话的蹊径,"我恍惚记得当时你是骑兵团的团长,很会打仗,很能打仗!"

"我姓牛,属牛,名叫牛耘。既会打仗,又会耕田。"我一边用力拉动纤绳,一边笑嘻嘻地对他说,"到这里来开荒,是我命里注定。你姓田,是孕育收获的,难道一块儿来这儿,真是天意的安排?"

他不露声色地踢了我一脚,算作回答。

歇息时,我和他并排坐在草丛里一根倒木上。我悠然自得,他虚汗横流。在他脱光脊梁用毛巾擦汗时,我看见他肥胖的肚子上,出现了肉压肉的一道道肉褶,后背上爬着一块块老人的黑斑;不过年长我几岁的他,变得出乎我意料的苍老,岁月真是太严酷了。

擦干身上的臭汗,他慢慢地穿起短衫,拧了拧手巾上浸泡的汗水说:"你还是你,牛还是牛。"

"你可不像当年英气勃发的田政委了。"我说。

他理了理稀疏的白发,抓着痒痒问道:"何以见得?"

我拍死一只叮在他脖子上的花脚蚊子:"刚才,你居然以脚代口,对我说话。"

"这是世道要求。"

"难道顺应这个世道,就是对的?"

"老牛,时代不需要你这号的老牛筋了,需要的是形形色色的变色龙。"他感叹地唏嘘道,"其实,'文革'还没到来之前,我已经感觉到了,只是变色晚了一个时辰,没跟上这股大潮。"

"如果早一个时辰呢?"

"我就不会在这儿挨花脚蚊子咬,挨草甸子上的'小咬'叮。"他说,"我会成为检阅红卫兵的一员,陡然乘风而起!"

"你真够坦率的!"我笑了笑。

他纠正我的用语:"不是坦率,是直露赤裸。对你,我不打埋伏,不给你布口袋阵,让骑兵团长往口袋里钻。"

"谢谢!"我不无悲楚地说。

"人非圣贤,孰能无过。"他继续对我说着他的哲理,"我也是最近才总结出这个生活真谛的,蝉要蜕壳,蛇要蜕皮。'吃一堑,长一智',就符合这种蜕变规律。"

我揪了把茅草,在手里用力揉搓着,直到它流出黑色的浆汁:"就像这茅草,刮东西南北风,都要弯腰鞠躬?"

"可以这么解释。"

"老田,这可不是你的生命原色。"

"哦?"

"在随军医院,你对我说的话,我一直当成生命的座右铭。你还记得你当时说了些什么吗?"

他仰起头,望着天空的一团流云:"记不得了。你说吧!"

"你说,咱们进京不是当闯王,而是当人民公仆。"我的语声铿锵有力,像宣泄着被压抑的什么东西,"怎么,孟子还牢记孔子的教诲,孔圣倒先自食其言了?"

老田忙伸长满是肉褶的脖子,向草丛的四周望望,像驯鹿警觉狮子老虎会发动突然袭击似的,压低声音对我说:"老牛,你这种性格会吃亏的。当时,我讲那番话,出自我的肺腑;今天,我对你说的,也并非虚言。"他用手指指天空那团流云说,"你看它,在疾风的撕扯下,不断变形,刚才还像埃及的古金字塔,此时又像伏地而卧的黄鼠狼了。掏心窝子对你说吧,我就觉得我就像那团流云,也应该是那团流云。"

流云正压在草甸子头顶,它由白而灰,由灰而黑,不一会儿,就落下铜钱大的雨点。接着,天空雷声隆隆,闪电眨眼,当鞭子雨破天而落,把拉犁的"走资派"赶回了草辫子拧成的泥巴房时——我和老田的对话,被流云中落下来的沱雨,而拦腰切断了。

云。

风。

这两个单字,让我一夜失眠。我不是为自己命运蹉跎,而辗转反侧于草榻之上,老田在鞍马上一百八十度的大回旋,使我绞尽脑汁而不得一解。

之后,他好像有意回避和我见面。去伙房打开水或排队打饭偶然见面时,他总是低头而过;要么,就装出没看见我似的,手拿碗筷,去和其他同类闲聊。我当时以为他这些表象,是内愧的自省行为,直到我们五七干校撤离,我和几个"顽固分子"最后一批获得平反解放后,我才知道我的幼稚和天真。

那是老二牛放对我说起的。他说他和老田的儿子田亮,在探望双方父亲归途的火车上,田亮曾对牛放说起过其中缘由。据田亮说,他爸在干校疏离我,不为别的,只为我不识时务。和这种不识时务的人形影过密,会影响他早日结合进领导班子,弄得不好,还会影响他官场上的仕途。失之毫厘,谬以千里,原来老田想的和我牛耘想的,相距霄壤;从一条烽火路上冲杀过来的老同志,却成了两股道上跑的车。

老二牛放说:"爸,我认为田伯伯的考虑是现实的!"

"不叫现实。"我说,"那叫功利。"

"这年头,谁不追求功利?"

"我——"我冷冷地应了一声。

"对了,也只剩下您这样的独角兽!"牛放油腔滑调地对我进行调侃,"分了新楼不去住,送来的礼物不收……您不觉得您的风骨,傲得有点像畸形的外星来客了吗?"

春桃对儿子,举起了拐杖。

牛放闪开了,依然嬉皮笑脸地说:"一个独角兽,一个独腿鸡,都是你们处世哲学的必然结果。田伯伯回来,已然是'超龄服役',又升官了,你们看见了没有?田亮已然和田伯伯商量好了,同意我和他一块儿开一家公司,什么鼓捣紧缺物资的批文啦,什么折腾出口、进口货啦,我不想当你们这号高级赤贫,我的目标是六位数以上的富翁!"

"你胡折腾,我抓起你来!"我高声地对儿子说,"我的工作职能,就是清除蛀虫!"

"田伯伯过去是你的上司,今天仍比你纱帽翅儿大一圈。"牛放摆出一副玩世不恭的架势,用小拇指上留着的长指甲,剔了两下喷着发胶的波浪形大背头,"爸妈,你俩都快到离休岁数了,还不借着这时候抓弄点,可是应了社会上流行的一句口头禅了:'有权不花,过期白搭;有权不用,过期冰冻。'我这当儿子的是一片好心……"

我猛地一拍桌子:"你滚——"

牛放不急不恼地反问我说:"是不是也要跟我脱离父子关系?"

春桃一拐一拐地走到儿子面前,压抑着满腔怒火,悄声细语地跟牛放说:"老二,你想开办公司可以,辞职进大集体的非官办的机构。就是你想去干个体户,也可以跟家里商量。唯独不能商量的,是你跟田亮摽在一块儿,去做什么鬼生意。你知道他是什么人吗? 他是个吃喝玩乐的花花公子,是——"

"是不讲道义和良知的人。"我生怕春桃语失,道出小迎春生命出生的隐痛,继而使小迎春心灵受到牛放的伤害,便有意岔开春桃的话题。"当然啦,人都有选择生活的权利,但当爸爸的还是劝说你一句:你还年轻,还是多给老百姓干点好事吧! 不然的话,即使你有一座金山,生命也不会因为你有金山,而熠熠发光!"

"好吧! 你们的话,我洗耳恭听了。"牛放又用小拇指上的指甲,剔出牙缝里的一根肉丝,噗地吐在洋灰地面上,然后摸了摸卓别林式的小胡子说,"我要是挣一座金山来,一定买块地皮,给爸妈准备盖个纪念堂什么的,因为当今的世道上,像爸妈这样的,少得就像牛黄、狗宝、野人参。儿子先向二老致敬了! 拜拜!"

窗外一阵发动摩托车的声响,他骑着一辆"铃木"去了。他以嬉戏人生的方式和我们诀别,诀别方式没有一点悲剧色彩,甚至没有和老大诀别时的戏剧高潮——他走向他寻觅的金山。听老三牛怡说,他跟田亮去珠海开什么公司去了……

是不是迎春在梦中也听见了发动摩托车的声响? 不知道,反正她从睡梦中乍醒过来,拉开灯看看,才凌晨两点半,便又立刻睡下。

这一惊一乍,弄醒了老伴。她一手拄拐,一手夹着被子枕头,不一会儿,就躺在迎春的身边。

"奶奶,您干什么来?"

"我听你总睡得不实。"

"好多好多的梦。"迎春迷迷糊糊地说,"我梦见我从没见过的一片绿草原,看见爷爷在腰高的荒草里,一会儿弯腰拉犁,一会儿弯腰割草……"

"梦是心中想。别瞎想了。明天你还要背着书包上学哩,到课堂上去打盹,不是好学生。"

"我一定要给爷爷奶奶争气。"

"合眼。"

"奶奶您先闭眼。"

"嗯。"

迎春顺从地闭上了眼睛,老伴儿的身影消失了。

不一会儿,我就听到了老伴儿轻轻的鼾声。她实在太累了,从她离开桃花渡,走了多远多远的路? 她不知辛苦地工作,像老母鸟那样孵出三只雏鸟,这三只雏鸟,一扑棱翅膀都飞离了巢穴。现在,她在孵化第四只没有家族血统关系的雏鸟,并在她身上倾注了全部的爱心。我和春桃一块儿为你祈祷,但愿当你展翅天空时,不要像前边三只鸟儿那样,钻进那张黑网……

"老头子,你想我腿缝流下来的三个血疙瘩吗?"春桃的嘴唇微动着,吐出蝉抖薄翼般轻轻的声音。

你不是睡着了吗?我的老伴!

"我装作睡着了,是为了叫迎春入睡!"春桃说,"我昨晚翻了一下日历,离清明还有一周的时间。我就翻来覆去睡不着觉了。"

老伴儿!你睡吧!你会支撑不住的!

"我的安慰一半在迎春身上,一半在迎春的眼窝里。我是桃花渡一个野丫头,我支撑得住,你不是说世界上女人大都比男人寿命长吗?我要把迎春拉扯成人,我要活成百岁寿星,看尽人间的清澈和混浊!"

我有点想老三!

"为什么?"

她在兄妹仨中,原来是最听话的孩子!可是一阵风也把她吹走了,比她大哥二哥走得更远,居然漂泊到了美国。

"像个梦!"

是个梦。

"怨我支持她进了那个歌舞团,成了轰动全国的大明星!"

老伴!不怨你,就是她不走红,她也会飞离这块故土的。你忘了,这一切,都缘于那个日本军人的小铜佛!

"当时,我正在南方海滨疗养院。回家后,听你对我讲起过,许多细节,我都记不清了。"

解放初期,如果我们把那尊小铜佛留作纪念,长期保存在家里,顶多给老大多提供一点揭发他爸妈的材料,还不至于引起牛怡的见异思迁。偏偏我们把它捐献给抗日战争纪念馆筹备处了,就引发了连你我做梦也梦不到的事情。

老伴儿,你到南方疗养是在一九八四年的冬天。你飞走了不几天的一个上午,我在部里正在主持部务会议,纪念馆的一个负责同志,突然打电话给我的办公秘书,说有个日本朋友急于见我,如果我工作太忙,见见我的家属也可以。因为此君次日就要飞回东京,我没多想,就把歌舞团的电话号码告诉了秘书,让秘书转告日本朋友,如有急事可以找她。晚上,由她把事情再转告我,因为我一天会议缠身,而且是离不开的主角。

晚上,我正在灯下看会议文件,牛怡来了。不是她一个人来,还带来了一个文质彬彬的日本青年。迈进门槛,还没容牛怡介绍,他就先朝我鞠了一个虔诚的大躬,用咬舌的中国话说:"我叫松本五郎,请您多多关照!"

老三对我述说了详细情况:他叫松本五郎,在日本一家开设在美国的电脑分公司工作。由于业务关系,他来中国谈生意,归国前他去参观抗日战争陈列馆,无意间发现了那个日本军人的护身佛。讲解员讲解这尊小铜佛来历时,道出生前佩挂这个护身佛的日本军人,军衔大佐,在山西井陉被我军击毙,姓氏松本。松本五郎恳请讲解员,叫他仔细看看这尊小铜佛,讲解员便从玻璃柜拿出来,让他过目。五郎看罢,顿时跪拜在地,因为这个日本军人,是他的父亲。

最初,他向陈列馆提出,用美元高额将其购买归家,被馆方负责人婉拒;他后又恳求,要会见一下把护身佛赠给展览馆的人。馆里工作人员见他心诚意切,便查阅了赠物登记卡片,查出我牛耘的名字!

老伴儿,世界之大,无奇不有,谁能想到电话找我会是为这件事呢!这位松本五郎的出现,曾使我瞬间产生了眩晕迷离之感,而这"天方夜谭"确是真的,而不是作家笔下的童话!

该怎么详细对老伴儿你述说我当时的心情呢?历经惊愕之后,我以礼仪接待了他。因为他连连对我进行叩拜,以此为家父侵略中华赎罪。此外,他询及了他父亲被击毙时的详情。我边说他边做笔记,一看便知这位"五郎",绝非骗子。他说他记下这些,只是想叫家人知道,绝非为军国主义悼魂!

坐在客厅的沙发上,他十分拘谨,时而手足无措,时而满脸窘红,只有当牛怡对他讲起那尊小铜佛,曾在大西北救我一命的故事时,他才掏出手绢擦汗,脸上绽出第一丝笑容。

老实说,我对这位军国主义的后代,印象还挺不错。夜深了,我想叫车送他回宾馆,老三按着我打电话的手说:"爸!他就住在街口外的那座宾馆,我步行送送他吧!刚才,来咱家就是步行来的!"

老伴儿,你也知道,老三在舞蹈团的绰号是"北国公主""舞蹈皇后",对咱家的客人,从来没有殷勤过——无论男的女的老的少的——面对"五郎"则显出超越个性的反常;因而还是要一部车子,把"五郎"送走了。

牛怡十分不快地对我说:"爸,你这是干什么?"我告诉她:待人接物要端庄稳重,有汽车何必叫人家步行呢!

"您是怕我和他接触?"

我没否认,也没承认。

她说:"下午,我已经陪他半天了。他是个十分严肃的人,仅年长我八岁,但精通英、法、中和西班牙文。爸,我真的挺喜欢他。"说着,她从背包里掏出一尊玉雕的老寿星,赌气地放在了茶几上,"这是他花一千二百美元在商店买的,目的就是送给爸妈,祝您们长寿百岁!"

我告诉她不能收下人家这么贵重的礼物,明天早晨让司机给他送回去。女儿急了,朝我尖声地质问道:"爸!你和妈在桃花渡……你们刚刚多大岁数?现在,你女儿都快奔三十的人了,舞台生活还能有几年?好容易碰上个中眼的,你这是干什么?"说着,她摇通宾馆电话,说她要马上去宾馆看他。对方的回答,让我一块石头落了地。五郎说:"已经快午夜了,对你我都不方便。"女儿失意至极,刚要挂上电话,五郎说道:"你告诉令尊,我是个正直的生意人,在美、日都没妻室,更没有寻花问柳的历史,小姐如果确实可以成为我的知音,望能得到令尊的同意。刚才,我通过电脑,已更改了飞回东京机票的时间,以示我对小姐的尊重。问令尊好,并祝晚安!"

女儿放下电话,就扑到我怀里,亲了我几下脖子,在水泥地上来了个芭蕾大回旋,然后娇嗔地问我说:"爸,您通过电话扬声器,全部听清了他的话。怎么样?"

老伴儿,要是你在家就多了个参谋,而你去南方疗养你的残腿去了,家里只剩下老三和小迎春——小迎春早在床上睡了。即使迎春不睡,小小年纪怎么能参与解决这棘手的难题呢!

我不安地在屋子里走来走去,而坐在沙发上的女儿,用一双忧喜参半的目光盯着我。好像我的任何一点表示,都会把她抛向南极和北极似的。我沉吟了许久,告诉她作为父亲无权干涉儿女婚姻,但是那"五郎"是个狂烈的事业型的人,直观上看人还老实厚道,可是多少有些口讷木呆。当真走在一起了,会不会因对事业追求都过于浓烈,而产生裂痕?

"我安心当好家庭主妇!"女儿爽快地回答我说,"只要我想干的事,就一定能干好!"

我指出这是她感性的回答。我要求她做出理性选择。我还说,一见钟情的爱情,结甜果的固然不乏其例,但结下苦果的更多。

"爸!您不是看过《魂断蓝桥》吗?那种爱情多么令人难忘?"她说,"我和他的相遇,颇有那电影的意味!爸!这是命运的指点,免您一死的是小铜佛,给我牵线搭桥的还是小铜佛!"

我想,世界上名目繁多的玄学的产生,都缘起于这些偶然。陨石雨,龙卷风,大地震,日月食……人类老祖宗把许多蹊跷的偶然拼凑起来,当时无法用科学解释这些自然现象,便产生了宗教。但这些东西,都不是我和老三那天晚上谈论的核心问题,迫在眉睫的是如何处理好牛怡和"五郎"之间突发的事情。思考良久,我觉得我没有过多的发言权,只要求女儿审慎地对待这一跨国婚姻大事。我告诫她,处理这个事儿掺不得半点功利,要以理性为尺,审度自己的感情。最后,我要求她把那尊玉雕的寿星佬带回给"五郎",让他带回日本,交给他还活着的母亲。还是老规矩,我没有收纳礼物的习惯。

五郎第三天打电话给我,他说我赢得了他的尊敬,因为在他业务接触的方圆中,还难得见廉洁如水的官员。他直言不讳地告诉我,老大和老二都到宾馆去见过他了,曲里拐弯地对他和牛怡的事儿,提出一些附加条件。比如,老大提出,他顶头上司的儿子,想飞渡东瀛,希望他能在各方面给予协助;老二从珠海飞回来,和他彻夜长谈,恳求五郎能对他和田亮开办的什么贸易公司,提供生意上的跨国资助和方便。五郎说,他对此甚感为难。当然,这些话都是牛怡不在场时谈及的,五郎婉转地提示我,他和牛怡不是买卖婚姻,交易婚姻,而是生命相吸的真诚爱情。

老伴儿,你看看咱俩制造出来的两个孽种,一个成了见缝扎针的马屁精和官场小混混;另一个成了见人肉就叮的花脚蚊子。什么国格!什么人格!一概踩在他们脚下,成了一堆牛粪。对比之下,五郎的爽直和坦诚,给我留下了良好的印象。我对着电话听筒告诉他:老大老二已然和我牛耗没了真正的父子关系,再来纠缠就请他们滚蛋。至于对于牛怡,我以父辈人的良知和责任,告之五郎咱家女儿的缺点:生活散漫任性,绝对自我中心,由于舞台上的成就,又给她增加了傲慢和自信,我担心两颗恒星的家庭组合,未来会不会发生感情上的疏离。

五郎在电话中,连声向我的真诚道谢。但是他说他喜欢老三,他被她的舞台艺术征服了。他会永远忠实于她,请我放心。他还提出要飞南方,去探望一下你的病,再折回东京,飞往华盛顿。我劝阻了他南行的打算,因为这个跨海姻缘,尚没最后确实,我希望他冷静一下思维,下次来华时再跟你见面。

老伴儿,之后的事情,你都是参与者,不必详细述说了。三个月后,五郎再次来华,带来了未婚的公证和他的家族史,证明佩戴那小小护佛的日本军人,确实是他的亡父。事情已然发展到了这种地步,你我也只有顺其自然,由女儿自决了。

他俩去了涉外婚姻的民政部门,取得了合法手续,先在国内旅游结婚。之后,他和她双双飞往日本。老伴儿,你还记得吗,在告别你我的头天晚上,女儿冒出了这样一句话:"人是好人,只是少了点浪漫细胞。"她说话语声轻如柔丝,对你我却如同一声惊雷。接着,女儿又感叹地自语了一句:"即使是个木偶,我也只能伴他一生了。"

你当即询问她:"你爸不是早就叫你们加强了解,以理性对待这个问题吗?"

她只是沉默无语。

我果断地告诉她,现在她虽已结婚,但人还没离国土;如果感到合不来,虽为时已经不早了,但还可以挥动理性之剑。

"不。一切都等转道日本,到了美国再说。"

你皱起眉头:"你这是什么意思?"

"没什么意思,只是在告别爸妈前,抒抒我的心怀!"

"咱们牛家的老大、老二,已然够'光彩'的了。"你说,"你可别坑了人家五郎,再给咱家立一块黑碑。"

"爸妈,刚才我是犯了艺术忧郁症。到了美国,一切都会好起来的。"

飞了!

第三只雏鸟也飞了!

从机场送行回来,你我都不说话,像是心被掏空了一般。到家后,你反复问我一句话:"咱的老三,兴许不会干出啥缺德事儿来吧!"

"但愿不会。"我嘴里这么说,心里却别是一番滋味。我影影绰绰地感觉到,牛怡是借助五郎出国,像青藤依附于树木。一旦到了美国,她会用一切方式,去寻找她的幻想,填补她的艺术失落。这是一条吉凶难卜的道路!

没出所料,不到一年光景,牛怡就从五郎身旁分离出来,像多次细胞分裂过程那样,先到一个中档饭店的酒吧间去当歌舞女郎,后又去了表演脱衣舞的场所,去尽情追求她自己的生活天地。

五郎承受着凌辱,要求她回到家里来。她夜不归宿不说,还主动提出和五郎离婚。你我写信规劝她,她在洋洋万言的回信中,只有几句话是真诚的:"我找到了自我,我在享受自我,在享受自我中享受别人。五郎虽是男人,但他不是我的丈夫,我也不需要任何丈夫……"

"老头子,别说了。我怕迎春在梦中听见这些污垢的事儿!"老伴儿语音颤抖得如同散了骨的孩子。

不说,你闷得慌;说了,你又难受。你我都是矛盾体,只不过一个活在人世,一个去了阴间罢了。老伴儿,一旦迎春长大了,这些家丑,都要抖搂给她听。

"她什么时候才能长大呀!"老伴儿愁楚地低语。

总有一天。老伴儿,你可不能倒下,家里的钱又够用,从三八服务社找个小阿姨来,咋样?

"不。"

为什么?

"我会想起迎春她妈。我身板经熬着呢!你没忘记桃花渡吧?我是船姑,当不来官太太!"

关起话匣子,你快睡吧!

"是得合一会儿眼了,天都快亮了。一会儿,我还得给迎春热牛奶煮鸡蛋哩!"

我无声了。

她无声了。

活人睡着了,死人却还醒着……

四

老少两代人的熟睡中,我这条牛继续反刍着吞下去的草料——这草料就是咀嚼不完的一卷卷人生,一幕幕幻化无常的人间杂技。

不是吗?

猴儿走钢丝,玩平衡玩得烂熟。它头上还要支撑起一把花伞,以招徕观众的目光。熊猫踩大球,玩圆玩得比精确计算圆周率的老祖宗——祖冲之还要娴熟:它脚掌上如同挂着经纬仪,眼看要从圆球上掉下来了,硬是化险为夷,转危为安。

多奇妙的杂技表演!

鹦鹉会牙牙学舌。

八哥哨得比唱歌还好听。

巴儿狗会摇尾巴。

老虎比它的猫老师还灵,顺着幡杆一直能爬到幡顶。

牛会干些啥玩意儿哩？西班牙的牛在斗牛节上还能折腾一番,但最后的结局,常常在狂热人群的喝彩声中,脊背上被插上一把把利刃……

拉套。

拉磨。

拉车。

拉犁。

中国牛,真的就是我。

我能在杂技班里扮演什么角色呢？牛就是牛,牛天性演不来没了牛性的杂耍儿。比如,我曾把自己扮成过一条冲往火牛阵的奔牛,想用犄角豁开生活中的黑色帷幕：我给老田写信说："你我都是公仆,绝对不能支持子女开办官倒性质的皮包公司,那是慷国家之慨,汲取民脂民膏的犯罪勾当。你我都是老同志了,不能背离革命初衷。"

几天之后,我接到他打给我的一个电话：

"老牛吗？"

"是我。"

"听君一席言,胜读十年书啊！"

"别来客套,来点真格的吧！"

"你的电话有录音装置吗？"

"你开什么玩笑？"

"那我就要对你说,不要干预孩子们的事情。你我孩子经营的是小本生意,那些经营大买卖的事儿,你还没听说过哩!说了吓死你!"

"我宁可马革裹尸,也不能叫人吓死。你说吧!"

"算了吧,老牛。"

"不行!"

"不行咋的?"老田冒出来一句脏话,"你能把人家'老二'给咬掉?我看你太自不量力了!"

"该咬就咬,该阉就阉,谁让我的职务条例要求我这么干呢!"

老田一阵大笑,震得电话听筒发出吱嘎的声响。

我警告老田说:"念你在随军医院曾对我有过难忘的教诲,我才给你写那封信。写信不起作用的话,我要上告我那崽子和你的儿子,拉出你这个不大不小的后台来。老战友!才几十年光景,你怎么搞开中饱私囊的事情来了?"

"老弟,我奉劝还是收敛一点你的牛性为好。既然你直言,我也无须曲语。我不是后台,我是前台,至于谁是后台,我无可奉告。"老田摆出一副剑拔弩张的打仗架势,"我还要告诫你另一点,开办这个公司需要一枚枚橡皮图章,是牛放打着你的旗号,才过关斩将把事办成的。蹲牛棚的日子,我对你有了一点了解,防范你有一天会血口喷人!这也算猫比老虎多一手绝活吧!你上告就等于告你自己!"

"我愿意自缚于法庭。"

"那我奉陪到底!"

"老田,你……"我握着电话听筒的手,哆嗦起来。

"老弟呀！说实在话,战争年代我就对你不怕死的果敢精神,十分欣赏。你我一块儿转业下来,是我力荐你到这个部门主政的,这儿有原始档案可查。"老田在电话中侃侃而谈,"现在,我对你的一切,不仅是欣赏,而是钦佩,有时,我甚至知道我在下滑,但我看看周围,都比我有过之而无不及。我何必作茧自缚,这么不识时务呢？再说得明白一点,多上你我这样几个苦行僧,也不能解决什么问题。我老了,右眼已然全部失明,左眼视力仅剩下0.3;得了！模糊数学就模糊数学吧！你不同于我,在牛棚只知道你有窦性心律不齐的毛病,这不算大病。你有魄力,你有前程,望你珍重。一句话,识时务者为俊杰！"

"老田……"

他不想再和我啰唆,咔嗒一声挂上了电话。

战争年代,他是我的政委。

九十年代,他再次充当我的"政委"。

不同的是,前者叫我记住胜利后不当闯王,而当公仆;后者却反其道而行之,叫我当识时务,当潮涨潮落中的"俊杰",实为叫我当贪婪的污吏。我猛地在桌子上击了一拳,玻璃板碎了,茶杯盖儿从桌子上蹦跳下来,摔成八瓣。

春桃正在客厅,给小迎春读《丑小鸭》的故事,匆匆架着木拐过来,询问我说:"你这是怎么了？"

"你别过问,让我反省一下自己！"

"反省？"春桃不解地追问,"你办了什么错事,跟我说说。"

小迎春也摸着墙壁走了过来:

"爷爷,您今天怎么了?"

"爷爷,我给您唱个歌听好吗?"

"爷爷,我已经会拉阿炳叔叔的《二泉映月》了!"

"爷爷,我拉给您听听吧!"

我俯身抱起迎春,在她脸蛋上亲着吻着。一生很少落泪的汉子,泪泉突然开闸,热热的泪,都沾贴在小迎春的脸蛋上。

"爷爷,你哭了?"

"幼儿园的阿姨说,爱哭的孩子没羞!"

我放下迎春,走到客厅,摘下墙上那把我为她买的胡琴,塞在迎春的手里。春桃把木拐靠在床边,依偎着我坐在床沿上,她和我一块儿静听着小迎春的胡琴演奏。

那夜月亮很圆很亮。

我索性拉灭了灯。

那琴弦如诉如泣……

那心歌似水如冰……

是阿炳在弹奏心曲吗?

分明是小迎春在倾吐心声!

那清冷而幽怨的弦声,忽而高扬九霄,忽而沉落谷底;时而玄静如云,时而雪霁漫飞。

春桃悄声说:"我回到了桃花渡!"

我对她耳梢说:"我看见了黄土高坡!"

"多聪明的孩子!"她说。

"必须要让她那双眸子复明。"

"有法儿吗?"

"我确知能够做到。"

她惊愕地问我:"什么偏方儿?"

我没有回答,只是示意她继续听迎春的演奏。

这是我不愿意向她过早透露的个人秘密。人生活在世界上,都应该有一把门锁,锁住不该或不能吐出唇舌的东西。这不是我有意隐瞒我的老伴儿,而是怕对她的情绪产生强烈刺激,必要的自我约束。

从干校归来之后,我到医院去检查心脏,心电图上显示我的心脏,也非田政委说的只是窦性心率过速,冠心病已至后期。还用说吗,这是"文革"精神折磨和肉体摧残的伟大馈赠,是"牛棚"的日日夜夜中,疲惫劳动和豆萁相煎的不凡成果。我在唇间安了把锁,以免春桃为我悬心。

老三牛怡在异国他乡的丑事发生之后,我的心绞痛常常发作,按医生嘱咐,我身上时刻揣着硝酸甘油片和小米粒般的救心丸,唯一没有执行医嘱的,是建议我休养半年。老伴儿已然剩一条腿了,我告诉她这些有什么用呢?

隐秘在我心底的另一件事,是我在××医院填写了捐献眼球的志愿书。两个月前的某天,我去××医院,去复查我的心脏。在穿过眼科甬道时,一张贴在诊室旁边的图表,磁石般地吸住了我的脚步,上写:日本志愿死后捐献眼角膜的有20多万,美国超过100万;小小的斯里兰卡竟然有480多万,而有11亿人口的泱泱中国,志愿捐献眼角膜的竟然不足2000人。我像钉子一样钉在那儿不动了,反复看过这个使人脸红的数字。更使我为之心动的,是图表下的捐献事例,文中提及一个名叫迪哈皮克死于车祸的意大利人,他的心脏、肾脏、肝脏、胰脏,分别移植给五名患者之外,还把一双完好的眼球,献给了一个叫布里马的六岁盲童……

我呆了傻了一般,久久站在那张令人沉思回味的图表之前。一种前所未有的忐忑不安之情,像火一样燃遍了我的全身。中国,我也是你11亿细胞中的一个细胞,怎么竟然麻木到冰冷的程度,没想过捐献自己遗体的器官呢!小小迎春不正需要眼睛,开始走她的人生第一步吗?我不知道我是何时离开那儿,又怎么乘电梯来到这间心脏诊室的。见了医生,我没回答他对我的病情询问,却反问医生说:

"请问,捐献眼球需要什么手续?"

医生笑了:"老牛,这儿是心脏诊室。"

"不管什么诊室,都是以救死扶伤为第一宗旨吧!"我说,"医院里我没熟人,只认识你们这几位大夫,只能向你们请教。"

"您是要……"

"我心脏孬,可是视力不减当年。"我指了指自己的眼睛,"能不能给我开个后门,让我享受一回特权,把我这双贼亮贼亮的角膜献给一个盲童?"

医生说:"这哪叫开后门?给您检查过心脏,叫护士长领您去找眼科主任。这位眼科主任第一个填写了捐献眼球的志愿书,在老革命中,您和他简直是绝无仅有!"

好一个"绝无仅有",这是对老革命的赞誉,还是对我们的针砭?管它哩!就让我当一回"绝无仅有"吧!本来我就是一块泥土,属于黄土高原——生养我的母亲。我不是电视里演的"蓝精灵",我是黄皮肤的后代"黄精灵"。黄土是我的本色,黄牛是我的别名。我永远进不了马戏杂技班儿,像斑马那样跑马占圈,打开场子;像狮子老虎那样,各占山头为王。

出于眼睛的启示,整整一天我陷入了冥思苦想之中。心脏诊室的大夫,给我开出了住院单,这等于变相地通知我,距离去天国的日子已为期不远,我已是日薄西山的黄昏斜阳。对此,我既不吃惊,更无眷恋弥留时光之意,占据我心神的,是考虑我回归的地方。我不是日月星辰的化身,因而我不需要我的天体星座;我当然更不是神明,无须受人顶礼膜拜,而牌位必须坐北朝南!我不过是中国的一块黄土,那么就让我回落到大地吧,让我安葬在平民百姓之间,那地方叫老山公墓。

也许这又是一次"绝无仅有",但这个"绝无仅有",既不背离我踏上烽火征途的初衷,更贴切了"公仆"的内涵。主意打定,便无更改,余下的就是在回归前,我必干的几件事情,解决老二参与的官倒皮包公司,就是其中的一桩……

迎春的琴声突然断了。

我心上的脱缰之马,随着弦断而停下了奔驰的马蹄。灯亮了。月光流水,马蹄征尘,顿时都不见了,我发现我坐在床沿上。

"迎春拉得真好!"老伴拍起巴掌。

"谢谢奶奶的鼓励。"

我说:"将来送你到少年宫,去学习民乐。"

"我不去。"

"为什么。"

"听同学说过,那地方离这儿好远好远。"

"如果你的眼睛复明了呢?"

"爷爷就爱讲童话。"迎春站起身来,摸着墙回屋去了。走到门口,她回头说:"爷爷,我大了当个女阿炳,我就心满意足了,可是又没有人带我过马路,牵竹竿!"

我不想过早地告诉她我的决定,因为我还不知道我具体的死期。医生说,移植角膜手术,必须在亡者停止呼吸后的六个小时内进行,我想在我叩打死城之前,再告诉迎春,让孩子体验一下突然的惊喜。她太需要这种享受,太需要这种欢乐了。

知我者,莫过于春桃。待迎春睡去,她两睛凝视着我说:"这段日子,你脸色焦黄,总是心事重重的样子;刚才,迎春拉胡琴,你又神不守舍。老头子,到底发生了什么事情?"

我指指破碎的玻璃板。

春桃狐疑地盯着我:"这不是老问题了吗? 难道只为那孽种的官倒公司的事儿?"

"直接和那后台老板交上火了!"

"田××?"

"他说他后边还有保护伞哩!"

春桃说:"我看算了吧! 你打打苍蝇蚊子还行!"

"这不是我的性格。"

"就这?"

"别的躺在床上再说。你先睡去吧!我给纪委打报告,部里支持我的除恶行动。"我苦涩地笑了笑,这笑是为了给春桃打强心针。

"别忘了吃药!"春桃叹了口气,把窗台上的小药瓶打开,倒出两颗药丸,又把暖壶放在破碎的玻璃板上,一拐一拐地走到了床边。

我看着破碎玻璃板上的条条裂纹,伸向了四面八方,它酷似夏天檐下的蛛网,玻璃下的一张张照片,如同被蛛网罩住的只只小昆虫。

憨傻神态的牛勇,在网里咧开厚厚的嘴唇,朝我在笑;眉眼伶俐的牛放,在网里显得比哥哥还要得意,笑靥里似带有对我的嘲弄;漂亮而飘逸的牛怡,一副不染凡尘的仪容,甜笑中含有蔑视一切的冰冷,它如同冰锥般扎得我心痛……

不,是我心绞痛突然发作了,我伸手去够春桃放在桌子上的药丸,才不过尺把距离,但哆嗦的胳膊硬是够它不着。我胸闷得如同一口蒸锅,脸上顿时沁出冷汗,我用力顶住那又闷又疼的心窝,想呼喊老伴;但嘴唇翕动着,却吐不出声来。突然,一阵钻心剧痛,我的头当一声,撞在那网状的破碎玻璃板上。

春桃瘸拉瘸拉地拄拐过来。

瞎子迎春哭叫着摸了过来。

我恍惚听见春桃在电话中要车,迎春呼叫"爷爷",便消失了人的所有感觉……

"爷爷,天鹅,天鹅——"

"天快亮了,你怎么做了一夜的梦?"

"它飞得那么低,我一伸手仿佛就能抓住它似的!"

"难道是我回忆的那块大草甸子,在你头脑里产生了回光返照?"

"它们的羽毛真白,像是一群白衣天使,在草尖上飞呢!"

"希望你能活得像它们一样。"

"那是什么花儿,红得惹眼?"

"野玫瑰!"

"那杂色的花儿呢?"

"野菊花!"

"怎么看不见野迎春?"

"孩子,你回光返照的是暮夏初秋的草原,野迎春开在残冬和春天交替的季节!"

"那草丛里白亮亮的是什么东西?"

"天鹅蛋!"

"能吃吗?"

"你吃一个,天上就少了一只白衣天使。只有脑门没毛的秃鹰,才啄破蛋壳,吞噬它们的儿女,并用如刀的利爪,撕碎它们的父母的肌肉,嚼碎一只只美神的骨头!"

"爷爷,我没听懂!"

我不再作答。

"爷爷,我没听懂!"

我依然沉默。

"爷爷……"她的语声渐渐远去。不一会儿,她无声地睡熟了。

人睡。

牛醒。

我这头和黄土同色的牛,重新反刍倒嚼。是不是我的牛胃容量太大了,怎么会有那么多草料,翻涌上我的喉结,供我品味咀嚼?不,草料中还掺有蒺藜狗儿和枣针,不知我当初是怎么吞下这些带刺的玩意儿去的。也许就是这些芒刺儿捅破了我的心脏,让我的心滴着血,一步一步走向酆都的"方城门"的!

给我招惹麻烦的,是一家报纸的记者。他出于悲天悯人之心,在报纸上表扬了几个志愿捐献眼球者的名字。从此,我躺在医院病榻上,不得安宁。

我刚刚被抢救过来一两天,人中上还贴着输氧的胶皮管,那些人精不知道从哪儿打听到我卧病在床,探视者便纷沓而至。无奈之际,春桃的拐杖发挥了作用,她"金鸡独立"式地往病房门口一站,来访者一到,她把木拐往门口一横,一律被阻于病房之外。

大约过了个把星期,我已能下地走动,便叫老伴儿回家去照顾迎春。在我病危期间,陈老师把迎春接到她的家里,吃住都需人家照顾;小学教师的生活本来已十分清苦,不能再往人家脊梁上压担子。但是守门员一走,大小球儿都滚到网窝里来了。

那天下午,我起身送部门来探望我的同志出门,发现门口长椅上坐着一个身材魁梧的人。

"你是……"

他把墨镜一摘:"爸!"

"你干什么来?"

"我刚刚知道您病了,"老大牛勇走进病房,把一兜水果往小桌上一放,"所以来晚了。"

因为刚刚知道所以迟来了。老大说话极富有逻辑性,"前因"和"后果"运用得烂熟于胸。我站在窗口,把脊背甩给他:"听说你现在已提升为局长了?"

"出于领导对我的厚爱。"牛勇带出浓重的山西乡音说,"其实,我有几两重,爸您心里有数。领导咋说,我就咋办。就这。"

"揭发老报人的大字报,是领导叫你干的吗?"我愤然地扭回头来问道,"捅你爸爸那一刀,也是领导叫你干的吗?"

"爸,昨天的历史,说不清楚。也许我伤过您的心,我请求您能原谅!"

我不想和这个"憨大郎"多磨嘴皮,扭过脸来,把目光投向楼下喧闹的街市。一辆无轨电车要进站了,等车的纷乱乘客,各自估计着停车的地方,并朝他们想象的停车地段移动着脚步。只有一个青年人站在那儿,一动不动,等车一停,他以脱弦之箭的速度,以身子贴近车身。因有车身在他身后为墙,在那些被挤得东倒西歪的乘客之中,他独立巍然不动。之后,他稍稍往前挤了挤,就挤歪了别的乘客,第一个爬上了无轨电车的车门。这青年倒挺像牛勇的,他善于选择时机,善于寻找最有利的地形,哪怕踩了别的脚,胳膊肘捅伤了别人的肋条,他也在所不惜——他需要的就是上车,而且要捷足先登。

"爸！您的病……"

我仍然面对窗外："好了,你走吧！"

"您没有好,您的冠心病可不能再次发作！"

"你怎么知道？"

"看您之前,我去找过了医生。"

"谢谢。"我说,"这符合你的性格。"

"爸爸,我还去过了眼库。"

我骤然回过头来："这关你什么事？"

"其实,这件事我也是从报纸上知道的。尔后,我们的部长为这事,来向我打听过您。'百团大战'您打井陉和娘子关时,他打阳泉,是您的老战友,后来部队西撤进中条山时,他和您一块儿受到部队首长的嘉奖。"

我很怀旧,但我不愿意和牛勇一起忆旧。他心计多得像漏筛眼儿,怕他从中搞什么名堂。因而,我装作充耳不闻,没理睬他的这番独白。

"爸。您坐下。"

"我不累。"我头也不回。

"我有话想跟您说。"

"你不是挺憨厚的吗？拐了多少弯子了？你有话就说吧,我马上要卧床休息。"

"是这么回子事。您那位老战友——我们的部长,晚上想看看您来。他的一个外孙因小儿麻痹后遗症,而双目失明——"

我顿时摸清了牛勇的来意,拦腰截他的话说:"老大,你甭说下去了,你是不是来用我的眼球,来搞什么仕途交易?我把角膜给他外孙,他提升你的官儿?我还没死呢!你操心操得太过分了!"

"爸,我真不懂您为什么把眼球非留给那保姆的女儿不可?她一非牛家血统,二非亲友,三非……"

"住嘴!"我向病房门口一指,"你立刻给我出去。"

"爸爸,您听我说……"

"我告诉你,你晚上不要带什么'战友'来!我不认识他,也不认识你!"我强捺住一腔怒火,匆匆走出病房,把牛勇给甩在屋子里。

我没想到,他像叮在我身上的一只蚊子,追我到病房甬道里来。无计可以脱身之时,我只好拿出当八路时的游击战术,猛地折身回来,然后砰的一声,关住了病房房门。

我坐在沙发上气喘吁吁,感到胸闷。

我低下头,鼻孔插进导管狂吸着氧气袋里的氧气。

"笃笃——"

这小子又来叩门了。

我不予理睬。

叩门声越来越响,我高声骂道:"孽种,你要再敲,我可要通知医院保卫处了!"

门锁响了一下,被从外边捅开了,走进来查房的医生和护士。我尴尬万状地从沙发上站起来,不知道该怎么解释自己的粗鲁行为才好。

"老牛,你这是怎么了?"大夫问道。

"没什么。"

护士说:"你关起门来,病房内空气太闷,不利于您养病!"

"是的! 是的!"

我连连点头。难道我不知道这些吗? 但是我该怎么对医护人员讲清楚刚才发生的事呢? 即使是我喋喋不休地述说一遍,人家会相信牛部长家里,有这么一位宝贝儿子吗?

医护人员走了,我呆坐在沙发上,独自忏悔我留在桃花渡的孟浪。假如我没有负伤掉队,这一切都不会发生,世界可能完全是另一种形状,另一种色彩;如果我不是个黄土高原上的旱鸭子,可以凫水过河,月牙小舟就和我没有缘分,也就结识不了春桃,留不下血浓于水的生命情结……

电话铃响了,我从小桌上拿起电话。

"哎呀,老牛哇,你家老二不说,我还不知道哩! 你什么时候住的院?"

我听出来了,对方是老田。我不想答话,只把听筒放在耳边,听他的独白。

"还生我的气哪? 你实在是太固执了! 冠心病最怕怄气。生活里,你闭起一只眼睛来,比什么灵丹妙药都解决问题,这是我提供给你的偏方儿。"

我还是不搭腔,因为我缺乏和他对话的语言。

"喂! 喂! 老弟,你跟我开什么玩笑? 你要是装傻充愣,我可马上要真到医院去看你了!"

"别。你只当我已经去见毛刘周朱好了!"我终于开口了。

"怎么样?孙庞斗智,你还是差一手吧!"他唏嘘感叹地说,"跟你说实话吧,我想去看你也看不成了,我得了脑溢血,已经偏瘫在床上了。"

我相信他的话是真的。因为在大草甸子上,我确知他有高血压外加轻度的糖尿病。我真想对着话筒,说几句宽慰他的话,但是如鲠在喉,硬是说不出来。

"你怎么不答话?"

"说什么呢?"我斟酌着字眼说,"说你当年过五关斩六将时,活得多么潇洒?还是说你这几年的买空卖空……"

他迅速打断了我的话:"老牛哇,公司我已经下令,叫他们封了门。这倒不是让你一吓,我老田就缩了脖子,我命相不属兔,属龙,我不是怕事的兔子。跟你摊牌吧!我没精力管那么多的事情了,人一趴在床上,像散了骨架,没了魂儿似的!真应了那句古词里写的:大江东去,浪淘尽,千古风流人物!"

"继续说吧!我在洗耳恭听!"我不冷不热地说,"像当年在随军医院里那样,只是没了对你的虔诚!"

"算啦!算啦!还谈什么金戈铁马的岁月?我现在不仅是个瘫子,连那只视力0.3的眼睛也雾蒙蒙的,看什么东西都像隔着一层毛玻璃。离双眼瞎的日子,没有几天光景了!"

涉及眼睛,我顿时敏感起来。是他无心的生理现状自供,还是他瞄准了我的"眼睛"?我避开了他的话题,问道:"公司关闭了,老二牛放到哪儿工作去了?"

"这个我还不太清楚。老牛,别管那么多吧!年轻人,让他们闯荡闯荡吧!你年轻时,是父母叫你去当八路的吗?还不是你自己穿上的'二大褂子'!"老田说,"老弟,还是关心关心咱自身的事儿吧!咱俩订个君子协定怎么样?我先'走'了,我把心脏献给你;你要是先'走',把眼角膜给我。毕竟是一块儿从枪林弹雨中滚出来的嘛,老了更要彼此关照哇!"

"就是白送给我,我也不要!"

"那么说,你也不想给我眼角膜了!"

"干不来人体器官交易!"

"哎!真是条牛。"他打了个饱嗝,话筒里听起来像是泉水冒了个水泡,"要是在印度,你就值钱了。牛在街头巷尾任意穿行,人们把牛当神一样敬重。"

他话里带刺儿,我立刻给他一个反击,把刺儿回赠给他:"你知道有个叫印尼的国家吧?那儿把牛当成殉葬品!人死了,谁家陪葬的牛越多,谁家就越阔气!据说,有一户权势人家,用三十五头牛陪葬。老田,你看那多么威风,可是谁叫你生为黄皮肤的精灵呢?中国牛——包括我在内,没有一头去为你殉葬,这不是太冷清一点了吗?"

话筒中传来老田的笑声,似乎他听了十分开心:"咱们都变成外交官了!老弟,别唇枪舌剑的了,你我来日都不长了,过去又有过一段缘分,谁要是先走一步,可得到八宝山小礼堂去见一面!"

"怕你见不到我。"

"为什么?"

我不想对他提及老山公墓一事,以免他喋喋不休:"好了!我出院以后,去看看你,用气筒子给你打上点气,把你还原成战争年代的田政委,哪怕有二分之一的复归也好!"

"别说笑话了,我等你来!"

挂上电话,我感到精神很累,刚要躺下休息,迎春的老师,带着几个同学,轮流把迎春背到病房来看我。我从沙发上站起来。

"你们好——"

"爷爷好——"

陈老师把一束鲜花递到迎春手里:"快,给爷爷献花!祝爷爷早日恢复健康!"

迎春哽咽着:"爷……爷……我好想……想……您,不是眼睛……我……我早来陪您……您了!今天,陈老……老师和几个同学,特意……来……来……"

"迎春,别哭了!爷爷都听清楚了。"我接过迎春手中一束火红的冬梅花,捧在自己怀里说,"爷爷身体很好,谢谢陈老师和同学们!"

"谢谢陈老师和同学们!"迎春朝老师同学站立的方向鞠了一躬。她回过头来,扬起两只小手,像是叫我抱抱她。

我刚俯下身子想抱起她。

"不!爷爷有病,我不要你抱我!"

"那你是要……"

"我摸摸爷爷的脸瘦了没有。"说着,迎春两只小手,在我脸腮上滚来滚去,"爷爷,你该刮刮脸了,胡子都这么长了!奶奶叫我给你带来了电须刀!"

"奶奶好吗?"

"好!她一边给我做饭,还一边为我唱歌儿哩!"

"啥歌儿?"

"我学给爷爷听。"她张开小嘴,接着唱开了那支古老的歌:

　　八路好
　　八路强
　　八路军扛枪为老乡
　　日本鬼子欺侮我们八年整
　　八路军打走了鬼子狼

老师拍手。

同学拍手。

我手中的冬梅花落了地,我一屁股坐在了床沿上。

陈老师把那束花插在小桌上的口杯里,悄声对同学们说:"爷爷累了!咱们背着迎春走吧!"

"爷爷,您怎么了?"小迎春伏在一个男同学的脊背上,一双木呆呆的眸子朝我的方向望着……

她就是这样离开这间病房的。等我从沉思中清醒过来,这儿只滞留下迎春的声音:"爷爷,您怎么了?"

爷爷没有什么,爷爷只是走神了。这支几乎被我忘记了的歌,从迎春嘴里唱出来,勾起人多少记忆,又多么叫人感伤!是啊!当年那些把脑袋拴在裤腰带上的八路,有的怕早已成了天宇间的一粒黄尘,一缕幽烟,一团骨粉……而我们这些幸存下来的八路,是不是已经忘了这支歌儿,忘记了城市夜雨露宿百姓檐下而不扰民的日子,忘记了雄关漫道上的回肠血路,忘记了红灯笼般的一轮残阳?这残阳碧血,不是让生者的脸感到火辣辣地发烫吗?

我追出甬道,他们已经远去了。我折回病房,隔着玻璃窗在人流中寻找迎春的背影。黄昏时,车水马龙,只见人头攒动,却不见陈老师和孩子们。我推开窗子,把视力发挥到极限,想把这群天真孩子的身影,尽收我的眼底。但这时,身后有人呼唤我了:

"爸——"

我听出来了,这是老二的声音。不用耳朵,我凭嗅觉也能分辨得出来,因为随着他一声吆呼,病房里飞泻出波罗蜜味道的发香。

"谁给您送来的冬梅花?"

我没任何反应。

"它艳得像十八岁少女的脸腮!"

"你是不是找错了病房?"我按捺不住愤怒终于顶撞了他一句。

"爸,看您……我不过是见景生情。"牛放说,"您生了个理智型的大哥,生了个狂热型的小妹,又生了个感情型的我。爸,这不是我们兄妹的过错!"

他游戏人生的态度有增无减。油腔滑调的京片子声调中,又掺杂进来几分娘娘腔,扎得我耳膜发胀,心如火燎。是呵,他对他兄妹仨的定位,都不失为准确;小时家教那么严,这腌菜坛子里,怎么会腌出流汤儿的臭鸡蛋来?究竟是谁教会了老大,死命追求"乌纱帽"的?又是谁教会了老二,鱼儿般在钱眼中穿梭的?又是谁教会了老三为享受自我——其实是享受别人而沉沦的?

不是我。

不是春桃。

难道社会磁场真有那么大的吸力,把人摆弄得如同变形金刚那般?

"爸——"他走到我身旁,压低了声音,"我知道您在想什么。别瞎操那份心思了,谁给您操心钱?人都有不可重塑性,我塑造不了爸爸,爸爸你也改变不了我。咱们大路朝天,各走一边好了!"

假如打开窗口,是一条通道,我马上会大步流星地走出屋子。但是,我住的是五层楼的一间病房,窗口外没有路,而是一团冥冥大气;病房很小,而牛放站脚的那个地方,正好挡住我离开病房的通路。我命令他:

"闪开,让我出去!"

"爸!无情未必真丈夫。"他说,"这是鲁迅先生说过的。我是探望您的病来了,顺便给您带来一件礼物。"

我像在拳击台上,被对手逼到了网栏似的,有气无力地坐倒在沙发上。我知道他现在已不是一只家雀,一扬手就能

把它轰走的,便说:

"你有话就快说,少啰唆!"

"爸,您脸瘦了两圈。"他顺势坐在我对面沙发上后,抖着二郎腿说,"小桌上放着我给您带来的营养品,都是美国转道香港的高级补品!"

"你别抖腿了好不好!"我对他怒目而视,"你抖腿抖得我心里哆嗦!"

"好。听爸爸的。"他放下腿,从口兜里掏出一个亮闪闪的东西,托在他的掌心,笑眯眯地对我说,"我估摸着,您一定喜欢它。"

我定睛看了看,他掌心托着一头蜷卧着的小黄牛。身子黄里透红,似铜铸而成;两只变成半弧形的犄角,黄得扎眼,像是镀金镶制。

"给您。"他把神态逼真的小黄牛递给了我。

我接过来,顿觉这头牛头重脚轻。片刻之间我判断出牛角并非镀金,而是纯金,便立刻把它递回给牛放:"我不要!"

"爸,您当了一辈子黄牛了,现在又重病缠身,身旁留个纪念,这有什么不好?"他把我的手推了回来。

"这牛价值连城,不属我的命相。它是金牛,我是土牛;它是富贵命,我是劳碌命。"我把被他推回来的"牛",往茶几上一蹾,质问他说,"这东西,你从哪儿弄来的?"

"挣的。"他的二郎脚又跷在腿上,轻薄地抖动起来。

"把腿放下来。"我心里当真地气哆嗦了,"不然,你就给我滚——"

牛放瞟了我一眼,不情愿地再次把腿放下来。

"你现在在哪儿工作?"我强压着怒火两眼直视着他。

"还在田伯伯的公司。"

"不是倒闭了吗?"

"几级风能刮倒它?听田成说,只是风声有点紧,先暂时避避风,还听说爸你往哪儿告了公司一状,您的身体都到什么节骨眼上了,还浪费这心神?"

"他娘的,原来你们是关上庙门躲雨!我还信实了那'公仆'的话了呢!"我紧握的五指,捏成了拳头。

"爸,喝口水!"牛放见我动了肝火,打开暖壶给我倒了杯水。

"你给我从公司里退出来。"我命令他。

他那条没记性的二郎腿,不知何时又哆嗦开了。见我直眉瞪眼地看着他,他便索性从沙发上站起来,狠命捶了捶他的腿,轻声对我说:

"爸,我也真想改邪归正,跳槽跳到合法的公司里去。"

"好。"

"只是……"

"这有啥难的,一刀两断,把倒腾的黑心钱,上缴国家就行了嘛!"

"爸!该咋跟您说呢!"他收敛起脸上的轻薄之气,嗫了几下牙花子,面露难色地说,"这条船想下也难下了,由于买卖交往,我去了一趟澳门。"

"这和你下船有什么关系?"我怒斥他说,"你别说话像嘴里含着青枣似的,要说快说,不说就走!"

"实在难以出口。"他嗫嚅地看看我,"怕您听了生气!"

"只要你说实话,我耐得住!"

他伸伸脖子,正正衣扣,一套假绅士的习惯,我都耐住性子看了下去。他摆弄了好一阵,才慢吞吞地对我说:"那天,我到了澳门,当然要去逛逛大街,澳门那家老板,先带我到这个'春'那个'春'的妓院门口,我没下车,说实话,我怕招上'艾滋病'。在酒楼吃过晚饭后,他开车再次带我上街。他说,让我玩玩我没有玩过的东西。下了车,他把我带进一个厅门,有一只老虎张着大嘴的浮雕高悬在厅门入口处的上空——"

我打断了他的话:"我访问过澳门,那是赌场,你……你……进去了?"

"不但进去了,还输了好多钱。"牛放见我点出了他的去处,索性打开了闸门,"老板代我押上轮盘赌的赌注,最初还赢了钱,哪知人心无底蛇吞象,赢了还想赢,最后输了个爪干毛净不说,还借了这老板……"

"住嘴——"我浑身哆嗦得如同筛糠,"你……别说了……你……走……走吧!"我指了指门口,胳膊颤抖得如同一根风中的藤条。

"爸!您千万别伤心,我还没说完呢!后来,老板叫我打了欠条给他,他说他知道我爸爸是哪个部门的官儿,不怕我赖账……"

我心闷如烤,端起水杯喝了口水,有一半都洒在了病榻上。我不想再听下去了,想用手势制止他,但他根本没看我的神情,只顾一吐为快地往下说:"最后,他对我亮了面儿,当着我的面撕了欠条并送给我一条纯金打成的牛犄角,让我无论如何,给他从内地弄一对眼球来,说是他太太的爸爸,患了病毒性眼疾,失明两年多了⋯⋯"

我的手已握不住水杯了,先是哆嗦不止,而后水杯落地,我想站起来,扑向老二,刚从沙发上躬起半截身子,像个问号似的还没站成个"1"字,一阵利箭穿透心田般的疼痛,我身不由己地向前倒去,恍惚中似见牛放那张惊恐的脸,之后便什么都消失了!

那叫死。

我死了。

像其他灵魂飞向死城的人一样,我在死前,确曾有过回光返照的瞬间。那时我什么都顾不得了,只是对站在床边的芸芸众生喃喃了几句话:

"迎⋯⋯春在吗?"

"把我⋯⋯眼角膜⋯⋯给她⋯⋯"

"记住,我⋯⋯我去老⋯⋯山公⋯⋯墓⋯⋯"

耳畔似有过呼叫声,但那声音飘然远去。

"爷爷,您不能走!"

"我不要您的眼睛,我要爷爷!"

"我大了当女阿炳,给爷爷拉《二泉映月》⋯⋯"

一切都听不见了,听不见了。

我腾云驾雾,随风飘逝⋯⋯

天麻麻亮了。这是小闹钟唤醒了迎春,她睁开眼帘,我和她同时看到的。

小闹钟的铃声,没能惊醒老伴春桃。她鼻子依然唱着轻微的鼾歌,睡兴正酣。迎春一边轻手轻脚穿衣,一边凝视着奶奶的睡姿。她前额开阔,眉毛舒展,清瘦的脸颊上微微带有笑意。她在笑什么?我猜不出。但我知道,在被称为万物之灵的人类王国里,或许只有无愧于心,无愧于世,无愧于人,无愧于生养自己那块茅草地的人,才会在睡梦中如此坦荡!

是吗,老伴儿?

迎春背过身去,穿鞋下地。随着她目光的转移,老伴儿也消失在我的视野里。她轻轻端起尿盆,毫无声响地奔向卫生间。然后,她洗过手脸,对着镜子梳头。

她看着我。

我看着她。

她朝我笑。

我朝她笑。

七岁的她,确实因为一双明眸而变得娇甜可爱。

早安!爷爷!

迎春,早安!

无声的眼波,传递着一个生者和死者的互相祝福,互相问候。她探头看了一下奶奶,仍没醒来,大概是怕她的响动惊扰了奶奶吧,便关起厨房的门,点着煤气灶,热奶煎蛋。

她留出给奶奶的一份,并用盖儿把碗盖上。我知道,这是迎春怕奶奶吃凉食。小迎春,你真心疼奶奶,奶奶孵出的第四只鸟儿,或许不会让她伤心泪落了!对吗?

她自己吃饱了,没忘长城脚下移植来的那株迎春,先把鸡蛋壳里的残羹倒进花盆,又给迎春花浇上一勺儿水。

她重新进屋时,奶奶还在床上睡着。迎春背起书包,又给奶奶掖了掖肩头滑落的被子,然后回转身子,走向屋门。

她像遗忘了什么东西似的,又从屋门口折身回来。她在寻找什么东西?竟然是寻找我。

在小桌前,她拿起我的遗像,用袖口拂了拂,掸去上边的灰尘。把像放回到小桌上,她便对我久久地凝视,那双童真的眸光里,此刻出现了超越她年龄的深沉。她像一只展翅欲飞的雏燕,唇间吐出声声呢喃:

"爷爷,我走了!"

迎春,我跟你一起走。

"我要去上学了。"

我也去学习,只是功课不同。你学习知识,我去观察研究社会。这门课我还没有读完,像遗像上戴着军管会臂章时的我一样。唯一不同的,我和你将一块儿跨越中国的第二十一世纪。这是迎春你给予我第二次看世界、看中国的机会,我应当举起手来,对你施一个老八路的庄严军礼!

虚幻的尾声

和虚幻的篇首里场景、人物一样。阎王坐中,判官站于阎王脚下,无常官和鸡脚鬼把守殿门。

无常官上前向阎王禀告:

"报告阎王,'牛头''马面'已经从阳间归来!"

"宣他们上殿。"

鸡脚鬼转身传达阎王圣旨:

"'牛头''马面'上殿!"

"启禀阎王,关于牛耘眼中无珠一事,已查清楚。""牛头""马面"双双跪倒在阎王面前。

"速速将详情报给阎王。"判官手握判官朱砂笔,准备记录。

牛头:"牛耘出于悲天悯人之心,将其双目献给了一个盲人。而非因其作恶,被人抠去双目。"

马面:"'牛头'禀告的句句真实,此人一生清廉自洁。还望阎王明察秋毫,使其魂魄早离方城门洞,升入天堂成仙!"

阎王:"判官,你看该如何发落?"

判官翻阅过厚厚的阴阳法典:"'牛头''马面'言皆差矣!阳间著有《孝经》一书,上写:'身体发肤,受之父母,不敢毁伤,孝之始也!'此说,阴间阳世,伦理如一,牛耘违背《孝经》的纲常之初,必须令其下至地狱!"

阎王:"此言极是,将无珠牛耘,从'方城门'洞押解进来,入第十八层地狱。"

假 面

——鼻子备忘录之一

俄国大诗人涅克拉索夫,曾写下《严寒,通红的鼻子》,大作家果戈理,也描绘过形形色色俄罗斯人的鼻子。笔者所写的鼻子虽非洋人的大鼻子,但就其生理功能而言,它在五官中掌管呼吸和嗅觉,则和各种各样的鼻子无任何差异……

一

我在审视我的这幅作品,不知能否进入新潮派的画廊。

我虚幻了人世间一个女人最最特殊的鼻子:画布上有一个既像蛇身又像鳝鱼一样绵软的纹状绳索,把这个鼻子高高地悬挂起来。远看,朦胧抽象;近看,像个头儿朝下的红辣椒。画布虽是白色的,我嫌它是"八一面",还不是"富强粉",便在衬底上胡涂乱抹上一层厚厚的白油彩。左看右看,觉得底色仍不像冬天的雪,便把老婆为祛脸上的蝴蝶斑而买来的奥琪增白粉蜜,又用刷子刷上了一层。当然,这几刷子是我老婆睡着女儿南行出差我才干的。特别是我那位宝贝女儿,如果她看见我用"奥琪"作画,她准会像闹春的猫那么叫唤着,把我这幅苦苦觅踪新潮的画儿,用利爪撕成碎片,扔进马桶,放水冲进地沟。

深情地凝视了一会儿"红辣椒",我忽然有了飘飘欲仙的感觉。我自信这幅画是我艺术生命蜕变期的代表作,完全有资格在时髦画派里占据一个山头。试想,那些走红走俏的新潮画儿,也只能靠什么狗屎绿,羊屎黑,牛粪褐,狼屎灰等色块,再粘上尿布缠脚条红裤衩和月经带包上观音土再配上公鸡毛一类的杂烩,招徕目光,赚那些自诩为高级智商的评论家及记者的巴掌声和拍照镜头。我这幅画,随便由你评说好了,说那拴系着鼻子的玩意,是蛇身、鳝鱼、铝丝、发辫和牛尾巴都行;至于那个"红辣椒",没人知道那是一个女人的鼻子,越不知道就越神秘,越是神秘就越有看头,越有看头越看不懂,越看不懂它就越有价值。这是哪位评论家写下的新的逻辑美学来着,名字挺响挺响的,只是我记不太清楚了。不是我吹牛,我这幅《鼻子》,是新潮之冠,是旧潮之棺;按数学的公式来估量它,它是新潮的平方乘上立方,外带无限大的单数乘上偶数,还要再乘上地球和太阳系的距离总和,之后再乘上宇宙的无限级数。这不是我自擂,哪个新潮派大师能在画布上嗅出香艳的气味来?只有我是蝎子拉屎——独(毒)一份,寓色、味、香于一片朦胧之中……

"你睡吧!"妻在床上翻了个身,大概是在梦中发现我还在醒着,"别抽烟了,抽烟的人比不抽烟的人,肺癌率高47%。"

她在梦中还这么现实,在这世道上着实罕见。我还想再看两眼这幅新作,她伸出胳膊,一下灭了画案前贼亮贼亮的灯。

在床前昏暗的五瓦小伞灯下,我掐灭了烟,又发了一会儿愣,然后脱衣脱袜,钻进被窝。我对那幅画的一往情深难以割舍,探出脖子又欣赏了两眼,才去摸那小灯的按钮。就在我伸出手臂去的当儿,忽然又呆傻地缩回关灯的手,因为在这千分之一秒,我看见我妻那只鼻子。她仰面躺在那儿,眼角眉梢虽已经布满了皱纹,唯独她的那个鼻子,却还美丽如初。光阴倒流回去几十年。我之所以向她射去爱神之箭,她的鼻子倒是原因之一。中国这块土地上,太多太多塌鼻梁的姑娘。她的鼻子却像奶油蛋卷,下大上小笔直地卧在绯红的双腮之间,既不像外国女人鼻梁那么"珠穆朗玛",也无中国姑娘鼻梁那么"四川盆地"。总而言之,她那只鼻子和她那双黑眸配搭在一块儿,就像两颗星星中挂着一轮朗月。我在第一次吻她时,就是先吻她在腊月天里冻得冰凉的鼻尖。真的,谁说瞎话就让谁舌头上长癌——她确实有一个美丽而动人的鼻子。此时,她的青春早已被时间老人拂去,但那只鼻子仍像玉雕粉琢一般。看着看着,我不禁萌生了一种欲念。但是那"红辣椒"忽然对我耳语说:"到底是虚幻了的我美,还是她的鼻子美?"我顿时语塞。是啊!我苦心营造的这幅"新潮",向我的心灵发起强攻。我突然发现这世界的荒诞和离奇,大便摆上艺术餐桌,当一道珍奇名菜,那些超前的评论家,摇头晃脑地"味道好极了"。几天前——不,大概是半个月前,画廊里悬挂了这样一幅新潮画儿:画面上堆满各种色块,色块中影影绰绰见一长长的列车隧洞,洞里流淌出来的淤血中,插着一根大公鸡的翎毛。画题叫什么来着?叫……叫……想起这幅画的标题,我这一点点欲念立刻变得索然无味,叭的一声关闭了灯。

是梦魔的诱惑吧,我忽然变成了一条四条腿的牛,被一根从鼻孔里穿出来的牛缰绳,拉着到处逛游。我明明记得交通规则中规定,牛是不许走进市里来的,可我竟然大摇大摆地晃到天安门来了。沿着车水马龙的长安大街向东走了一阵,牛缰绳拉着我走进东单附近的一条小胡同。我停下蹄子,啃着筐箩里的草料,填饱肠胃,我开始反刍,倒嚼,打嗝,冥冥中我仿佛记得这条胡同,想了好一阵子才想起来了:这儿是××日报的旧址,牛缰绳将我牵到那幅《鼻子》肖像画的启蒙圣地……

A

当时,我在编辑部美术组里是个雏儿。每天干收发、打杂,开稿费条子,发开会通知什么的。偶然叫我干点业务,充其量是搞点报纸题图和尾花。有那么一回,负责插图的大美编,去农村体验生活,我被赶鸭子上架,为文艺版的一篇通讯画一幅插图。通讯内容描写农业合作化后的一个老羊倌,精心照料生了病的小羊羔。我照葫芦画瓢地配上了一幅画:土炕上灯亮如豆,那位老羊倌把小羊羔抱在怀里,他拿着一个像奶瓶一样的玩意儿,往发病的小羊羔嘴里灌汤药。报纸印出来了,在报社评报栏里,我立刻成了众矢之的,那些文字编辑老哥们一致指责我这幅画脱离生活:文章的背景是边远山村,那儿能有牛奶喝吗?既然没有大城市的牛奶站,哪儿会有奶瓶儿,你为什么让那位老羊倌,手拿奶瓶喂小羊羔喝汤药呢?

我面红耳赤。头一炮就没有响,让我无地自容。多亏了年轻时的她,在床上对我百般安抚,才没让我扔掉那支画画的笔。我在评报栏上写了一份自我检查,表示今后再不这么"浪漫",要严谨地对待每一幅插图。本来,这事也就算 Pass 了,可是有那么一天,我忽然接到一个电话,点名要找画拿着"奶瓶喂小羊羔"的我。我猜出来了,这是报社外边的读者,也对我进行炮轰了。于是我拿起电话听筒便说:"谢谢你对报社的关心,'奶瓶'的事我已经检查过了。"言罢,我就迫不及待地挂上了电话。我刚坐到椅子上,电话铃又丁零丁零地叫唤起来,大美编说还是找我的,还说听那语音,还是刚才那位女性。道了歉还没完没了,这不是成心逼人上吊吗?我不禁怒火中烧,但又不敢在大美编面前发作,便拿起电话听筒说道:"你有什么意见,给报社总编辑写信好了,我……"

她说:"我不是这个意思。"

"那你要干什么?"

"找您谈谈。"她声音很轻。

"我不需要教师。"

"不……不是,您听我说。"

"快点,别啰啰唆唆的。"

"电话里说不清楚。我恳求您给我一点时间,五分钟就行。怎么样?"

"工作太忙,恕不接待。"我第二次挂上了电话。

由于我对一个普通读者的粗暴,美编室的头儿和大美编们,对我进行了一次不大不小的帮助会。回到家里,我妻柔声细语地对我进行开导说:"你们搞艺术的,神经都太敏感,也许人家并没有什么恶意,你却伤了人家的心。"妻是搞医的,走出校门脖子上就挂上了听诊器。她心肠极软,初进医院时听见家属哭太平间里的死人,她也跟着掉眼泪疙瘩,成为那所大医院医生们茶余饭后的笑谈。她遇事总是为对方着想,比如挤电车时别人踩了她的脚,她准会向踩了她脚的人,先赔笑脸,不管对方是否向她道歉了,她总要说声"没关系"。所以,我对那个莫名其妙电话的态度,她必定表示不满。她见我神色郁郁,便讲笑话为我解烦。她说:"你知道苏联有个叫巴甫洛夫的心理学家吗?他做过一个非常有趣的实验。在一个巴克夏猪场,他叫饲养员喂猪的同时要按响电铃。有一天,电铃响了而饲养员并未提来猪食,于是猪们便嗷嗷地嚎叫着造起反来。这就叫猪的条件反射。"

我知道她是在影喻我,便说:"我们俩在一个圈里生活,我是猪猡,你是什么?摇篮里的小芸芸,又是什么?"

"谁爱噘嘴生气,谁就是猪。"她说,"你刚才嘴噘得都能挂得住一瓶液体葡萄糖了!"

看看衣橱镜子里的自己,我笑了。不用看,镜子外边的她一定也在笑着。回头一看,可不是吗,她正用手背捂着笑哆嗦了的嘴唇呢!

可以这么说,一对小知识分子结合成的小家庭,充满谐和充满情趣。从这两间小屋传出去唯一的不谐和音,是芸芸寻找乳头时的啼哭声,但上帝把婴儿啼哭,比作为混浊人世中最圣洁最超然的音乐,因而我们这三口之家,可以说没有一丝噪音。

那是一个星期天,北京城下了头场大雪。我背着画夹子,从景山画完写生归来,已是黄昏时分。在院子里我掸掉肩上的雪,待推开屋门时,从屋里传出一缕歌声:

睡吧快睡吧
我的小宝贝

结婚两年了,我只知道她有一颗温柔宽厚的心,而不知她有这样一副金嗓子。听到歌声,我冲动了,便轻手轻脚地走向屋内,想来个突然袭击,用冰冷的嘴唇去亲她的发髻。记得清代文人沈复的《浮生六记》中,有一节写闺房的儿女情态时,就写下过这样的细节;可是当我走到她身背后时,蓦然一惊,我发现晃着摇篮哼唱着摇篮曲的她,竟然不是我的妻。我妻头发平日总是剪得短短的,这是便于把它塞进医生的白帽子里;而眼前这个晃着摇篮的她,乌黑的头发披到了肩上——这在五十年代中期,是种十分罕见的发型。

多亏有了这个重要发现,使我没干出越轨的事情来。就在这短短瞬间,她回过头来,对突然出现在她背后的我,不无惊愕地说:"您是鲁笛同志吧,隔壁邻居把您爱人找去看病了,让我在这儿照顾一下您的女儿。"

那是一张苍白的面孔。她眉毛细长,眼睛弯弯而明亮。由于鼻子和嘴的部位,严严实实地包在一张大口罩里,使我难以对她的美丑做出判断。但从那张口罩上,我猜想她很可能是我妻医院的同事——医生或护士有戴口罩的职业本能,再不她就是个感冒患者,否则,在这温暖的屋子里,戴哪门子口罩?

我放下画夹,摸摸两只冻红的耳朵,又看了看在摇篮里憩睡的小芸芸,说道:"真谢谢你了,你是……"

她半低垂着头,没有回答。

她困窘而木呆的神态,引起了我的好奇。我再次问她:"你是我爱人的同事?还是……"

她摇摇头:"不是。"

"那……"

"该怎么对您说呢……"我进屋来,她已经用了几个"您"字了,都是同龄人,何必一个劲地使用这个字眼呢?我说:"不必客气,请喝茶吧!"我把沏好的一杯热茶递过去,又甩去我的外衣,把它挂在衣架上。当我折身回来,她竟然纹丝未动,既没摘下她的口罩,也没动一动那只冒着热气的茶杯。她神不守舍地向窗外凝望着——那儿飞着团团白絮。

一种凝聚了的尴尬气氛,开始升腾在屋子里。我想妻能把小芸芸交给这沉默寡言的长发姑娘照管,至少是妻子的朋友,便有意打破窒息,开心地说道:

"你嗓子不错,受过声乐训练吧?"

"嗯。"她答应了一声,又急于否认,"没,没有。"

"歌舞团的?"

她先是点头,后又摇头。

莫名其妙——真是莫名其妙。又承认,又否认;又点头,又摇头。难道她是个疯子?疯子能有那样的金嗓子吗?

沉默。

但是沉默是难挨的,因为屋子里只有芸芸之外的我和她。于是我硬着头皮找话说:"刘淑芳演唱的《宝贝》,你听过吗?"

"听过。"

"你的嗓音很有她的味儿,只是声音共鸣没有她好!"

"您别……别……说了。"她又用了"您"这个不该用的称呼。

我心里暗想:客气过度就变成虚伪,我这小字辈的美术编辑,常常称呼那些大画家为"您",有的出于真心崇敬,有的纯属假意奉承:"您画的马,真有悲鸿大师的神韵。""您不愧为画圣白石的得意弟子。""您这几条虾和老先生画的一模一样。""您画的睡莲和法国印象派画家莫奈几乎没有差别。""您……"总之,"您"这个比"你"多上一个"心"的字眼,用起来是很有学问的。我间或被美术组的头头派出去组画稿,哪怕那画匠在我眼里是狗屁不如,我也总在嘴里把人家捧为泰斗,"你"字下边自然加上"心"字,卑贱得如同奴仆恭见主子一般,一律称呼为"您";而在我这两间寒酸的斗室里,这个陌生人却把我视若主子,连连用"您"字相称,这真有点折我的寿。要知道,我不过是个二十挂零的小青年嘛!

这女孩活得一定挺压抑的,我迅速做出第一个判断;第二个直感则是:她嗓子虽好,可能唱的都是悲怆的苦歌,那支《宝贝》里就深藏着盼望和忧郁。我进一步推论:她可能是一个什么患者,因对我妻子有所求而迈进我家门槛的。

这时,门吱的一声开了,我妻子头巾上顶着一层白茸茸的雪花,走了进来,兴冲冲地说:"你刚背着画夹子出门,人家就来了,姑娘一直在等你。"

"等我?"我耳朵都支棱起来了,像只受惊的兔子。

二

夜里,我被尿憋醒了。为庆祝这幅超现代派的《鼻子》完稿,晚上多喝了两瓶青岛啤酒。夜里我破天荒地起床解溲。我扭开床头灯,目光本能地向画案望去。那幅"红辣椒"还悬挂在案头墙壁上,我哆哆嗦嗦地从厕所跑回床头,嘘着气钻进热被窝,沉睡着的妻子,竟然没被弹簧床的颤动惊醒。

我的肾功能可称极好,没有夜间上厕所的习惯。昨天晚上之所以喝那两瓶啤酒,都是为请那位尊贵的客人吃饭;不,不该叫客人,那是先锋派里的一路诸侯,艺苑里画霸中的一个。这个老家伙不知怎么混的,他一九五七年画批判右派的《群魔图》起家,"文革"中又为文艺旗手女皇摇旗呐喊;一九七九年后,他把彩笔换成了钢笔,专事艺坛的评论文章。说怪也怪,见怪多了也就不怪了;他笔杆一摇,成了艺坛先锋派的大评论家。据云,他的评论文章具有美国《纽约时报》和法国《费加罗报》文艺专栏评论员的权威性。为此,他徒儿徒孙众多不说,每次带有新潮味道的美术评奖,他都担当评委会的要职。前不久的一次评奖,在他力争下,把一幅叫作《无言》的画,提到了第一位置。我的天!我那次去画展取经,曾仔细琢磨过那幅《无言》,画面上像鬼画符咒一般,涂满了连张天师也难以辨认的天书。后据报刊介绍这位评论权威的发言,说,这位青年画家是以超群的才艺,画下的无言符咒,其中囊括了远古、近代、现在和未来,其意义绝对不次于明代军师刘伯温的《推背图》。其结论是"无言胜有言,无画胜有画,是美术界的重大突破和锐意的创新"。

我是不是从看这次画展而转弯子的?这自个儿也说不出个甲乙丙丁。我曾暗自纳闷:要是伏羲、周公、鬼谷子、麻姑圣母活到现在,都能在艺坛荣获大奖。因为传说伏羲为《周易》画卦,其他像周公、鬼谷子、麻姑圣母等也都有各自的卦符留世,成为相面先生、风水先生、阴阳先生、算命先生、跳神巫婆等崇敬的先祖至圣。说归说,做归做,虽说我如堕五里云雾,但那金牌奖杯以及电视镜头的诱惑,如同亮在眼前的球形闪电。既然我不是活在宇宙飞船的真空地带,牛顿的地心引力定律,总是对我发挥着作用。掰着手指头算算,我从当美术编辑混到画家的头衔,参加美展历历可数,偶然走运,有一两幅画儿被选中参展,那画儿也是被悬挂在大厅的墙角旮旯。那些画都是我呕心沥血的产儿,但从没有得奖的份儿。用一句京剧戏词来描述我的心情,真是"好不愧煞人也"!

政治家常把历史的经验值得总结当口头禅,这回我这政治的门外汉,也踩一回政治家们走的钢丝:昨晚我瞒哄妻子说,有画家朋友请我吃饭,便夹起那幅《鼻子》匆匆离家。其实,是我请那位权威评论家吃饭,我打听到那位画坛霸主是四川人,爱吃麻辣,吃饭的地点选在峨嵋酒家。老家伙嗜酒如命,我要了一斤坛装的泸州老窖,我本来也有半斤酒量,但怕酒后吐真言贻误了大事,便弄了两瓶啤酒,连连和这位权威碰杯。待他一斤老窖入肚,我那两瓶啤酒被喝了个底儿朝天之后,我在饭桌上把《鼻子》这幅画展开给他看。当然第一个字的称呼是"您":"您您看……您看……这是我的一幅近作,笔锋是跟着感觉漫游的……"

老家伙本能地摸了摸他的酒糟鼻子,把画儿看了许久许久,嘴角绽出笑意,惊奇地感叹道:"对头!从具象到抽象,你的画有了不小的升华嘛!从现实主义艺术到先锋艺术,是要脱胎换骨的。像猴儿变人一样,是要割掉理性这个尾巴的。"

我受宠若惊。大概啤酒喝多了的作用吧,我冒失了两句:"我恍惚感觉是从一个女人的鼻子上感受到一点什么,就画出了这幅画!"刚刚言罢,我看老权威锁了一下眉毛,忙改口说,"当然啦!这是一幅从理性到非理性的过渡的作品,我舍弃了它的许多社会内涵,信笔由来,胡涂乱抹成了这个样子。"

"对头!"老家伙把梨木烟斗往餐桌上一放,发出当的一声巨响。在我耳朵里,这声音就像欧洲中世纪君主手中的权杖,敲击神坛的轰鸣声一般。"说得对头,无论啥子时候,画笔屈服于理性驾驭,啥子时候就会画出失败的作品。我祝贺你的成功!"

我额头的汗立刻流下面颊:"您看,这次评选……"

"你送美展大厅吧!明早我给他们打电话!"

…………

尿尿回来,我围着棉被半靠半躺地琢磨昨晚这幕戏,想到亢奋之处,情不自禁地叼起一支"骆驼"牌香烟,嚓地点着了火。同时,我把床头灯的亮度扭大,好使我在床上能把那幅《鼻子》看得更清楚些。

俗话说:人就怕走火入魔。那街头公园练气功的,有的状若闲云野鹤,其悠悠然的神态如同飞上了九天一般;再看那些走火入魔者,他们紧闭二目,面部虽然做出神仙睿态,但身子东倒西歪丑态毕露。我有一次早上去紫竹院画晨曦,一个端庄淑雅的中年女士,竟然从我背后紧紧地抱住我,没死没活地晃动着身子。我受突然的惊吓,腋下的画夹落在草地上,我想弯腰去捡画夹,却无法挣脱她的蛮力,硬是弯不下腰。我无计可施,便扭转脖颈,在她耳畔狂叫了一声:"喂!醒醒吧!你抱着的不是一棵合欢树,是个过路行人!"这一嗓子,绝不逊色于三国中当阳桥上的张翼德,她到底被我这一声霹雳震醒了:她愣愣地站在那儿看了我一眼,便尖叫一声,捂住烧红的脸跑开了。

我不会气功,也不信那玩意儿,真他妈的邪了门儿了,居然也会走火入魔。平日我习惯右手作画,左手夹烟并往烟缸里弹烟灰。要知道此时我是半躺半靠在席梦思床上,并不是在画案上作画,但是看着那幅《鼻子》和想到峨嵋酒家的外交胜利,弄得我神不守舍忘乎所以。就在这腾云驾雾恍恍惚惚之际,我习惯成自然地用左手去戳灭手里的烟蒂。我的天!左边哪是烟缸,那是我妻仰面朝天熟睡的脸。像那天公园里的女士尖叫声那样,我妻从睡梦中突然啊的一声,我低头看去,那灼热的烟头实实贴贴地戳在我妻子的鼻尖上。我还没来得及做出反应,她一个鲤鱼打挺,身子弹了起来,带着火亮儿的烟头,被她鼻子一下碰撞到了棉被上。她迷迷糊糊地摸着鼻子喊疼,我则脱弦响箭一般跳出热热的被窝,扑向那滚在被面上的烟蒂。我顾不得那火亮儿烫得我手指辣疼辣疼,蹿下床来,把烟蒂捏灭在画案上的烟灰缸里。说时迟,那时快,那是一眨眼的工夫完成的;尽管兵贵神速,那床新棉被,还是被烧了一个黑洞。扭头再看惊吓过后的妻子,她似乎一切都明白了,正捂着脸在那儿抹泪花儿呢!

"怨我……我……"

"你是怎么了?半夜三更还起来抽烟?"她柔声细气地埋怨我,"要是你打盹睡着了,烟头燃着了棉絮,家可成了火葬场了!"

我再次跳下床,拉开抽屉,慌慌乱乱地找出一管什么药膏,往她鼻尖上抹。她一把夺了过来,说:"你拿错了。我嗅出来味儿了,这是冻疮膏,獾油膏在下层的抽屉里……"她不愧是几十年的医生了,凭着鼻子的嗅觉,就知道我出了差错。

我惭愧。我难过。我满面汗颜……当我这入魔走火的事儿完结之后,她首先没想鼻子的疼痛——鼻尖上拱起了一个黄豆大的燎泡,反而安慰我说:"别难过了,谁让我当初非要嫁给你呢!我担心你会熬坏了身子。可你们搞艺术的必须要用理智约束创作激情。是吧!"

我悔罪地吻了吻她的前额,喃喃地说:"你真好! 我不好!"

"睡吧! 都三点半了。"她伸出手摸了摸我的络腮胡子:"我的艺术家,我的男子汉,最近一段日子,你脸上瘦了一圈。"

"都为这幅画。"

"可是我并不喜欢它。"

"是吗?"我原想听到她的赞美诗。

"我不懂艺术。"妻说,"我总是觉得这幅抽象作品,亵渎了什么东西。这东西究竟是什么,我说不清楚。反正,看见它我常想起茵茵……"

她翻过身去睡了。茵茵,我却因这个名字而心灵战栗,由战栗而失眠到天亮……

B

她说:"我叫刘茵茵。"

她语声闷哑,完全失去了刚才唱《宝贝》时的甜柔。

假如我妻子不回来,我和这个叫茵茵的陌生女子,可能一直尴尬地坐在那儿。我妻进到屋来,立刻带进白雪的清凉,也带进来一股亲昵的生活气息。

妻发现她还戴着口罩,不禁流露出惊异的神色,便用责怪的口气问我:"你没给客人沏茶?"

我那根紧张的神经,还没有从惊愕中松弛下来。我虽然知道了她叫刘茵茵,但为什么到家里来找我?我妻对这个长着一双弯弯眼的漂亮女孩来家访,会有什么样的反应?对我说来,这一切都是未知数。此刻,听到妻子责怪我,连忙解释道:"茶早沏了,只是我不认识这位刘茵茵同志。"我向妻子投过去一瞥表白的目光,又向那女孩抛过去一瞥质询的眼色,"你是……"

"我是给报社打电话,才问到您家庭地址的。"女孩低垂下头,长发立刻顺耳畔披落到她的肩上,"该怎么向您们说呢,我有难言之苦,是来求您们帮助的。前几天,给您往报社美编室打电话的女孩就是我,没等我把话说完,您就放下了电话。好在我几乎每天在冷眼中过活,久而久之神经也就麻木了。所以,对您的态度并不介意。"

我记起了那天自己的失礼,忙向她解释说:"真对不起,那些天因为我在一篇通讯的插图中,画了老羊倌拿着奶瓶给小羊羔喂奶。编辑部内外批评我那幅插图严重脱离农村生活,我心情烦躁得要命,误把你打来的电话,也认为是来挑剔我的,所以……请你谅解!"

"我确实是为了那幅插图,才给您打的电话。"她深埋在胸前的头,略略抬起了一点,"不过,我不是挑剔而是赞美,我想能画出这样插图的人,对世界的万物一定揣有一颗博大的爱心。也只有这样的人,才能对我这个残疾人,伸出援助之手。这是我敢于给您打电话的原因。"

"噢?这是我听到对那幅画的唯一的赞歌。"我边说边凝视着茵茵,想从她体形上找到残疾部位。看来看去,也找不到一点毛病:她身材窈窕,神态端庄,眼波汪水,眉毛修长。如果她站在美院素描课堂上,当一个漂亮的模特儿都蛮够资格,哪里有什么残疾可寻?她又有一副唱歌的金嗓子,这样的上帝宠儿,有什么需要我帮助的呢?

我用第六感觉"悟"了一下我的妻,尽管她坐在我背后的椅子上,我仍然感触到她的目光里,充满和我一样的惊异。妻子的目光像扫描机,在她身上转悠了一阵之后,扫描焦点停顿在她脸上那张洁白的大口罩上。但那里也无懈可击,口罩内鼻骨隆起,下巴颏的轮廓凹凸分明。残疾!残疾!残疾究竟在哪里呢?

刘茵茵在四只眼睛的凝视下,神情明显地焦躁起来。她胸脯起伏,欲言又止,最后似乎拿出一闭眼跳河的狠心,猛地从耳畔扯下那张大口罩。

我惊呆了。

妻也傻了。

茵茵的脸上竟然没有鼻梁儿,在人中上面只有两个黑洞向外翻开着。她全部的形体美,都被她的没有鼻头扼杀了。茵茵不愿意让我们的眼睛,再多承受一秒钟丑的折磨,把橡皮泥捏成的鼻梁,往鼻孔上一盖,麻利地戴上了口罩。她那一汪秋水的眼帘里,开始流淌下泪滴,一滴一滴地穿过茸茸睫毛,泅湿在她那张大口罩上……

我眼圈顿时发热,默默垂下了头。我妻却两步凑上去,拉起她的双手,故作欢快地说:"茵茵,别难过,我是医生。"

她黯然地摇摇头。

"怎么?"

"我走过不知多少家医院了。"她说,"但是……但是……"

我妻子有些紧张:"是梅毒性的鞍鼻?"

"让我从头说起吧!"茵茵扯下口罩,喝了口早已冷却了的茶水,仿佛这杯又凉又苦的浓茶,能给她一点勇气似的。她一口、两口……直到喝得露出杯底的茶叶。

茵茵讲起自己的经历。她是个孤儿,父亲是谁,不知道;母亲是谁,也不知道。她所以有了姓刘的姓氏,是因为在1934年的初秋,北平鼓楼下的一条小胡同里,有个每天摸黑推着小车到晓市上去卖鸟儿的老头儿姓刘。那天五更,刘老头儿又推着吱扭吱扭的小平板车,上晓市去卖各种鸟儿,走到钟鼓楼边果子巷的垃圾堆旁,听到了婴婴呱呱的啼哭声。老头儿觉得这孤儿太可怜便把她拾捡起来,放在报晓的鸟儿当中拉回家中。也亏了当时天色还是一抹黑,待老头儿回到碎砖头砌成的小矮屋,叫醒老婆子,第一件大事就是看看这个呱呱叫的肉团团,两腿之间是不是带棒儿的,待抖开裹着的小夹被一看,不仅是个不带棒儿的,还是个没有鼻子的小夜叉。

"扔出去喂狗吧!"老婆子说。

"这可是一条性命。"老头儿说。

"咱这绝户,要带小鸡儿的。"老婆子又说。

"当只不值钱的'画眉'喂着吧!"老头儿说,"扔了这肉团团的损寿,收养这小可怜的积德!"

老两口子反复翻看那条裹娃子的小夹被,发现被角有白线缝着的小兜兜。老婆子伸手从兜兜里先掏出一沓日伪票子,后又掏出一张纸条。刘老头多少识几个字,上写:"路过此处的仁人君子,请发善心收下这个可怜的小丫,我们扔下她,实出于无奈。"老婆子骂了几句脏话,对刘老头让步了。

茵茵活到两岁半的光景,老两口觉得实在负担不起,经隔壁一个银行职员介绍,茵茵被送进了一个教会办的慈幼院。是茵茵从小听惯了鸟叫,还是继承了造孽男女的遗传基因,慈幼院的嬷嬷们无从查证,反正这个翻开着鼻孔的小丫头子,牙牙学语时因为少了鼻子的共鸣,语声有些发散,但嗓音却偏偏甜得流蜜,逗人喜爱。因此,茵茵从有记忆那一天起,戴口罩就像穿衣裳一样,是每天的例行公事。

小口罩变成大口罩,茵茵长成小姑娘时,嬷嬷们才发现茵茵浑身上下只有鼻子的遗憾,口罩遮上丑陋,茵茵是慈幼院里的一朵玫瑰。院长是个有洁癖症的老处女,出于人类的爱心,提出给茵茵去道济医院修整一下鼻形。

悲剧就是从那所德国开设在北新桥附近的道济医院开始的。一个黄头发蓝眼珠大鼻子的外国庸医,只看了一眼茵茵的鼻孔就认定茵茵是梅毒性的鞍鼻,不但不能整形,而且随着年龄的增长,鼻腔还要继续糜烂。从此,茵茵被嬷嬷从集体里分离出来,住在半间像狗窝大小的废旧棚子里。嬷嬷们给她送饭时都戴着胶皮手套,日夜陪着她一起的,有一只铃铛狗和一堆卷了皮的童话书。等她离开慈幼院时,刘老头的老伴儿得了噎症(食道癌)去世了,茵茵成了刘老头的生活拐棍。好在老头儿并没嫌弃这个判处为梅毒症的茵茵,她和老头儿一块儿去远郊逮鸟,回到家里驯鸟。她有一双巧手,用竹条和柳枝编织出各式各样的鸟笼,成为果子巷鸟摊上出了名的"鸟儿刘"。同时,刘老头的干闺女因梅毒而没鼻子的秘闻,也不胫而走,因此,尽管茵茵长到十五岁时已然亭亭玉立,晓市上各种卖旧货杂什、长得如同歪瓜裂枣一般的下流坯子,也只对这个面若桃花的姑娘色眼眯眯,而不敢问津。那些玩鸟儿的公子哥儿,在鸟摊前晃来晃去,夸鸟儿叫得好,夸鸟笼儿插得好,但是一看见茵茵那张大大的口罩和那双火里含冰的眼睛,也不得不知趣地提着鸟笼子离去。所以,茵茵脸上那片遮丑布,既成为北城一带逛晓市的人们奚落嘲讽的焦点,也成了茵茵洁身自好的护身符。

北平解放那年,她十六岁。随着北平还原叫北京,世俗也跟着起了变化。晓市的生意逐渐冷淡,那些昔日玩鸟的公子哥儿,有的已随着老子南逃,有的穿起四个兜儿的中山装,也放规矩了。没人玩鸟了,养鸟为生的刘老头失业一段日子,不过老头倒也因祸得福。一九五一年他被动物园聘去喂养飞禽,茵茵最初跟干爹进园,给食肉的禽鹏拌食,给吃草的鸟儿割青。但她那只鼻子的事儿,很快被发现,人家说名贵禽鹏也讲究卫生(防止梅毒感染?),反正刘老头的顶头上司婉言地终止了她那份工作。

刘老头为难地说:"孩儿,你去念书吧。"

茵茵去了,学校不收。

刘老头又打主意说:"你有灵性,就在家里啃书本长知识吧!"

茵茵说:"爸你的背部都驼下来了,我不能叫你养着。"

刘老头开导她说:"咱家不是还有点积蓄吗?那里边也有你的汗水钱。"

"爸!我借大芳家的初中课本读吧!"大芳是茵茵大杂院的邻居,在鼓楼中学念初中。茵茵就把她用过的课本拿来,在动物园的两间红砖房里自学。动物园每天人流如潮,她紧闭房门,像修行的尼姑一般,和身边的喧沸世界隔绝。只有到了拂晓或晚上净园,那狮子、老虎、大象、猕猴、鹦鹉、八哥、狗熊、灰狼……才成为她的精神伙伴儿。她边走边唱。唱的都是从老爹那个破收音机里学来的曲儿。她唱不来喜兴的歌儿,专唱忧郁的曲儿。刘淑芳唱的《宝贝》是她在园里漫步时最爱唱的,不知不觉中竟能唱出了眼泪……

茵茵永生不会忘记一个春天的早晨。她照例沿飞禽馆漫步过去,以低吟的哀歌抒发内心的悲苦。猛然,从她身后跑上来一个头发已谢顶的男人。她的歌声戛然而止,那男人气喘吁吁地停步在她面前:"原来是你,我还以为是歌星早上来园里练嗓子呢!"茵茵认出来了,他是动物园里的朱兽医。他手臂戴着的两只胶皮套袖上,沾满了污红的血。"我守夜在这儿,给鹿崽接生。熬了一夜,总算生下来了。"

"您该回去休息呀!"茵茵不解地望着这个老兽医。

"是你的歌声把我召唤过来的,想不到你有一副甜嗓子!"

茵茵垂下头,望着自己的鞋尖。面对园内第一个赞誉她歌声的人,她显得手足无措。

"我更关心你的……你的……"朱兽医沉吟了片刻,直率地说,"你的鼻子要是能整整形,鼻腔能起拢音作用,音质会更好。"

茵茵难以作答,只是机械地点了点头。如果不是因为老兽医是刘老头的酒友加棋友,一提鼻子她或许就扭身走开;此时拘于礼仪,她没有挪动脚步。

"有继续恶化的病兆吗?"他当然指的是鼻子。

"还没发观。"她淡淡地说。

"这就怪了,要是梅毒性的病症,这么多年怎么会没有发展呢!"老兽医把两只血污的套袖,往草地上一甩,在自来水龙头上洗洗手,掏出手绢擦干水迹,口气像是商量,实际上等于命令,"你能摘了口罩,让叔叔看看吗!兽医也是医。你干爹没对你说过吧,我是日本东京帝大出来的,过去历史上有点前科,不然也不会在这地方跟狮子老虎打交道!相信叔叔吗?"

茵茵被老兽医的热诚感动了,拉下那张口罩。老兽医左看右看,端详了好一阵子,又用手捏了捏鼻孔附近的肌肉:"有压痛感吗?"

茵茵摇头。

"化验过血吗?"

茵茵又摇摇头。

老兽医思忖地骂道:"我看像是先天性的畸形鼻,不像梅毒的后遗症!"

对茵茵来说,这无异于一声霹雳,她被惊呆了。

"为什么不去医院检查一下。"

"怕人耻笑。"茵茵两眼闪着泪花,"只是在慈幼院时去过一次医院,那医生冷酷而轻蔑的目光,我一想起来就心颤。我……我……宁愿默默等死,也不愿再受一次梅毒病的宣判。"

老兽医也动了感情,他宽慰茵茵说:"你老爹不懂医学,过几天我陪你到医院去检查检查。别哭了,凭你的嗓子,应当登舞台演唱,而不是哭。"

茵茵激动得浑身发抖,她用手背擦擦眼泪,扑通一下,给老兽医跪下了……

小芸芸醒了,她呱呱的哭声把这个新奇的故事岔断了。

妻把乳头伸向她那红红的小嘴。我则更关注这个故事的结局。我给她重新沏了杯热茶,心里希望是个喜剧的收尾;但是我马上想到,如果是喜剧的收尾,她冒着大雪来求助于我们什么呢?

妻子显然也在忐忑不安之中。她怜悯的眼光,没有盯着吃奶的芸芸,而是扭着脖颈深情地凝视着茵茵。

茵茵眼神木呆地望着窗外的白雪。

雪没有停落的意思,像鹅毛般纷纷扬扬。

静……

在静谧的屋子里,茵茵后半截讲得十分简略。医院化验结果出来了:那张窄窄的纸条,当真否定了梅毒性鞍鼻的判决,也与兽医的直观印象不符。她的凹鼻,属于先天性畸形症。医生如是推断:制造她出世的男人和女人,有可能是近亲结合。但根据她鼻子的凹陷情况,医院外科无法为她整形。据医生说,全国只有为数极少的几位整形专家,才具有给她再造鼻子的回天之术。

无论如何,毕竟是喜大于忧,为了庆祝排除梅毒的多年困扰,刘老头和老兽医痛痛快快地喝了一瓶二锅头。席间,刘老头说:"大兄弟,茵茵的事你就帮到底吧!跟园长说说教她跟你学兽医咋样?"

老兽医的脸,被酒烧得像关公:"老哥,那就是把大梁当椽子使,糟蹋茵茵这块材料了。她是个歌唱演员的坯子,我还认识俩仨文艺圈子里的朋友,引见引见,或许能进文工团呢!"

"那你就是救她命的第二个干爹!"刘老头来了酒兴,对端菜的茵茵喊道,"你叫干爹!快叫!快叫!"

老兽医忙欠身阻拦着:"你我是老兄老弟,叫我叔叔就行了。有这样一个聪明侄女,我心满意足了。只是鼻子的事儿……唉!事在人为,天无绝人之路!"

"我信。"刘老头连连点头。

"喝!"

"喝!"

老兽医是东北金县人,脾气秉性豪迈豁达,真带着茵茵闯了几家文艺团体。听她唱歌,人家都表示非常愿意收下这棵苗子,但是一看口罩后边那难以填平的凹陷,又都露出满脸难色。后来,一个歌唱团临时收下了她,叫她在后台伴唱;不到一个月,茵茵就承受不了那"王子"和"公主"们的鄙夷目光了。

鼻子!

还是为这个鼻子!

最后,老兽医和刘老头一块儿找到动物园园长,总算给茵茵安排了个宣传员的差事。这份差事,天天要跟人打交道,她的鼻子自然成为议论的话题。女人议论起女人来比男人评议女人要尖刻一千倍:"她爹妈一准是旧社会花街柳巷里的人物","不然为什么会烂掉鼻子","一见她脸上的月经带我就恶心","也许她活不到三十就要梅毒升天"……

茵茵从不解释,她真是欲哭无泪,欲怒难言。在到处碰壁的境遇下,茵茵像走圆周一样,终于又走回到小屋里来,只有当她一个人在小屋时,她才放声大哭。她自视生命轻如一片落叶,被风吹落的树叶,怎么也依附不到母体身上。她甚至觉得她不如动物园里的任何一个动物。狗熊有人向它招手;野猪有人向它投食;猴山上那些塌鼻梁的猴子,也总是在欢乐的人群嬉笑包围之中——它们不是万物之灵,却是社会的宠儿……

既然人世间对她一点"兽道"的温情也不赏赐,她向园长要了个不和人发生接触的工作,每天早起放人之前清扫园里卫生。

到了冬天,园里的游人少了,她照常摸黑起床,打扫园内的旮旮旯旯。有一次,她扫累了坐在一块石头上休息,那儿丢下一张游人垫屁股的报纸,她有意无意地在路灯下翻了翻,看见了那幅老羊倌拿着奶瓶给病羊羔灌药喂的插图。不知为了什么,她眼泪顿时簌簌而落。她把被泪水洇湿的报纸叠起来,装进衣兜。几天之内,她把文章和插图看了十几遍,终于鼓起勇气拿起电话筒。刘茵茵成了我家的不速之客——到这天,她芳龄还不满二十一周岁呢!

此时,那张早已变了色的报纸,摊在我们面前的小桌上。我妻神色凄然地看着我那幅插图,我则背对着茵茵弓下脊梁,把头埋在两只大手之间。这时,我耳膜仿佛被我自己内心独白的声音震聋了:你是什么画家? 你是刺伤了最不该受到伤害的人的凶手!

三

合上酸涩眼睛的时候,天色已然晨曦初展。妻一向体谅一个艺术家的创作艰辛,她不声不响地去了医院,只有画坛上独一无二的"红辣椒"和穿在"红辣椒"上的发辫(或随便解释成任何东西和杂什),悬在画案上不动声色地看着我的睡姿。

关于睡眠姿态,昨晚在峨嵋酒家喝半醉的那位权威,曾有一番高论,他说凡能成大器者,睡姿必然是呈现出一个"大"字。

我颇受启发,但还有一点点疑惑:"面朝天或面朝地躺在床上,伸直胳膊叉开腿都是'大'字,请问……"

他说:"朝天的'大'字,主早成大器,常常是少年得志,而立之年就能声名遐迩。"

"有例证吗?"我听呆了。

"文坛上七步成诗的曹植。"他对答如流。

"那么朝地的'大'字呢? 可有……"

"据说凡·高就面地而卧,所以他生前没有发迹,而等他见上帝之后,他的名声才陡然而起,在欧洲一代艺术大师中,成为鸡群之鹤。"

我连连点头称是,但我熟读过凡·高传记,不记得有过这个细节描写。不过,有没有这些细节都不重要,重要的是我必须做出无限崇敬权威的神色来。那桌酒菜,虽然仅只我和权威二人享用,钞票也要在个、十、百的三位数之上;不能因而脸露不快,而将三位数的代价付之东流。

由于这个印象太深,我好像在梦中端详着我自己的睡相,只看了一眼,便让我失落感勃然而生,我既不是面朝天而眠,也不是面朝地而睡,我看见我自己好像是侧身蜷卧,勾臂弯腿,那形状倒像一条想吃顿"黄金塔"的饿狗!

是梦吧?我正在梦中拼命翻身,并伸胳膊抖腿。我不是狗,我是人,我也要躺成一个"大"字。弹簧床垫被我压得发出吱吱声响,听起来颇像饿狗发出的叽叽叫声。

一声呼喊,我被惊醒了。一个娇娇的声音:"爸——爸——"我一揉眼从床上坐起来:"是你!小芸!你什么时候回来的?"我看见女儿身穿一件宽松时髦的薄毛衣,端着一盘热菜从厨房里走出来。

"到家三个小时啦,看爸睡得很沉就没喊你!"身高近一米七的女儿,举着菜盘说,"这是我从福建给你带来的新笋。听你在床上直吧唧嘴,就麻利地下了厨房。"

我抬头看看墙上的石英钟,时针已指向了中午十二点半。梦是心头想,我一准是饿了,才梦见自己像条贪食的饿狗。

"夜里爸又画画了?"

"没。"我还在回忆刚才那个梦。

"怎么一直睡到中午?"

"哎,我问你,我刚才是怎么躺的?"我仍跳不出梦魇的牵引,"是仰面朝天,还是面孔朝下,还是侧身躺着的?"

芸芸把菜盘往餐桌上一放,诡秘地眱眱眼睛:"爸刚才你像小狗一样蜷缩地睡着。我想爸刚才一定梦到小狗拿金牌的事了!"

"怎么讲!"

"北欧的冰天雪地里,不是有狗拉雪橇赛跑的吗!"她咯咯地笑着,"跑第一的赏一块金牌!"

"净说疯话。"我被女儿逗笑了,心里却有一点点苦涩。我不是条小狗,我是人;我不是一般的凡夫俗子,我是个有一定知名度的画家。在这次画展上,我就是想拿一块奖牌,女儿给我圆梦,还真是八九不离十。

芸芸扭头看见了我那幅画:"我出差半个月,爸爸就画了这么一幅画?"

我一边穿衣下床,一边心不在焉地嗯地应了一声。

芸芸双臂搭在胸前,一只手托着圆圆的下巴颏,在画案前把《鼻子》相看了好一阵子,一字一板地下着评论说:"倒是真够时髦的!"

"你妈不喜欢它。"我说。

"我也不敢恭维。"女儿蹦出了第二句评论。

"可是权威喜欢它,让我这一半天就送到展厅去。"我暗暗感到又一条上吊绳逼近了我。女儿没有她妈妈的柔顺,却有着当代女性的尖刻。她虽然在一家公司里搞电脑,但和许多聪明的女孩一样,对艺术的见解常常是一矢中的。我木然的脑子刚刚想到这儿,芸芸已经做出了反应。她说:"爸!可以这样解吗?爸这幅画是为讨权威喜欢而胡涂乱抹的?"

我不承认,也不否认,只是用电须刀嗡嗡地刮脸。我想,我到展厅送画的时候总该显得年轻一点。镜子里的我,显得十分憔悴,因长夜失眠,眼球上有浅浅的几道红丝。唯有那狮子般的散乱长发,还残存了一点艺术家的风采。

"爸,你不觉得你丢失了什么珍贵的东西吗?"女儿仍站在我的画案前,带刺的话却甩了过来,"你的素描功底那么扎实,无论是画我婴儿时的笑靥,还是画妈妈的人体,以及茵茵阿姨整形后的头像,都是艺术品。这幅画算什么玩意儿?红辣椒?大蒜头?洋葱头?逛一下农贸市场,比看爸的画过瘾多了!"

嗡嗡嗡……电须刀的声响,遮挡着芸芸刺耳的噪声。女儿见我不动声色,语音拔得尖利如针:"爸!这次从福州回来,在火车上买了份《文摘报》,有篇文章嘲弄的正好是你这样的艺术家和所谓的权威。"女儿匆匆走到衣架前,拉开挎包拉锁,把一张叠着的报纸,啪的一声拍在我面前。那风风火火的劲儿,不像给我送一张报纸,倒像一个女外交官在递给我一份最后通牒。

我装作漫不经心的样子,坐在摆满了饭菜的餐桌上。女儿很会烧菜,除了新笋炒香菇外,还熬了一锅莲子粥。我把报纸先放在一旁,一边用勺盛粥一边转移话题问道:"莲子也是你从福州带来的?"

她快快不快地点点头:"特意为伟大的艺术家补充营养的;可是,它医治不了艺术家的神经失常……"

我不理睬她的目光,尽量缓和着餐桌上的紧张气氛:"你看过《红楼梦》吧!贾母爱喝莲子汤。她吃的莲子就是福建省建宁府产的。"我喝了一口莲子粥,继续对莲子发表着宏论,"我敢保证,小芸你带来的就是建莲,这玩意儿加热就熟而久煮不烂。它比南方洪湖、北方白洋淀的莲子强得多了!"

女儿两只大眼睛一动不动地直视着我。

"吃呀!我的宝贝女儿!"我打诨地催促,"你跑了南方一趟,脸都晒黑了。"

"我不饿!"她依然审视着我。

"你是怎么了?"

"我饱了。"说着,她站起身来,走进她的卧室。

我放下碗筷,追了进去:"芸芸,你这是干什么?"

"我坐了两天两夜的火车,累了,只是想休息一会儿,爸你出去吧!"她对我下了逐客令。当我无奈地为她掩上房门时,她突然央求地说:"爸!我希望你尊重艺术家的良心,那幅画最好别去送展了!"

我也饱了,再无心思吃第二碗莲子粥。我默默地打开那张小报,找到了芸芸叫我看的文章。那是一篇真实报道,事情发生在八十年代中期的英国伦敦。一些英国电视工作者,越来越不满意荒诞而无意义的艺术,便在某天早晨在大街上铺上几块长长的画布,并叫扫街车的旋转扫帚沾上颜色,当这些扫街车碾过这些画布并留下一圈圈印迹时,电视台的摄像师——将其摄入镜头。如嘲弄那些新潮的评论权威,电视的工作者将这些卫生车的"扫帚杰作",悬挂在伦敦最高贵豪华的艺术大厅,并邀请这些权威面对画布上千奇百怪的圈圈发表高论。面对摄像机镜头,这些权威纷纷盛赞这是一位了不起的画家天才之作。但这位天才画家是谁呢?为严肃艺术正名的电视台,选择在英国的黄金时间戳穿了谜底,向英国观众播放了这幕真实而滑稽的戏剧,顿时使这些权威在英国名声扫地,在相当长的一段时间里,成为伦敦和整个英格兰人鄙夷的笑料。

我的心惶惑起来,那短短的一段铅字排成的文章,每一笔一画都仿佛变成了排字车间的铅条,被我吞进腹中,使我心田产生了超负荷的沉重。世界真像一架古老的水车,它沾满青苔的齿轮,在人类生存的地球的不同经纬度上轮回,而今那长满绿锈的齿轮中的一叶,指向了封闭了久远的中国。

我离开餐桌,想到客厅的沙发上沉静一下思绪。那墙上镜框里挂满我昔日的作品。我妻在医院很忙,她已晋升到主任医师,每天忙于巡诊病房,无暇顾及我的作品,这些画都是茵茵和芸芸挂上去的。

这面墙上有铅笔、水墨和油画,有静物写生,有人物肖像。鼻子整形后的茵茵自不必说,就连她的养父刘老头和老兽医的音容笑貌,也都悬挂在这面墙上。自茵茵从不速之客变成相知的朋友,动物园成了我常去练笔的地方。无论是猩猩、猴子,还是东北虎和金钱豹,都在我画笔追踪之列。

我久久地停步在茵茵肖像面前,她脸上的大口罩不见了,隆起的鼻梁上佩戴着一副紫色的眼镜。她的嘴角分明是在笑,但镜片后边却闪烁着盈盈泪光。

鼻子!

安详而美丽的鼻子!

看见茵茵的鼻子,我的记忆之河开始倒流。当时,我通过报社社长去拜访五官整形专家;我妻子则通过卫生局领导的支持,为茵茵的鼻子举行专家会诊。那时候共和国廉正清明,因而没有峨嵋酒家的宴请,也没有提着液体手榴弹——茅台之类名酒去送礼,更不用说"红包"了,五十年代中期共和国的词典上,找不到这个名词。因此,她成了不幸中的幸运儿,专家们针对茵茵鼻子的残疾情况,提出了两种方案,一是以肉补肉,这个方案不错,但鼻腔中的软骨难以再造,而且鼻翼两侧无法排除留下残痕。第二种方案,就是像断肢患者安装假腿一样,使肉桂色假鼻型黏合在鼻子部位,如果鼻型磨制精细,可以吻合到天衣无缝的地步。但这么做茵茵要特制一副平光眼镜,鼻梁两边的镜托要紧紧夹着复制的鼻骨,以防强烈震动等原因,使鼻型脱落。刘老头、老兽医,以及我和我妻,都同意第二种整形方案,于是在茵茵美丽的肖像画上,多了这副不可少的特制眼镜。随着鼻子命运的变幻,茵茵一步跨进了园林系统的歌咏队,后来被一个专业文艺团体挖走,成为一名毫不逊色的歌唱演员。和其他演员不同的是,她要戴着眼镜演唱,舞台上的追光灯的亮度要适当。我在台下画过几张速写,有的刊登在报刊上,有的被老兽医拿走。唯一保留下的一张速写,是她在六十年代初期演唱古巴民歌《鸽子》时的倩影。画面上的她,两臂向上高扬,真像展翅欲飞的一只鸽子,随着人类之爱的风帆高翔而去。这张速写画,被芸芸拿去,镶嵌在镜框里,摆放在她的小书桌上。

我看画看得有些眩晕,便坐倒在沙发上闭目养神。这是我妻子叮咛我的,她说净心虽属佛门天人合一之说,但在医学上是抑制百病最好的心理疗法。在那"最最"的年月,耳畔呼喊着震耳欲聋的批斗声时,我被勒令久久地跪在地上,面露虔诚悔罪神色,实则在纯净自己的心灵。这一招还很灵验,那些"打倒黑画家×××"的狂风骤雨,立刻变成耳畔缕缕游丝。风任其刮,雨任其下,我的魂儿似飘悠悠地离开我的躯体,融于茫茫的天宇之间。它化作一块白云,它化作一株小草;它化作批斗会场旁边的一棵大树,用满树的浓绿为枯焦的心灵遮阴。那时俨然觉得自己就是双掌合十的佛门弟子,此时已虔诚地步入天国之门……

今天是怎么了?我背靠沙发合起双眼,却不能净身净心。鼻子,还是鼻子,仿佛成了我心上的一个疾瘤。其实英国电视台戏弄斯文绅士和铁面权威,并不算什么稀罕事情。前两个月在我们最有声望的艺术学府,来了一批巴黎的学艺门徒。他们或穿衣或半裸体地在身上涂满油彩,扯下窗帘、床单当画布,在上边滚来滚去。我在峨嵋酒家宴请过的那位权威,是去站脚助威,是去吸收营养,还是想借着这些洋画在《费加罗报》上混个洋评论家的名声?不知道,反正看了这些"驴打滚"的画儿后,他笑逐颜开地对在场的中国艺徒们说:什么是艺术?这就是艺术,即兴到了极致,就能踏上艺术巅峰。按照这个逻辑推论,酒徒、疯子、癫痫病患者、输了钱或赢了钱的赌徒、杀人凶手、奸夫淫妇、二道贩子、倒卖批文的高级掮客,都是顶有希望踏上艺术顶峰的。可惜那天中国电视台没有把"驴打滚"摄入镜头,并把权威的观后讲话,同时向中国观众播放。看样子,我们的新潮新到英格兰前边去了。我当时也去看了"驴打滚",只觉得脸红心跳,搞了大半辈子美术创作的人,原来早被甩上艺术大潮之外的九天云霄。

谁他妈的喜欢"驴打滚"打出来的艺术?但是那玩意儿挺刺激,也挺好玩的,而且展现给我的是一个动物的作画方式。既然权威喜欢刺激,我就给他一个"红辣椒";但我想起给他"红辣椒",灵感还是诞生在那张大口罩里。抛开画笔,我仔细想想自己是不是真的违反了理性,想来想去自己还没能飞出理性栏杆的羁绊,因为我确曾想到那张口罩下的鼻孔,想到过茵茵。我能骗得了那位在峨嵋酒家贪杯的画霸——鼓吹新潮的祖师爷,却瞒不过妻子的眼睛。她夜里甩出来的那句话,说我的画亵渎了什么东西,就等于把我的戏法戳穿了;只不过妻说话一向含蓄,她分明在暗示我这幅新潮,是对茵茵的极大不敬。她一向不会有什么过激言辞,烟头烫在她脸上她都没有发火,把"亵渎"这个词儿扔给我,就表达了她对我的最高抗议。妻一向是我生活中永不下沉的航空母舰,这也算是第一次发生舰身倾斜吧!假如她今天没去上班,也许把含蓄凝聚成炮弹,向我射上几发呢!

在沙发上,我貌似闭目养神,其实每根血管都在充血,甚至感到颈上的青筋在上下跳蹦。女儿偏偏在这个时候出差回来,她似乎带来了南方的风暴潮的潮汐,她名义上是因旅途劳累而去卧床休息,实际上是发泄对《鼻子》的愤怒。芸芸原本是个猫咪一样的温顺小姑娘,十年"文革"魔幻般地把她变成天不怕地不怕的女性,她既有当代青年玩世不恭的野性,又有疾恶如仇的爽骨。她一眼就看出来我这幅《鼻子》取材于茵茵,因而风暴潮的中心向我逼近,是确定无疑的了。

我屏息听听,她卧室里寂静无声,她或许是真的睡着了。就是在世界拳坛上,一个勾拳击倒拳王阿里的道格拉斯,历经列车上两昼夜的煎熬,也要因精疲力竭打个盹儿,何况芸芸?这也是把画儿送往展厅的最好时机。我步履轻轻地走向画案,最后看一眼《鼻子》,心里没了夜里做梦时的喜悦。是的,也许我确实不该亵渎茵茵这颗光洁的灵魂;但走火入魔的一念之差,使这幅畸形胎儿在笔下分娩。也罢,让那些超先锋派的宠儿娇女们看看,严肃的现实主义画家不是不会搞这种玩意儿,"不是不能为,而是不为之",这回就为一回叫你们看看。

我用塑料绳捆好了画卷,夹在腋下。我隔着门缝向女儿卧室望了一眼,祝福她睡个美美的觉;可偏偏这节骨眼儿上,客厅里的电话铃响了,妻什么时候来电话不好,偏在这时候问我女儿从南方回来了没有。

我声音轻得像蚊子嗡嗡:"回来了!"

她说:"医院想买一台女儿公司的电脑,总务叫我问问价钱。"

我说:"哎呀!女儿在睡觉!"

女人都喜欢唠叨,妻也是女人,她没完没了地说:"还有个事儿跟你商量,医院里外科主刀的××,对咱大龄的芸芸印象很好,你看……"

"别絮烦了。"我说,"下了班再说。"

她还要唠叨,我一下挂上了电话。晚了!贼响贼响的电话铃,已然把女儿叫醒了。她什么时候出现在我身后的我不知道,反正我扭回身来时,她已抱着双臂,坐在了客厅的沙发上。

"你再去睡会儿吧!"我不是贼,这时却有了扒手们的心虚,"你才睡了不足一个小时。"

"我是属虎的,老虎打个盹就醒。"她瞟了一眼我腋下夹着的画儿。

我像得了胳膊麻痹症,画儿滑落在沙发上。芸芸不动声色地打开《鼻子》,上上下下地端详了好一阵子。

我等待老虎发威。

"爸,我在泉州见到茵茵了。"小老虎并没有仰天长啸,她把画儿放回画案上,又坐回到沙发上,"本来想进门就告诉爸,可是一见到《鼻子》,把我的兴致一扫而光。真想不到……茵茵要移民澳大利亚了。"

"噢?"我从沙发上惊异地站了起来。

"一封从那儿寄出寻找弃婴的信,从北京果子巷派出所到动物园又到文工团,两年后信才辗转到了泉州。"芸芸平淡地笑了笑,把一封复印的信函递给我。

信是用楷书写成,一笔一画却十分规范工整:

北京市红十字会台鉴:
  一九四四年我携眷经香港,马来西亚,漂洋过海来到澳洲。今是一九八八年,我已是银发白须的老翁矣!
  时一九三三年,吾乃一个大学一破落书生。受姨妹青睐,先姘居而后私奔。当年暮秋,弃一无鼻女婴于果子巷晓市的垃圾堆旁。吾与吾妻为此曾无数次忏悔于教堂耶稣像前,但因当时种种难以用笔墨述说的缘由,而不得不做此沉沦天理之事。
  当时,吾与姨妹闻小女啼哭,不忍离骨肉而去,隐身于电杆背后,静待善者路过此地而施善德。不久,见一车上挂满鸟笼的老者,将吾与妻之罪果拾捡而去。妻牵吾手尾随其后,至××胡同四号。此即施善于吾的恩人住址。现吾妻已谢世五年,吾儿经商于加拿大。叶落伶仃,楼堂只剩有老朽及原籍菲律宾的女佣二人,叩拜故园红十字会,以耶稣之博大人道为本,广怀天下芸芸众生之苦乐,为吾寻觅亲女。如有福音,当有重谢。
           吴逸民字
         一九八八年×月×日
  又及:如小女已不在人世,亦望函告;吾于寄信时,先汇寄五百澳元给贵会,以谢贵会奔波之劳。

空气凝固了。

时间凝固了。

我的心却狂跳如奔。

画被抛到了脑后,人间的沧海沉浮,在我心中翻卷,使我久久痴呆无言。

"爸!咱爷儿俩喝一杯吧!"芸芸问我。

"等你妈妈下班,一块儿喝吧!"

"要是刘伯伯还活着就好了。"女儿说,"可惜老头儿病死在山东了。"

"那是'文革'的罪孽。"我面前浮现出驼背弯腰的"鸟儿刘",又想起秃头谢顶的朱兽医。两颗冤魂,飘离人世真是太早了。

"爸,咱爷儿俩肚子还空着。我去热饭!"芸芸收起信笺,显得异常兴奋。

我站了起来:"不,我出去走走!"

"画不送了?爸!"

我没心回答。

C

走。走。我走向哪里?禅祖牵引着我沉重的双腿,走进我难以忘却的古老寺院。那些年头,我和茵茵是在这里相会的。当时,批斗文艺界的大头头和小爬虫,都选择在这个金碧辉煌的寺院里进行。我算个什么?不过是个比大头头小一大截比小爬虫又大一小截——从小小编辑熬成的三流画家而已。世界知名的大作家老舍在这儿挨过斗,几天后在太平湖浮起老人的陈尸;他写过名篇《月牙儿》,那天他跃入湖水时,天角上正悬着一弯残月。我的命运也像是那一钩残月。在"最最"年月一开始,我原本是开顺风船的角色。打倒走资派需要画笔,我昼夜二十四小时挥毫,为那些铺天盖地声讨走资派的大字报插画肖像。我胳膊上系着红布条,雄赳赳、气昂昂地进出造反团总部。靠画笔和喇叭筒,我从一个宣传干事,很快升腾到了宣传部长。

那正是炎阳似火的一天,这座古寺院里押解来了一个文艺同行,总部让我用大喇叭为批斗会助威。我已经多次扮演这个角色,可谓到了箭无虚发、百发百中的娴熟地步。但我万万没有料到,被揪着头发押上台的资产阶级黑杂种——反革命别动队的成员竟然是歌唱演员刘茵茵。

她被按着头,弓背弯腰地站在台上,因而她看不见我。我坐在她身旁的一张木椅上,却能把她瞧个一清二楚:那紫色的眼镜腿儿,缠着变黑了的胶布,脸上沾着没有擦净的血痕,一缕黑发粘贴在那暗红的血痕上。

我如同热锅上的一只蚂蚁。虽然坐在一棵老树的阴凉处,也止不住热汗淋漓,大汗顿时浸透了那件国防绿的褂子。往常,批斗文艺界其他"走资派"或"黑杂种"时,为鼓舞斗志制造气氛,被斗分子一步入批斗席,我的喊话声就震天而响。这天,我呆了傻了一般,直到掌握会议的头头,横眉竖目地瞪了我一眼,我才高喊"打倒""批臭"之类的口号。在纷乱的人头攒动和惊天动地的声讨当中,我断断续续听清了茵茵的

"罪行":说她是"黑杂种",是因为她档案袋里无爹无妈,是旧社会游手好闲的"鸟儿刘",从垃圾箱里捡来的。从而可以推断生她的"公狗""母狗",一准是两条姓资的"狗";他们活在旧社会,一定是寻欢作乐的资产阶级,一定是一对儿梅毒的花柳病患者,不然不会生下来这个安着假鼻子的女妖精。这个孽种,阶级本能促使她必然孝忠于资产阶级。批判者掰着手指,甲乙丙丁地列举了她昔日演唱的歌曲:从《宝贝》《鸽子》一直到《十字街头》,一律是软绵绵的靡靡之音,这是用杀人不见血的软刀子,残杀革命青年心灵,腐蚀革命群众意志……

我紧握着喇叭筒的手,一直在批判声中哆嗦着。我拼命镇静着自己,以使那个喇叭筒不要因手颤磕碰在木桌上。要知道,我身旁都是总部的大小头头,《三国演义》中"青梅煮酒论英雄"的一章,虽有刘备以天响惊雷而掩饰竹筷落地,并瞒过曹孟德之韬晦的记载;但我身旁这些战友,可以说是经过了千锤百炼,我稍有失态,一旦被他们发觉,就会马失前蹄。何况在我的生命史上,曾和刘茵茵有过不凡的交往,如果让他们发现一点蛛丝马迹不无被揪出来充当陪斗角色的危险。因此,我明知这些逻辑严密并顺理成章的批判之词,纯属罗织罪网,但我还是不失时机地领头高呼口号,并向身子弯曲成问号的刘茵茵,宣读《敦促杜聿明投降书》之类的语录,一助会场雄威,二解自己之危。

是不是干了亏心事之后产生的神经过敏?说不清楚,反正在响起我的喇叭声后,我曾发现弓腰弯背的刘茵茵曾侧过脸来,向喊话的我窥视过两回;多亏她身旁站着膀大腰圆的哼哈二将,在"老实""低头"的吆喝声中,硬是把她的头强按了下去。这一两瞥窥视我的目光,无异于球形闪电,我有意无意地拉低了国防绿的帽檐儿,我不想让她看见那就是我——和她有过不凡交往的朋友。

被批斗的是她,被审判的是我。我和妻多方奔走,给她接上假鼻子后,茵茵就是我家的常客。小女儿芸芸亲切地喊她阿姨,我妻称她为茵姐。她的生辰不过大于我妻半年,但是处理事情比我妻子成熟泼辣得多。苦难生活磨砺了她的坚韧意志,因而芸芸常说:"我们家庭动物园里,有个猫咪妈妈,有个狮子阿姨。"至于我在女儿眼里,是属于动物园中的"四不像":既无妈妈的温柔忍让,又无茵茵的果敢精神,那就是非猫,非狮,非驴,非马……可我也在这世界上被称为人,还扮演着人类舞台上的各种角色。那天,我扮演着最难演的角色。喊一声口号,我好像变矮了一公分;喊了那么多声口号,我觉得我生命轻得就像那漫天飞着的柳絮。从柳絮我想起那大雪纷飞的日子,想起那张突然出现在我面前的大口罩,想起她那两个翻开着的鼻孔,也想起了她鼻子整形后的欢乐!这一切都随风而去,此时她正在被斗席上,虾米一般地弓曲着,由于押解人的推推搡搡,皱巴巴的衬衣,肩上已裂开了一个尺把长的口子。何以对一个获得生活喜悦才几年的残疾人如此凶狠哩?

但是茵茵并没被批斗会的气势压倒,她一有机会就想昂起头颅,为她的歌曲辩解。她扯着嗓子喊叫:"周总理说过,我是个人民的好演员!"

"住嘴——"抡过去的是皮带。

"我就是要说——要说——"

"让她跪下——"总部头儿在发令。

"我没罪——我没罪——"她被哼哈二将踢倒,跪在台子上喊道,"你们说我兽医叔叔是日本潜伏特务,我也加入反革命别动队,都是信口开河,他……他……只在日伪时期在日本开的医院里当过医生,在中学教过日语……解放后他是园里的模范兽医,他是……"

一阵拳打脚踢过后,她躺倒在台子上了。

沉默了。

无声了。

头儿上前踢了茵茵两脚,看看还没有断气儿,回头朝我一挥手说:"找个家伙,给她舀点尿来,灌灌她!"

我正惶惶不知所措,难得有离开批斗现场的机会。我抄起我的喝水缸子,装作去厕所的样子,实际上绕了个S形大弯,拧开寺院内的一个水龙头,先冲洗了一下自己浑浑噩噩的脑袋,然后端着一缸子凉水,一步一步向批斗会场走来。我想,这是我唯一能为茵茵做的一件事了,也是我自己的一次生命冒险;一旦他们发现这不是尿,而是一缸子凉水,会发生什么,连这座寺院里的神灵都难以预卜。所以,我必须亲自把这缸子水给她灌下去,而不能把水缸子交给别人。她站在如蒸如烤的炎阳下挨斗,这缸子凉水,也算是火中送冰了。

好在几个头头正凑在树荫下,商量着什么事情。连那哼哈二将也躲在阴凉处,咕咚咚地喝着汽水。茵茵像条死狗一样躺在那儿,一动不动,我趁这个空当,匆匆跳上土台,向她耳语道:"这是凉水!快喝!"

茵茵睁开青肿的眼皮,看见是我,仿佛有了一点力气,便挣扎着爬起来,接过水杯。为了不露任何破绽,我在这时向她吼叫道:"喝下去!你把尿也给我喝干净!剩一丁点也不行。"

台下的革命群众也跟着高喊:

"喝下去——"

"喝下去——"

"喝完尿,你要老实交代!"

"不交代!拿掉她的鼻子!"

…………

喊归喊,斗归斗,我无论如何也没有料到,批斗会最后的收场,真是以打碎她的特制眼镜,取下她的鼻子而告终结。我的那些战友,发泄出人比狼更残忍的兽性,使美丽重新变成丑陋,茵茵重新成了没有鼻子的女人。

"您是来画写生?"寺院小卖部的年轻经理,从长椅前的小路上走过去。

我没回答。

"快六点了。"他扭回头来提醒我,"一入秋晚上很凉,您穿得太单薄了。"

他在催我回家,告诉我快到关闭寺院大门的时候了。

我不想走。今天这里的游人不多,间或有几个金发碧眼的外国游客走过,留下一串中国人听不懂的笑语之后,寺院立刻恢复了原来的肃穆和幽静。

这儿的幽静,我是有着难忘的记忆的。阴阳风水轮流转,批斗茵茵不几天,厄运就来光顾我了。我也在那座土台子上被斗,比斗茵茵又多了一手绝活的,是不允许我回家,只准我对着寺院东边的红墙下跪,从星出到星落,从月明到日出。因而我对这寺院的死寂有着深切的体验,刚入夜时是树上的梭儿梭——梭——地叫个不停;夜深人静时,代替梭儿呼唤初冬的是寺院里的蛐蛐。它们那忧伤而颤抖的一曲曲秋歌,陪伴我度过了近一周的冥冥秋夜。

厄运的导电媒介不是金属,而是茵茵的鼻子。园林系统的造反兵团,在查抄老兽医那间斗室时,发现了我画的茵茵舞台演唱速写画,于是"日本特务"这个电源,通过茵茵这个导体,迅速连接到我和妻身上。这个简单的"物理"公式是:"日本特务"是茵茵的"叔叔",我们又是茵茵的朋友。像京剧里唱的那出《连环套》一样,我们都被连环上了。通过并不麻烦的内查外调,又知道茵茵的人造鼻子,是我们找专家为她安装上的,因而我和妻立即成为批斗对象。

没说的,我的"国防绿"戎装被扒掉,红袖章被没收上缴。我成了混入革命造反组织的反革命奸细。

已经够我喝一壶的了。偏偏在这时候,一个看中空下"宣传部长"位子的小文痞,又向总部告了我一黑状:说我在总部"反到底"墙报上,画的毛主席肖像只有一只耳朵。我反复解释:那是主席的侧面人头像,不可能画上两只耳朵。为彻底解疑,我列举出五十年代时天安门城楼上毛主席的侧面肖像画,画面上也只画了一只耳朵。我觉得这是极有说服力的解释,哪知这个姚文元的徒子徒孙——靠着写大批判文章受宠的文痞,把诡辩术运用到了炉火纯青的地步。经他查证:当时天安门城楼主席肖像上,留下的是左边的耳朵,而我画的主席肖像,留下的是右边的耳朵。从而引申到主席是革命左派、亿万造反大军的伟大舵手,而我偏偏留下右边的耳朵,隐喻毛主席应该用右耳朵听话,是对伟大导师最恶毒的攻击和对"文革"最大的讥喻嘲讽,已构成现行反革命罪,真是罪该万死!

荒唐的年代诞生荒唐的逻辑,而这些荒唐的逻辑又派生极为荒唐的推理;荒唐的推理产生无数荒唐的冤案,而这些冤案是那些冤枉鬼根本无法预料的——我就是无数冤枉鬼中的一个,"奸细"加"现行"的双料货。惩罚当然是极其严酷的。皮肉的伤痛我还能咬牙忍受,使我最难承受的是面向寺院东墙而跪,那冥冥秋夜对我是精神极刑。头头如是说:"东方是红太阳升起的地方,你只能虔诚地面东而跪,而不能向西、南、北任何方向。你明白了吗?"头头又如是告诫我:"夜里不许躺下,如果被寺院里看守你的红卫兵发现,明天夜里让你跪在玻璃碴子上,你听见了吗?"

我明白了。我也听见了。但我的双膝骨无力支撑那么长的时间,加上身体的极度疲惫,只要我看见看守房的灯光一灭,我身子就开始打趔趄,把身子斜靠在老树根部,似睡非睡似醒非醒地犯迷糊。在恍惚中我常常一惊一乍的,甚至秋风吹落树杈上的死蝉,发出的轻微声响,都能使我一跃而起,迅速地恢复拜神的姿势,当然不会忘记面向东方,东方。

妻比我境遇要强多了。第一,她没有混充积极分子参加任何造反兵团;第二,要算是菩萨对她的保佑了。她平日在医院不仅工作勤恳,而且有着绝好的头等人缘儿:她对所有患者都柔声细语喜眉笑目,给贫苦农民垫交医疗费用是家常便饭;对内她更有吃亏让人的品格,科室里发生与她毫无关联的医疗事故,她都主动为别人分担责任。因而,在医院她有着"白衣菩萨"的绰号,这个绰号在特殊年代里,终于得到了报应。医院里的造反派为了避免文艺界造反兵团对她的揪斗,先是把她弄到市郊分院去打杂,后来风声鹤唳,怕她在市郊藏身不住,便以劳动改造为名,下放她和类似她的男女同类,到遥远的吉林长白山区——那儿有医院的一个中药材生产基地。

我生活中这艘永不下沉的航空母舰,不愿扔下正在受难的我和十二岁的芸芸,而航向一个非常遥远的避风港湾;但是医院强制采取了对她的保护措施,几个戴红袖章的年轻护士,为她到家里整理行囊,并把她送上了北上的列车。

临行的前夜,她叩开寺院红漆剥落的大门。寺院的看门人,分辨出是家住邻舍的白衣天使,硬是参着胆子放她进来。趁看守已经酣睡之际,把她引到古槐树下,还为夫妻话别担任警戒。

那天夜里,她哭肿了双眼,给我带的一饭盒饺子上,滴满了她的辛酸眼泪。

我说:"别哭!别哭!"

越说她越哭。无声的咽泣断人肝肠,但我只能硬充好汉,命令她说:"你去长白山,最好也带上女儿。"

她摇摇头:"芸芸不随我去。"

"她怎么不来?"

"去伺候茵茵了,她被打得遍体鳞伤。"我妻凄楚地说,"那老兽医跳了园里养水鸟的湖塘,刘老头被赶回故籍山东,茵茵总得有人照顾哇!"

"芸芸干得了吗?"我忧心地问。

"她自愿去的。她说爸是男子汉,挺得过来,那茵茵阿姨身边没一个亲人,必须去照顾她。"

"茵茵回她家住了?"我问。

"红卫兵怕传染上梅毒,茵茵也假借梅毒说讪,批斗会后两天,就放她回家了。"妻说,"当然,要写交代材料什么的,事儿并没算完。"

看守房的电灯亮了,那是危险的信号。寺院把门的老头跑过来,连拉带扯地把妻拉走。她走到半路上,怕饺子盒招惹是非,又跑回来把一盒饺子往我手掌里一扣,就消失在夜幕里。我跪在红墙脚下,把饺子捧着往嘴里塞,吃罢手里的,又把散落在地上的饺子,分别捡起来扔到嘴里,饺子皮和饺子馅拌着泥土和泪水,一股脑咽进我饥饿的肚子。

一场虚惊!红卫兵是起夜上厕所。虚惊过后,我口中念念有词地重复着妻最后两句叮咛:"一定要心净,心净能解脱一切痛苦!"这原是禅宗中的一句经语,变成我妻的临别赠言。我靠在古槐根上仔细咀嚼这句话,觉得这是寺院里尚未被砸烂的禅祖显圣,先启迪了我妻的悟性,再通过她启迪我。这是在乱世中求生的至理名言吧?不,也许禅祖对我始终面东而跪不解,而对一个并不信奉禅说的受难者的一种昭示……

苦涩的人生!

茵茵的鼻子!

妻子的远去。

女儿的分离。

昔日欢乐的家,成了一座无鸟的空巢。门是上了锁,还是被贴上封条?也许一切都化成了乌有,想起这些,我常常不能自已,但每每想起"心净"二字,便能平息心中汹涌的狂澜,勒住奔驰于怀的种种欲念的丝缰。禅说中的超然虽说很近似阿Q精神,但不用超然态度去求生,又有什么力量,能顶住那倾泻而来的灾难呢?

我总算是活了下来,膝盖骨上跪出了两个肉瘤。接下来不算结案,我随着文艺界的"各种分子",下到湖北咸宁地带的一个农场,去接受劳动审查。我欣然接受这个决定,只要是让我停止下跪就行,就是去兔子不拉屎的荒山野岭,我也心甘情愿。

妻临行前来看丈夫,爸爸临行前去看女儿。那天负责审查我问题的头头,叫我独自回了一趟家,小小四合院内的住户,随着乱世有一半换了姓氏。我家门上威严地贴着一张封条,由于风吹日晒,已看不清封条上盖的是哪家的橡皮图章,反正它赫然地印在上面。我伸手想撕掉它,撬开铁锁进屋;转念一想,铁锁防不住小偷,可是这封条却有阻挡一切盗窃的特异功能,便隔着窗帘缝儿向里望望,真是禅祖显圣,抄家的厄运居然没轮上我,室内景物陈设依然如旧,但已人去楼空。

去湖北是要带衣物的,我决定先不启封而去看看女儿再说。到了××文工团宿舍,找到茵茵住的三层筒子楼,叩叩门没人应声,待我失望地下楼要走出夹道时,一辆装满大字报纸和其他杂什的平板车,吱扭吱扭地迎面扭了过来。我甫看人,只看一眼那张大口罩,我就认出来那是茵茵。夹道很窄,茵茵只好停车抬头,她尖叫了一声"是你——"就放下车把,这时从车后蹿出来推车的小姑娘,我还没看清楚模样,她喊了一声"爸——"就扎进我的怀里。

"你们这是⋯⋯"我悲喜交加,眼泪滚下脸腮。

"到屋里说。"茵茵下着指示,"小芸,那瓶酒也带上来。"

女儿心领神会地把手往乱纸堆里一伸,就掏出一瓶"二锅头"来。茵茵弯腰锁上平板车的轮子,三个命运攸关的人,一块儿走上楼来。

茵茵被抄过家,除了楼道里木架上的瓢盆锅碗和蜂窝炉子还摆在门口之外,室内墙上挂的地上铺的柜上摆的一切陈设,都被查抄一空。一股浓重的悲哀涌上我的心头,但茵茵却喜兴地把我往破木椅上一按,说了声"坐",就去给我倒水沏茶。

"阿姨我来——"

"你去捅开炉子,让你爸在这儿好好吃上一顿。"茵茵吩咐着。

"哎!我去——"小女儿晃着垂肩的小辫儿,麻利地跑出去了。楼道里捅炉火的通条一阵叮当之后,芸芸匆匆地进屋,脸上没有一丝悲悯的神色,坐在我大腿上两眼直溜溜地望着我说:"爸!你看我和阿姨不是生活得挺好嘛!爸你的脸可瘦了一圈,你受了大罪了吧?"说着她两手抚摸开了我的额头、脸腮。

"这不是放了我吗!"我抑制着自己的感情。我的面部神经告诉我,女儿芸芸的手,硬得像两把小锉刀。才短短的一个多月,两只娇嫩的手竟然变得这么粗糙。

茵茵看出我的思绪,插话说:"你该知道,这不是儿女情长的年代。勇敢者,活下去;殉义者,去跳楼!我从没想过,像老舍和兽医叔叔那样,去投水自尽,尽管我认为那是十分高尚的行为。我要活下去,我们要活下去,对吗,小芸!"

小芸连连点头:"爸,你该学习阿姨。"

"现在你们靠什么活着?"我回到现实中来,"那些大哲人的格言,是不能变成五谷杂粮的!"

芸芸向楼下一指:"爸!你不是看见了吗!我和阿姨去各单位收破烂,吃大字报都吃不完,每天还剩下不少钱呢!"

"什么?"我耳朵如受针扎。

"你一路尽开顺风船了,我一路尽开逆风船了。"她拍拍我的肩膀,"画家同志,你要是我,只能去沿家乞讨,可是又张不开嘴。请问,你怎么活下去?"

"工资呢?"

"停发了。"

"为什么?"

"不为什么,也许因为我没有鼻子,反正人家把我当'特嫌'除名了!"说着,她音量不高地笑了起来,"不过,你不用担心,我和小芸一天拉六车大字报纸卖给废品站,收入能养活你们一家三口子!又不犯法,怕什么?"

"是组织上分配你去干这个的?"我呷了口茶追问道。

不只茵茵笑了,连芸芸也忍不住笑了起来:"自己批准自己,废品站收不上来,机关单位废旧大字报又堆积成山,大楼着火怎么办?他们对我们去处理大字报糊成的一面面纸墙,还求之不得呢!茵茵阿姨,那句成语怎么说来着……对了,这叫'取长补短,各取所需'。"

芸芸这一串话说得轻松自如,表情上还带出点满不在乎的神色,这让刚刚结束下跪惩处的我听来,像听阿里巴巴与四十大盗的故事一样,既感到诚惶诚恐,又感到无比新奇。小小年纪的芸芸,不过是刚出巢穴的一只乳燕,但是她已经跟着茵茵去搏击生活,在雷鸣电闪的阴霾天空穿梭般地飞来飞去。这是茵茵给予的生活本领,更是时代赐予她的生存技能。

茶很苦。

唇苦,舌苦,一直苦到心肝。

茵茵和芸芸去做饭炒菜的当儿,我端着茶杯再一次打量这间空荡荡的屋子,发现在墙角的破木箱上,不谐和地插着一束艳红的玫瑰。花儿插在破酒瓶里,走近去分辨了一下,玫瑰花并非塑料制品,而是真花。这捡乱纸收破烂的一大一小,活得还挺有兴味的。低头看看,木箱下堆着十几个"二锅头"的空酒瓶,还用说吗,茵茵一方面用玫瑰来激励生,又用酒在排解着心中的死。

"爸!阿姨最喜欢玫瑰!"芸芸端着一盘子炒菜进来。

我仍然凝视那束花——过去演出之后,曾有听众向她捧献过这种艳红的花。

"爸!这菜是我炒的。"芸芸兴致勃勃地又端来第二盘菜。

我回忆起茵茵手捧鲜花的笑容,曾是十分迷人的。当时,听众并不知道这个歌唱演员为什么总要戴着眼镜唱歌,也想不到特制眼镜和鼻子的关联。

芳馨的年华不过如昙花一现,韶华的青春也只是浪花一闪。"文革"这个冷酷的杀手,夭折了一切美好的东西,茵茵的鼻子,又重新还原成原来的丑陋。就如同孩童玩的铁环,铁环转了三百六十度,又回归到原来的圆周点上来了。

"吃饭吧!"茵茵在背后喊我。

我饱含悲楚地转过身来,坐在一个由木板钉起来的木桌旁。茵茵向我的杯子里倒着"二锅头",芸芸不断向碗里夹菜。当茵茵侧着脸颊扯下她的口罩,翻着两个黑黑的鼻孔和我举杯庆祝劫难余生时,芸芸也把满满一杯酒举了起来,并先于我和茵茵,把一杯苦酒喝了个底朝天。茵茵提示她说:"就这一杯,不许你再喝了!"我心血来潮,反而为女儿解禁说:"再喝两口酒吧!头一口祝你妈妈在长白山,像长白松一样健康;第二口嘛,为你即将发配到湖北咸宁去劳动的爸爸送行!"

芸芸照办了。

喝第一口酒时,她泪光闪闪,口中喃喃着对妈妈的祝词,待到喝第二口酒时,眼泪滴落到酒杯里,咸泪拌着苦酒,一口吞下肚里。她把酒杯一放,用袖口麻利地擦擦眼窝,像背诵小学语文课文那样,声音朗朗地说:"茵茵阿姨说过,只许笑,不许哭!爸爸,这算是我给爸的两句临别赠言吧!"

…………

我永远难以忘却那个充满酸甜苦辣的聚会。饭罢,芸芸陪我回家去收拾行囊。她的小脑瓜比我灵,她认为,既然是头头允许我回家,就意味着可以撕掉门上的封条。我对撕掉封条一事胆战心惊,她说她有办法对付。"明天早晨离开家门时,把封条再用糨糊粘上就没事了。"她轻松自如地说,"这年头就是撑死胆大的,饿死胆小的。我妈过去给街坊四邻看过病,邻居是不会往上打小报告的。"我反驳她:"四合院搬来了新住户,你没看见?""就是有人揭发了这事儿,你不会质问你们头头:'不带衣物,怎么过冬,到湖北后,你们给我购置棉衣和被褥吗?'"

芸芸!

这就是芳华十二的芸芸。

入少先队时的红领巾,当了茵茵饭桌上的擦桌布。她衣衫和茵茵一样褴褛不堪,只是茵茵脸上比她多一张遮丑的大口罩。用芸芸的话说:这年头越穷越值钱,越穷越革命,越穷越光荣,越穷越富有。句句都带有时代辩证法的味儿,只是说这些时代成语的人儿太小了——芸芸的语音里,还带着稚嫩的童腔哩;但从一定意义上来讲,童音未改的小女儿,可以当我这个呆里呆气爸爸的导师了。

是怪胎?

是畸形儿?

中国母体里这个偌大的子宫,在那个年月,何止孕育了一个早熟的芸芸?又何止诞生了一个芸芸这样的浪儿?

我只觉得心力交瘁,芸芸为我翻箱倒柜找衣物时,我就倒在床上酣睡了。一夜虽然无梦,但总觉着自己是在那棵古槐边躺着。睡着睡着感到有什么东西在拍打我,我以为是在古槐下偷睡被红卫兵发现了,便蚂蚱跳油锅般地坐了起来。女儿站在床边,正朝我咧嘴偷笑:

"又做噩梦了?爸!"

"没。"

"那怎么像撒吆挣?"

"条件反射症又犯了,你妈说我在五十年代就有这个毛病,说我像一头听见哨声就犯病的巴克夏肥猪。我感叹地说,猪嘛,生下来的目的就是为屠户宰割的……"

"快别说这丧气的话。"芸芸不许我再说下去,"我收破烂的时候,找到一本没有书皮的翻译小说,上边写的是一条驯良的狗,不断被同类咬伤,最初它学会了自卫,最后离开狗群,俨然成了一群恶狼的首领!"

"那本小说叫《荒野的呼唤》,作者是杰克·伦敦!现在,荒野也在呼唤我了,可我是一头不会咬人的猪。"

"猪也有獠牙呀!森林故事中不是有一猪二熊三老虎的传说吗!"

"那是兴安岭的野猪,我是一头没有獠牙的现代猪,城市猪,不,贴着画家标签的知识分子猪。"我自怜后又自讽,"当然啦,在这大返祖的年代,我也想混迹野猪群,但被只只大獠牙咬伤了。"我弯腰撩起裤管揉了两下膝盖,那儿有些疼痛。

芸芸端来一盆热水,蹲在盆边,对膝头两个隆起的肉丘,用毛巾进行着热处理。我看着她那两根垂肩小辫梢上,比昨天多了两只红色的蝴蝶结。她上小学或去少年宫时最喜欢系;今天她把它重新扎系在辫梢上,一定是想增加一点离别的喜气。再看身上,她换了一身毛蓝色的新衣裳,她依然是我的女儿芸芸,但是像苦蝉脱壳一样,她不是昔日娇嗔的女儿了。

行囊已堆放在门口。

别离的时刻即将到来。

吃完早饭,我背起沉甸甸的行李,她为我提着一个乱七八糟的网兜,奔向了公共汽车站。

到了单位门口的墙角,她从口袋里掏出来一枚圆圆的毛主席像章,别在我的中山装上。

我用目光询问她的用意。

她诡秘地一笑:"因为他老人家万寿无疆!"

"是你想到送我这个的?"

"老师。"

我理解她说的"老师"是谁。

"我们到各机关去收'纸糊的墙',胸前别的是大号的。我说它像个古代武士的护心镜。"芸芸眼睛里流露出别离的伤情,"可是茵茵阿姨说它不仅仅是甲胄,还是护身的神符!爸,祝它保佑你一路平安,太平无事,永远健康,万寿无疆!"

四

是的,我是全须全尾地回来的。赐苦难给人间的神在我们额头吻了一下,给我和妻的额头,增添几道皱纹;茵茵却被至高无上神的爱,吻掉了一件东西:鼻子!

我情不自禁地摸了摸我的鼻子,它安然无恙地活在我的人中之上。我顺势看了看手表,时针指向十八点整,寺院关闭山门的时间已至,禅祖要撵我走了。走出寺院大门时,我回首望了一眼寺院的黑漆牌匾,巍巍然写着"××宫"三个大字。西沉落日的余晖洒在庄严肃穆的红墙上,那颜色使我想起血的浓郁……

是老舍的?

还是我的?其中定有茵茵的,那是顺着乌黑丑陋的鼻孔流出来的红红的血……

当时的勇士们还不够先锋,要是弄掉她鼻子后,再在她乌黑的鼻孔上插一根花公鸡的翎毛,就和我那幅被权威首肯的画儿一样,有了不朽的艺术价值。

难道艺术必须亵渎生活?

难道艺术可以戏弄严酷?

难道艺术就是扫帚画圈?

难道艺术是被玩的娼妓?

是驴打滚?

是猫叫春?

是"黄金塔"?

是"红辣椒"?

…………

我身心沉重地沿街走着。一个漂亮的洋妞怀里抱着一条小狗,从我身旁走过。我似从那条小狗身上,突然得到了什么悟性:我应当再画一幅《鼻子》,那不该是"红辣椒",而是一条狗的鼻子。

据动物学里的论述,在被人类饲养的非野生动物中,警犬本事自不必说,就是家狗鼻子的嗅觉功能也是非凡的。它能从数米之外嗅到哪儿有人啃过的骨头,哪儿有从人肚子里排泄出来的"黄金塔";哪块地方埋着死猪死鸡,哪块地方它可以去舔食腥臭。

幸运之神曾普度到我头上,画坛首领让我出过一次国,我不愿意针砭那个有名有姓不大不小的王国,在红灯区大街上就公开张贴着一幅人兽媾合的性电影招贴画,一只公狗(我猜想一定是)把鼻子埋在女人两条大腿的汇合处……

我是在骂谁?是人,是狗?

是骂那赞美"驴打滚"的权威?

还是在骂也想在权威那儿啃一回骨头的画家?

是他。

也是他。

第二个"他"又是谁?像卢梭自剖的那种手术刀,在世界上极其罕见;我和我的知识分子同类,即便是握住了刀把儿,手臂也要为之震颤。还没剖腹,我已感到心疼了。

但无论如何,《鼻子》新作我是要画的。反正观众辨别不出那只狗鼻子,就是某一位画家的自画像。

《鼻子》换《鼻子》。

我不能玩味原来的《鼻子》。

因为后来发生在茵茵身边的事,比我去湖北咸宁时更为怪诞。文工团宿舍里的一位小脚侦缉队员,看见茵茵和芸芸活得比头顶红到脚跟的她还好,又是从信托商店里买来被斗户、被赶户、被关户的廉价家具,又往小楼上扛运仅花一百元买来的钢琴,白眼病一下变成了红眼病,她拐着两只白薯脚,找来了进驻文工团的工宣队员。

"留你在北京,你怎么不老老实实地活着?"审问者说。

"我挺老实的,天天给城市打扫卫生。"

"你是去偷揭大字报!"审问者拍了桌子。

"偷?拉着小平车去偷,进得了各单位的门口吗?瞧!这是各个单位的出门条子,上边都印有门卫的签字。怎么叫偷?"茵茵拍出一沓会客单,上边填写着年月日和进出的机关。她喜笑颜开,对审问者提出了反审问:"请问领导,你知道中国字都是很有讲究的吗?这个'偷'字,是'人''月'和立刀组成,就是说人在月黑风高天,拿着利器闯入民宅。

'偷'字里不止有一个'人'字,可以解释成不是一个人拿着利器来偷。我这间屋子,原来摆满了书橱衣橱什么的,一夜之间都飞了!"

"你这反革命特嫌,太嚣张了!"工宣队员好像只会拍桌子,只是第二次拍时,比第一次力量大了几倍,因而木条钉起来的小桌,发出吱扭一声怪叫。

茵茵把手一伸:"拿出证据来呀!"

"证据早晚是会有的,那时候这儿就不是你住的窝了!"

"那更省心,有人管饭,省得我去天天捡破烂了!"她说。

工宣队员气囊囊地走了。

下午,一群壮汉来了,先劈了楼下拉破烂的小车,后来上楼第二次查抄四旧,把仅有的那本没了皮儿的《荒野的呼唤》抄走,又把酒瓶中插着的玫瑰花拔掉;最后壮汉七手八脚地要抬钢琴,茵茵把口罩往下一拉,指着鼻孔歇斯底里地喊叫着:"搬吧!搬吧!你们看看我这儿,这琴上有梅毒菌!"喊着喊着,她像贵妃醉酒般疯疯癫癫地抓着一个男人的胳膊,狠狠地咬了一口。然后,茵茵放声大笑:"我有梅毒病!我是眼镜蛇!我是大特务!我是反革命!"她喊着叫着,又扑向第二个男人。

茵茵没有鼻子,已使这些陌生人面面相觑,看她又像疯狗一样,逮着谁咬谁,便放下抬琴的手,在十米见方的斗室内躲闪着。站在墙角的芸芸看见时机到了,便顺水推舟地央求说:"革命的叔叔们!她是我的姨。我所以敢到这儿来照顾我姨,是事前在医院注射了免疫针的。不瞒叔叔们,她除去梅毒症,还有麻风病,这病可是传染的,万一——"

把门站着的小脚侦缉队员,撇着扁扁两片柿饼嘴,岔断芸芸的话:"不能信这丫头片子的话,这丫头片子说的……"她只管嚼碎舌头地说,那些汉子还是往外撤退。因为按世俗的说法,梅毒患者烂鼻头,而眼前这个披散开头发缺了鼻子的疯子,完全符合这一特征。所以任凭小脚侦缉队员张开胳膊阻拦,那些从不同岗位抽上来的工宣队员,还是匆匆地离开这间屋子。只是那个被茵茵咬了一口的壮汉,回过头来对茵茵高高地举起拳头,但那拳头停在那儿半天,也没有捶打下来。那壮汉只是吐口唾沫跺跺脚骂道:"我真想一拳送你回老家,念你是个没鼻子的烂桃,我饶了你。话得讲在明处,如果我去医院验血,化验出什么问题来,你这烂鼻子的杂种可得给我偿命!"

风波刮过去了。

小车也散了架。

她和芸芸赖以生存的工具,片刻之间化为一堆劈柴。芸芸抹泪花了,茵茵却还在笑着,她拍着芸芸肩膀问道:"过去我只当过唱歌的演员,没演过话剧,哎,你看我话剧演得怎么样?"

芸芸还是怜惜那挂小板车,没有搭腔。茵茵一边梳理着散乱的头发,一边开导芸芸说:"记住,天无绝人之路。大字报一天天少了,小车毁了就毁了吧!明天咱们再买两条绳子,两把镰刀。"

芸芸赌气地说:"是一块儿上吊,还是一块儿抹脖子?"

"干我十几年前干过的营生,去割青草!"

那年头尽管火葬场的买卖兴隆,进焚尸炉要排队等候,可是动物园里的豺狼虎豹们却依然活得健壮。那狮子和往常一样抖着颈上的长鬣;那野猪照样海吃闷睡;那人类的老祖宗——猿猴的另一支系的后代,根本不知演进成万物之灵的人,在承受着变成人的多大磨难,它们依然在猴山上蹿来蹿去,在藤条上荡着秋千。这些猴儿们并不怜惜给它们治过病的老兽医,那些飞禽们也不知道养过它们的"鸟儿刘",被撵回山东故里,鸟儿照常高声啼叫,孔雀照常像服装模特般地展示着它们的羽衣,在游客面前高傲地抖开彩屏。可以说这个动物王国,根本不知人间悲苦事,秩序井然如初,日日歌舞升平。

茵茵越来越怀念这个动物王国了,虽然那些动物不能给她安上鼻子,可也绝不会啃掉她的鼻子;她的鼻子是人安上的,可是又被人吃掉。她觉得和人生活在一起,远没有和动物在一起更安全、更快乐。求生的本能提示她,揭"纸墙"的活儿不可能久干,一旦乱世逐渐恢复平静,大字报早早晚晚会绝种,届时到动物园混碗饭吃,是最好的一个去处。为此,早在工宣队光临她屋子之前的半个月,她就拨通了动物园长的电话。园长听说是她,第一个反应就是:

"茵茵,你还活着?"这句话的潜台词,就是他认为她已然与世长辞了。

她说:"死没那么容易,那是强者的行为,兽医叔叔就是强者。我没他的勇气,我从没想到过死。"

对面的声音哑了,像是断了线。茵茵估摸着,园长害怕谈起动物世界中的人类悲剧,因为她亲眼目睹过朱兽医的挨斗;而被揪去陪斗的有她干爹,也有小小的走资派——干巴瘦小的园长。她知道这个芝麻官儿,近日已被结合进了新的什么委员会,她才打电话向干巴老头求救的。

"喂喂!"茵茵对着话筒呼叫。

"你说。"园长声音低低的。

"我想去打青草。怎么样?"

"不行。"对方回答得非常干脆,"这里的工作人员都认识你。"

"不会给你找麻烦的,我不进动物园。"茵茵把早已准备好了的第二套方案提了出来,"我只管割青草,叫我另一个小伙伴,背到园里去卖。她和我的名字是谐音——她叫芸芸。是个谁也不会注意的小姑娘。"

园长犹豫了老半天:"别在动物园附近打草,走远一点到漫荒野地去,行吗?"

"行。"

"园里正缺青草给鸟兽拌食呢,你叫她来园里报个到吧!"园长终于答应了她这个恳求,但在电话中叮咛她道:"你可千万不能在园内露面,千万千万……"

茵茵笑了:"园长,现在我们正发大字报财,不能去报到。等没饭辙的时候再去,现在跟您先打声招呼,挂个号儿。"

她不会占星问卜,却能预感明天。她比别人少了五官中的鼻子,却总是比有鼻子的人更早嗅出明天的阴阳裂变。苦难是一座高温炉,锻造人的一切知能,其敏锐程度,就像蚂蚁知风雨将至而迁其穴,地震来前鸡炸窝飞上墙一般。

镰刀、绳子,代替了小板车,她带着芸芸披星戴月而出;不,有时干脆夜割——因为鸟类都爱吃带露水的鲜亮水草。

茵茵累瘦了。

芸芸早熟了。

茵茵因属文艺同行,回避来湖北看我。她去过长白山,专程去看望过芸芸的妈妈。此外,她还要抽出时间来,教芸芸弹钢琴入门的拜厄练习曲。再有时间,她学剪裁,脚踏着缝纫机的踏板,为她和芸芸缝制衣裳……

时代在冷缩。

茵茵在热胀。

这就像不知疲倦的蜘蛛,不断修补着被风雨吹断的网丝,在为人类所不注意的角落里,默默无声地活着,所以,到了雨骤风狂的尾声,我和妻风尘仆仆从南北驿站归来时,芸芸向我和妻倾吐的第一句心声就是:

"茵茵阿姨是我第二个妈妈。"

我们拿着补发的工资,想去偿还她花在芸芸身上的心血。她说:"我也补发了全部工资,没有芸芸陪伴我,我也许早就躺进泥土里,听蝈蝈叫去了。"

之后,她受聘于福建的一家音像公司,条件是为她修补好鼻子。别了曾遗弃她的果子巷,别了她曾驰骋的歌唱舞台,别了那座九死一生的古寺院,别了酸甜苦辣的筒子楼,别了比人更像人的动物世界。她是绕道山东走的,去给病故的干爹上坟培土。那是暮冬时节,天空飘着稠密的雪霰。望着白雪,望着我们,茵茵哭了。她不是低声咽泣,而是放声地大哭。

透过飞舞着的雪花,我的思绪突然飞回到三十年前落雪的冬日。那时她戴着一张口罩,此时她是戴着另一张口罩。

口罩是白的。

雪也是白的。

只是眼前这张口罩,被她泉涌般的泪水湿透了。

妻说:"茵茵不哭啊!"

我说:"茵茵你是强者!"

芸芸一句话也不说,她嘴唇并得紧紧的,仿佛在以万钧之力,屏住自己的呼吸,强抑着时刻会从嘴里倾吐出来的什么东西。

开车铃响了。

茵茵用手掌埋住自己的脸……

列车开动了。

芸芸疯了似的追逐着闪动的车窗,她强抑住的声音,随着那奔跑的车轮,尖厉地喷发了出来:

"阿姨——"

"妈妈——"

"……来信!"

她走了。

我停下了沉重的脚步。回头看看,我已走过家门很远、很远……

D

莲子粥、炒笋片……都还摆在桌子上。芸芸出门了。妻一向是早走迟归。我只好去厨房热饭、热菜。

狼吞虎咽充塞饿肚饥肠时,我好像获得了某种解脱感。重新画一张画,画名还叫《鼻子》;不过是以狗的鼻子,顶替人的鼻子就是了。是不是画旁加一行旁白呢?"屁者屁也,五谷杂粮之气也,人嗅之拂袖而去,狗嗅之摇尾而来。"不好,这样就太直露了,直露反而少了敌敌畏的内在杀伤力量。如何把这位……这位……画家和那位权威,变成一根绳上的两个蚂蚱,是要花费心思的。

肚子饱了,我信步走向画案。我想从第一个《鼻子》中寻找一点灵性,或者说受一点红辣椒的麻辣刺激,好尽快勾勒出第二张《鼻子》的草图来,展厅收画明天是最后期限了。

走近长长的画案时,我才发现那幅《鼻子》不见了。鸟儿能飞,《鼻子》也长了翅膀?一种隐隐约约的不安,涟漪般地在我心里扩散开来。我渐渐推断出来:那权威绝不会礼贤下士,到家里来拿我的画;而家里只有芸芸,这幅画一定是芸芸拿走了。果然,我在案头画碟下找到了芸芸留下的一张纸片,上边密密麻麻地写着:

爸:
　　到街上找了你半天,也没能找到你。爸是不是生了我的气了?

归来后,又仔细琢磨这幅《鼻子》,左看右看觉得还不能纳入"扫帚作画"绝对荒唐的门类。我像破译密码般地打量画面上的"蒜辫子"和"红辣椒",能否解释成那"蒜辫子"是绳索?捆系着的"红辣椒"是阿姨的鼻子?如果我这东拼西凑的道理,能够成立的话,我倒觉得也算是歪打正着了。如此这般,这幅画可以认为是四十年来一个女人鼻子的备忘录,或荒诞年代这个女人怪诞的编年史。只能这么说,《鼻子》对我增加了一些可接受性,但对观众我没有一点把握。特别重要的是茵茵阿姨本人,对这幅《鼻子》是喜是怒,还是不喜不怒,半喜半怒,则更难捕捉;而爸这幅画又确实和她的鼻子有密切关联(对一个被侮辱与被损害者,我们不能有一分一毫的嘲弄,哪怕是变相亵渎),为尊重阿姨并顺便听听观众意见,我把画带到我们公司去了。我把它立刻用传真机传送给茵茵阿姨,并提出我个人的理性解释。看阿姨是褒是贬,还是对此不加评论,不置可否,或不予明确回答!

然后,爸再考虑是否将画送交画展。如何?

小芸即刻

我扔下纸片,风风火火地抓起电话。我的心在哆嗦,身在颤抖,致使第一次竟然拨错了号码。当听筒里传来芸芸的声音时,我对她高声喊道:"我不许你把它传过去!把画儿给我拿回来。"

"为什么?"

"不为什么!"

"不为什么又为什么?"她非常善于辞令。

"叫你拿回来,你就拿回来好了!"我对着女儿吼叫道,"你的那些理性的解释,不是属于我的,我不过是为了……为了……为了……"我突然语塞起来,结结巴巴地说道,"我已经……已经决定,不把它……它往展厅上送了!"

"爸!我把它已经传送过去了!"

老半天,听筒还攥在我手里。只听女儿在听筒里呼喊着:"爸!爸!你听我说嘛,你……"

我放下了电话。

我坐倒在沙发上。

电话铃丁零丁零地呼唤我,我不想再听女儿的解释。但那刺耳的铃声响个没完,我打开电视开关,用电视中的锣鼓点,压盖住刺耳的铃声;用屏幕中上演的节目,转移我纷乱的神经。

电话铃响了好一阵子,到底不再响了。我静静心思,揉揉酸涩的眼睛,才分辨出这是一位著名京剧表演艺术家,向观众介绍京剧的丑角脸谱知识。他今天讲的是京剧中的大丑和二丑的区分,除脸谱勾画外,在区分大丑和二丑规范行为的划分上,原来也颇有一番讲究。说着说着,屏幕上出现身穿绣袍嘴歪眼斜的公子哥儿,后边跟着一个鼻梁上涂白的跟班二丑。那嘴歪眼斜的公子哥儿,朝后边群丑喊道:"给我追,别叫那如花似玉的小姐给我跑喽!"那鼻梁上涂白的贴身二丑,此时唰啦一声,把折扇抖开,以扇遮脸,把头扭向台下观众,指点着前面的花花太岁道:"瞧,我们这位横行霸道的少爷,光天化日之下,竟要去抢劫良家民女!"二丑道白后,唰啦一声合上折扇,扭过脸去,向后边的群丑们挑着嗓子喊道:"咱家少爷说了,不能叫那如花似玉的小姐跑喽!家丁们!给我追!"

画面隐去了,这位艺术家向观众分析刚才的京剧片段画面:"关于大丑就不用多说了,观众一看自知;可是二丑这个角色,还得向观众饶舌几句:他并非不能区别善恶良莠,那抖开扇面遮脸,向观众指点大丑的几句台词,表明他尚知礼仪,明晓廉耻;但他把折扇一合,扭头便呼唤家丁,依然跟随花花太岁而去,诸位观众,这就是京剧舞台上二丑的心理特征,他必讨好那一方霸主才能混口饭吃……"

我叭的一声关了电视,心里如吞钢针芒刺。真是他妈的越渴越走盐滩,我开哪门子鬼电视。我是京剧爱好者,大半辈子不知看了多少出京剧,不单单是欣赏唱腔,我还在前排座位上画过大丑和二丑,但我从没有把它引申到现实人世,当然更没有想过自己的脸谱。

只有一回,我看《十五贯》里的娄阿鼠时,敏感地想到过我生于鼠年,十二生肖中属鼠。但我这个老鼠,不扒不窃,不拐不拿;不穿墙打洞,不偷喝香油。即使在咸宁农场,我干活饿得肠子咕噜噜地乱叫,也没吃过树上一个果子的那年头,我们被称为"吃屎分子"(知识分子),可是绝无为了某种欲念,而失去人的品格。在那个人间乱世,我不是没去舀尿,而给茵茵端上一杯清水吗?

是不是十二生肖中的老鼠都爱得健忘症?民谚中记载:属老鼠的,最能计算,知道哪儿没有陷阱;但他致命的毛病,在于撂爪就忘。因而常常误入捕鼠人埋伏下的鼠夹,或因贪食而误食捕鼠者设下的诱饵。我记不清是在什么书上看过的了,反正十一亿人口中,鼠年呱呱坠地婴儿的比重,足以压得秤杆倾斜。如果这些小老鼠、中老鼠、大老鼠、老老鼠,都得了健忘症;记忆中不复存在皮带、链条、锅烹、油炸……以及"踏上一只脚,叫走资派永世不得翻身"之类的往事;落英缤纷,红颜飘零,也许会随着倒流的河,流向满布十字架的碑林。

唉!我他妈的就是十二生肖中的鼠。五十多岁年近花甲的鼠,在鼠类家族中虽没成王,但也到了老老鼠之列。人到老年健忘,这是自然法则;鼠们到了不惑之年,比小老鼠、中老鼠、大老鼠——我的家族中的侄男弟女和孙女外孙们,更为健忘。我昔日的遍体鳞伤早就好了,面壁东跪留在膝盖上的肉瘤,业已不再疼痛。至于茵茵,自从她南行福建后,影子逐渐朦胧,忘记了她昨天的鼻子的历史也就诞生了今天的《鼻子》。

我着实羡慕那些鸡们、猴们、羊们、马们、蛇们、龙们、兔们、牛们、虎们、猪们、狗们;不,我十分尊重十二生肖中属狗的同胞,不能对两条腿的"人狗"们给以青睐,因为刚才京剧脸谱中的二丑,就是一条能辨别是非香臭,但还是要随大丑去咬人的狗。那位……这位……画家二丑,虽然属鼠,还不具备咬人的狗性,但他鼻子滋长了嗅味追风的本领。想着想着,我从沙发上一跃而起,一头扑在画案上,铺纸涮笔,挤出颜料,准备画第二幅《鼻子》。这时,一股旋风刮进来了:

"爸! 爸——"

她对着我耳朵,柔声地呼唤。

我装作耳聋。

"爸爸——"她声音里出现了悦耳的音符,"茵茵阿姨表态了,她看了传真的图像后,很快发来了回文……"

我装作哑巴。

"你听啊! 爸,她这么说的:非常感谢这幅《鼻子》,我将带着它去异国他乡,永生留作珍贵纪念。我死前,将请求在我的石碑上,刻上这幅《鼻子》,以祈祷神灵广施人道于人类。至于《鼻子》是否去参加美展,那完全由你爸决定了,如去送展,我担心观众无法对'红辣椒'和'鼻子'之间的关系,有任何了解。我声明一句:我绝无意阻拦你爸将它送交展厅。我只希望展后将原作悬于你家中堂,以示我们几十年相濡以沫的手足深情。"

哑巴开口了:"画儿哪?"

"带回来了呀!"芸芸兴奋地还把大镜框往画案上一放,"回来顺路买的,尺寸和爸的画儿正好合辙。"

"镶嵌进去。"我命令女儿。

"马上就办。"她一边高兴地往镜框里镶嵌《鼻子》,一边兴冲冲地询问我,"明天去送展还不晚吧?"

我心沉如铁,毫无笑容地走向衣架。芸芸扭头提醒我说:"爸,展厅工作人员早下班了,何必这么着急去送画呢?"

我匆匆穿上风衣,又拉开抽屉,找到机关里我那间画室的钥匙,当然不会忘记往风衣兜里塞上两包"红塔山",就拉门而出。

"爸——"芸芸追了出来,"你这是去哪儿?"

"爸……"

秋意已浓,阵阵夜风吹得人人心冷,我竖起风衣领子,系上风衣纽扣,直奔公共汽车站。在胡同口,妻下班了和我擦肩而过,居然没认出我来。我喊住她,告诉她我到画室去画一幅画儿,夜里不必等我了。

"为什么不在家里画?"她很不解。

"那儿清净。"

她还想说什么,我马不停蹄地跑向车站——13路公共汽车正驶近站台。车开得很快,我的突奔而来的思绪,比汽车轮子滚动得更决。

第二天早上八点整,我准时夹着《鼻子》步入展厅。

美展筹备处的一位漂亮妞儿,看见我就先打招呼:

"××昨天打电话来了,说您有一幅《鼻子》送展。"

"还说什么了?"

我毫无欢快之情。我心里清楚:这幅画儿不仅是对"权威"的不敬,也是一个画家艺术良心的自供。

"还说……还说……这幅画儿特棒,叫工作人员,把《鼻子》挂在展厅最醒目的位置。"那妞儿用百灵般的歌喉回答我,然后又诡秘地朝我眨眨眼睛,"这就意味着您的《鼻子》,可能要获大奖了!"

"谢谢!"

我艰难地吐出这两个字,如同吐出哽咽在喉的一块骨头。我木然地把《鼻子》递交给了那位妞儿……

空　巢

——耳朵备忘录之一

圆周率3.1416,是几何学中的数字,
还是人生命运的《易经》……?

一

有人叩门。我看看表,已经是冬夜十一点多了。

"是我。伯伯,我是倪翔的女儿倪红。"她自报姓名,音声十分柔和,"这么晚来打扰您,真是不好意思,可是我妈妈说,非请您下楼一趟不可。"

"什么事?又不是天狗吃了太阳,不是还有明天吗!"我嘴里虽然这么说,手却去摘鼻梁上的花镜。倪红的爸爸去了大兴安岭,三室一厅的空旷楼房里没了男性公民,只剩下母女俩,我没有别的选择,只有跟倪红下楼了。

"是你母亲病了?"此时电梯已停,在一步一步下楼梯时,我询问搀扶我下楼的倪红。

"不是。"倪红摇着头,把长长的披肩发甩到我的腮上。她拢回去飘溢着香水气息的头发,笑了笑对我说,"要是妈妈病了,我不会来惊动您的,您又不是医生。家里遇到了一件非您去才能解疑的事儿,因而只能夜奔'卧龙岗',请伯伯您当诸葛先生了。"

时下的女孩,都沾染上了舞台上相声演员的癖嗜,喜欢调侃幽默,倪红亦不例外,她在一家外国商社驻京办事处当翻译秘书,职业需要她有十分伶俐的口才。因而,已然下完了一层楼梯了,她还没有阐明来找我的用意,就像相声演员在台上"吊关子"一样吊得我急迫地想知道谜底。

"其实,我爸爸如果不是去饮冰卧雪,去考察什么雪国鸟类,也用不着夜顾茅庐来请伯伯了。"倪红略略流露出一丝抱怨的口吻,像夜莺一样在我耳畔婉转啼鸣说,"伯伯,说句您不一定爱听的话,您们这一代人,活得太苦太累。在兴凯湖劳改农场改造了多少年了,还往那深山老林、大草甸子里钻个什么劲儿!"

我本不想纠正她的视觉偏斜,但还是忍不住搭讪了几句:"你爸爸是研究动物学中的飞禽家族的,在兴凯湖改造的时候,他就没有停止过采集鸟类标本。记得,有一次为这事你爸还挨过一次批斗。劳改队长质问你爸爸说:'你名字里有个'翔'字,又天天神不守舍地看林子里的各种鸟儿,你是不是想飞过兴凯湖,去投靠湖对岸的苏修(当时是中苏大论战的六十年代初期)?告诉你,鸟儿飞得再快,也赶不上子弹的速度。'倪红,你这当女儿的,可不能亵渎你爸爸毕生的追求。"

倪红笑了,笑得很响:"伯伯,您不觉得我爸爸太近乎于腐儒的形象了吗? 俄国的契诃夫写过一篇《套中人》,我爸相貌上虽然并不卑琐,可内心挺像那篇小说的主人公的。"说罢,她笑得更响了。那笑声如同洒过春野的一阵风铃,震得我心律加快,在楼内发出鸽哨般的沙沙回声。

我不再说话了。这不是我不想说话,也不是无话以答。此刻已是严冬午夜,楼内住户都已入寝;我如果再表示一点对这个疯丫头的异议,无异于挑起一场"海湾战争"。我不想做萨达姆,更不想遭受"倪红牌"导弹袭击,便索性沉默下来,以求息事宁人、以静克动的效果。

这实在怨我对当代"弄潮儿"的无知。孰能料到倪红的感情辐射,是以她的圆心为半径的,她丝毫不受我偃旗息鼓的制约,继续对我的话进行反攻。那架势若同"车""马"威逼到"紫禁城",非叫我这盘死棋认输不可似的。她说:"伯伯,我爸追踪天上飞的鸟儿,已经多半生了。他这么卖命,国家赏给他多少'大洋'?还比不上我的小拇指的指甲盖呢!人生只有一次,又不能投生转世再活一回,何必甘当去西天取什么真经的苦行僧呢?"

多亏此时我们已经下到了三层楼,楼道的灯光下站着倪红的妈妈。她穿着一件厚厚的紫红色毛衣,连连向我道歉:"说这丫头就是疯,笑得整个大楼像闹地震,也不看看是啥钟点了,真是越长越没人形。"

"大嫂,找我有什么急事?"

"来,到屋里说。"

待我在客厅的沙发上坐定,倪翔书橱里的自鸣钟,正好叮咚叮咚地敲响十二点整。这个钟点,既是时针秒针奔波一天的结束,又是时针秒针重新运动的开始。我下意识地抬头看了看钟盘的圆弧,仿佛预感到有什么不吉利的事情要发生似的,忐忑不安地靠在沙发软背上,等待着倪红妈妈吴锦的昭示。

"你听——"吴锦神情显得十分紧张。

"这是街邻的婴儿在哭。"我笑了笑,神情马上松弛下来,"就为这事找我?"

"伯伯,这不是婴儿哭声,是——"

我斩钉截铁地打断倪红的话,并站起身子来准备打道回府:"婴儿在半夜饿了,这是寻找母亲乳头的低泣声。吴锦,你当过母亲,怎么会分辨不出这种声音,还大惊小怪地到楼上去搬兵呢!"

"您听我妈妈对您说嘛!"倪红娇嗔地把我摁回到沙发上,并为我端上一杯滚烫的咖啡,"伯伯,这是一只鸟儿在啼叫。"

"什么鸟儿?"我被母女俩给弄糊涂了,"这喧嚣的北京城,哪有什么鸟儿夜啼。"

"怪就怪在这儿。"吴锦坐在我对面的沙发上,开始对我讲述今天午后发生的事情:因为午后阳光充足,退休在家的她便打开阳台的窗子,目的是换换室内的空气。不曾想到,一只小鸟像雪团般地飘进了窗子。如果是麻雀之类的玩意,吴锦就会轰它出去;她万万料想不到的是,飞进阳台玻璃窗户的小鸟,浑身洁白如雪,可爱得像是"白雪公主"下凡。吴锦见这只鸟儿十分美丽,便及时关闭了阳台窗子。那只"白雪公主"扑棱了一阵翅膀,撞得玻璃窗砰砰作响,当它折腾得精疲力尽、无力再想突围时,她便轻而易举地捉住了它。老倪阳台上除了珍奇的鸟类标本就是鸟笼及鸟食碗之类的杂物,吴锦便把它装进鸟笼,然后仿照老倪喂鸟的方法,在一个碗里用蛋黄拌上小米,另只小碗里倒上清水,让它有吃有喝。这只鸟儿最初不吃不饮,以抗议将其关进鸟笼,到傍晚倪红下班回家时,惊异地发现这只鸟儿把鸟食和清水都吞下了肚子。母女俩围着鸟笼看来看去,都叫不出这鸟儿的名字来,倪红当即翻看她爸的鸟类词典,词典的条目中没有这种鸟儿的注词不说,黑天之后这鸟儿便发出像婴儿啼哭般的啼叫。这声音凄厉幽长,叫得母女俩心神不安,便到楼上去搬我下楼来了。道理很简单,我在东北深山老林与倪翔一起劳改过,常常与鸟类为伍,当会辨认出这只怪异的鸟儿的姓名来的。不然,这母女俩会被这鸟儿的夜啼,搅得神魂不安而彻夜难眠。

有点神秘——繁华的京都飞来这样一只"白衣天使";有点刺激——美丽的鸟儿却没有美丽的歌喉。我快步走上阳台,拉开照明灯,围着这只鸟笼转了起来。第一个直感告诉我,这鸟儿是上当受骗而误入倪家阳台的,因为阳台上摆设着百灵、画眉以及铜嘴、野鸡一类的模型标本,它认为这儿有鸟类家族存在,便自投罗网来了;第二个直感是使我惊愕,这只鸟儿不仅羽翅白得像雪,而且体躯小得如同一片柳叶。尤其惹眼的是,这只"白衣白裙"的小鸟,嘴壳和爪尖都呈樱桃红色,打个不成体统的比方,它简直就像一个身着新潮雪装、涂着红嘴唇和红指甲的娇娇小姐。

"怎么样,没骗您吧?"倪红露出几分得意的神色。

"太漂亮了。"我由衷地赞美着这只鸟儿,"这是一只神鸟光临你家门庭了。"

"我看过一本阿拉伯人的风习书,鸟儿飞入家宅并不是一件吉利的事儿。"吴锦脸上没有女儿的得意神色,絮絮叨叨地说,"加上它夜啼像婴儿嘤嘤而泣,我的心挺不安的。"

倪红立刻纠正她妈妈:"说那是迷信,您当了大半辈子教师,怎么倒崇信起巫术来了。"

"老叶,我只想知道这鸟儿的家族。"吴锦两眼直视着我,"你在东北深山老林里或许见过这种鸟儿?"

"没见过。"我摇摇头。

"要是她爸在家就好了。"吴锦挺失望的,"你看,为了只鸟儿,三更半夜把你拉下楼来。小红,送你叶伯伯上楼吧,已经搅了他的子午觉了。"

我谢绝了倪红的搀扶,又向她们母女俩提议说:"南边水碓子有个鸟市,那儿有许多养鸟行家,你们不妨去让行家们辨认一下。"

二

本来,这段日子我正在写着一部有关狗事的小说,满脑子奔跑的都是各式各样的狗。倪家这只"白雪公主"的突然闯进,使地上跑的和天上飞的便搅和在一起,使我失去了对狗们特殊的关注。

特别使我不安的,是这只鸟儿的夜啼时断时续,那凄厉的哀鸣,居然能从三楼飞上六楼并穿过我居室的玻璃窗,飞进我的耳鼓。最初,我猜想这只鸟儿是眷恋故园故巢,而发出啼泣之声;继而,我推翻了这种猜测,哀鸣的鸟儿没有穿墙破壁的响亮喉咙,分明这是一种专门夜啼的鸟儿,像更夫一样在夜里报时打更。

我从床上爬起来,围着棉被屏气细听,忽然产生了似曾相识的感觉。这声音来得十分悠远,远得如同在原始世纪的混沌之初。

"你听,这是什么鸟儿在叫?"

"你这鸟疯子,怎么询问开我了。"

"一个时辰一哭,挺准时的。"他说。

"你又没把手表带进劳改农场!"

"我心里有个格林尼治的标准钟。"

这是我已经睡醒了一觉之后,倪翔与我的对话。第二次又被他从梦中拨拉醒时,他说:"这鸟儿在林子里哭得挺瘆人的,你听——"

我说:"明天我要请求队长给我调整个铺位了,从大通铺的这头搬到那头去,躲开你这神经病。"

"手电筒呢?"他的手伸向我的枕下。

我像抓住贼一样,紧紧攥住他细弱的手腕:"别动,明天还要扛大铁钎子去打冻方呢!你给我老老实实地合上眼,把耳朵用棉被堵上,就听不见勾你魂儿的鸟儿夜啼了。"说罢,我强把倪翔的头塞进了被窝里,然后翻过身子,把脊背甩给了他。

我想这足以抑制他的行动了。但是第二天早晨,他的铺位"凤去楼空",我摸摸手电筒,也从枕头下面消失了。直到集合站队出工,还不见倪翔归来,劳改队当即命令,把开冻方的活儿停下,全队一百多号成员去抓逃犯。尽管我一再为倪翔解释,他是被一种奇怪的鸟儿啼叫声给勾走了,但阶级斗争对这一现实根本不予承认。将近中午时分,搜索深山老林的成员终于把冻僵在荆棵林子里的倪翔铐了回来。尽管还阳过来的倪翔跟我的"口供"一致,但因他手里攥着我的那只手电筒,因而并没因为他的归来,而对我进行宽大,我以协同、支持他逃跑之罪名,与他被分别送到两间相邻的反省室——我俩成了一根绳子上的两只蚂蚱。

兴凯湖的反省号,优越于内地劳改单位一点的是,因其地处荒原,反省号的房子便也因陋就简。它虽然体积空间仍然使你伸不开腿脚,让你像狗一样在号内蜷缩着身子,但墙壁皆是用草辫子抹泥巴搭就而成,一没有砖石的冰冷,二有通风透气排潮之性能。我吐痰咳嗽,倪翔能听得一清二楚;倪翔那边嘿儿喽喽喝热粥的声响,也能穿墙破壁灌进我的耳膜。因而,我们在反省号反省,还能继续保持串联——当然,这要在夜深人静的晚上:

"老叶,真对不住你。"

我不理睬他,因为我确实是受了他的牵连,而在这间泥巴屋里受罪的。进了几年劳改队的我这还是首开被禁闭的纪录。

"今后,我再不干这坑人害己的事儿了。"他语音里有了哆嗦,"只当自己是个流氓、小偷,而不是从事鸟类研究的研究生。"

我还是不答话,但是心里却升腾起难以言喻的酸楚:如果这小子在一九五七年装哑巴,还真是一块搞科学研究的好料。他迷恋他的专业,到了痴迷的程度,而这有岗有水有树有草的鸟类栖息地,正是他施展才能的自然舞台。

"我的忏悔你听见了没有?"

我压抑着自己的感情,继续装聋。

"喂——老叶——"

"你是不是想把警卫召唤过来?"我不得不对他的肆无忌惮做出回应,"这儿是什么地方,是你的实验室吗?"

"你说得对。你说得对。"他的声音低了下去,"我今后再不自酿苦酒了。"

"谁能相信你这只'九头鸟'(他是湖北人)的承诺? 不过,我要警告你,'九头鸟'再厉害,也厉害不过枪子儿。"我用诅咒的语言警示他说,"昨天夜里,岗楼上的警卫是没发现你,否则可以把你看成企图去投靠'苏修'的逃犯,赏你一颗黑枣(子弹)尝尝的。"

"对,你说得对。"他重复着他的老八股,"我改,我一定改。"

"你伸得开腿吗?"我转移开话题说,"一米八的个儿,够你受的。"

"我倚着墙角坐着哩! 你呢?"

"我能像虾米那样,蜷着双腿躺着。谁叫上帝给你一双螳螂腿呢! 自酿的苦酒自己喝吧!"

"也给了你一杯。"

"睡吧,只当是安眠药。"

"你不冷吗?"

"你想想你的落生地大火炉武汉,就浑身不哆嗦了。"我说,"鲁迅先生笔下的阿Q,能使你找到自我平衡。"

他还再说些什么,我一律拒而不答。倪翔比我疲累,他需要睡眠,平日他在劳动的间隙,靠着树干就能打盹,因而不用担心他患失眠症;他虽没入过佛门,在劳改队却学会了和尚坐蒲团般的催眠之术,此时正是他在打坐中入睡的难得时机了……

我从年轻时就有失眠症,在反省号的狭小空间像杀狗一样蜷曲而卧,自然是无法入睡的。不久,隔壁传来了倪翔的轻微鼾声,这鼾声使我深感在老君炉内修炼的火候,比起倪君来真是凤毛麟角、九牛一毛了。直到夜深,我才觉得眼皮打架,进入似睡非睡的迷糊之中……

"喂——这只鸟儿又叫开了。"鬼才知道他为何对鸟鸣有如此敏感的神经反馈,"老叶,你……你……你听见了吗?"

"浑蛋——"我忍不住愤愤之情,"浑蛋——你这浑蛋刚才是怎么忏悔的。"

"我想这鸟儿一定是猫头鹰的后代,白天睡觉,夜里出巢。"他不理睬我的邋骂,自言自语着,"听林子里的伐木人说过,当地管这种鸟儿叫娃娃鸟、打更鸟,也叫苦寒鸟,因为只有冬天夜里它才叫哩。娃娃鸟的意思,想必是这鸟儿非常非常之小,遗憾的是,当地人只听见它夜里啼哭,谁也没见过它是什么模样。"

我倾听着倪君的精神独白,心里虽不无感动,但毕竟是为鸟事而使我身陷囚室的,我还是难平内心对倪翔之怨。

"好像它就在电网之外的那棵落叶松上啼叫哩!老叶,你眼睛的视力比我好,快看看它是什么颜色的?"他的语声换了方位,从墙角移向了号室唯一透亮的洞洞。可以想象,此时的倪翔正从那送饭的洞洞口,痴迷地向外张望哩!

是好奇,还是被倪翔所感染,我蚯蚓般地蠕动了一下蜷缩的身躯,把头伸向了洞口。移动体躯时,我尽量做到无声无息,以不使倪翔知道,我并没接受他的指令,而干起了这件他让我干的事儿。

"求求你了,老叶!"倪翔可怜巴巴的恳求声,"我要不是戴眼镜的近视眼,决不会惊动你的。"

我心里一阵苦涩,但还是没有出声。他继续又说了一些什么央求我帮忙的话,我已无从忆起,但是我记住了那是一个少见的月夜。月亮很圆很圆,像图纸上圆规勾画出的圆周;月亮很亮很亮,亮得能看清童话中月宫里的兔儿爷捣药。电网之外那棵落叶松,所以没被锯掉,而存留下它的原始神姿,不是由于劳改队的疏忽,而因落叶松枝干无叶,云状的树叶都长在几丈高的顶端,因而并不影响岗楼上警卫的视野。此时此刻,那棵直立挺拔的落叶松,在皎皎月光之下,像一艘中世纪古船的船桅,它肃穆无声地停泊在北国月夜里,像是等待着升帆起篷,接我们乘风而去。

我看呆了。

我第一次发现苦涩的诗情。

原来北国边陲苦役犯的反省号窗外,"冰盘"和"船桅"也能在底层的人们心中织梦。

"你到底看见那只鸟儿没有?一旦它飞了,就再也看不见了。"倪翔声音里掺杂了惘惶的色调,"你往落叶松的尖顶上看,鸟儿的声声夜啼就是从那儿飞出来的。"

我开口了,讲了我的浪漫感受。

"你在做梦。"

"你不是在做梦?"我当真获得了心灵上的某种松弛,"不同的是,你做的不是篷帆远去之梦,是带翅膀的鸟儿飞翔之梦!"

"职业病——"

"你不是职业病?"

在戏谑倪君的同时,我的目光已然沿着这棵高高的落叶松缓缓上移。因为他确实有高度近视,圈套圈的眼镜给他的职业带来巨大障碍,要完成他的任务,非我莫属。我的目光停留在落叶松尖顶之下的枝枝杈杈上,此时虽已是严冬腊月,但它一丛丛针形叶片并没落完,在月光下发出幽亮幽亮的暗光。猛然间,我看见一个小小的白点,像雪花般在松叶间跳来跳去,便惊喜地告诉倪君说:"像片雪花的可能就是那只鸟儿。"

"白的?"

"是的。"

"很小?"

"很小。"

"你没看错?"

"我相信我的眼睛。"

"在鸟类词典里有玉鸟条目,可是没有夜啼的习惯哪!"他像自问,又像是问我,"难道是和其他鸟类栖息在一起,杂交出来的新鸟种?难怪伐木人叫它娃娃鸟哩!"

…………

我撩开棉被走向电话机旁,急于想把这段有色彩的生活记忆告诉倪红母女,但时钟提醒我,此时已过了凌晨两点,母女俩或许已然进了梦乡。

她们打扰了我的子午之眠,我不能再惊扰这母女俩的平静了。

三

醒来时,已是上午十点。心中揣有鸟事,使我立刻穿衣下地,洗把脸喝杯牛奶,就到了三层楼的倪家。吴锦正在弓着腰用墩布擦地板,见我一副惊惊乍乍的神态,直起腰身来说:"老叶,有什么事?"

"那只爱哭的'白雪公主'哩?"

"倪红今天休息,一大早就提着鸟笼上鸟市去了。她说叫那些鸟市的'八旗子弟',确认一下这只鸟儿。"

"是不是一个时辰一哭?"

"差不多。"吴锦诧异地反问我说,"你为什么关心夜啼的时间?"

我把在劳改队倪翔和我一块儿蹲反省号的事,对吴锦述说了一遍,并告诉她我俩之所以遭此厄运,就是因为鸟事;而令人难以思议的是,倪翔一直想捕捉到这样一只鸟儿,它居然自投罗网,飞到倪家阳台里来了。

吴锦愣愣地把墩布往墙角上一扔:"他临行前,说是去圆他的鸟梦。他说他几十年来,一直没忘那只鸟类词典里没有的鸟儿。是不是说的就是这种鸟儿?"

"很有可能。"

"哎,老倪一辈子劳碌命。他不远千里找它去了,它却自己飞来了。"吴锦把滑倒在地上的墩布拾捡起来,放在水池旁边——她无心再擦地板,两眼木呆地望着我,"你知道,他是中期冠心病的患者,我百般阻拦他的大兴安岭之行,也没成功。"

"给他拍个电报,召他回来。"我提议说。

"谁知道他去大兴安岭的哪个支脉?"吴锦怏怏地摇摇头,"我曾是中学地理教师,大兴安岭绵延千里,没法儿去找他。"

"走时没说归期?"

吴锦蹒跚到一本以鸟类世界为图案的挂历前,仔细看了看印着阿拉伯数字的方格格:"按他说的回程安排,昨天就该到家了。"

"人没来,鸟儿来了。"我很感慨。

吴锦仿佛想起了什么,拧开水龙头洗洗手说:"不行,我得赶紧去鸟市一趟。"

"倪红去了就行了,你何必……"

"不行。你还不十分了解这个丫头。"吴锦匆匆忙忙地拉下毛巾,擦着手上的水迹说,"这几年,她在外国驻京商社待的,只知道往钱眼里钻,万一……"

我立刻理解了吴锦的忧虑,马上满应满许地说:"我去吧!我也正想去鸟市转转,看看老北京的市井生活呢!"

吴锦不同意我去,她说昨晚打搅我已经是过分的了。我说:"昔日同窗难友情同手足,再说万一要是老倪风尘仆仆地归来,撞上一把门锁该多扫兴!你还是在家里等候他吧!"

"你可千万把那丫头找回来。"吴锦叮咛我说。

"我的自行车上安着加快轴哩!"我说,"它可以和夏利车比赛速度。"

就像这只神奇鸟儿给我也带来厄运一般,当我下楼去骑这辆自行车时,发现它失踪了。北京城内的片警,远远比不上"三只手"的窃贼家族庞大,众多重大失窃案已使片警忙得不亦乐乎,因而因失车而去报警,纯属瞎子点灯白费蜡之举,只好唏嘘感叹两声,用"11号"代替车轮,急忙向鸟市走去。

我无论如何也想象不到鸟市会如此热闹:年老的,年少的;西装革履的,褴褛衣衫上露出棉花的;温文尔雅的,俗不可耐的……像蚂蚁一般蠕动在沿河的一个个鸟摊旁边。那些鸟笼里的鸟儿就更五颜六色炫人双目了,黄的是黄鹂,绿的是鹦鹉,花的是百灵,灰的是柳莺……再搭配上各种颜色的鸟笼,使人既感到杂色斑驳,更感到大千世界的无奇不有。

我一只眼一个鸟摊一个鸟摊地巡视着,另一只眼还要查找遛鸟市的行者。巡视鸟摊是看那只"白雪公主"是否被卖,查看行人是急于在行人中见到倪红。

疲惫。

苦涩。

我一步一步走完了鸟市的二里长街。

使我感到慰藉的是,在鸟摊上没有看见那只神鸟,在行人中没有找到倪红。在鸟市穿行时,倒是曾经看见一个在鸟摊上卖白羽白翅鸟儿的老头,这只鸟儿和飞进倪家阳台上的鸟儿极其相似。上前询问时,这个剃着光葫芦瓢脑袋的老头儿,用一口老北京的京腔回答我说:"刚才倒是来了个新潮妞儿,刚进鸟市就被吓跑了。你道这是为啥,那只鸟儿太水灵了,鸟摊上的摊主和买鸟的人一下把她围个水泄不通。价儿越抬越高,从两百块一直哄抬到两千块!"

我说:"价格怎么会那么高呢?那鸟儿不是和你笼子里的鸟儿一模一样吗?"

"您真是篱笆(外行),咱笼子里的鸟儿虽也值钱,但那是叫得出名儿来的'玉鸟';那妞儿笼子里的鸟儿,只听咱爷爷说起过,那是罕见的'娃娃鸟'。你知道娃娃鱼值钱吧,娃娃鸟儿在传说中会报时打更,当然就更值银子了。"

"在北京鸟市上没见过这种鸟儿?"我探秘似的询问道。

"开市七八年了,这是我头一回见到,所以引起了疯抢!"

"它和'玉鸟'有啥差别哩!"

老头摸摸光葫芦头:"比玉鸟个儿更小。"

"还有呢!"

"比'玉鸟'啼叫声更大,咱爷爷说就像断了奶的娃儿,啼叫声可以传出十里地远。"老头儿嘬了嘬牙花子,回忆地说,"咱爷爷说,那是天上王母娘娘派到人世间来打更的更夫,从一更能叫到五更。"

"您怎么能一下辨认出它不是'玉鸟',而是'娃娃鸟'呢!它在白天又不会啼叫!"

"篱笆看热闹,内行看门道。这个秘密不能告诉您。"老头儿一笑,露出缺齿的豁牙,"您要是学会这手艺,鸟市上就又多了个同行冤家了!"

"谢谢您。"

"甭谢。"

"再见——"

我刚转身想走开,那光葫芦头老头突然扯着我的袖口说道:"喂,您干吗打听得这么细微,是不是您认识那个妞儿?哎,咱俩商量商量,我愿意出三千的价儿买那只鸟儿,您给搭个桥儿,从中抽头五百,算是咱给您的'拉合'费。咋样?"

我摇摇头:"我不认识。"

"真?"

"真。"

老头儿失望地松开我的袖子。我欺骗了这个老头儿,实出无奈。因为从这老头儿嘴里,证实了它正是倪翔往昔和今日苦苦寻觅的那种鸟儿——娃娃鸟——打更鸟——我俩在劳改队为之命名的苦寒鸟。

瞬息之间,鸟市光怪陆离的各种色彩,都变得淡而无味。

我步履匆匆地从鸟街而出,好像生怕那个光葫芦瓢老头儿再来纠缠我似的。同时,我心里暗暗为倪翔高兴,当他从大兴安岭归来,突然发现他"踏破铁鞋无觅处"的幻梦,竟然出现在他家阳台的鸟笼里,那将是一番什么情景?

…………

走着走着,我又听见了身后遥远的足音:那是我们走出反省号的第二年初冬,倪君又为探寻深夜苦吟的娃娃鸟,而付出他瘦骨竿般的生命。祸事缘起于一个"老右"的自杀,据队长说,只因为死鬼的老婆给他寄来一张缺席审定的离婚判决书,他就在夜里悬梁自尽了。

记得那年冬天的头场大雪来得特别早,似乎是刚刚过去霜降,大雪就铺天盖地而来。大兴安岭披麻戴孝,劳改农场一片素缟,"老右"A君就是在那个风雪之夜,用一根裤腰带结束他的生命的。本来,在零下三十摄氏度的严寒日子,A君尸体是不会腐烂的;但劳改队的头头怕政治影响不好,对囚犯产生恶性刺激,还是决定在大雪封山的日子,派人到太阳岗(这是专埋死囚的一个土坡坡)去及时埋葬掉A君——那儿有一排排坑穴,皆是在封冻之前挖就,是专门为冬天去鄷都城报到的苦旅们准备的。

下午,值班组长传达下来葬埋A君的指令时,五毒(地、富、反、坏、右)们正盘腿在泥巴房子里学习认罪守法的戒条(劳改队在雨天、雪天不出工,主要是防止借雨幕和雪霰的遮挡逃跑)。

"喂,谁去干这个活儿?"值班组长的目光在面对面两排大通铺上扫来扫去,"谁去,回来叫伙房多加两个窝窝头。"

没人应声。虽然在那饥饿的六十年代,两个窝窝头实在是够有诱惑力的了,但这些囚徒们都知道,大雪有半尺深,去"太阳岗"所消耗的身体热能,两个窝窝头的赏赐是一宗赔本的买卖不说,更为重要的是,去"太阳岗"需要爬上一个缓缓的雪坡,路面坑坑洼洼,弄得不好摔进壑谷之中,会成为A君的殉葬品,跟他一块儿躺到那坑坑中去的。

"再加上一个窝窝头。"大组长见无人应承下这份苦差,像变戏法似的,从他污垢的口袋里,一连掏出六个冷硬的窝窝头,在空中抛来抛去耍了一阵,"谁要是自告奋勇,我这'彩球'就扔给谁。队长有令,三人成'伍',只允许两个人去完成这个任务,一个在前边拉着小平车车把,一个在后边推着小平车的车尾巴,拉到土坑坑旁边,只要一扬车把,死鬼就顺到坑坑里去了!"

一片死寂,几十号人的监号里静得能听见呼吸声。就在这时,身材瘦长得如螳螂一般的倪翔,向值班组长举起了一只长臂:"我……我……去行吗?队长过去曾误解过我,说我总想……总想逃跑。其实,咱们同号的成员都知道,我是为了鸟事,才……才……被锁进反省号的。我……我不要三个窝窝头,我只要一个顶顶肚子的饥寒就够了,剩下的两个,算我给国家节约粮食了!"

"这个龟孙。"我坐在靠墙角的铺位上,心里暗暗责骂着他的痴、呆、傻。按道义讲,"物伤其类,兔死狐悲",埋葬A君理应是我和倪翔干的差事;但是大雪封了深山老林,连道儿也看不见,他又是个高度近视,这不是要去表演一场死人埋活人的雪葬吗?要是在去年发生这事儿,我和他铺位挨着,可以死死摁住他那只骨节如枯柴般的大手;自从那次"协同逃跑"的事儿发生,离开"反省号"后,我的铺位便被调到远离倪翔的墙旮旯来,因而我只能听任其自由表演,而不能对其有任何的牵制了。

一片哄嚷声顿时轰鸣在监舍:

"这是倪翔要求改造的积极表现——"

"我们要向倪翔学习——"

"'老右'去埋'老右',是天经地义——"

"这就是他们分内的事,他们不去谁去——"

"不……不……"倪翔向七嘴八舌的会场,进一步表示他的痴愚,"我一个人去就行了,胸前拴上一把十字镐,把A捆绑在我身后,手里再拄上一根探路的棍子。"他只要求值班组长能给他派一个同号成员,帮他把A君之僵冷尸体绑在背后,他就可以出发上路了。

如同深夜爬出监号去寻找娃娃鸟一般,倪翔在此时又编织了另一个《天方夜谭》。我气得咬牙切齿,恨不得自己变成一只古代长臂猿,狠狠地赏他一记耳光,但我是人不是猿,没长着那么长的胳膊。还算好,值班组长没有完全丧失理智,没去理睬倪翔的痴人说梦,也没再征求同号人的意见,便把兜里装着的三个窝窝头,像炮弹出膛般地抛向了我:"叶涛,你和倪翔一向是'焦不离孟、孟不离焦'。这事儿只有你陪他去最为合适,活人背死人是不行的,现在尸体已经摆在了一辆小平车上,你俩早点动身吧!其实,队长已授意我叫你们俩去,不然,我怎么能从伙房拿出窝窝头来呢!走个民主的形式,好叫你们俩能心平气和地去干这份差事!"

我恼怒地吼叫起来:"要是倪翔跑了呢?"

值班组长不急不躁地回答说:"当然是拿你是问!"

这如同火上加油,我高声地叫道:"要是我也跑了呢?"

"队长说了,在这大雪封山的日子,谁跑谁是自己找死!"值班组长不急不躁、慢条斯理地说,"谁不知道兴凯湖到处是沼泽地,遍地是大酱缸?那玩意儿可没上冻,蹚进去会越陷越深,直到没顶。那种死法,可就没了平躺在'太阳岗'坑坑里晒太阳的福分了。"

我起始是血往上涌,接着便是泪往下咽。活"老右"去埋葬死"老右"的事儿,我是没有逃避余地的了。A君生前是从事"地球物理"研究的,想来他生前不会想到会在北疆边陲的"太阳岗"长眠的——隔几个坑位,那儿躺着因饥荒而死的著名男歌唱家莫桂新。

一路奔往"太阳岗"的寒冷艰辛,非笔墨所能形容。倪翔十个脚趾的指甲盖,就是在葬埋"同类"的雪程上冻掉的。我在前边拉,他在后边推,停停走走,走走停停。有幸那天虽然阴云低垂,但雪原上并没起风,我还能睁着双眼以棍探路。要是赶上雪原上刮起大烟泡,我和倪翔真可能与A君一块儿奔往西天之路;即使我俩能侥幸存留下来,也绝不可能把A君拉到墓地"太阳岗"的。路旁凹谷很多,随便一扬车把,A君就会成为一个"太阳岗"之外的野鬼,待到雪化之时,将是来年开春,深山老林的鹰鹫早把他啄吃一净,而留下一堆骨骸,谁能知道此骨就是A君残留下的魂魄呢?

我俩目送着僵挺的A君,平躺在穴坑之中。我用十字镐刨着挖坑时凸起在两边的黑土。倪翔用脚蹬开白雪,抱起埋在雪下的枯枝败叶,他像为死者抛撒鲜花一般,先把枝枝叶叶盖在A君身上,然后一锹一锹地往坑里推土。直到凹陷的土坑,变成一个凸起的土馒头时,我俩才散了架儿一般,一屁股坐在坟头上,一口一口地啃那冻得硬邦邦的窝窝头。伴随着窝窝头进肚的,是冷气,是寒雪,是"物伤其类,兔死狐悲"的一串串苦咸的热泪……

冬日苦短,拉着A君亡魂车,走出铁丝网时已经是午后两点,埋完A君之尸,天色已近昏黑。我嚼下最后一口窝头,捧了把雪当汤灌下肚子,便催促倪翔啃吃窝头的速度快些,这家伙不紧不慢地品着冷窝窝头的滋味,毫无急于下岗之意。

我说:"这儿夜里可闹鬼。"

他说:"我真想看看鬼是什么模样哩!在鬼们当中,我特别想看看屈死鬼的样儿。"

"你留下看吧!"我从坟头上站起身来,把十字镐和铁锹往拉尸车上一扔,拍拍屁股上的土,"我不能奉陪了。"

他一手把我扯倒在坟坡上说:"忙什么,二十四拜都完了,就剩下一哆嗦了。咱们不能叫地下的'老右'饿着肚子。"说罢,他从兜里掏出一个剩下的窝窝头,用手扒开坟坡上的浮土,把那个窝窝头埋进坟头里,然后喃喃地对我说,"老叶,你记住我的遗嘱,一旦我死在劳改队,就把我埋在这儿,不要忘记在坟头埋进去个窝头和馒头什么的!"

他说得很认真,我却以酸苦的诙谐冲淡着冬日黄昏的悲凉:"干吗要留给松鼠吃了,我还要揣饱我自己的肚子呢!你看,那只长尾巴松鼠,正在橡树上盯着咱俩呢!只要咱俩一离开墓地,它就会嗅味而来,吃掉你献给A君的祭礼!"

"这儿不单松鼠多,还是鸟儿世界。你瞧那白白的松枝上,落着一只蓝山雀。"他扬起手臂指了指"太阳岗"旁的三株油松,"这种鸟儿盛产在欧洲森林,在兴安岭我还是头一次见到。"

倪翔双唇一吐出鸟字,我的神经立刻产生了本能的条件反射:这小子在这儿絮絮叨叨磨磨蹭蹭,或许是一种拖延时间的战术,他真正的目的,是在等待他梦中的那只打更鸟哩!

我霍地从坟坡上跃起,拉起尸车就走。倪翔沉不住气了,用力拽住小平车的车尾说:"难得出来呼吸一下雪后的新鲜空气,你忙什么哩?"

"天大黑就看不见下岗的路了。"我用力一拉,把他拽了个前趴虎。之后,我拉起车就跑。

他在后边喊道:"我的近视镜摔到雪地里了。"

"浑蛋——"我嘴里尽管高声骂着,还是不得不停下车来,帮他寻找掉在雪里的眼镜。

雪是白的。

眼镜也是白的。

我在雪地里摸索了好一阵子,才算把它找了出来。此时,天已暗如锅底,再不能在墓地耽搁。为了不使这个近视眼再闹出别的事儿来,我便动员他坐在车上,我当拉车的车夫。好在一路下坡,又有上岗时留下的车辙,只要我时刻注意脚下的路,不把车翻到山沟中去就行了。

哪知倪翔对我连连摇头说:"不,我不坐,这车是拉死人的专用车。"

"那你就跟在车后边走。"

"你急个什么哩!遍地雪打灯,还怕摸不回监号去!"他痴茶地说,"那只鸟儿快该叫哩,一是为A君祭悼,二是为初更报时。"

"报他妈拉个蛋——"我忍无可忍,再次抄起尸车,大步向岗下走去,"那是什么鸟?是你的追魂鸟,你早晚死在这只鸟上——对不起,我先走了"。

"别甩下你半瞎的老朋友哇!"他在后边紧紧地追逐着我,声音可怜巴巴的,"值班组长不是说了嘛,我要是丢了拿你是问!"

我索性不再搭腔,把尸车拉得飞快。这一招儿很灵,他虽然还在啰啰唆唆地讲着鸟事,但两只脚板却尾随车后,不敢再东张西望了。

事情发生在尸车穿行的一片柞树林子里,打更鸟当真在我们身旁的树丛中一声长泣:"呜——"

"听!它报更了。"

"不是报更,是哭。"

"真怪。"他的脚步明显地放慢了,"它的巢究竟在哪儿呢?再不就是无巢的乞丐鸟?"

"你也挺怪的,跟这鸟儿一样。"

"你说得对。你说得对。"他气喘吁吁地回答,"其实,鸟类世界中无巢的鸟儿很多。比如,你们诗人常赞美的杜鹃,这种鸟儿徒具虚名,品格极坏。它自己不愿意衔枝搭窝,总是强占其他鸟儿的巢,甚至把鸟蛋也生在人家的鸟巢中,然后一抖翅膀飞了,还要叫别的鸟儿给它孵化繁衍后代!"

"嗯。还有呢?"

"可以这么对你说,我就是对这'打更鸟'缺乏了解。喂!老朋友,我求求你了,为我把车停一下,让我找找它的'行宫',行吗?"

我有些动心了——因为我敬佩他的锲而不舍的探索精神。

"难得有这么个机会,帮帮忙吧!"他语音里有了"打更鸟"的长啼之悲凉。

我放下车把,坐在车辕上休息。他拄着一根棍子,试探着向柞树林子里走去。我很快坐不住了,生怕他发生什么闪失,这不但难以向劳改队交代,更难向他家里交代——在泥巴屋子里,我曾多次看过他亲人的相片:文质彬彬的是他的爱人吴锦,把食指吮在唇间的是他女儿小红。照片背景是堆放着碎缸乱筐的一座断墙,这足以说明倪翔被打成右派后,母女俩度日如年的艰辛……"倪翔,"我怕声音惊扰了打更鸟的夜啼,因而呼唤他声音极轻,"算了吧,就是你能给动物志的鸟类学补充上你的新发现,有谁能承认呢?"

他停步在一棵柞树下,指指双唇,先示意我不要出声,后又指指这棵树的树身。我踏着深雪走过去,当真发现这个大自然的"更夫"就栖身在这棵树上,因而兴奋地说:"它不是夜游神,它是有家的。看样子,柞树的树洞,就是它的家。"

"你的推论缺乏依据。如果它有杜鹃家族里的强盗血统呢?"倪翔十分认真地纠正我的孟浪,"再说,你何以断定这声声夜啼是从树洞里传出来的,而不是从树冠中的枝枝权权中传出来的?"

我说:"没空跟你研究科学,你说你要怎么办吧!"

"我爬到树上去看看。"

"算了吧,树上都是雪。"我训斥着他,"难道你还没有疯够吗?在'反省号'受的罪,就是你疯出来的!"

"机不可失,时不再来。老朋友,你蹲下身子,让我蹬一下你的肩膀,先让我检查一下有没有树洞可以吗?我恨我小时候爸妈只教我认字读书,没教会我爬树。"

我一掌推开倪翔,双手抱拢了柞树树干,弓起双腿,为这呆子探秘而爬树了。非常遗憾,我的棉衣和树干刚刚发出摩擦的声响,那只"打更鸟"便突然终止了夜啼,接着,若同一羽轻柔的白色翎毛,从我和倪翔头上飘然而过。

倪翔疯了般地追踪而去。

"瞧,它朝那片白桦树林飞去了。"

"你回来——"我在他背后吆喝。

倪翔头也不回跟跟跄跄地奔了过去。就是这一瞬间,发生了我一生难忘的事情,他跌进树丛间的一条沟壑中去了⋯⋯

⋯⋯⋯⋯⋯⋯

"老叶——"

谁在喊我?

抬起头来才知道这儿不是茫茫雪原,而是车如流水、人如潮涌的北京街市。挡住我去路的不是陌生路人,而是吴锦。

"怎么样,找到小红了吗?"

我的思绪从历史的沼泽中拔足而出,并立刻跳到了一九九一年的冬日:"我没能找到她。但是你放心好了,我在鸟市也没发现那只鸟儿!"

"这年头,人都往钱眼里钻,我担心那疯丫头把那只鸟儿给卖了,所以也到鸟市上来了。"吴锦向我解释着她的来意。

"它是老倪寻找的娃娃鸟、打更鸟。一个老头儿出价三千呢!"我举起三个指头,以示这只鸟的罕见和名贵,"回家吧,一切平安无事。"

"可是那疯丫头到哪儿去了呢?"

四

论年纪,倪红已经三十六岁了;看相貌,她不过二十七八的样子。已然是老大不小的姑娘了,至今她还没有筑巢搭窝,倒挺像一只雌性的打更鸟的。倪翔无时间操心老姑娘的终身大事,吴锦为女儿婚姻曾找过我几次,求我找个中年作家什么的。我当个事儿去办过,一个文学评论家看中了她,她却用几句话打发了人家:"文学是什么玩意儿?是'满纸荒唐言'。婚姻又是什么玩意儿?是'一把辛酸泪'。我独来独往如天马行空,无论是哪个马厩我都不稀罕。"那位颇有成就的评论家,被顶出来十万八千里,从此,无论吴锦如何求我帮忙,我对此一概缄默无声。

记得,小时候的倪红若同一个哑巴女孩。在六十年代初的一个夏季,吴锦带着她曾千里迢迢去兴凯湖劳改农场探监。那时,我的差事是给来探监的囚徒亲属打水端饭,以示人道,因而有机缘和吴锦母女俩接触。当时小小的倪红衣裳褴褛,两眼木呆,刚刚三四岁,就像小大人一般了。吴锦叫她喊我伯伯,她不启唇;我问她从密山下火车走了多久才到这鬼地方来的,她也不吱声。但我端上来馒头,她倒自主地拿起就吃;端来浮着几点油星的菜汤,她立即往嘴里灌。一句话,小小倪红留给我痴呆儿的印象。三十多年光景如逝水东流,今日的倪红就像她名字的谐音"霓虹"一样,抖开长裙若同孔雀开屏,浑身上下,绚丽得像闹市夜晚霓虹灯的七彩光束……

如果把人生比拟为地球的圆周,倪红的变化可以说是从南极移位到北极或从北极跨越到南极;而发配到边陲去接受苦役惩罚的倪翔,则似乎还钉子一般钉在360度圆周的定位点上。被打成"老右"之前,他追踪着鸟类踪迹;在服苦役的年代,他心灵披枷戴锁,两眼仍神往着鸟类世界;流放归来,他更恋栈他的一个个鸟类生活的研究课题了。在他身上的变化,除去额头上出现了深深褶皱之外,唯一的变化似乎就是十个脚趾上没了指甲,而且出现了微微的跛脚瘸足——那是在去"太阳岗"葬埋A君归来后,留下的生命残痕,历史的昨天抒写在他脚上,直到今日。

电话铃鸟叫一般地响了,我拿起电话听筒,里边传来的是吴锦焦急不安的声音:"这丫头没回家吃午饭,不知疯到哪儿去了。"

"老倪回来了吗?"

"没。"

"甭急。急也没用。"这算是安慰吗?但我能说些什么呢!

"是不是去男朋友家了?"

"她哪儿有什么男朋友,没她能看上眼的白马王子。"吴锦叹了口气,"今天没有,恐怕她老成明日黄花也不会有了!"

"别急,她——"

吴锦打断了我的话:"我不是急她的婚姻大事,是着急那只鸟儿,外国谚语上不是说过,怪鸟进宅是不吉利的事儿,许不是老倪在东北林子里出了什么事儿吧?"

"洋迷信和土迷信一样,都别去信它。"我说,"何况科学院也不是他一个人去森林考察鸟类生活,你可不要胡思乱想。"

"我右眼直跳。"

我为她开心说:"左眼跳财,右眼跳来。要是两只眼一块儿跳,那是又有人来,又有财到。"

她笑了一声——我虽然看不见她的表情,但我猜测那是希望和苦涩搅拌在一起的痴笑。

"北京还有第二个鸟市吗?"笑声过后她问。

"有好几个哩!"

"都在哪儿?"

"我说老吴,她要是想把鸟儿给卖了,咱们就是一块儿坐上捆绑火箭也追她不上了。"我说,"我想,小红知道这只鸟在她爸爸心中的位置,不会轻易把它给卖了的。"

"老叶呀,你可不知道我那丫头,天天的口头禅,不是外汇中的'美元',就是'马克',满口讲的都是'硬通货'之类。她说,未来的货币世界必然由'马克'主宰。在外国商社代办处干了几年,小红可不是娃娃时的小红了。你……你……你知道我的忧心所在了吧!"

我攥着话筒的手,神经质地颤抖了起来。吴锦这几句沉甸甸的话,使我心里感到了压力,因为在我没记起那梦魇般年代之前,是我建议小红到鸟市上去辨认一下鸟类品种的。待我记起了"反省号"之夜,去再看那只娃娃鸟——打更鸟时,倪红已然去了鸟市。当时,尽管我像野马溜缰一样脱口而出,但一旦倪红真干出只认钱眼的蠢事,那将是我的过失……

"你听见我的话了吗?"吴锦追问着我。

"听见了,也听懂了。"

"会吗?"

"不会。"

她最后的提问和我的回答,声音僵硬得都像一根绷紧了的弦子。

电话断了。

我的思绪却被吴锦打来的电话搅起了千重波澜:如果倪翔在大兴安岭真有所获,自投罗网的这只鸟儿则无足轻重;如果倪翔一无所获而归,这只"白雪公主"则有着任何物质也无法超越的珍贵的价值。因为倪翔为此而付出的东西太多太多了:六十年代初期,当一走一瘸的他刚从农场医院出来,走进铁丝网后见我面的第一句话,不是对我回叙他在医院医治脚伤的情景,而是津津乐道于那次"太阳岗"之行,使他深感遗憾的是没能探寻到那只鸟到底是四海云游的"苦行僧",还是昼伏夜出有窝有舍的一个完整家族。

我调侃地取笑他:"这回你成了跛足的长腿鹭鸶了!"

"已然是囹圄之囚,瘸与不瘸都无伤大雅。"他毫不在意地说,"反正我已有了妻子和女儿,形象之美丑对我都没什么实际意义。"

"要是那天你摔成残废呢?"

"那就步 A 君的后尘好了。"倪翔淡淡地对我一笑,"'太阳岗'周围有那么多的林木,日夜听鸟儿唱歌,怕是把骨灰坛送进'八宝山'的老革命,也享受不到这大自然的恩宠吧?"

"真是不可救药。"我讥讽他说。

"叫你说对了。在兴凯湖一天不死,我就要寻找那个奇怪的鸟类家族。"倪翔两眼直溜溜地望着我,"你知道我为什么'不到黄河不死心'吗,过去,你只知道是我的职业本能使然,其实,这里边还潜藏着一个非科学的课题。你是文人,是以研究人、描写人为职业的,你能透视出我的第二缘故吗?"

我被倪翔"将"了一军,一时之间当真没能回答出来。

"你想想——"

"我不是幼儿园的娃娃,没空跟你搞什么猜谜游戏。"我嘴上这么说,心里却在暗暗解析着这个谜团。

"别猜了,我对你直说了吧!我觉得这种打更鸟——娃娃鸟——苦寒鸟——不管它将来正式的学名是什么吧,它挺像咱们'老右'的身世的。咱们在'五毒'家族位居老五,受劳改队的改造不说,还经常受前边那'四毒'的夹磨。这种鸟儿可能是鸟类世界的游牧家族,没有固定的树洞当巢,每到严冬寒夜充当森林王国的打更更夫,像夜游神一样在树丛中游来荡去,那鸣叫声凄厉悠远,我常常为之自怜,也在枕边偷偷为它抹过眼泪!"

我好像是从这一刻起,才更深地了解了倪翔。他一非木偶,二非神经。他是个活人,活得比我有血有肉,活得比我更少麻木不仁。我对他说:"好吧!从今天起我真心诚意地甘当你的助手,咱俩逮上这样一只鸟儿,偷偷地把它喂养起来,行吗?"

"很难。我估计它四海为家……"

"跟咱们同屋住的那些扒手不是有一句行话吗,'不怕贼偷,就怕贼惦记上'。"我说,"我儿时是在北方农村度过的,几岁就能爬树了,有机会我爬到树上去看看。"

梦!

一个冰天雪地孕育了的梦!

一个铁丝网里两个囚徒的梦!

不久,我们就被勒令停止出工了。当时正是暮冬春初,兴凯湖上浮动着的冰砣正在消融,"太阳岗"的坡坡上刚刚吐出第一芽嫩绿。往年此时,正是备耕的大忙时节,这年却宁误农时也不出工。劳改队长虽然不说明原因,我和倪翔也能猜个八九不离十:"九评"文章中透露出中苏关系从破裂走向相互指责,从相互指责趋向边境紧张。兴凯湖的一半归属苏联所有,另一半归我中国管辖,把一群劳役犯放在这儿,怕一旦有失控制时囚徒们去投靠"苏修"(当时用语)。

正如我们所料,不几天光景我们就被指令拔营起寨,在机关枪的枪口下,我和倪翔爬上了回归内地的一辆大卡车。那些扒窃、流氓罪犯,在车上手舞足蹈,庆幸他们离开深山老林;我和倪翔龟缩在卡车一角,却没有他们如老虎出山似的欢悦之情。

我低声对他耳语说:"A君和歌唱家莫君,在'太阳岗'当会感到寂寞了。"

"我真想留下来,当墓地的看守人。"倪翔木呆呆地自白着,"给死者中'同类'修坟培土,刻石立碑。"

"你是在撒呓挣说梦话吧!"

"是梦话,没有梦咱们还有生活下去的支撑力量吗?"倪翔把脖子伸出车帮,神往地凝视着嫩绿和浓绿交织的森林,"此行,如果是去没有林木的荒漠,我真怀疑我能不能在惩罚性的苦役劳动中再活下去。"

"那儿离北京一定比这儿近得多。"我为他寻找自慰的理由。

"近在咫尺又有什么用,北京还属于你我吗?"他反问我说,"别自作多情,剃头挑子一头热啦!"

我哑然失声。

"如果我能够活到皇恩浩荡那一天,我一定要重返这片土地,衔接上我的断梦。我要找到那只苦寒的打更鸟儿,哪怕另只脚也跌成瘸足,我也心甘情愿。"

倪翔十分动情,说这番和兴凯湖的告别词时,他的眼圈红胀,眼睛里溢出了大颗大颗的泪滴。当卡车在一片嘈杂声中缓缓开动时,他把擦湿了泪水的手绢,悄然地抛下车去。之后,他自白似的喃喃自语道:"留个纪念吧!只当是我的魂魄留在这儿了。"

…………

我坐不住了,记忆如蒺藜扎心,我扔下钢笔,急忙下楼到吴锦家去。去干什么?我不清楚;我只是模模糊糊地感觉到,那只鸟儿对吴锦一家有着举足轻重的影响。我希冀着此时此刻倪红已经回来,并且是提回了那只鸟笼——不是空笼,而是有鸟的鸟笼。

叩门半天不开,他家同层楼的邻居闻声而出。邻居告诉我吴锦上街找她女儿小红去了,她怕老倪从东北回来,特意把开门的钥匙存放在他家了。我很失望,郁郁不快地折身而回。在上下楼梯的交叉口,我犹豫了片刻,没有上楼回家,脚步朝楼下走去。我希望能在大楼门口看见母女俩归来的影子……

上午我去鸟市时,还是个朗朗的好天。此时,天空刮起五六级大风,树上的枯枝左摇右摆,电线发出鸽哨般的尖叫。

还算没有白来,我虽没有发现母女俩的身影,却看见倪翔拉着一个带轱辘的黑色旅行包,一瘸一瘸地从公共汽车站的方向走来。

"老伙计——你去访旧咋不对我打声招呼?"我匆匆地迎了上去。

"能不打吗? 当时你去了温州。"他从嘴里吐出几粒大漠刮到北京来的沙尘,"你南行我北去,各忙各的事儿。"

"怎么样,收获大大的吧?"

倪翔好像十分疲惫,他咧开风干的嘴唇苦笑了一下,吃力地靠在马路旁的一棵洋槐树干上喘着气说:"竹篮打水一场空,收获了个零。"

我接过他的旅行包的拉带,为他拉着有轮子的行囊,不解地问:"为什么?"

"老毛病冠心病犯了,在牡丹江医院躺了二十多天。没踏进大兴安岭一步,就病倒在路途上了。叶涛,哎!壮志未酬,就要匆匆忙忙去见上帝,我实在有点不甘心!"

"走。到我家吃饭去。"

"过两天吧,我还给你带来两瓶'北大仓'牌的白酒呢,今天我太累,只想进门洗洗就躺下。"

"那也躺到我的床上去。"

"为什么?"倪翔两眼闪出狐疑的神色。

"什么也不为,只为你的夫人和千金都不在家,把你委托给我了。"我真真假假、虚虚实实地说,"你放心,你走的日子,你夫人没有改嫁,你千金没有出嫁,家里一切如初;要说变化嘛,只多了一个你朝思暮想的'情人'。"

"你说什么?"他支棱起两只招风耳朵,"我哪辈子有过情人?"

"有过。"

"你开什么玩笑?"

"到时候你就知道了。"我说,"它叫爱哭的'白雪公主'!"

五

倪翔当真十分疲累。我爱人给他弄了几个炒菜,余了一个鱼肉丸子——这都是他非常爱吃的菜;可是他胡乱地夹上两筷子,又喝了几口我家乡的"玉田老酒",便称身体不适,倒在我家的沙发上睡了。尽管沙发紧靠着暖气,室温在二十三四摄氏度的样子,我爱人还是给他身上盖了一条毛毯——她是主治医师,凭着医生的职业敏感,她说倪翔该在牡丹江医院再经过一个疗程,再返回北京;他的神色萎靡、脸色青灰,都说明他的病发期没有过去,或发生了病情的反复!

阿弥陀佛,多亏这个呆子没有再追问我"白雪公主"之事,他只当是我在开他的玩笑,没引起他的任何联想,因而关于那只打更鸟之事,还牢牢地锁在我的心里,没有一丝外泄。我解释母女俩不在家的原因,也编得十分艺术:快到春节了,母女俩提前上街去准备节日食品,以避免节日临近时买鱼买肉排队,无意义地消磨时间。

以谎言欺骗老友的尚没泯灭的童心,并非我之情愿;我之所以如此,实因那只象征着我和倪翔命运的鸟儿,如果当真被倪红给卖掉,那不仅是对倪翔感情的致命一击,还是对他一生执着追求的最大嘲弄和亵渎。

天色渐渐昏暗下来,我想拿起电话听筒拨通倪翔家的电话,看看母女俩归来了没有,但我看倪翔在沙发上昏沉入睡的样子,怕惊动了他的休息,索性再次下楼,去按响他家的门铃。

"谁呀?"

从拉长了的娇嗔声音,我断定出是倪红,本能促使我愤愤然地回答:"还有谁?是我!"

"伯伯,请进!"

门开了。

我首先巡视室内四周:"你母亲呢?"

"不知她去哪儿了,反正她不在家。"她若无其事撩了撩颈后瀑布似的长发,"伯伯,您找我妈有事?"

"她去找你去了。"

"哟——我这个两条腿的大活人,还能丢了?"

我自知语言对倪红的无能为力,便两步迈上阳台,去找那只鸟笼。如同从峦峰跌进崖谷,我身心感到一片茫然,因为在我的视野里,没有那只鸟笼。还没容我再说话,倪红在背后开腔了:

"您是在找那只'白雪公主'吧?"

我用眼睛回答她:是。

"今天真把我给累坏了,坐着小车跑遍了每个鸟市,所到之处,无不对这只鸟儿感到惊异。"倪红面对着客厅里的一面镜子端详着她的姿容,但话却是对站在阳台上发呆的我说的。

"那只鸟儿呢?"

"伯伯,您听我慢慢说嘛!您想,我只靠两条腿怎么能跑遍所有的鸟市呢?眉头一皱,计上心来,我打电话给 D 国驻华公司商务代办,他是我的上司,又喜欢鼓捣花鸟虫鱼啥的。他闻讯立刻把'奔驰'开了出来,拉着我转了东西南北城以及郊区的鸟市……"

我截断了她的啰唆:"我问你那只鸟儿,现在在哪儿?"

"伯伯,您是我的长辈,我尊重您,但您没有权利对我这样说话。鸟儿是飞进我家阳台,又不是飞进您的写作间的。"

"我有权利问吧!"吴锦不知何时进的家门,她眉眼和皱纹里沾满沙尘,连头上围着的一条土耳其头巾,也被北京的风沙遮住了绚丽的颜色,"我到处找你,一连跑了三个鸟市,你可倒好,跟着你们老板坐车兜风去了。那只鸟儿到底弄到哪儿去了。"

"它自由了。"倪红不咸不淡地回答,"我打开了鸟笼门儿!"

"我的疯丫头哎!你难道不知道你爸爸是干什么的吗?为什么不等你爸爸回来,你就干了这手绝活儿?"吴锦拍打着双腿,裤子上的尘土烟雾似的升腾起来。

我坐在沙发上,望着这幕由那一只鸟儿导演出来的家庭戏剧,像打翻了五味瓶似的,酸甜苦辣立刻溢满我的心田。

我不相信倪红会把那只名贵珍奇的鸟儿放生的,我接触过许多倪红的同龄人,他们直言不讳地言明他们的人生方程式:感情价值加生命价值等于实用价值。依此代数公式来计算一下倪红,她是绝不可能把一只价值两三千元的奇鸟,放回到蓝天森林里去的。我的预测是她把鸟儿卖了,她向吴锦的自白近乎于谎言,是逢场作戏的搪塞。

吴锦似也明析到这一点了。她追问说:"你把鸟儿放生了,那只鸟笼呢?"

"鸟儿都放飞了,还要鸟笼干什么使?"

"我问你鸟笼在哪儿?"

"送给鸟市的鸟贩子了!"

"你给我找回来。阳台上每只鸟笼,都是你爸爸的纪念物,你怎么能这么轻率地戏弄你爸爸的感情?"

"那好办,明天我给爸买只新的来。"倪红赌气地往沙发上一坐,"用两个'马克',就能买只彩色的塑料鸟笼来,行了吧?"

"外币在市场上是不能用的。"吴锦还在唠叨,"便衣会把你抓起来。"

"这您就不用管了!"倪红似不想再和母亲争辩,从沙发上陡地站起来,一股风似的走进她的卧室去了。

吴锦看看我。

我看看吴锦。

吴锦看我,显然是向我讨教主意;我凝视吴锦,心里在盘算着该不该把倪翔正在我家休息的事,此时此刻就告诉她。

要知道,这桩鸟事发生在一般家庭,不会掀起波澜,而在倪翔家里,则无异于十级台风。然而,吴锦又是倪翔的妻子,倪翔又不可能在我家隐居下去,想来想去,我还是开口了:

"你先去擦把脸,我有事要对你说。"

"没心擦了,你说该怎么办?"

我正寻找合适的词汇,考虑该怎么对吴锦说倪翔归来之事,偏偏在此时门铃凑开了热闹,叮咚叮咚地一阵鸣响。吴锦打开门,老倪拖着带轮子的旅行包走了进来。

"哎呀! 你咋超期好几天才回来?"吴锦心疼地看了看倪翔的脸。

"爸——"倪红像什么也没发生一样,接过倪翔手中的旅行包,亲昵地朝倪翔莞尔一笑,"您好像比走的时候更瘦了!"

"你心中还有你爸爸?"吴锦见到倪翔,像找到了宣泄心中愤懑之情的对象似的,一股脑把这两天发生的这桩鸟事,都抖搂给了倪翔。我从中几次插话,都没能阻拦住那"决堤之水"。还算好,她没把小红把鸟儿放飞一事说出来,大概这是怕倪翔难以承受这个结果吧!

"鸟呢? 我找的就是它!"

"爸……爸……您先吃饭好不好? 饭后,我慢慢对您说个清楚。"说着,倪红在腰间系起了一条蜡染的蓝色围裙。

"叶涛可以做证,我在他家吃过饭了。现在,我急于想想见这只鸟儿!"

我见形势已如箭在弦,到了一触即发的火候,忙以抹稀泥的手段,为倪红铺设"下楼"的台阶说:"老倪,珍奇鸟类,人人爱看,小红把鸟儿一定寄存在朋友家了,明天拿回来就是了,你看窗外天已大黑,就忍耐一夜,明天我保证能圆上你的相思之梦,如何?"其实,这段话的潜台词则是:小红,你把鸟儿卖给哪个鸟贩,明天再用钱买回来就是了,万万不能为这桩鸟事,让你爸爸的心上滴血。

吴锦似乎也听懂了我的弦外之音,她安抚着女儿说:"伯伯说得在理,小红明天把鸟提回来,咱家提前过春节,请你伯伯也过来喝两盅'五粮液'!"

唯独一根筋的倪翔,不理解我和吴锦的苦心。他寸步不让地对女儿说:"天黑怕什么,找辆出租车去,爸给你付车钱。"

我再次为倪红解围:"得了,你不知道一个女孩子上了出租车有危险吗?北京发生过不少起歹徒杀'的士'司机,'的士'司机侮辱女孩子的案件了。"

"让她妈陪她去。"倪翔两句话就把我顶撞回来,"再不行,我去!这是我几十年的宿愿了,我必须认识了解这只'打更鸟'!"

僵住了。

我和吴锦的一切铺设,都被倪翔扫荡殆尽。客厅里出现了一片死寂,只有那座猫头鹰式样的壁钟,均匀地发出嘀嘀嗒嗒的声响。倪翔不是我,他活得过于认真,因而活得一直比我累;而认真又是从事科学研究人员的精灵,没了这个精灵,那么壳体也就形同虚设了。

怎么办?一盘本来可以变成活棋的棋硬是叫倪翔又给

走死了。我绞尽脑汁在琢磨着,如何打破这种僵局,以使死棋回生,但为时已晚,倪红用火辣辣的声调,质问开了她爸:

"您这么拼命,人家一个月给你开多少薪奉?"

"这和金钱无关。"倪翔回答。

"您和伯伯当真不觉得你们的生活观点太腐儒气了吗?"倪红回避开鸟儿的事情,振振有词地说,"人家把你们扔进老君炉里蒸烤煮熬了二十多年,怎么就没一点对人生的悟性哩!"

倪翔从沙发上站起来,指责女儿道:"你可以和我撒泼,但不能涉及你叶伯伯!"

"好吧,爸爸,那我直截了当地告诉您吧!那只鸟儿已经无法追回来了。"倪红在客厅的地板革上来回踱着慢步,像演员背诵台词一般,有缓有急、有轻有重地自语着,"妈妈太轻看我了,我怎么能把那只鸟儿卖给鸟市上的鸟贩呢?他们是什么人?是地地道道北京小市民。这就好比我获得了一把出土的三尺青锋,要是把这样名贵的宝剑,卖给一个收购碎铜烂铁的废品收购站,不是太自轻自贱了吗?"

"别说了,倪红。"我拦腰插断了她的话,"你爸爸在旅途的火车上十分疲累,还是叫他早点休息为好!"我之所以再次"有失礼仪",是因为我看见倪翔面部肌肉已经出现了痉挛,这不是一个好的兆头。同时,我又扭头对吴锦说:"让他洗洗,早点睡吧!"

"不——"倪翔第一个做出反应,"让她说下去。"

"好吧,既然是'三堂会审',我就把一切都抛出来吧!我从鸟市上得知了这只鸟儿的身价,便立刻找到了它的使用价值,我给我们商社代办处头头打了电话,我搭他的车转遍鸟市的目的,是叫这个德国老外知道这只鸟儿的身价。我观察过他,他很喜欢动物,他每年从德国科布伦茨带回的台历之类的纪念物上,都印有各种动物图案,因而我能断定他会喜欢上这只鸟的。爸爸,我在他手下工作,薪奉多少,待遇厚薄,都在他的挥笔签字之间,我不能舍弃这次的价值交易。一句话,他立即给了我一千五百马克,买下了那只夜啼的娃娃鸟——您们叫它打更鸟……"

"你可以去当'克格勃'!"倪翔愤然地站了起来,他还想责备女儿什么,但已身不由己,扑通一声,歪斜地倒在了沙发上……

顾不得再论鸟事,我打电话叫来了我的妻子。吴锦扒开倪翔紧闭着的双唇,妻子强灌下两颗"硝酸甘油片"之后,妻子所在医院旋转着红色信号灯的急救车呼啸着直奔我们这座十五层高的塔楼而来。半个小时之后,刚刚归家的倪翔,又躺在医院急救室的病榻上了……

六

冬夜本来就最为漫长,而今夜对我尤其显得漫长。因为妻陪同老倪去医院后,背着在医院陪床的吴锦和倪红,偷偷打回来一个简短电话报危,说是心肌梗死而引发的"室性心律失常"。我说无论如何要倪翔活下来,在劳改队他冲过了一道道鬼门关,他是强者,恳请医院千方百计进行抢救。妻子似无时间听我梦魇般的孟浪,电话断了。

电话听筒中的忙音,已经响了半天,我还呆傻地没有放下话筒。那忙音挺刺耳的,它在我头脑中迅速幻化成矿山的警报声,劳改矿山井下发生了瓦斯爆炸,倪翔当时正在井下担任矿车调度。

井下调度室离爆炸的煤巷比较远,他得以死里逃生。尽管他活了下来,但那迅雷不及掩耳的火焰喷射,还是燃着他的工作服,一度窒息了他的呼吸,后背和臀部留下一块块烧伤的疤痕。

从兴凯湖撤到矿山后,焦离开孟,孟离开焦,我和他分在两个队,监舍隔着三排窑洞。当他离开矿山医院,我去他的监号偷偷看望他时,我惊异地发现了这呆子还有一双巧手——他斜靠在墙角,正用井下放炮崩断的一根根彩色雷管线,编织着赤、橙、黄、绿、青、蓝、紫的七色鸟笼呢!

"哟!你还有这手艺?"

"我喜欢兴凯湖的林木,偏偏把我弄到这个山顶上没有一棵树的煤矿来(是矿山,山上都是无树的——笔者注)。闲得难耐,找点事儿干干好消磨时间。"他头也不抬地回答,"其实人手万能,这只能算是雕虫小技,无师也可以自通。"

我顺势坐在窑洞的炕沿上,把七色鸟笼仔细地端详了一番,笼内安装了鸟儿站脚的横杆,笼上嵌进去鸟笼的弯钩形提手。整个鸟笼流光溢彩,真可以和精致的工艺品相媲美了。

"这提手是哪儿来的?"

"反正不是偷的。"他头也不抬地说,"跟扒窃们吃一个大锅里的饭,流氓行话学了不少,只是还没学会'三只手'!"

我摸了摸那黄铜把手,我猜到了,他是卸下了蚊帐上的钩子。

"你很聪明,给你的智商打100分。"

"值得吗?大花蚊子要向你轮番吸血怎么办?"

"既然进了这鬼地方,就得练就'金钟罩''铁布衫'的硬功。"他说,"从科学的角度上去解析,我也不是蚊子吸吮血浆的对象。你知道蚊子吸血有什么重要依据吗?"

"扯淡——"我嘲笑着他的茶傻,"蚊子吸血还有什么条例可依,把针状的嘴巴往皮肉里一扎,只管吸进它的肚子就是了。"

"你智商满分,知识只配得零分。"他直视了我一眼,这是他轻蔑别人时的一贯表情,"我给你上一堂蚊子课,让你开开窍吧。蚊子分雌雄两种,雄性只会像飞机一般在空中嗡嗡乱叫,只有母蚊子才有吸血本领呢!你想想看,像我这种瘦竹竿,哪位女蚊子同志会感兴趣?她们要是'搞对象',也首先选择你这样肥头大耳、有血可吸的人!"

我笑了——笑得忘记了身边的大墙和岗楼以及荷枪的士兵。这是我头一次发现劳改矿山中头号傻瓜的超级黑色幽默。在我朗声地大笑时,他没有任何一丝笑意,待我从无拘无束的境界回到这严酷的监号中来时,他阴郁的脸上,却绽出一点点酸楚的笑纹:"记得曹孟德在《赤壁赋》中,写下了'对酒当歌,人生几何'的感悟人生的佳句。'几何'二字在文学上讲颇有'来日苦短'之意,我则常把'几何'二字,当成数学中的'解析几何'。你和我都在圆周上爬行——像牛,像猪,像蚯蚓,像蜗牛,想爬到原来的定位点去,可是——"

我说:"你原地一二一地踏步未动,爬圆周的动物是我。"

"此话怎讲?"倪翔放下手中鸟笼,神情十分认真。

"我变得能适应环境,随遇而安了。可你没变。"我说,"就以你编织的这个鸟笼为例,你的思维还常常在鸟类王国里穿梭飞翔,你在我和我们的那些'同类'中间,可谓'蝎子拉屎——独(毒)一份'。"

"是不是我有毛病?"他像自问,又像是问我,"我难忘那只羽毛如雪的打更鸟儿,我编的这只彩色鸟笼,或许就出自那个梦——那个难圆的梦!"

…………

记忆使我失眠。

往事使我心酸。

此时此刻,不但那只鸟儿被送进古币中的钱眼之中,连倪翔在劳改矿山编织的鸟笼,也当了殉葬品,连同那只鸟儿一块儿"死了"。倪红——那个当年衣衫褴褛如同小叫花子一般的孩子,贪婪到不如花脚蚊子,因为按照倪翔的逻辑,花脚蚊子是不吸吮瘦骨嶙峋人的血液的。

我意识到这种感叹纯属浪费时间,而抢救生命垂危的倪翔,需要的就是争取分分秒秒的时间,除了科学的医疗抢救之外,还有一个感情上抢救的措施——没有别的东西可以替补,只有弄回那只有着三个不同姓名的鸟儿——娃娃鸟、打更鸟、苦寒鸟。我想,倪红看见她爸爸已经到了阴阳界的十字路口,或许能有犹大对耶稣的忏悔,那还可以弥补倪翔的感情于万一。

出租车是难叫的,因为此时已是凌晨两点三刻。我骑上一辆破旧的自行车,奔赴妻子所在的医院。在急诊室我匆匆地凝视了两眼昔日"同窗",首先把吴锦叫到医院甬道上来。她听了我的陈述,开始时连连点头,说倪红为此事已哭得泪人儿一般,估计不成问题;待我真要和倪红去摊牌时,吴锦又神色恍惚起来。她说:"这样一来,会不会砸了小红饭碗,外国老板把她炒了鱿鱼?"

"容不得考虑那么多了。"我提醒婆婆妈妈的吴锦,"你把小红叫出来,我跟她说。"

两眼哭得像桃子一般的倪红,从急诊室里走出来,坐在我对面的长椅上,两眼呆呆地望着水泥甬道地面。

"我和你商量一件事情。"

她没有抬头,似在揣摸着我的来意。

"你能不能把那只鸟儿再买回来,这对你爸爸十分重要。"我开门见山,语锋十分凌厉。

"德国人是最恪守信用的。"她双手托着脸腮低声地说,"我今后还能在那儿工作吗?"

"跳槽到别的单位不行吗?"我提示她说,"现在条条道路通罗马,你能运用三种语言,伯伯为你去另找工作。"

"哎——"她长叹了一口气,"该怎么对您说才好呢!"

"说吧!你爸爸正挣扎在死亡线上。"

"我……我……我爸妈都不知道,我正在和他谈恋爱哩!伯伯,我今年已是三十七周岁的老姑娘了。"倪红对我袒露她的心声说,"他是个伟岸的男子汉,慕尼黑大学金融学博士,我怕为此而失去了他。真的!"

"如果真是这种关系,为什么中间还存在着交易关系?你不是说那只鸟儿卖了一千五百马克吗?"我对倪红提出了质疑。

倪红的回答十分得体:"您去过西欧,一定知道西方世界婚姻、恋爱有时和金钱联系得很紧,有时又各自独立。何况,现在我们还没走到结合的地步,他付给我钱也是情理之中的事。当然,我带他去鸟市,本身就是出于对金钱的欲求。"

"那么,我就不难为你了。"我叫倪红告诉我这位先生的电话和地址。

倪红抬起头来,看了看我:"您去?"

"你爸爸一只脚已经踏进鄸都城的门槛了。快——"

倪红虽不十分情愿,还是把这一切告诉了我。第二天早上八点整,我准时给这位德国老板拨通了电话,他说一口标准的中国话,声音有点像经常在中国电视、舞台上露面的"大山":"那您九点一刻到我的公司来吧,我等候您。"

为了尊重德国人的习惯,我提前十分钟到了天涯饭店,在楼下商品部消磨了几分钟时间,然后乘电梯准时去按响他的办公室门铃。迎接我的是个金发碧眼留须的中年男子,他说他就是我要找的 D 先生。

没有客套和寒暄,他接待我的最高礼仪是一杯咖啡,并询问我是否要加糖块。我说:"我喜欢苦,苦可以提精神,我已经一夜未睡了。"

"就为那只鸟儿?"他十分好奇。

"是的。"

他说刚才倪小姐已经给他打来过电话,一是因父病危向公司请假;二是告诉他,她父亲的一位朋友要来跟他谈鸟事。至于我为什么要为这只鸟儿来找他,她说在电话中无法说得清楚,我会代她说明白的。

我空腹灌下一杯热咖啡,当真有了些力气。按照欧洲人的礼仪,喝咖啡要一小口一小口地慢慢品味,不能喝出响儿来。我此时已经顾不上这么多,喝咖啡的劲儿像在劳改队嘿喽嘿喽地喝菜汤一般。然后,我向他道歉,表示自己今天是知礼而非礼,实在是出于心情之焦躁干渴。

他很欣赏我的真诚,马上拿来咖啡壶又给我续上了一杯,并拿来一块三明治为我解饥。我是在边吃边喝中,对 D 先生讲述了倪翔的往事的。D 先生双手十指交叉在一起,听得十分认真,待我用一刻钟的时间,把倪翔的命运和这只鸟儿命运之间的内在联系,阐述得一清二楚之后,D 先生显得十分惊奇:

"您怎么知道得这么清楚?"

我只好道白:"我们是一起走过这段风雪交加的泥泞道路的。"

"您不是在编小说吧?"他诙谐地耸耸肩膀,"倪小姐告诉我,说您是位作家。"

"对您说的不是小说,但是我要把倪翔写成小说的,因为在中国知识分子群落中,良莠混杂,具有倪翔这种精神的,为数不是太多!"

D先生异常激动,听我叙述倪翔在"太阳岗"的归途上跌落雪谷以及在矿山编织鸟笼的往事时,几次从沙发上站起,走向从屋顶垂落到地面的茶色玻璃窗前,遥望光怪陆离的街市以及街市上潮涌般的人流。当他最后一次回过身来,慢慢踱步回到沙发旁时,严肃而真诚地对我说:"非常感谢您给我上了一堂中国的历史课。我向倪翔这样的中国知识分子致敬!"

"感谢您的理解。"我看看手表,借以暗示时间对倪翔之宝贵。

"跟我去提鸟儿吧!鸟笼挂在我公寓的阳台上。"D先生穿起一件黑色风衣,整了整喉结下的领带,便和我一起走出天涯饭店。

不一会儿,我俩就坐进"奔驰"车里。他亲自开车,我坐在他的旁边。

"叶先生,我能不能向您问一个问题?"他沉郁地看了我一眼。

"当然可以。"

"倪红小姐作为他的女儿,理应比您更理解她的这位可敬的父亲,是吗?"

"我想是的。"

"但是……但是……为什么她不顾她父亲的感情饥渴,而把这只鸟随随便便卖给——不,送给一个外国朋友呢?"

我一时被D先生问哑了。

"当然,在我们西方世界,金钱无疑在生活中是重要的,但是有良知的德国人,还是把感情视若金筑王冠上的宝石。您认为这种比喻,符合中国人的生活观吗?"

我敏感地意识到 D 先生的话锋,是对着倪红的行为而来的。我立刻为倪红解释道:"倪小姐对她父亲的过去,知道的没有我多。我和她父亲'同窗'二十年……"

"您在为她辩护。"D 先生淡淡一笑,"这么一位可敬的父亲,作为女儿的倪小姐,不但应当引为光荣,而且该百般爱护他的一切。倪小姐此举,显得太轻率了。一个能亵渎父亲感情的女孩子,也能戏弄别人。"

我当真是无言以对了。因为 D 先生对感情世界的悟觉,与我有着绝对的近似和相同。可是出于保护倪红的本能,我还是为倪红进行了申辩:"能不能用心理学上的'移情说'来解释她的行为呢?比如,有一种东西占据了她心中更为重要的位置,使她在失控的状态下,发生了重心的倾斜,而做出这桩荒唐事来,不也是可以理解的吗?"

D 先生眯眼对我一笑:"您有资格当律师了,但我要对您说,我原来的妻子,就是把我一只叫'威廉'的爱犬不经我的同意,馈赠给她的一位亲友,而导致我和她分手的。何况我还不是从事狗学研究,而倪小姐的父亲正是以研究鸟类为生的。这非常残酷!非常残酷!"

我还想说什么,D 先生的"奔驰"车突然停下。他指了指十字路口的红灯,含蓄地对我说:"您看它朝我亮红灯了。红灯是危险讯号,我必须把车子停下来,否则就是对人对己都缺乏责任!"

我沉默了,因为我听出来 D 先生的话是一语双关:我再做任何努力,都属多余和无趣。因而,当十字路口亮起通行的绿灯时,我放弃了辩护律师的角色,因为我面对的是一位惯于理性思考的人。

D 先生见我久久缄默无语,出于缓解车内的沉闷空气之目的,对我讲起了那只鸟儿:

"它的啼叫声挺悲凉的。"

"嗯。"

"我回忆起来了,在德国和瑞士的边界阿尔卑斯山上有这种鸟。性喜寒冬冷雪,人们管它叫命运鸟。"D 先生说,"如果您今天不来,我也会把这只美丽天使送人的,因为我忍受不了它的夜啼。"

我想这第四个鸟名,倒挺符合倪翔的生存实际的。命运!命运!难道冥冥天穹之下,真有不可知的命运在主宰人生?命运鸟在追随着倪翔的踪迹而鸣?深层次地想一下,倪翔生命本身不就是这样一只鸟儿吗!二十几岁就想追随鸟类世界飞翔的,硬是被捆绑起翅膀来,投入并非鸟笼的囚笼。D 先生听见的断肠夜啼,等同于倪翔咏叹调式的自白……

"快要到了。"D 先生说。

"越快越好。"我从痴迷的幻觉中回到现实中来,"必须叫他能看见这只他的属相鸟。"

D 先生不懂"属相"二字,我无心为他解释中国的十二生肖。D 先生见我不想说话,便向我说了两件事情:一、那一千五百马克算是他馈赠给倪翔先生的营养费用;二、虽然倪红小姐的轻率,使他十分费解,但她聪明、能干,是公司里不可取代的角色。待倪翔病势稍好之后,公司希望她立即返回她的岗位。

我没有为倪翔推辞,这是出于我对D先生诚挚的确信。使我尤为振奋的是,D先生对倪翔的吉祥预卜,因为他的这番话中没有一句对死亡的预感。

但是当车子开到D先生的公寓时,我最不愿意见到的事情发生了:倪红像根木桩一般站在公寓门口。当车子缓缓停下,她立刻对D先生说:"快——我爸爸已经昏迷不醒了,他在弥留中不断呼喊着'苦寒鸟——娃娃鸟——打更鸟——'"

…………

D先生是陪同我和倪红一块儿到医院的。他说他之所以到这个十分不愿意来的地方,完全是出于对中国知识分子品格的崇敬。

迟了!

太迟了!

死神已经把和我同窗廿年的倪翔抱到了太平间。当我们在医护人员的怪异的目光中,提着苦寒鸟的彩色鸟笼,走进4号停尸房时,吴锦正伏在一张遮尸的白布单上号啕大哭……

我们没有惊动吴锦。倪红用哆哆嗦嗦的手,把鸟笼挂在太平间的窗棂上;在我和D先生站在倪翔床前,向倪翔垂首默哀时,倪红呜咽地喊叫了一声:

"它已随爸爸而去——这鸟儿死了!"

死亡游戏

> 回访那片广袤的故地时,那根本来悬挂在监号大院被劳改犯称为钟的半截铁轨,已然不知去向,但是那口钟和敲钟人的故事,却永远无法从我的记忆中消失……

A

刘松是在当上勤杂工、每天打扫劳改大院时,在谁也注意不到的监号外脸盆架下,拾到的那个小本本。监号外存放脸盆的地方,上面有遮雨的灰顶,上中下三层被分割成一个个方格格,每个方寸之大的地盘,都摆放着劳改号的一个洗脸盆。远看还挺整齐,近看却像个鸽子窝。刘松是从脸盆架底层的一个旮旯掏出这个小本本的。由于它躲藏得十分隐蔽,刘松用扫帚把儿钩了好一会儿,才把这小本本钩出来,这更刺激了他的好奇心。刘松躲到墙角没有人迹的地方,偷偷把本本打开看了看,便失望地揣进了怀里。本本上大多是刘松看不懂的 A + B = C = X 之类乱七八糟的阿拉伯数字和英文符号,只有最后几页,留有几行汉字,上边不知是抄录了哪位名人的话:人活着所以有意义,是对比死亡而言的;如果人生没有死亡而只有永生,那么人类就不会珍惜生存;但是如果活着与死亡,如同住在一个房间,你就不如走出这个房间,去寻找你的天国。刘松手拿这个破烂的本本,站在脸盆架旁猜想了很久,一个"老右"一个"老右"地过罗,想找出这本本的主人——最后他似乎诞生了福尔摩斯的智慧,这本本是去了天堂的陆淼扔下的。他之所以把本本揣怀里,因为他和陆淼曾是苦难中相知的朋友,陆淼的遗物当然是值得保留的。

陆淼是在一个秋天走的。他自挂于劳改大院一个悬于空中的半截铁轨上,劳改队没有钟,那根铁轨发出的声响,便是劳改队出工时的信号。陆淼的任务就是每天按时击打铁轨,体力健壮的劳改号根据那铁轨发出的命令,列队在大墙和电网围起的一块空场上点名出工。那根铁轨的声响,好像是他的生命之钟,他也不知道究竟击打了它多少次——可能是几千次或者几万次,反正他击打铁轨的声音越来越轻,说明他的生命信号越来越弱。此时正逢全国大饥饿年代,挣扎在社会底层的苦役犯,许多人先是瘦得如同人灯,后又浮肿得如同打足了气的气球。

刘松当时所以还是个体力充沛的人,这既得益于他原来的职业——舞蹈演员,更得利女友于梅不断地为他运送食物。劳改队虽然有明文规定:接见时只能收下两斤食品。可是队长无法解决劳改号的肚饥问题,也就睁一只眼闭一只眼,装作视而不见。刘松身在出工队,白天像牛一样地干上一天活儿,晚上坐在大炕上还得学"劳改经",难得和病号陆淼见上一面;但是他听见那渐渐微弱下去的钟声,知道陆淼快要趴架了。有一天,正逢是公休日,刘松翻翻炕洞,把昔日于梅送来他没吃完的"进口货"(并非国外食品,劳改队对食物的通称)——几个芝麻烧饼,连同那个沾满芝麻粒儿的纸包,一块儿给陆森送去。到了敲钟人住的小屋,他扑了个空,围着劳改大院转了个够,后来终于在厕所里找到了这位相知。不看不知道,一看吓一跳,浮肿病把他的脸变成一个皮球那般滚圆,他用手按了一下陆森青黄菜绿的脸,陆森脸上的肌肉已然失去了弹性,那个被按下去的圆坑,久久也不再回弹起来;在陆森系裤子的时候,他又有了第二个使他吃惊的发现——陆森的生殖器,都浮肿得像一根拉秧时节的秋黄瓜。刘松暗自神伤之余,强作笑颜地陪同他回到敲钟人的小屋,把那包芝麻烧饼,塞给了陆森。

刘松自知这些东西治不了陆森的后期浮肿,但同是天涯沦落人,他和他根子都缠在一九五七年的刻度盘上,对一个自己崇敬的同类,尽一份心意是责无旁贷的事儿。使刘松心痛的是,就在那个陆森揣饱了肚子的夜晚,他自挂于那根生命钟上。他蹬着一个劳改犯开会时坐着的小马扎去的阴曹地府。陆森死后的形象是怕人的:舌头伸出很长,和中国古代民俗画里的吊死鬼一模一样。当时,所有的"老右"都为这个北京大学数学系的高才生,自断生命之钟的钟弦,足足感伤了一段日子。特别是刘松,当时就向队长请求去为陆森下葬。

陆森在刘松眼里是个奇人,尽管劳改队中的奇人不少,但是能在智能上与陆森相媲美的,似乎还不多见。刘松记忆最深的事,是陆淼超人的计算能力。比如,劳改队要盖一个烧砖的大轮窑,那个四十米高的圆形轮窑烟囱,需要多少块红砖,陆淼不必经过计算,开口就是准确的数字;农场水田要开挖二十米宽的大渠引水,陆淼张口就能吐出开挖的土方数量和用工人数。事后证明陆淼的脑袋就是个天然算盘,计算得准确无误。尤其让刘松心醉的是,在出工路上的"听棋"。荒原路漫漫,从监舍到劳动工地往往要走上很远很远的路,头上那顶草帽难以抗拒一轮喷火的骄阳,一身臭汗粘身,再加上虫叮蚊咬,刘松常有《西游记》中过火焰山的感觉。唯一能借以逃避苦夏的方法,就是在出工的路上,听陆淼与几个"老右"背对背地下着盲棋。"马三炮四","车五卒一",他们面前没有棋盘,棋盘都摊开在各自的心里。陆淼常常要面对三四个与之对弈的对手,最后的战果,无一例外地是陆淼以全胜告终。刘松自认为棋艺不低,有一次好奇地参加到这个盲棋大战中来,但是只走了不到一半,就忘记了敌我双方的棋步,不得不中途退出棋局;而陆淼那个脑袋,在一对三、一对四之中,时而还要与同类们插科打诨,但是从没见他自乱阵脚,总以不败收局。因而在刘松眼里,陆淼是个智慧的化身。队长也不是瞎子,知道陆淼在全场是个头号超人,在他得了浮肿病后,算是对他的关照,把他从出工队转到内勤队,在独居的一间低矮小屋里,担任了敲钟人。

此时,这颗智多星陨落了,而且是吃了他的食品走的,刘松心里虽然有平衡的一面,也有失落的一面。当他和另外两个"老右",把陆淼装进那口专为埋死人的无底活棺材里,马车夫摇动鞭杆,拉尸车奔往大芦苇塘中的坟场以后,刘松跟在尸车后边,眼泪立刻流下脸腮。他觉得陆淼自杀之前太理性了,昨天他给他送去那包芝麻烧饼时,他还对他微微而笑。

刘松说:"你浮肿到了这个份上,你还笑得出来?"

"我笑的是你,你还记得你在那盘盲棋中途乱了方寸吗?"

"记得。你怎么想起我的臭棋来了?"

"其实人生也是一盘棋,在这盘棋上,你也许会把棋子走到底,我可能会像你一样中途退出残局。"

刘松当时对这句话没有走心。现在他明白了,陆淼讲这些话时已经流露出自戕的意念。刘松恨自己太愚,当时竟然没有对陆淼的自杀有所察觉。当然,像陆淼这样的人精,别人的意志很难影响他,但是刘松还是觉得因为自己的头脑痴愚,而失去了与他最后一次攀谈的机会。他既为陆淼悲哀,也为自己的木呆悲哀。

下葬死者的坟场到了,那儿还保持着古老的蛮荒,不知是哪年哪月生长在这儿的一片芦花荡,无边无沿,劳改农场的鬼城就在这儿。密密的芦苇塘拱起一望无际的坟头和挖好了的一排排穴坑,西区的几个劳改分场的饿死鬼,都从这儿走进天国之门。马车夫把车停在了一个穴坑前,揭开无底儿的活棺材罩,一扬车把陆淼僵直的身子,顺进了这个土坑。刘松立刻对那个马车夫说:"你不用等我了,我埋完土独自回去。"

大大的芦苇塘,正是芦花放白的时节。在刘松眼里,那些在秋风中飞舞的芦花,就像是一个个祭悼死者的白色花环。在挥动铁锹给死者堆土时,他觉得老天都在为这个受难的同类升天而满天飘白,他是不是也应该有点什么表示才对。他想来想去,他没什么祭品对这颗亡魂表示自己的心意,哪怕是带上一个窝窝头来也好,他可以把那个窝窝头放在陆森的嘴边,让他在天国有个安慰——浮肿起源于饥饿,饥饿又加剧了浮肿;最后这个中国未来的数学家,匆匆地下完了半盘人生之棋,就自愿来到了这个鬼城。他唯一可以安慰一下自己心灵的,就是不停顿地挥动铁锹往坟头上加土,直到把陆森的坟头堆得高出别的土丘一倍,在一片乱坟茔中犹如丘陵中的山冈,他才罢手。

坟头堆起来,他已大汗淋漓。当他坐在坟前冥思默想这位可怜的同类的时候,有几尾白白的芦花,被秋风吹落在光秃秃的坟头上。落花无意,刘松有情。他望着漫天的芦花天女散花般地无声而落,忽然,他想起了一个祭奠亡灵的方式——他过去是学东方舞蹈的,在歌舞团里表演过古代亚洲土著祭祀死者的舞蹈:舞蹈者头上披戴着白色的花环,脚腕上还佩戴着脚铃,在亡灵之前像醉汉那般左右摇摆,身子前仰后合。过去在舞台上刘松的表演是一流的,前仰后合时身子都要弓曲到挨近地面。刘松是出于祭祀陆森心切,还是想在这荒芜的芦花荡里检验一下自己的舞蹈技艺,看是不是也被劳改给改掉了呢?他自己也说不清楚,反正他从空中抓来几尾芦花,编成一个小小的花环,顺手粘在他汗淋淋的头上,便开始了生者祭奠死者的舞蹈。

开始时他还觉得一切如初,身体的柔韧并没有因为修理了几年地球,而变得僵直死硬;但待他后仰身腰,企图将后脑挨向地面时,他的腿部突然不听他的命令,他觉得右腿根部剧烈地疼痛了一下,便再也不能站直身子了。他自知拉伤了腿部肌肉,忙坐在地上揉擦起大腿,可是无论他怎么揉擦,右腿依然疼痛不止。下葬陆淼的最后一道程序,是他咬紧牙关完成的:他一走一瘸地找来一块红砖(这儿备有为死者留名的砖头),用他带来的那一小截粉笔头,在红砖上写上"陆淼"二字,并把它竖在了坟头前当作碑石。

然后,他强忍着右腿的剧痛,抡圆了铁锹,把坟头拍了又拍,直到那些虚土被拍打成一个圆圆的土馒头为止。他无论如何也想不到,这次祭悼陆淼的跳舞之举,是他命运中的一个转折开端……

B

刘松是拄着一根木棍回农场来的。他走走停停,等他回到劳改大院时,已然过了吃晚饭的时间。第二天,他躺在炕上不能再出工了,狱医出具的证明,是撕裂了腿部肌肉。躺在监号的大炕上,他仔细地回味着昨天的一幕,怀疑自己是不是得了神经病。不然的话,在那芦花荡里跳什么祭奠的舞蹈?那儿是埋死人的大芦花荡,不是昔日的演出舞台,在那个荒芜的鬼城,自己怎么就失控地跳开了舞蹈呢?同监的另一个得了浮肿病的老号,一九四九年新中国成立前,是一个被称为陈半仙的巫师,他见刘松手扶着炕沿一步一步地挪了过来,就对他说:"你昨天是不是去送死鬼陆淼了?"

"是。"

"你是不是很喜欢他?"

"要不是一九五七年折进来,中国会多一个华罗庚。"

"你过去不也算得上一个青年舞蹈家了吗?"陈半仙说,"古话说得好,'物伤其类,兔死狐悲'。这并不奇怪。"

刘松想了想,陈半仙说到了点子上。如果陆淼不是个有才的"老右",他是不会去为他送葬的——当然也就没有下面的事情发生。他做了一种假设,如果他与陆淼调个过儿,是他死了,陆淼也会去送尸的,但是绝不会有他在芦花荡里的表现。一个严于理性思考,惯于在 A + B = C 公式中穿行的人,不会有芦花荡中的金蛇狂舞。学理工的与学艺术的,在关键问题上的表现会是南辕北辙。

陈半仙见他躺在炕上沉默不语,便又开了腔:"我说刘松,我再问你一个问题,你伤的是左腿还是右腿?"

刘松有点烦了他的絮叨:"反正两条腿都是肉长的,你就不用再操心了。"

陈半仙自己虽然已经到了二级浮肿,早早晚晚是送到病号队里的一条死虫儿,但是职业本能让他忘记了病魔缠身。他顺势躺在刘松身边的铺位旁,继续追问:"不,两条腿可不一样,左边的叫左腿,右边的叫右腿。我估摸着你是伤了右腿。"

"为什么?"

"'老右'哭'老右',那个死了的'老右'觉得在大芦花荡里太寂寞,不愿意朋友离他而去,当然会拉住你的右腿了。"陈半仙说这些话时,似乎忘记了他是二级浮肿病号,无神的干柴般的眼睛里,居然闪出一线流星般的亮光。刘松的心灵似乎在这刹那间受到了强烈的震撼:原来人人都有着难以割舍的过去,这个开卦摊的算命先生,在这只有他和他两个人的监号里,竟然也旧病复发。看起来他在芦花荡里过了一回跳舞瘾,与他同属于职业本能的条件反射——这是他的一个新的自我发现。

刘松由陈半仙想到了自己,又由自己想到了陆森。他在以职业本能这个探测仪,寻找陆森自杀的行为逻辑。劳改大院里有许多地方可以自杀,比如没人注意的墙角旮旯,劳改队的茅厕,可是他为何非要自挂在那根他每天击打的铁轨上不可?想来想去,刘松似乎找到了一点陆森的行为依据:他是敲钟人,在劳改队,那根铁轨就是他的体外神经。他如果在别的地方自戕,显然有悖他的生活逻辑。要知道,那根铁轨等同于他的一口生命钟,他要让所有的人,都知道那口生命之钟停摆了,没有比选择这根铁轨更为合适的地点了。他的死亡表演里,有着属于陆森独有的死亡智慧!想到这里,刘松不禁失声苦笑了起来。

"你笑什么?"

刘松没有理睬陈半仙。

"我看你伤得不轻。"陈半仙又说,"怕是要有心理准备。"

刘松心火上升,反咒陈半仙道:"你放心,我再糟也当不上二级浮肿号。"

"话可不能这么说,我来到这儿时,身板比你还结实哩。"陈半仙并没因为刘松对他发了火气,而改变他的和颜悦色,"俗话说,伤筋动骨一百天,这可是给关羽刮骨疗毒的神医华佗留下的至理名言。"

刘松万万想不到,他的腿伤真被陈半仙言中了。从那天送葬归来时起,他便从一个壮劳动力,跌价成了一个廉价的病号。在大饥饿中的劳改队,出工与不出工口粮定量是不一样的,他当了病号的第三天,每天进肚的窝窝头(中间还掺有曲麻菜),就从六个降到了两个。过去他虽然也曾有过饥饿的感觉,但是从没有今天体验得这么深刻。偏偏在这个饥饿的日子,他接到了一封来自北京的信,那是他的女朋友——昔日与他在舞台上共舞的于梅写来的。她在信上说,她再也不能等待下去了,一个舞蹈演员的生命是短促的,特别是一个女演员,如果过了青春期,就像一朵过了花期的花蕾,不会再有开花时节了;她说她已经等了他好几年,看穿了希望渺如海市蜃楼;她说她很对不起他,所以在上次来看望他时,才有在野麻地里的失态云云。

当刘松捧读这封来信时,心里并没有多大的震撼。送进劳改队的右派,等于是判了无期徒刑,即使摘去头上那顶铁帽,还是要被强制留在劳改队就业。与其让于梅等下去,还不如早一点给人家自由为好。其实这一点在于梅几次来劳改队看他时,他早已对她说过,只是于梅痴情于他,迟迟没有拿出快刀斩乱麻的态度。女孩就是女孩,她说是他把她引上舞蹈之路的,她不能在他最困难的时候离他而去……最后那次会见的地点,是在一片麻地,劳改队长所以能对她恩典,破例地允许她到野麻丛中来,完全出于于梅那张会说话的嘴。她说她当晚还要赶夜车回北京,因为第二天她有在"人民大会堂"的演出任务。劳改队长们虽然大多是半大老粗,但是一提"人民大会堂"还是神经紧张——中国人都知道那个地方的分量,劳改队长也不例外;再一查于梅的工作证,确实是个歌舞演员,在无可奈何的情况下,劳改队长便让她来了男儿国劳动的野麻地。

在那次不寻常的会见中,刘松似乎已经发现了她的异常。昔日她来探视时,脸上总是强作欢笑,刘松知道她所以这样做,不外是给他一点生存力量。但这次不同于往日,她坐在麻地埂埂上,只是默默地垂泪,全然是一副悲痛欲绝的神情。

刘松有些惊恐地说:"你不能这样,让队长看见探视者哭是不行的。"

"他管得着你,还管得着我?他若过来质问,我就说是眼里吹进了沙子。"

"那让劳改号看见也不好。"刘松又说,"直说了吧,我也不希望看见你掉泪。"

"这么一大片麻地,绿绿的麻叶像面墙,谁能看见?"于梅低声说,"这次来我确实很难过,三年多来这是我第十二次来看望你了。"

是的,还让她有第二十次、三十次吗?往返奔波,汽车、火车,然后是步行穿过几十里荒芜的土地,这对一个女孩子来说,已然付出了全部艰辛。何况这条泥河还不知道流到哪儿才是它的归宿,何必让她苦守下去当一九五七年的殉葬品呢!坐在野麻地的畦埂上,他挖空心思寻找与她对话的合适的词汇,可是怎么也找不到,最后他终于一狠心,吐出几句十分生硬的话来:"看样子,我一辈子都与舞蹈绝了缘分,你还是早做打算,不必再苦等下去了。"

轮到于梅沉默了。她本来想把歌舞团支部书记找她谈话的事儿告诉他的,可是那些词儿异常尖厉,什么"与反革命右派刘松从根本上划清界限",什么"你要考虑你的前途和后果",每一句话都比得上一根针,她不想让刘松内心再一次为之流血,只好把那番话咽回到喉头下去。之所以如此,是因为于梅成为一名出色的舞蹈演员,都得益于刘松对她的发现和心血浇灌。她原本不过是个中学里的舞蹈爱好者,在一次中学的歌舞竞赛中,被刘松发现后推荐到歌舞团里来的。初来时她不过是棵舞蹈苗苗,但是她的天赋加上刻苦,很快从一个小小配角一直跳到 A 角。其间,几乎每个假日,刘松都像大哥哥那般指导她练功,于梅深知她的成功背后,深藏着刘松的心血和汗水。她最为敬重的是,刘松是个没有演艺圈子里任何恶习的人,除了在舞台上接触过她的身体之外,在舞台下,他从没有动过她的一根发丝。这在于梅心灵深处,引起的不仅是尊敬,还产生了一种依附之感,就像是小草依恋绿荫,雨丝融入白云。她对他除了一个女孩所具有的复杂的情愫,还有着强烈的同情。这是由于刘松生活中的不幸所引起的:他血统属于东北深山老林中生活的达斡尔族,五十年代黑龙江省的一场特大暴风雪,把他的一家人都埋在了漫天漫地的大烟泡中。他刚刚擦干了失去亲人的眼泪,不到两年光景,中国另一场大风暴开始了,那就是一九五七年的反右运动。刘松在歌舞团的鸣放会上,没有谈及什么出格的话,只不过说了几句"外行与内行"的事儿,就被认为是隐喻攻击了党的领导。这个来自东北边陲达斡尔族的舞蹈尖子,对一切事情都像对待舞蹈一样认真执着,划右后拒不在结论上签字,结果可想而知——他被开除公职送到劳改队来。

于梅早已为刘松承受巨大的压力了,她没有刘松的勇气,却有着刘松没有的机敏,她虽然连续写了检查,但是像她跳的蛇舞一样,她在极度困难的生存条件下迂回。她谎称有病,借休病假期间给刘松不断运送食品——大饥饿年代的劳改农场,囚犯饿得吃煮鞋底子,这是她在探监时亲眼见到的一幕惨戏,因而她的全部收入,都用在了刘松的生存问题上。几年过去了,她为刘松熬得筋疲力尽,感到实在难以支撑下去;但是刘松的昔日情分又深深扯动着她的心,便有了这次的探访。她已然想好了回报刘松情分的方式,她要把她的第一次献给他,这是她回避在囚舍会见,而到劳改工地来的目的。还算老天有眼,这儿是一片野麻地,可以障人耳目,因而她擦干了眼角的泪水,低声对刘松喃喃道:

"过去,你一直没有亲吻过我,这儿没有人能看见,你……"

刘松吃惊地望着于梅,觉得她有点失常。

"怎么了?我本来就是你的,只是生活硬把你我分开,我是来还原生活的。"

刘松自己也说不清,他为什么像触电一样从田埂上站了起来。昔日在歌舞团,她没有对他表示过爱情,始终保持着哥哥和妹妹的分寸。眼下他折了进来,在看不到任何曙光的日子,她居然对他这个大墙里的囚徒,提出了这样的问题。就在他懵懵怔怔的时候,于梅站了起来,张开双臂把他拥在怀中,双唇紧紧地贴住了他的嘴唇,并搂抱着他离开田埂,走进了野麻地。

"于梅,你……你……不是疯了吧?"

她不理睬他的推搡,只是把他抱得更紧了。

刘松惊恐地左顾右看,一片片麻叶像一面绿色墙围,也许不会被人发现,但在这囚犯劳动的土地上,终究是个危险的举动。如果此事发生在几年之前,刘松的欲火可能被于梅的吻挑逗起来,而在这儿,恐惧扼杀了他的一切,于梅那个突发而来的热吻,不但没有让他感到任何一点甜蜜,反而使他心灵战栗了起来。于梅误以为刘松是动情而战栗,便进一步把自己的脸贴在了他的脸上,同时拉起他的一只手,伸向她内衣之下的部位,同时低声地呢喃:"我……我……是特意来……来……把我交给你的……别错过这个……机缘。"

这是刘松第一次接触到她的敏感部位,那是一个既柔软又坚挺的肉团团,他真的有些不能自控了,从内心深处迸发出来的人性欲求,第一次战胜了自我惊恐。他用那只长满老茧的手掌,像揉面团一般在她的胸上揉来揉去。于梅开始了低声的呻吟,这十分刺激的声音,把刘松的心欲推上了巅峰,刚才还是兔儿般胆怯的他,此时俨然如同一只野狼,把另一只手,伸向了她更为隐蔽的两腿之间——人性的本能就是一个无所不能的智者,无须教师指点,无须航标引航,刘松粗暴而野蛮地顺势把她推倒在野麻地上。

如果事情早一点发生,也许刘松就可以算作一个在河里行过船的男人了,但他最初的恐惧延误了时间,待他那只船到了河边时,劳改队地头歇息的时间到了,随着一声哨响,在野麻地里劳动的囚号,纷纷从麻地里钻了出来。麻叶一片乱响,刘松和于梅只好站起身子,并迅速地彼此拍拍身上的尘土,红头涨脸地从麻地里钻了出来。于梅不敢在工地上久留,因为飞向她的目光,都闪着狼的幽光——这儿是清一色的"亚当",对女性的饥渴是不言而喻的。不过,她还是在临行之前,不失礼貌地感谢了放她来劳改工地的劳改队长,之后就匆匆离去,给刘松留下一个生命中从未有过的记忆。

于梅走了,囚号们立刻把刘松围拢起来。一片淫词浪调立刻飞进他的耳朵:

"哎呀!你真是过了女人瘾了!"

"那奶子像大石榴还是像水蜜桃?"

"一开始你拒绝人家干吗,天字第一号的大傻瓜!"

"她是个没毛的白虎,还是个多毛的红桃?"

…………

起始,刘松并没对那些猥亵之词脸红,在劳改队这个大笼子里,他已经听惯了这种声音,男儿国里的性饥渴的种种表现,对他来说已是家常便饭。但是今天他从那些淫秽的语

言中,知道那座绿墙并没有挡住窥视的目光,不禁有些光火。因而他猛地站了起来,大吼了一声:

"闭嘴——你们真是不知廉耻——"

这一嗓子把队长喊来了,队长像是训斥牲口一般,把那些意淫的囚徒训了一顿,地头上才算安静下来。但是每到晚上他们就会像蛤蟆吵塘一样,把他和她在野麻地里的情别,绘声绘色地述说一遍。刘松最初曾经为此暴怒,可结果是以一场"蒙头会"收尾。多亏了那位相师陈半仙,以三寸不烂之舌,说服了那些"氓爷",才把他从棉被下拉了出来。此后,刘松任由那些流氓们胡说。那些氓爷们为了满足他们的意淫,以野麻地为屏幕,自编自撰了许多的性交故事,有的在梦里还自唱自吟起"十八摸",刘松都只能也只好对此装聋作哑。精神的伤痛,已然使他难以承受;加上那场"蒙头会"的拳打脚踹,在那些难熬的日子,他是靠阿Q精神生活的。为了平衡心态,他拼命回忆驰骋舞台的日子。当然其中的核心是于梅和他的过去。忆来忆去,他越来越发觉于梅的清纯。可就是这个泉水一般清澈的姑娘,居然在这片苦寒之地上演出了一场令人心惊肉跳的戏剧;而这场戏剧的导演不是自己而是她,真是他难以想象的事情。过去她是一个自律性很强的姑娘,野麻地之举,完全有悖于她的性格。他像在饥饿中咀嚼窝窝头似的,仔细地回味着她,最后他终于得到了一个结论:她与他的诀别方式,充满了时代的怪诞,她是以献出她的圣洁,来画上她与他之间的句号的。

"挺古典的,也挺现代的。"他想。五十年代驯化出来的一只鸟儿,怎么能长出这么一双破笼而出的翅膀,他觉得有点不可思议。在歌舞团同台演出了几年的男女主角,在台上台下始终洁净如水,却在这儿演出了一场儿女情殇的戏剧,这是刘松无论如何也想不到的。因而,他特别珍惜她寄来的那封诀别信。虽然那纸面上的文字,没了野麻地里的气息,但是刘松从字里行间残留下的一圈圈水痕,可以判断出那是她写信时滴落在信纸上的泪水。刘松心里如同刀绞,但还是立刻给于梅复信,祝福她能在未来找到幸福。他在信里还说,他和她之间的丧钟早晚是会敲响的,因为时代已经判了他与她之间爱情的死刑。与其将来,不如现在。这封信的内容因为涉及政治,无法从农场寄出,他便托一个被批准回家办理丧事的"老右",带回到北京并掷进了信筒……

C

两个多月的光景过去了,他才知道没有了她,就断绝了与这个世界的联系。特别是刘松拉伤腿部肌肉之后,每天不能出工,躺在大炕上胡思乱想之际,就更觉得于梅对他的重要。中国虽然那么大,再没有第二个人来劳改队看望他,他成了一个只与自己的身影形影不离的囚徒。当然,大炕的另一边还躺着一口活尸陈半仙,但是刘松觉得与陈半仙隔着"楚河汉界",完全是两类不同的人。

陈半仙似乎并无这个感知。他平日孤零零一个人躺在监号,此时大炕上多了个会说话会出气的大活人,对他当然是个乐事。他过去的职业是个说客,现在有了能够与他对话的人,职业本能诱使他不断与刘松"通电"。

"你在看什么哪?"

刘松正在看那封于梅与他断交的信,这些天他每天要把这封信看上几遍,聊以解饥。两个多月的口粮下降,他消瘦了不少。昔日他把于梅送来的食品分给陆森吃的时日,已然不复存在。他躺在大炕上,时时感受到肚饥难耐。

"你不说我也知道,你在看那妞子的信。对吧?"刘松仍然以沉默对待陈半仙,不予作答。

"我说刘松,我在你眼里可能是个老不死的行尸走肉。可是你要知道,我有一肚子的狗杂碎,才赢来陈半仙的大号。我走过的桥,比你走过的路还长,你会从我这儿学到不少东西的。"陈半仙摆开了他的龙门阵,"此时此景,我知道你正拿妞子那封信,转移你的辘辘饥肠。"

"算你蒙对了一回。"

"有第一回,就有第二回。我知道那个漂亮妞子跟你断了,也是迫不得已。"

俗话说:烈女怕磨郎。随着时间的推移,刘松自己也不知道是受哪一根神经支配,在自觉与不自觉之间,"楚河汉界"壁垒一天天土崩瓦解。可能是应了古话中说的"倒霉的人爱上卦摊"之说,陈半仙的东拉西扯似能填补他精神的空泛,转移他一点灵肉被淘空的伤痛。这些天来,他说了许许多多宽慰刘松的话,比如《易经》中喻示人生的,失就是得、得就是失之类祸福相倚的哲理内涵,陈半仙还将其十分得体地与辩证法的精神联系在一起,说得头头是道。

"我饿——我饿——"刘松有时听烦了他的布道,不禁高叫了几声。

"那也能治,你就想一想过去你吃过的最好吃的东西,比如全聚德的烤鸭,东来顺的涮羊肉……当然它不能根治你的饥饿,但是至少能忘记饥饿于一时。"

刘松按照陈半仙说的试了试,当时起到了抑制肚饥的作用,但是精神会餐过后,他觉得更无法忍耐腹饥了。刘松在这样的精神迷失与肉体伤痛中,度过了一段日子。有一天,他从监房里的门上唯一的一块玻璃窗自窥时(那是供囚号们外视、劳改干部内视的),他突然发现自己本来消瘦的脸胖了一圈,再仔细一看,虚胖的脸上气色紫里带青,他差一点喊叫出来——他得了浮肿病。他虽然不是医生,但是在这块劳改的土地上,他已经看见了不少浮肿病号。从消瘦开始,待等脸上虚胖起来,色泽变得青黄菜紫,那就是浮肿病光临到你的头上了——他对着那块玻璃,再用手指按了按自己失去了血色的脸,手指按下去的部位,出现了一个圆坑。

陈半仙见刘松对着那块玻璃发呆,安慰他说:"别自己吓唬自己。'男怕穿靴,女怕戴帽',要是你的腿部也肿了起来,那才是真正得了浮肿病了呢!"

刘松弯下身子,挽起棉裤裤腿,在腿腕上用手按了按,腿部的肌肉也失去了弹性,手指按下去的地方,久久没有反弹起来。这个发现,使刘松一屁股坐到了地上。劳改队中谁都知道,在大饥饿的年代,这个病犹如一张死神通知书,几乎没有恢复健康的先例;如果想逃脱厄运,除非有大批营养品的补充。在这粮食匮乏到家家户户吃饭都要上秤量的时代,社会底层的劳改农场,他还有好转的可能吗?这时他似乎才明白了来劳改队这几年,身体所以没有垮下来,都得利于于梅源源不断的食品供应。此时,一切都成为了昨日的昙花,等待他的是生命之树的枯萎和凋零。

陈半仙费力地走了过来,用他那两只像鸡爪一般的手掌,拉拉刘松的衣领说道:"精神散了架,可就什么都完了。你不过才刚刚一级浮肿,比我强得多哩!"

刘松用手撑着地面站了起来,无声无语地坐在炕沿上。

"怎么办呢,现状是改变不了的,你要往开处想。不然的话,我这老号早就到阎王爷那儿报到去了。精神虽说不是灵丹妙药,但是在这块兔子也不拉屎的土地上,哭天抹泪只能缩短你去阎王殿的时间。"

刘松无奈地叹了口气,自知无良策可选。这时他才理解了一点陈半仙的精神平衡法在实际生活中的作用。有一天,他曾搀扶着陈半仙去了一趟茅房,当这个二级浮肿号,解开裤子尿尿的时候,他看见陈半仙胯下的阳物,居然肿得与陆淼那个物件不相上下。可是陈半仙天天面带微笑地打发光阴,似乎活得没有任何愁楚,这显然是精神平衡法在起着作用。刘松到这个时候,才更加信服了自我欺骗这剂灵丹妙药。因而,当刘松搀扶他从厕所回来,两人重新躺倒在大炕上时,他第一次主动向陈半仙讨教:"你除了精神会餐以外,还有什么高招应付饥饿?"

陈半仙认真地想了想,告诉刘松抵制饥饿的方式多种多样,他是常常以回忆当年的好年盛景驱除肚饥的。这位旧社会遗老,当年因为给达官贵人算命相面出了大名,可谓日进斗金。在眼前像叫花子一般的生活中,他常常以回忆那时的花花世界打发光阴。他说他回味最多的,是进"八大胡同"去拈花惹草的日子,那一个个姑娘,有的身段丰满如杨玉环,有的窈窕如赵飞燕,就连那些女人的奶子虽然说都是圆的,但是乳头有的大如黑枣,有的小如樱桃;有的胸扁如板,有的大如石榴……陈半仙每每说起这往事来,那双干柴眼,当真还能闪烁出少见的光斑来,说明他在回忆男女的风流事儿来的时候,完全忘了他是个离死门不远的人。

刘松叹了口气说:"我还是个童男子,你讲的对我没用。"

"此言差矣,你不是在野麻地有过……"

刘松立刻打断陈半仙的话道:"那是我人生的第一次,而且并没有过界。"

"那就更好,越是朦胧的回味越有味道哇!"陈半仙说,"我可不是教你流氓犯罪,这叫饥饿转移法之一。对于你来说,可能比别的办法更有效果。不信你可以试试看。"

虽然刘松不以为然地笑笑,心里却升腾起试一试的愿望。他自觉不自觉地开始回忆开了那天在野麻地里的事。特别是一到晚上,那些出工号一回监舍,话题没别的,永远离不开野麻地那个舞台,刘松渐渐陷入了无法抵抗的境地。在一片震耳欲聋的呼噜声中,在他无法抵御饥饿时,他先是揪了一块棉被里的棉絮塞进嘴里并顺下肚子,只当是吃棉花糖;可是那团乱棉絮并不能抵挡午夜的腹饥,他辗转反侧无法入睡时,便回味起那天与于梅在野麻地爱抚的过程来了。

"我太傻了,为什么最初还拒绝?"

"她的胸是圆鼓鼓的。"这是他回忆起的第一个性感意象。

"对,她乳头是属于小小樱桃形的那种,开始它好像挺软,后来不知为什么变得硬了起来……"

"再往下探……"刘松只觉得血涌全身,连自己久久因饥饿打了蔫的物件,不知从哪儿突然来了一股神力,硬挺了起来。

他不自觉地用手摸索了一下那个部件,忽然有一种快感从天而落,他便一边想着那天的感觉一边开始了摆弄那个玩意儿。刘松过去知道这种行为叫手淫,但是他从来没有实践过——此时在迷迷糊糊中,快意已然使他忘我,堕落就堕落吧,这样不但可以不饿,还可以获得另一种饱和;身子都掉泥潭里了,还要清白什么用?连那神话中的亚当和夏娃还偷吃禁果呢,我他妈的一个囚徒,还要什么清高?

这是刘松的第一次。

有了第一次,就有了第二次。在穷极无聊饿着肚皮的日子,那种生命的一点点快感,就像吸食鸦片一样,很快使他上瘾。他自比亚当,把于梅比作意象中的夏娃,他多次回忆起他与她共同起舞的那些镜头,并在其中沉醉。正像陈半仙所说,另一种快乐一度让他忘记饥饿,但是他本来就浮肿了的身子,因为不断付出,而变得更为虚弱。有一天,陈半仙仔细地看了他好一阵,突然对他说道:

"我说刘松,你是不是误解了我的意思?我只让你以想象抵制肚饥,并没让你自毁。"

刘松觉得这句话有伤他的自尊:"我并没干什么,也没想到要去自杀。"

"哎——"陈半仙长叹了一口气,"也许是我错了,不该对你讲起'八大胡同'的事儿。我是过来人,你还是个童男子,当时我真是出于好心,想让你以精神的药方解除饥饿。想不到……你……你……"

刘松立刻打断了他的话,自卫地说:"你放心,我不是流氓,我还算得上半个知识分子。"

"人性中的'性',可是不分你是达官贵人,还是庶民百姓。古人有训:'爱甚勿至痴,至痴必受害。'从你的眼睛里,我发现你入魔走火了。你知道吗,中医学中自古有'十滴血一滴精'的说法,这可不是吓唬人的,你要克制。我对你说的精神抵制肚饥的方法,不是让你去放任自己宣淫。"

其实陈半仙睡在大炕的西头,刘松睡在大炕的东头,刘松在夜里的行为,他根本无法察觉,但是他射出来的那支"矢",却正中刘松心中之"的"。他无言以答了。这个昔日在他眼里的巫师,原来身上也存有他的亮色,既教他精神自疗,又不让他自毁身体。因而刘松半低下头,对陈半仙说:"感谢你的提醒,我今后注意就是了。"

"你不同于我,我是老棺材瓢子了,你还年轻,要想办法出工,一天能多吃四个窝窝头呢!"陈半仙为刘松思谋着活路。"陆森患了浮肿以后,干的是敲钟的活儿,每天可以比窝里蹲多吃两个窝头。现在这个死鬼的活儿,早已经叫你们中的"老右"王德龙接替了,你干不上陆淼的活儿了,是不是可以主动找一下队长,请求干干打扫院子里卫生一类的杂活,既能活动活动筋骨,又能多吃上一口,你看咋样?"

刘松就是在陈半仙的提示下,给劳改队长打了个报告,报告上说他原来是个身体硬棒的舞蹈演员,现在虽然身子得了一级浮肿,还应当在力所能及的劳动中立功赎罪云云。三天之后,队长批回来了那张请示报告,让刘松打扫卫生。为此,他十分感谢陈半仙,把当天打饭时多分到的两个窝窝头,给了陈半仙一个。陈半仙最初不接受刘松的这份贵重的馈赠,但刘松硬是塞在他的怀里。刘松说:"没有你这仙人指路,我每天少吃两个窝窝头,那也就离二级浮肿不远了。今天你吃了它,明天我就舍不得给你了。"

就是在带病出工打扫卫生的日子,他拾到了陆淼遗留下的那个残破的小本本。

D

命运不济的是,刘松当上监舍大院勤杂工的时候,正好是在冬天。在世界的万物中,除了蛇在冬天要冬眠之外,几乎所有的动物,在那寒冷的季节都更需要脂肪的补充。刘松感到两个菜窝窝头的热能补充,有点入不敷出,可是打扫卫生的活儿,是他主动请缨干的,也只好哑巴吃黄连——苦在肚里,却无法说出口。每天早上,王德龙敲打的出工钟声一响,他就要开始他的打扫大院落的工作,劳改大院里有十几间监房,除了监房外还有厕所,也在他的打扫范围之内。一天劳动下来,他几乎没了去食堂打饭的力气。

陈半仙指点他说:"你这人心眼也太实了。世俗中说的'人要实,火要虚',在这个地方,你要反其说而行之。你心眼不妨灵活一点,拿着扫帚转转,谁能看见你没干活儿?再说,冬天多风,院子里即便有点不干不净的东西,也让那大风吹走了。"

"这个我不能听你的,过去我干本行跳舞工作时,手指脚尖的任何一个动作,都讲究必须到位——"

陈半仙打断了他的话说:"既然是那样,歌舞团怎么把你给送到这儿来了?"

"那是世道的不公,我没有在那结论上签字画押。"刘松说,"这跟做人的行为标准是两码事,劳动还为社会创造财富呢!"

"你真是个雏儿,许多新号刚来乍到都这个样,可是你已经来了好几年了,怎么还是不开窍?我问你,你天天打扫监号大院,为社会创造了什么财富?"

刘松哑言了半天,在无言以答之际,突然大声地唱起那首流行于一九五七年的歌儿来了:

社会主义好社会主义好
右派分子想反也反不了

他刚刚挑着嗓子唱了两句,陈半仙就跌跌撞撞地扑了过来,用他那双鸡爪般的手掌,捂住了刘松的嘴:"你是找死,还是活到头了?当时你并没想反社会主义,你在这儿这么一唱,可就成了真的了。你心里难受,啥歌都能唱,唯独不能唱这支歌。"

刘松还想宣泄自己的郁郁心情,便用力扳动陈半仙的手;但是陈半仙不知从哪儿来的那股子蛮力,死活捂着他的嘴不肯松开。刘松无奈只好从他的指缝之间,对陈半仙说道:"我心里实在闷得难受,你松开手……松开手……我闭嘴就是了。"

陈半仙松开手掌,就躺倒在大炕上了。刘松见他一边喘气一边翻白眼,生怕他僵死过去,便俯下身去,把手放在陈半仙的鼻孔旁边,当他确信陈半仙没停止呼吸,才把那只手撤了回来。他觉得从心底升起来的那股子怨气还没泄完,便又哼唱了劳改队里流传着的那支歌:

> 改呀改呀造那么个造哇
> 晚上收工回来一大瓢哇
> 菜窝窝头里好大的眼呀
> 窟窿眼里可以藏鸡蛋呀

唱完了这首歌,刘松的心绪似乎好了一点。他不敢在屋内久留,抄起扫帚又去干他的营生去了。这是刘松进劳改队以后的第一次大发歇斯底里。事后,连他自己也说不清楚,为什么会有如此的表现。来劳改队以后,他只知道埋头干活,没有哼唱过任何一首歌曲。每逢到了五一或国庆等重大节日,劳改队要例行文艺演出,队长找到他,让他出个节目什么的,他都以嗓子发哑或其他理由,答应下次一定登台。但他从来也没有登过一次舞台。一朝被蛇咬,十年怕井绳——他是从舞台上一个斤斗折到谷底来的,无论是洋台子还是土台子,他都对之望而生畏。

"你以后可再也不能发疯了。"陈半仙当天对他警示说,"在劳改干部眼里,你的表现还是可以的。要是他们看见你今天的本相流露,可就功亏一篑了。"

刘松当真感谢陈半仙的提醒:"我是雏儿,当向老号学习。"

"我看你身上有一股潜在的疯狂,就像是火山深埋在地下一样。"

"那可是你看错了人了,我是一个十分胆怯的男人。"刘松说,"我觉得我不如陆淼的一根毫毛,他的死亡方式令人起敬。"

"你怎么能总忘不了那件事,你难道忘了你当病号就是为他吗!"

"是。我不该跳那个祭奠死者的舞蹈。"

"这就是你的危险所在。"陈半仙说,"你已经不止一次发疯了。"

"我向你保证,今后再不发疯。"

刘松认真思考了陈半仙的话,即或是为了那两个来之不易的窝窝头,也要约束自己的行为。但人又是个思想动物,每天手拿扫帚走遍劳改大院,他那两只手机械地挥动扫帚,心里总是不能空空如也,每每遇到心情忧郁的时候,他本能地按着陈半仙的精神平衡法,尽量回忆一些能振奋他心情的往事,以驱赶无穷无尽的烦恼。在逼近"三九"时节的时候,从西伯利亚压过来一股强大的寒流,那吼叫着的白毛旋风,从电网的空隙间吹打进来,似乎那些监房都在风中打战。其实,那些牢房都用红砖砌成,再大的风也吹不动它。后来,刘松终于发现不是牢房在颤抖,而是他自己在浑身哆嗦,两眼发花地看成是牢房在大风中跳舞了。他觉得他果真要倒下了,在吼叫的寒风中,为了给自己鼓劲,他的思维不情愿地飞回到昔日的舞台,他眼前浮现出他在舞台上身子一跃而起,做出三百六十度大回旋时的阳刚之气,以及于梅在舞台上演出倒踢紫金冠的动作时,台下为他和她响起的雷鸣般的掌声。

但是这个阿Q的自励法,只能作用于一时,不一会儿那雷鸣般的掌声便不复存在,如野牛嘶叫般的风声重新占据了他的耳鼓。风声中似乎有一个十分缥缈的声音:

"你过来——"

他身穿着一件昔日歌舞团到雪原上演出时的蓝棉大衣,已经污渍斑斑变成了黑色;棉花从破绽之处飞出来,黑白分明地像只动物园里的熊猫。他头上那顶棉帽子倒是没有口子,垂挂在帽子两旁的两个耳扇,紧紧地箍着他的双耳,加上他蒙在鼻子上那个污黑的大口罩,可谓是武装到了牙齿。因而,一时之间没有听见是谁在吆喝他。

"你耳朵聋了?"这一声是嘴贴在他耳扇旁边喊的。

刘松在风中抬起头来看了看,陡然吃了一惊,喊他的不是同号,而是主管的内勤队长。他忙像个士兵似的立正站好,同时拿出他的全部力气,喊了一声:

"报告队长,是您在喊我?"

那位劳改干部向他打了个手势,让他跟随他到背风的地方站下。

"你干扫院子的工作,很尽职守。"队长对刘松说,"我在院墙之外的办公室,看不见你表现好坏,反映情况的是岗楼上执勤的战士。"

刘松心里暗暗地说,我只是为了多吃上那两个窝窝头,虽然那只是二两玉米面加苦麻菜掺在一起的菜窝窝,但真要是少了那两个窝窝头,在心理上就承受不了了——这对他维持精神生命来说,已然成了必不可缺,他生怕有一天他真的干不动了,少了那两个菜窝窝头,他是不是还能苟延残喘地活下去。此时见队长不但无意取消这种待遇,还对他的工作进行了表扬,他真是有点受宠若惊。他忙不迭地说:"队长,我做得还很不够,请您今后多多监督。"

"你知道吗,代替陆淼的那个敲钟人王德龙,昨天得了急症归西了。"

这真是出乎刘松的意料,他不仅知道王德龙的名字,还知道他的简历:他毕业于老北洋大学,来自五十年代中期刚刚成立不久的中科院的电子研究所。他之所以能够对年长他一辈的老知识分子知根知底,是因为他和他是坐同一辆囚车,被押送到这片大芦花荡里来的。在刘松眼里那是一个怪物,他有着一张圆盘大脸,正好与第一个敲钟人陆淼的刀条脸、尖嘴巴形成对比。当时囚车里装的都是清一色的"老右",有玩世不恭的"老右"戏称陆淼和王德龙,是即将关进笼子里的尖嘴老鼠和圆脸大猫。此话刚一出口,就引得同车的"老右"们苦笑不止。刘松记得,他曾经情不自禁地插科打诨说:"猫鼠同笼,那还有老鼠好受的日子吗?"

那只"老鼠"先死了。

这只"大猫"也走了。

刘松当真被这个消息惊得目瞪口呆。

"跟你说话,你怎么心不在焉,你在想什么?"

"报告队长,我在听着哪。"为了表示他的虔诚,刘松把棉帽上的两只耳扇下面的扣儿解开,并摘下了他的棉帽。

其实他的这个动作纯属生存本能的反应,被专政的囚徒在施行专政的劳改干部面前,真属于不同笼的猫鼠,心里想的和本能做的常常是南辕北辙。他那双被寒风冻红的双耳,虽然在听着队长的训政,但是他的脑袋里,仍然盘旋着"大猫"猝死之事。"大猫"是个沉默寡言的人,那天在囚车里那么多同类拿他与陆淼取乐,他脸上一直毫无表情,别人都在谈论自己折进大墙中来的缘由,唯有他把身子弓得像一只大虾,弯腰低头地靠着车厢板,两眼望着自己的脚尖。只是当汽车开进了芦花荡之后,大概是那无边无际正在放白的芦花,使一些"老右"高声喊起"乌拉——"之故,他才从车里探出头来,低声嘟哝了两句:"终点站到了,终点站到了……"

终点站是什么含意？是不是从那个时候起,他就有了这儿是生命归宿的意思？

刘松剪不断、理还乱的思绪,并没影响他那两只耳朵的功能。就在他回忆起王德龙往昔的不连贯的生活镜头时,他的眼睛一动不动地盯视着面前的劳改队长,同时一字不漏地听到了队长如下的一段话:"敲钟这个活儿虽然不重,但必须是时间观念强的人去完成。陆森和王德龙都是文化人,不管他们的最后表现如何,但是都能准时地敲钟,没有延误过劳改队出工。你也是个文化人,我想这个任务……"

"我干得了这个活儿,连同扫院子的活儿,我一个人包了。"刘松立刻做出了回应。他这点聪明还没有被劳改的磨盘磨成齑粉,因为刘松已经从队长的话锋里听出来,敲钟的任务非他莫属了;与其被动地接受,还不如主动地接过这份差事为好。刘松心里还有一个小小的算盘:又扫院子又敲钟,也许队长会开恩,把他当成出工号对待,那么一来,他每天就能多吃上四个窝窝头,和出工号一样的待遇了。

"很好。关于王德龙的死,你知道也就算了,不必在劳改成员中散布,他的死因完全是咎由自取。这两天风大,吹落了狱墙上的一段电网,他可能是贪图方便,夜里尿尿不上茅房,偏到墙角里去解小手,你该知道,人尿里是含有啥个矿物质的——当然我也是后来听场里干部说的,那些矿物质导电,他一下子就没了命了。你和陆森、王德龙都是反革命右派,要吸取前两个同类的教训!现在你就可以先停下手中的扫帚,往那间小屋搬行李了。"

刘松支棱起红红的双耳,似乎不相信这是真的。一个学机电的老北洋出身的机电工程师,一个后来到了中科院研究电子的专家,自己研究了多年的电,怎么能活活给电死了呢——王德龙何以会那么愚蠢,有厕所不上,偏到那个地方去尿尿……刘松正在那儿想着王德龙的事儿,扭头一看队长早就用手捂着双耳,匆匆地走向了铁门——铁门之外是干部家属院,那儿就是自由世界了——他想呼喊队长留步,已经来不及了。白毛旋风中只剩下刘松一人。冷风吹醒了他昏昏的脑袋,这时他才想起队长并没提及他的窝窝头问题。他很快从死人的事情上想到了自己,他不禁独自悲吟地喃喃:"我饿!我身上盖的棉被里的棉絮,已然被我在寒夜里撕吃了不少。那天,我把扫成堆儿的树叶子,抱回监号和陈半仙偷偷煮着吃了。队长,你知道浮肿号这些苦衷吗?想让驴儿跑得好,该让驴儿多吃草。我又管大院落卫生,还不能误了按时敲钟,可是一个窝窝头也不增加,难道让我也去步那两个死鬼的后尘吗!"

感伤归感伤,他眼下的任务是去搬运行李。这没有什么困难的,棉被已被他吞噬得失去分量,只有那条褥子有点分量,因为他还没有撕食过。劳改队的大炕很凉,它比被子还要重要;棉被撕食掉一点棉花,上边还可以盖上那件开了花的棉大衣,要是把褥子也撕食充饥,上下的凉气穿堂而过,那可就要了他的那条命了。其实,他身上穿的棉大衣和身子上下的被褥,原来都是很厚实的;歌舞团分配给他们这些防寒的东西,是为了到外地演出的需要。他记得他和于梅曾到大西北,分别扮演《白毛女》中的大春和喜儿,那时候他们身穿单衣在寒风中跳舞,不知什么叫冷;此时他浑身上下捂得只剩下眼睛,仍然冷得筛糠。他慢慢移动着脚步,走到门口那唯一一块玻璃上照了照自己的影儿,被大风吹得满面沙尘的他,俨然成了《白毛女》中的杨白劳。一九五七年说了几句"外行与内行"彼此之间关系的话,并没谈到共产党一个字,大春摇身一变就变成了杨白劳,这角色的变换何以会如此之快?刘松无法回答自己的自询。

陈半仙见刘松回屋,以为他又是送树叶来了。他慢慢从炕上爬起来,两只老干柴眼直溜地盯着他。刘松瞪了他一眼,闷声闷气地说:"卦师你也不看看天相,外边的白毛旋风都快把屋顶掀掉了,哪儿还会有树叶子!"

"平时你扫院子是不回屋的,现在突然回来,我当然会梦从心起。你回到监号里来,一定是有什么事吧?"陈半仙转移了话题。

刘松木呆呆地坐在炕沿上,老半天也没出声。心想,这老不死的真对得起陈半仙的称号,对一切事情都洞察入微,他突然回到监舍,也能引起他的条件反射。

"怎么回事?"陈半仙又追问了刘松一句。

"你猜猜吧,猜对了我抽空去伙房后边捡点烂菜叶子来。那东西煮着吃比树叶子有味道。"

其实刘松说这两句话的意思,不外是解解心中的烦恼而已。但是被职业病驱使的陈半仙,却十分认真地从大炕西头,蹒蹒跚跚地走了过来。他的两只干柴眼在刘松脸上转了老半天,然后对他说道:"阴阳八卦这玩意儿,也不是什么都能解析的。特别是劳改队里的事儿,涉及专政与被专政的复杂问题,就更不那么容易说明白了。过去来找算卦的,还得说个由头,你也得对我说上两句,我才能对你的心事开个药方,说出个子丑寅卯来。"

"昨天,接替陆淼的敲钟人死了。"刘松愣愣地冒出了一句。

"你怎么知道的?"

"队长告诉我的。"

"那个人不是叫王德龙吗,他也是你们'老右'中的一个。"

"我只能对你提供这点信息。"刘松紧紧地闭上了嘴巴。

"不用再多说什么了……"陈半仙闭上眼皮手指掐来掐去,当他突然再睁开双眼时,急切地对刘松说道,"你是不是想去接那敲钟人的班?当然啦,如果不是你自愿请缨,也许是队长看上你这块料了。我陈半仙估摸着,二者必居其一。第一个敲钟人是'老右',第二个还是'老右',队长知道你们这些文化人时间观念强,一定是选上你当第三个敲钟人。"

刘松的头立刻像十月的葫芦一般,沉甸甸地垂了下来。他不得不承认,陈半仙严谨的推理能力,并没有因为变成老丝瓜瓢子而消失。但是陈半仙这么快就能把他的心事推敲出来,仍然使他十分好奇。可惜,此时不是与陈半仙盘道的时候,他面临的首要问题,是搬到那间敲钟人所住的小屋里去;第二,队长没有跟他谈及给他增长口粮的事情。刘松的心情坏透了,便甩打了陈半仙几句:"你这刘伯温,要是生在明朝朱元璋年代,就有了用项了,可惜你生不逢时。直接对你说了吧,我的问题,你只猜对了一半,另一半是队长没有提及给我增加窝窝头的问题。"

"你当时就该对他提出这个问题来!"

"我只顾想王德龙猝死的事儿了。"刘松把头埋得更低了,身子一躬下来,像是一团烂棉花篓。

"他是怎么死的?"

"没时间对你说王德龙,我得先考虑搬家。"刘松说,"病号队旁边那间小屋是陆森住过的,我在那儿会想起许多悲楚的事情来。对王德龙我也不陌生,队长为什么偏偏挑上了我?我的命就他妈的那么苦!"

"是不怎么吉利。可是我早就对你说过,你我活在这块土地上,就得常想点做梦娶媳妇的乐事。那间小屋也有小屋的好处,一个人住在里边心净。那次'蒙头会'的事儿,你还记得吧,你在那儿少受些欺负。啥事都有它的两面,你要多想对你有利的那面。"陈半仙有气无力地对他说着宽慰的话,"人的命,天注定。特别是咱们这些关在笼子里的虫儿,抗命不如从命,也只好由它去了。这么办吧,我的病已然到了进病号队的时候,那间敲钟人的小屋就在病号队的旁边,我向队长请求把我送病号队算了,你我见面的机会还能多一点,能彼此有个照应,遇见什么不顺心的事儿,总比你一个人苦思冥想要好。"

刘松不无感激地望了望他眼前的老号。生活真是不可思议,昔日他最看不上眼的巫师陈半仙,眼下却成了他生活中的一条拐棍。

E

刘松万万没有想到他第一次执行敲钟任务,就出了让他后怕的事儿。仔细想想,怨不着天怨不着地,只怨他自己是个劳改号里的雏儿,干什么事情都过于认真。

这间敲钟人住的小屋里空空荡荡,除了刘松用来击打铁轨的棍子以外,就剩下一条宽约一米的土炕,土炕头上摆有一个会响铃的闹钟。那闹钟虽然很小,但是在钟壳上也有用红笔写下的"积极改造,前途光明"的劳改队的队标。刘松初到小屋的那一天,发现敲钟用的棍子有两种,一根是木头的,另一根是铁的;难怪昔日响在劳改大院的咚咚之声,有时重有时轻呢,用铁棍击打与用木棍击打,发出来的声音自然差别很大了。他掂了掂那根铁棍,分量足有二十多斤。"新官上任三把火",他第一次执行任务时,虽然那根铁棍沉得他几乎拿不动,但是他想出来一个拖死狗的办法,拉着铁棍的一头,那一头让它拖在地上。可是当他走到了铁轨之下,才发觉敲打悬在空中的"钟"时,必须将铁棍高高举起。"智者千虑,必有一失",刘松后悔自己怎么就没有想到敲钟要把铁棍举过头呢?囚徒们集合出工的时间到了,不容再有任何延误,他拿出过去在舞台上演出时的架势,用尽浑身的力气,"咚咚咚咚——"地敲打开来。

开始时,他自我感觉极好,因为那根铁轨发出的声音,几乎震耳欲聋;但是他敲到第七八声时,那根铁棍就不听他的指挥了,乏力的双臂像是死了神经那般,那根敲击铁轨的棍子,一下子从他手中滑落了下来,差一点砸着他的双腿。气喘吁吁的刘松,浑身上下出了一身冷汗,连捡起那根铁棍的力气也没有了,还是那些听见钟声到院子里排队出工的劳动号,把他搀扶了起来,并把那根铁棍塞回到他手里。这是他第一次的敲钟记录。当他手拖着那根铁棍,慢慢腾腾地走回小屋时,心还七上八下地跳个不停。

刘松敲钟的第三天,陈半仙从原来所在的劳改中队,搬迁到病号队来了。按病情划类,他是早该到病号队中来的。一个接近了三期浮肿的病号,与死神只隔着一层窗纸,他之所以拖着没来,实因病号队如同死国,没有任何一点生气。在原来的出工队,那些每天出工干活的囚徒们收工回来,他能从他们身上认知自己还在活着。来了病号队就大不一样了,那些三期浮肿号们,多数已然无力下地走动;即使是费尽九牛二虎之力,偶然从大炕上爬下来,到墙根晒晒太阳,上炕时要蹬着小板凳才能爬回到炕上去。但是他还是义无反顾地打报告给队长,要求到病号队来:一是在这些日子与刘松确实处出来一点感情;二是出自他职业病的诱惑——对那两个敲钟人的死和那间死人住过的小屋,他有着本能的探秘欲求。

刘松看见陈半仙果然不食其言地搬到病号队来,重新成为他的近邻,内心当然十分高兴。但是当他第一次走进陈半仙的新居时,他的兴奋立刻冷冻成冰。病号队的监舍由于在冬日门窗紧闭,监房内的屎臭掺杂着尿腥的气味无法扩散出去,那呛鼻的气味差点使他呕吐,致使他不得不把迈进死屋的脚,立刻退回到监舍的门外来。陈半仙步履艰难地跟随他走了出来,笑着对他说:"怎么样,你这雏儿还不知道天外天吧?"

刘松长出一口气说:"我的天哪,你还不如留在原来的老窝呢!"

"这儿不是能和你常见面吗,反正也快断了这口气了,在那儿与在这儿与死亡是等同的距离。只不过这儿死国的气味更浓烈一点罢了。"陈半仙乐乐哈哈地回答他说,"我看什么问题,都看它的两面。这儿虽然气味难闻,可是病号们可以睡火炕,这又是对我有利的一面。"

"你白天到我那间小屋里躺着,可以在精神上愉快一点。病号队没有那么多纪律,比如不许串队串屋什么的。"刘松觉得陈半仙能来到这儿,多少含有对他的感情因素在内,心里有点过意不去。反正白天打扫院子时,他那间小屋也是闲着,陈半仙到小屋子里来,可以逃避开呛鼻的恶臭。

"你不请我我也要去的,你不再讨厌我这个阴阳怪气的老不死的了吧!"

从这天起,陈半仙就成了敲钟人刘松的看门人。到了晚上,刘松回到小屋,陈半仙头一次与刘松的对话,就是刘松第一次敲钟的事儿。他说:"过去那两个敲钟的人,声音从来没有这么响过。我一猜就是你冒的傻气,后来两天那声音就小了下去。"

刘松指指墙角竖着的两根棍子:"我想用那铁棍敲出来的声音,会比木棍敲出来的声音响脆。那也是我自不量力,现在我是怕了那根铁玩意儿了。"

"就凭你这个态度,我要是劳改农场的一把手,就立刻摘掉你头上的右帽。"陈半仙说,"你时刻要记住,你不是当年的舞蹈演员刘松了,现在你是个接近了二级浮肿的病号。别人谁也救不了你,只有靠你自己。《国际歌》里是怎么唱来着,我虽然不是个无产阶级,还是知道歌里有这么两句:从来就没有什么救世主,全靠我们自己。"

"你怎么知道这首歌?"刘松觉得不可思议。

陈半仙没有正面回答刘松的询问,只是半闭着眼睛对他说:"你真以为我上知天文下知地理吗,当然啦,有关易经八卦的书,我是看过一些;但是我所以落了个半仙的大号,主要还是靠察言观色。这个行当,弱智的人是干不了的。不是自吹自擂,我有一个十分精密的脑袋,这个脑袋教会了我见机行事的本领。自打新中国成立以后,我自知再也吃不上这碗饭了,便脱去长袍马褂,穿起了中山装,并努力学习唯物主义,学唱'解放区的天,是明朗的天'等革命歌曲。哪知道一个算命先生,怎么脱胎换骨也不行,在一九五三年肃反的时候,因为我给当年的许多国民党的达官显贵批过流年八字,又到过他们的宅院,看过阴阳风水,所以比你早来这儿几年。那时候,还没有这片监房,我们住的是地窝子,就是在茅草地上挖坑,上边盖上苇草一类的东西挡风遮雨。开创这个劳改农场时,我立过功,受过奖,当时我有的是力气,就像你干活一样,从不在劳动中偷懒。人老奸,马老滑,现在我可以说是一匹识途的老马了。"

"我住的这间小屋,也算是前人种树后人乘凉了?"刘松说。

"可以这么认为,你们'老右'来到这儿已然是天堂了。"

"这些监房是你们盖的?"

"当时我学会了木工和瓦工,身体和你刚到这儿来时一样结实。才七八年的光景,我就成了皮包骨的活鬼。"

刘松长长叹了口气:"你的今天,就是我的明天。"

"唉!不说这些了,说点让你高兴的事儿。"

"这会儿有什么高兴的事儿呢?住在这间屋子里我总是想起陆森和王德龙。"

"这个话题我有兴趣听,但是今天你听我的。"陈半仙神秘兮兮地翻开炕席一角,从底下拿出来一个纸包包,"你猜,这里边是什么?"

刘松伸出手去想摸一下,陈半仙把他的手挡了回去。

"上次,你猜对了我要来当敲钟人,是我向你提供了一些蛛丝马迹的材料,比如王德龙的猝死……我们的条件应当平等,我想摸摸它你不该阻拦。"

"你一摸戏法就变不灵了。我也给你提供一点线索,看看你是不是能扮演福尔摩斯。怎么样?"

刘松两眼死盯着那个纸包包:"你说,让我当一回你的徒弟。"

"这是能够解饥的东西,对你我说来都是金子。"

"看那鼓囊囊的样儿,挺像是窝窝头的。可是我可以断定那不会是窝窝头,你在我这间小屋躺着,天上不会掉下金窝窝的。我想……我想……这里边包的是什么呢……"

"你别胡猜测了,里边就是你想象不到的窝窝头。"陈半仙抖搂开纸包包,四个菜窝窝头,滚到了炕席上,"你本来猜对了,可是你又把它否定了。"陈半仙一笑,干瘪脸上一道道皱纹堆在了一块儿,像是被风吹破的蛛网。

"哪儿来的?"

"当然是伙房了。"

陈半仙不想再让刘松花费脑子,告诉他这窝窝头不是他偷来的。第一,他没有学会"佛爷"(即劳改队行话中的小偷)的本事;第二,他去厕所一趟,都是扶着墙走,去伙房一趟的路他走不动。说来这都是天命,在厕所蹲坑的时候,碰上了他昔日的一个同伙,他在他们门下学过艺,出师之后,自挂门匾"看破天"。如今,他在劳改大院的伙房当火头军,两个人便一边蹲坑,一边聊起往事来了。他被收监的原因,自然不用多说,都是一根绳子上的蚂蚱;但是他见到当年的师父,几年不见就变成了这副模样,出于旧情难忘,便想为他解解肚饥。但是当他知道他在病号队时,又为难了起来:那儿的一群活鬼,如果发现了伙房里的人给陈半仙偷送"黄金塔",那些活鬼会像疯了一般;再说弄到队长那里去,"看破天"的饭碗也就砸了——在大饥饿时期的劳改队,在伙房里做饭是劳改队中的上等美差,他不敢造次。后来他之所以敢于回报当年陈半仙的旧情,是因为陈半仙告诉他,白天一个人为敲钟人看守小屋。于是那火头军就借着到院子里抱柴火时,偷偷把那纸包扔进小屋里来。

美事。

美食。

美餐。

在刘松的记忆中,那天如同过节一般,他和陈半仙对半分食了那四个窝窝头。冷窝窝头硬得硌牙,这倒对了他俩的心思。历经饥饿的人才会知道,对饥肠辘辘的人来说,唯有细啃慢嚼才有解饥的感觉。本来,刘松想借近水楼台之便,从病号队烧炕的柴草中,抱上一捆柴火来烤热了再吃,可是陈半仙生怕节外生枝,两个人就那么把冰窝窝头,慢慢地吞下了肚子。

大约过了一周光景,陈半仙又告诉他有好事。刘松本以为又是那个"看破天"给他俩输送热能来了。陈半仙摇着头说:"此事可一而不可二,咱们还得替人家的死活着想,一旦事情露了馅儿,等于把人家也往火坑里推。"

"那还有什么可乐的事儿呢?"

陈半仙对他说道:"今天下午,有一只家猫光临这间小屋了。我估计是干部家属院的,我本来是想把它抓住的,可惜我这老胳膊老腿让它跑了。"

刘松叹了口气:"这算什么好事,我看你是犯了神经病了。"

"说你是个雏儿,你怎么就是长不大呢!"陈半仙反驳刘松道,"你知道,这年头连猫也没有肥猫,它也在到处觅食。

伙房它常去是可以想象的,你说它为什么跑到这间屋里来?"

"我没有这方面的学问。"刘松不以为然地回答,"这屋子是两个死鬼住过的,可能是来为死鬼叫魂吧!"

"非也!"陈半仙拍拍刘松的肩膀,拍起了一股尘土。

刘松觉得累了,顺势往炕上一躺,表示他对陈半仙的"好事"没有任何兴致。

"你起来,把你敲钟的木棍子给我用一下。"

刘松不情愿地爬起来,把木棍子递给了陈半仙。陈半仙用棍子指着墙角,示意刘松说:"那只猫在这儿嗅了半天,你看看那儿是不是有个鼠洞。不然的话,那只猫是不会在这儿消磨那么长的时间的。"

"我说老神仙,耗子能在这儿打洞?你真是异想天开!"

"你不要忘记,这儿靠近能烧炕的病号队,耗子完全能在这暖土下搭窝。"

至此,刘松才弄明白了陈半仙的意思,他是想挖开鼠洞,掏耗子吃。他仔细想想住进这间小屋以后的日子,似乎没有听见老鼠出没的声响,也没有见到过老鼠的出没踪迹。可是陈半仙用两句话,就把刘松给问短了:"我说刘松,你知道不知道,老鼠的繁殖能力最强,一年它可以下几窝小崽,这儿就可能是一个鼠窝。"

刘松虽然觉得他的话不无道理,但还是不太信实。"你能瞎蒙出来人间祸福,还能有透视地下的能量?你要真有这两下子,地质部该请你出牢去找金矿和铁矿了,石油部会用八抬大轿把你抬走,让你去当千里眼了。"

"只当是我又一次瞎蒙,你拿一把铁锹来试试如何?"

刘松把打扫卫生的那把破旧的铁锹取了过来,开始按照陈半仙的木棍指向掘土。好在他的小屋挨着病号队的监舍,屋内的土没有上冻,挖土还用不着费大力气。他两锹下去,发现了一条曲曲弯弯的鼠道,这已然使他十分惊喜。再往下挖,突然吓得他啊地叫了一声,一只硕大的老鼠,猛地从地道里蹿了出来,他吓得丢开了铁锹,一屁股坐在了地上。

"我的天哪!还真是个耗子窝。"

那只硕鼠从小屋的门缝里钻了出去,刘松借着微弱的灯光,似乎看见土里有什么东西在慢慢蠕动,他用手扒开那层浮土,不禁朝炕上的陈半仙喊叫了起来:

"哎呀——这群小老鼠一身嫩红粉皮,还没长毛,连眼睛也没睁开呢!"

"把它们弄到炕上来。"

"会脏了炕席的。"刘松说。

"那是我们身上最缺的动物脂肪。"陈半仙说,"这东西可比菜窝窝要有营养。快弄炕上来,别管脏不脏了。"

刘松蹲在那儿还是没有动手,低声地自语道:"我还没吃过这东西,只看见别人吃过。这小耗子……能咽下去吗?"

"你不吃,我吃——"陈半仙不知哪儿来的力气,说话之间,身子已然蹒跚到了墙根,他费了很大的力气才弯下腰,不等刘松动手,就从浮土上抓起两只光皮老鼠,塞进了嘴里。他边吃边教训刘松道:"说你是雏儿,你还不服气,吃这东西有啥难的,总比你啃烂棉花要快当吧;你要是不吃,这窝活物可都归我一个人独吞了。"

刘松还在犹豫不决,陈半仙说:"你就像吞药一样,把它吞下去不就行了吗!"

刘松看陈半仙吃得那么有滋有味,抓起一只没睁开眼的小耗子,一仰脖子就咽了下去。俗话说得好,万事开头难。刘松吃了第一只,就不怕吃第二只。陈半仙看他已然开了斋,便把剩下的那几只刚出娘胎的小老鼠都留给了他。两个人吃过这窝苦命的鼠崽之后,刘松长长地叹了口气说:

"古代人茹毛饮血,也不过就是这个模样吧?"

"不是你我愿意返祖,要活着就得想活下去的办法。"

一窝小老鼠塞进了两个人的肚子,不知是精神作用还是物质作用,反正两个人都觉得肠胃有点发热。本来已至睡觉时间了,两个人谁也没有睡意,都觉得今天的发现,实在是个奇迹。特别是刘松,他把今天活吞生鼠,看成是他生命的又一次进化——他居然敢于生吞动物了。过去,他在地头干活时,曾见到过蛇吞青蛙,那个形象是很丑陋的,他不是蛇是人,居然也有了蛇的吞噬功能,因而他想到"进化"二字在劳改队的含义,就是万物之灵的人向动物靠拢看齐。

这是他搬进敲钟人的小屋以后,生存概念上的重要变化。不管怎么说,菜窝窝和没睁开眼的小老鼠,都解了一时之饥。这得益于陈半仙那善于思考的脑袋,如果没有他白天待在这间小屋里,刘松无论如何也发现不了耗子窝的秘密。他由此悟出了一点道理,陈半仙的称号,在旧社会也不是白来的,任何人的成功,都要付出巨大的精力——这就像他当年能成为舞蹈演员中的 A 角一样,是无数次苦学苦练的结果。

刘松确实为这两次的美餐,高兴了几天。陈半仙似乎并不以此为足,他有一天对刘松说道:"我还有更新的发现呢,暂时我还没有吃透,不能对你说出个一二三四来。"

刘松对此一笑置之。一间四壁皆空的斗室,再不可能有什么耗子吃了。那天那只老耗子夺门而逃,它是不会再到这儿来打洞的了。当时刘松只想到陈半仙所说的,是指填饱肚皮而言,并没往其他方面多想。有一天,他干活累了,回到小屋子来喝口水,他看见陈半仙正坐在一个小马扎上,蹲在原来的鼠洞旁边喘气。

"古代有'守株待兔'的典故,你这是表演'守株待鼠',老耗子都跑了,哪还会有另一窝小崽?"陈半仙气喘吁吁地靠在墙上,没有理睬刘松的调侃。刘松细看了看,陈半仙的两个手掌上,沾满了泥土,瞧那神情好像是刚刚扒过那个老鼠窝似的。他挺可怜这个对他有过指点和帮助的老号,觉得他是对吃小耗子走火入魔了。其实这段日子,他和他的生活都有所改善,那个叫作"看破天"的火头军,胆儿贼大贼大,尽管陈半仙对他说过从伙房偷窝窝头"可一不可二",但是那个"看破天"十分义气,还是隔三岔五地给陈半仙送几个窝窝头来。陈半仙不是吃独食的人,总是把二分之一留给刘松解饥。加上刘松为了口粮问题,给队长打过请求按出工号吃粮的报告,队长开了恩典,虽然没有完全答应他的要求,但是每天又多给他增加了两个窝窝头——现在他的口粮,已然与冬天出工打冻土的壮劳力同等了。这比他没有担任敲钟人的任务以前,肚子圆得多了。虽然这点获得,不能从根本上解决他大饥饿年代的体能之需,但在浮肿号中间,也算是不错的待遇了。增加的两个窝窝头,他总是想分给陈半仙一个,陈半仙总是推拒,争执到最后,常常是陈半仙掰去窝窝头的一角,算作收场。有了这种境遇,陈半仙为什么还去守候那个耗子洞呢?

"我说老神仙,你要是没事闲得难受,我给你一点解闷的东西看。你就别与那个耗子洞搞恋爱了。"刘松喝完一杯热水,掀开炕席一角,从下面拿出他在打扫卫生时捡到的那个小本本,"这上边有许多代数公式,还有一些我似懂非懂的名言。"

"我从小没学过代数课,不一定看得懂;但是我对陆淼的事儿,很有兴趣。让我学习学习。"陈半仙用手掸掸本本上的尘土,对刘松给他安排的闲差,显示出很有兴味的神情。

刘松喝完第二杯热水,要去干他的活儿去了。陈半仙在后边叫住了他:"我也给你一分闲差,你在打扫院子卫生的时候,能不能顺便丈量一下这间小屋与厕所的距离,再丈量一下这间小屋子与那天被大风吹坏了的电网之间的距离?"

"干什么用?"

陈半仙说你:"不必细致地丈量,用脚代尺粗粗丈量一下就行了。至于为什么,你总有一天会知道的。"

刘松虽然感到事情蹊跷,但他知道陈半仙绝不会无缘无故地让他去浪费体力——他像是一只织网的老蜘蛛,不知在想网住什么猎物哩!那天阳光灿烂,天空又没有一丝风,空荡荡的劳改大院里向阳的屋下墙角,坐着一排排晒太阳的三级浮肿号。他们在阳光下闭合着眼睛,享受着告别人世前最后一丝温暖。当刘松手拿扫帚走过他们的面前时,有的人微微启开眼皮,看上他一眼,他从那目光中看到了羡慕和悲楚。刘松心想,他目前的浮肿还没有升级,有赖于多吃到的几个窝窝头,说不定哪一天,他也会是他们中的一员。不!人世间虽然有"好死不如赖活着"一说,但是像这样的活鬼,活着与死了又有什么区别。刘松眼看着一些吮血的虱子在那些活鬼的头上爬来爬去,他们连处理一下虱子的愿望都没有了,这种活法无异于死。

刘松索性移开目光,不再盯看那些让他心颤的活鬼。他按着陈半仙的安排,开始丈量三点之间的距离。他貌似挥动手里的扫帚,一步一步地清扫尘埃,心里却在数着自己的步履。在一、二、三、四、五地数了一阵之后,好奇之心猛然涌上他的心扉:陈半仙是在玩什么把戏,丈量这三点之间的距离内藏着什么目的?忽然,一个并没从他心里逝去的记忆,飞上他心头,队长说王德龙是尿尿触电而死的,这死因在劳改队可谓十分离奇,是不是陈半仙在探寻王德龙的死因?刘松之所以产生了这样的猜测,是因为经他以脚步代尺丈量的结果,从小屋子到厕所的距离,比从小屋去电网垂落的墙角还要近上十多步,他为什么非要舍近而求远,在大风吼叫的午夜,到远处去尿他那一泡尿?

刘松为自己能把陈半仙的心事推断出来,而感到兴奋。

近朱者赤,近墨者黑,刘松认为这是自己的一次精神的进化。这个进化的含意,与吃老鼠的进化相反,是真正意义上的启动思维器官,去解析社会底层同类的死亡原因。过去跳舞这个行当,追求的是舞台上美丽的造型,无论怎么说,它也是外在创造。久而久之,形体的锤炼虽然到了四肢发达地步,但随之而来的负数,则是大脑简单。而这个严酷的环境中,不是什么劳改队长改变着他的这种生态失衡,而是一个早就被称为社会渣子的老号,开发着他的这一部分智能。虽然已然是太晚太晚了,但总比当个不会思索的形体动物,更符合知识分子的含意。

刘松进一步延伸思路,上厕所的路比到墙角要近,尿尿为什么舍近而求远?而那儿又偏偏是电网被大风吹落的地方,如果不是有意自杀,还能有第二个答案吗?想到这里,刘松握着扫帚的手,不禁有些哆嗦。第一个敲钟人陆淼是公开自绝于人民的;第二个敲钟人虽然没有陆淼的赤裸性,但是也挺有寓意的——这个来自中科院电子所的老工程师,将其最终的生命交给了电。这时他才记起他们初到芦花荡的时候,王德龙口中喃喃的那两句话:终点站到了!终点站到了!是不是从进了这块苦寒之地时起,这位老北洋出身的大学士,就已然下定了在这儿结束他自己生命的决心了呢?

"刘松!刘松——"有人在呼叫他。

他从墙角回头看看,是伙房的"看破天"。

"过来!过来!"

刘松知道他招呼他的用意,但是沉沉的心事压住了他对食品的快意,因为此时此地,他的心里正揣着王德龙的事情呢。"看破天"觉得刘松有点奇怪,往日听见招呼,他像驴儿奔向草料那般急匆匆地向他走来,今天却目光痴呆,似乎不知道有美事在等着他。"看破天"怕人发现他的严重违纪行为,只好匆匆地走了过来,以身体当掩护,把那四个窝窝头塞进刘松的怀里,同时骂了他一句:"傻帽!快拿回去。"

"嗯。"刘松应了一声。

"你不舒服?"

刘松没有回答。

"看破天"不敢久留,装作去厕所的样子,折身拐进了茅厕。

刘松慢悠悠地回来,刚到门口就听见陈半仙对他喊道:"到了开午饭的时间,你怎么忘了去敲钟?"

刘松吃了一惊,进了小屋抄起那根木棍,就往那根铁轨处跑。他忘记了怀里还有四个窝窝头,就像狗熊掰玉米棒子一样,一边跑一边丢,待到钟声响起来的时候,他看见几个老浮肿号,正像狗爬一般,冲向那几个丢在地上的窝窝头。一时之间,他几乎失去了敲钟的力量,强打精神又敲打了几下,就靠在铁轨之下的墙根下。

"糟糕,要惹出祸事来!"

F

这天中午,是刘松最难过的时刻。窝窝头鸡飞蛋打了不说,几个浮肿号争抢窝窝头的事儿,还潜藏下了无限的危机,一旦传到队长的耳朵里,队长就会追查窝窝头的来源,那不是把朋友给出卖了吗?人家是出于一片好心,自己将何以对人。

陈半仙见他敲钟归来之后,神色不安地坐在那里并满脸沮丧,不知是出了什么事情。本来每到中午吃饭时间,伙房的人是拉着饭车菜桶,去病号队发饭菜的,今天陈半仙见刘松丢魂丧魄似的回来,迟迟坐在那儿发愣,便没有回病号监舍去领属于他自己的那份饭菜。他关切地询问刘松究竟发生了什么大事。无奈,刘松只好原原本本把刚才的事儿,告诉了陈半仙。

陈半仙最初也有点为此事吃惊,但是很快他就想出来一个掩人耳目、自圆其说的办法:"你不是误了敲钟的时间了吗,如果有人向队长打小报告,说你偷了伙房的窝窝头,你太容易洗清自己了。你就说,到了开饭时间,你忘了打钟,人家食堂的炊事员,把窝窝头提前从小窗口给了你。"

"那么菜汤呢?我并没有端回来菜汤啊!"

"你现在端着碗去就是了。"陈半仙说,"不要早去,等打饭菜的人快走光了,你再去也不迟,把窝窝头连同菜汤一块儿端回小屋。大伙儿都忙着填肚子,谁还注意你拿回窝窝头没有?"

陈半仙开导完了刘松就回他的监号领饭去了。可是刘松左思右想,怎么也不敢再去伙房打饭端汤。他不怕一万,就怕万一,万一有人发现了这个秘密,他丢了敲钟的棍子还是小事,连累到"看破天"和陈半仙是大事——人不能只为自己活着,还得为别人留一条活路。这天中午,他第一次惩罚自己的疏忽,办法就是饿一回肚皮。

躺在小炕上,他想到所以导致这个结果,都是王德龙之死引发出来的。如果不一、二、三、四、五地去丈量步数,何至于有后来的忘记敲钟,又怎么能有在空场上滚落窝窝头的事件呢!想来想去,问题的症结在于陈半仙让他丈量步数与他对王德龙的回忆交织而一,才有了今天窝窝头滚落地面的尴尬。

下午,他敲过出工钟打扫院子时,始终沉浸在王德龙的自杀中而不能自拔。在他的记忆中,王德龙不同于陆淼的地方很多,其中最大的区别,就在于他的沉默无言。初到劳改队的那年冬天,在名之曰"冬训"的运动中,每个人都要把一九五七年的罪行交代一遍。几百个来自社会各个单位的倒霉蛋,有的出于早摘帽子的急切心愿,不但把自己骂了个狗血喷头,还自动按着当时的口径,把右派与反革命联系在一起,违心或真心地把自己批判上一顿。就连当时在结论上拒绝签名的刘松,也不得不违心地检查了在"外行与内行"问题上,背离了大鸣大放的方针。陆淼则是"老右"中发言最长的一个,车轱辘话转来转去,车辙留下得很长很长,但是他究竟在一九五七年犯了什么罪行,谁也没听清楚。其中唯一能使人听明白了的字眼,就是"群言堂"与"一言堂";想来他是攻击了无产阶级专政,可是他又从来没有提及这个人人皆知的时代的词语,直到队长听得不耐烦了,勒令他停止发言,他才貌似不情愿地坐回到大炕上去。与陆淼的表象正好相反,王德龙在几次会议上,总是一言不发,队长让他从大炕上下来,站到两面大炕中间的地上,问他为何装聋作哑。他一开始说他自己是右派中年龄最大的一个,记忆力严重衰退,后来干脆说他得过健忘症,实在记不清原来的罪行了。陆森的弯弯绕战术,没有受到队长的注意,但是队长却对王德龙的健忘症进行了手术,说他是有意装傻充愣。为此,王德龙先是在中队挨批了一阵,后来刚到劳改农场不久的他,又给捌进了禁闭号,那是一间既伸不直腿,又直不起腰的地窖子。他本来就长得人高马大,像一只陀螺一般蜷缩在里边的滋味,自然是非常凄楚而难受的;但是当他一周禁闭过后,除了身体小了一圈之外,话变得更少了,俨然成了"老右"群体中的一个哑巴。

  他所以再没被送进禁闭号,得益于他的劳动突出。刘松比他年轻好多,但是无论干什么活儿,他都在王德龙后边吃屁。劳改农场里的活儿,有旱田水田两大类,其中最为叫人望而生畏的活儿,莫过于插秧前的水田平地工作。那时节是五月时分,北国的江河刚刚化冰不久,一块块放进水去的水田,犹如一块块烂泥塘。去冰冷的水田中拉牛耙地的活儿,非王德龙莫属。干这个活儿,身上不能穿衣服,浑身上下只围着一件隔水的紧身塑料皮,不要说水冷得刺骨,而且下到水田不久人就成了泥母猪一般。刘松所以对这件事记忆深刻,不仅仅因为当年他去水田田埂上给他送饭(中午在地头休息,是不回劳改大院来的),更使刘松难以忘却的原因,是他打扫院子时,每每遇到大风天,便常常以王德龙为楷模,以此抵御寒冷。一个被人看成是时代的哑巴,在劳动中却有着低级动物的生存本能,多种表现合而为一,他在劳改队被视为一个怪物,谁也捉摸不清这个老北洋出身的机电工程师,心里究竟在想些什么。

这个怪物还有一怪。刘松曾一度与王德龙在一条大炕上为邻,在晚学习的时候,这个哑巴总是用个不足寸长的铅笔头,在一块块巴掌大的纸片上勾来画去的,他有时无心地看上一眼,见那些纸片上勾画出来的,都是些圆圈和方块。除去劳动之外,他似乎靠胡涂乱抹打发光阴,刘松当时虽然挺可怜王德龙的,但又苦于无法与他沟通心绪——因为他是个从不开口的哑巴。

这是刘松初到劳改农场时,对王德龙的库存记忆。之后,集中起来的"老右"被分散到五毒混杂的各个中队里去,虽然他和王德龙还同在一个大院,但是彼此见面的机会便少多了。他偶然在打饭的食堂窗口,见到过王德龙几回。空着肚皮的人,两眼只顾看窝窝头里的眼儿是大是小,菜汤是稠是稀,没有彼此用目光问候一下的兴致。但是,在陆淼生前敲钟人住的小屋里,他才了解到王德龙的真实面孔。有一天,刘松给陆淼去送食品,推开小屋那扇破门后,使刘松吃惊的是,"大猫"与"瘦鼠"不仅同笼而坐,一向以哑巴自居的王德龙,正在那间小屋里侃侃而谈。陆淼见刘松面露惊愕,解疑地笑道:"我是神医,老王的哑症,不治自愈。"

刘松站在地上久久说不出话来,这时他才明白了王德龙过去是装聋作哑。

"你对陆淼情同手足,你一定要原谅他没有把我的哑戏告诉你。"王德龙自我解嘲地对刘松说,"我和他订下的君子协定,他不对任何人捅破这层窗纸。这不是为了防你,在严酷的生活中,有的同类已然变得人鬼难分,早就没了知识分子的骨头!"

刘松仍然沉浸在愕然之中,不能自拔。他想,王德龙的那把心尺,不知把他量成了人,还是量成了鬼。几年装聋作哑,本身就是一种非凡毅力的象征,因为人长着嘴巴,一为了吃,二为了说,在大饥饿年代吃不饱肚子,嘴巴的功能已然消失了一半,那一半说话的功能,也被他自残了,在这几万人的劳改农场,怕是一曲绝无仅有的咏叹。

陆淼见刘松沉吟失语,为了调解一下气氛,便说:"刚才我正向老王请教数学中的无极变数演算。这东西太枯燥,现在咱们换个话题,我给你们说上一段文字游戏,开开心如何?"

"你说,看我能不能陪上一段。"王德龙一笑,圆圆的脸更像猫了,"刘松,你要有兴致,也来上一段。咱们活有活样死有死样,不然不是白来人世一场了吗!"

刘松脸红了,他喃喃道:"我……我……"

陆淼忙为他解围道:"古人曾留下这样的标点符号游戏,有一天,一位无赖食客,到一个吝啬鬼家中做客,那位食客是吃定了那位吝啬朋友。当天正好赶上天在下雨,而那位吝啬朋友不好意思公开逐客,便提笔在纸上写了一副对联。上联曰:'下雨天留客',下联曰:'天留我不留'。哪知这位食客,信手拿起笔来,将对联的标点符号,做了如下修改:'下雨天,留客天;留我不?留。'同是十个字,标点符号一改,意思完全变了。那吝啬鬼无奈,只好留下那位朋友。"

王德龙听罢,立刻哈哈大笑。

刘松在心里把那十个字反反复复过罗,才把那十个字游戏弄明白了。他虽然也不无尴尬地笑了笑,但是内心却苦涩难言:我能算是一个知识分子吗?尽管一九五七年那阵强台风,把他变形地吹到这受难的知识部族中来,在陆淼与王德龙面前,他还像是个光着屁蛋的娃子。

接着,王德龙开始对应陆淼的文字游戏。他在文字游戏之前,先有一段开场白。他说:"刚才陆淼说的那个段子,我在念私塾的时候,就听私塾先生讲过了。这是可以外传的文字游戏。我说的你们两人听后一乐,也就算完了,请千万不要外传。"他说之所以如此,是因为他的段子,犯了与一位伟人开玩笑的新罪,"有一位大人物说:'与天斗其乐无穷,与地斗其乐无穷。'这两句话说得何其伟哉!我就是信奉这两句话,才到那刺骨的水田里,去与那头水牛为伍的。但是这位伟人说的后边的那一句话,就天理难容了。这句话是'与人斗其乐无穷',人与人斗何乐之有?我给他斗胆地改为'与人斗其乐无',后边只剩下一个惊叹号的'穷!'字。你们俩是否同意我的这个标点符号的修改?当然,我是学机电的,不是舞文弄墨的文人,可能改得没有文人的文采,但是你、我、他的悲情故事,都融汇到其中了。献丑献丑——"

刘松还没有咀嚼出其中的味道来,陆淼已然鼓起掌:

"妙！王老,亏你想得出来,你比我说的那位咬文嚼字的秀才不知高明了多少倍,你、我、他都是在'与人斗其乐无穷'理论下,被发配到这苦寒之地的羔羊。"

陆淼话音落地之后,刘松才记起来那些话是天字第一号的人物说下的,他被吓出了一身冷汗。他没有及时回答王德龙的提问,中枢神经的第一个反应,就是推开门看看,外边是否有人偷听。待他回过身来把门关紧了之后,才表明他的态度:"王老,这话说得千真万确,可是太危险了,太危险了……我要把它记下来,锁在肚子里。"

"大不了是个死,人早晚是这个结局。"陆淼不以为然地苦笑着,"我眼下活得像个什么？像头牛,没了牛角；像条狗,又没有尾巴；人不人鬼不鬼的,一天到晚还要装出高兴的样子来。行了,反正我的那口生物钟的钟弦快要走到午夜十二点了。"

"别那么想,你还年轻,你是北大的数学尖子,国家可能还用得上你。"王德龙开导着陆淼说,"你看人家刘松不是给你送'进口货'来了吗！我都一大把年纪了,还没想过啥时候奔往西天正路呢！咱们同类不是给你我各起了一个绰号吗,我叫大猫,你叫耗子,猫鼠同笼一场,走也是老猫先走,咱俩再续订一个君子协定怎么样？"

…………

刘松真是没有勇气再想下去了,拿着扫帚的手在发抖,他索性停下手里的活儿,靠在墙根静一静心神。那些老号看他动也不动,艰难地挪动着他们的身子,走过来询问他道:

"中午的窝窝头,你是咋从伙房偷出来的?"

"我们真眼馋你干的活儿,吃内勤出工号的口粮,时不时还能表演一回'三只手'的戏法。在歌舞团你还学过这种把戏?"

"过去来探监的漂亮妞子,还来看望你吗?"

"你们'老右'比我们要高上一截,你看敲钟这种活儿,从来不交给刑事犯。"

刘松不想与这些活鬼多说什么,可是当他重新拿起扫帚,要去打扫厕所时,突然有一个活鬼用嘶哑的声音叫住了他:"喂!我说敲钟人,你也用不着在我们面前显摆清高。你知道你惹下什么祸事了吗,中午为抢你滚落在地上的窝窝头,有一个老浮肿号,爬到半路上断了气了。你就等着队长找你问话吧!"

刘松一愣,停下脚步回头问道:"真的?"

"原来你也和我们一样,是个怕死的鬼呀!"

"人家前两个敲钟人,可都是不怕死的人。"

"一个自挂了东南枝,一个去扑了电网。你算什么,顶多算是个戏子,在我们面前装哪门子洋葱洋蒜?"

一片嬉笑声……

刘松这才知道是那群活鬼在戏弄他。要是真有浮肿号为争抢窝窝头而死,队长早就找他的麻烦了。这是他担任敲钟人以来,第一次受到公开的奚落。是啊,陆淼没有受过这种嘲讽,他是全场劳改号崇敬的偶像;王德龙在敲钟期间,也没有人对哑巴失敬——"戏子"这个字眼,第一次钻进他的耳朵,虽然仅仅是两个字,但使他在打扫厕所时像是丢了魂魄。

清扫厕所是他所有的卫生活儿中,最为沉重的一项。他要把粪便从坑里淘出来,再用柳篮挑到粪堆上去,那儿有专职的运粪工,用小平车拉到田野地里去。他拿着一个淘粪的粪勺,久久地站在粪坑旁边,给那粪勺的木头把儿号脉,而无心淘粪。终于他自己明白了,他今天所以心猿意马,是在号自己的心脉。那些老浮肿号是活鬼,你又是什么?如果说你是活人,你有活人的灵魂吗?不要说对比陆森与王德龙的博学和见地,就是昔日在"老右"群体中,你也不过是个附庸于其中的一个没有灵肉的壳体。他们谈哲学界的尼采、康德,说文学界的托尔斯泰、杰克·伦敦、雨果,聊美术界的凡·高、莫奈、伦勃朗……这些谈话你都插不上嘴。难怪同类中有的人,曾开玩笑地对你说,演艺圈子里的人,大都是有一张漂亮脸蛋,匀称的四肢,与其身段和脸蛋成反比的,是其灵魂空空如也。

刘松面对厕所的粪坑,真正感悟到他的生命的苍白,继而想到把他这样的一个人也打成右派,送进大墙中来,实在是时代的一个绝顶谬误。其实他的生命内核与那些活鬼,没有任何一点质的差别。他灵肉之轻犹如粪坑里的一条蛔虫,连做肥料的资格都没有。只是每天迂回在粪便之中,自我消磨灵肉的外壳。刘松的自卑自省,让他产生了很多变化。比如,过去他在淘厕所时,有些蹲坑拉屎的老号,蹲在那儿就站不起来,或自己无法系紧自己的裤带,他总是装作视而不见;这天他自照了镜子以后,主动去帮助那些无法自理的老号干擦屁股一类的埋汰活儿。有些老号,走路跌跌撞撞,他就丢下手中活儿,把他搀扶到病号监舍……

当天晚上,他把下午的遭遇——特别是有人称他为"戏子"的事儿,告诉了陈半仙。陈半仙安慰他说:"你别想那么多,在这里的人是乌鸦落在了猪身上——黑对黑。身子都掉在井里了,你还为你的脸皮考虑个啥!我委托你测量步数的事儿,丈量的结果怎么样?"

"我量过了,去厕所比去墙角近得多。王德龙是有意触电自杀。"

"雏鸟长出了翅膀,你出师了。结论与我的调查完全一致。"

"你没出这间小屋,调查了什么?"刘松好生不解。

"你前些天笑我守株待兔,我陈半仙再傻,能够等出另一窝小耗子来吗?天上掉下馅饼来的事儿,我从没有期盼过。"陈半仙伸出他那双干巴手掌,对刘松说道,"你看连指甲缝里都是黑泥,我在你出工的时候,掏那个鼠洞来着,不是为捉老鼠,而是为了解疑。你那天掏鼠洞时没有在意,那些散土里,有被老鼠咬碎的小纸片。"

"这能说明什么事情呢?"

"我想老鼠在这儿打洞,出于隔壁病号队烧暖炕,老鼠可以有生存条件之外,还有不利于老鼠生存的条件,就是这儿离伙房较远,没有什么吃的东西。一正一负,利于生存与不利于生存,两者可以相互抵消。那么老鼠在这儿做窝,可能还有其他的原因,这就是那些碎纸屑启示我的。我想,是不是这儿原来就有人掘过洞,老鼠不用费力气就能做窝——那洞是谁挖的呢,我首先想到了陆森。他是一个绝顶聪明的人,他自悬于那半截铁轨上,已经说明了他对于死有精心的选择。"陈半仙由于进入了他的职业角色,显示出少见的精气神,"可是你给我的这个本本,把我的推断打乱了,因为这本本上的许多代数公式,已然有了他的生命遗言,那么这个原来的洞洞开掘,就移位到王德龙身上了。果然不错,我没有白花力气,从鼠洞底下找出来了这个东西。"

一个已经残破了的塑料包包,出现在刘松的面前。那是陈半仙从炕席底下拿出来的,上边还留下没有抖净的泥土。敲钟人小屋的电灯只有十五度光,刘松不无兴奋地打开被老鼠咬噬得体无完肤的包包,里边是一沓破烂的纸片,刘松翻看上两眼,觉得这些烂纸片与王德龙之死无关。他说:

"这些玩意儿,我和他为邻时,就看见过了。"

"你没觉得这不是简单的涂涂抹抹?"

刘松不敢点头或摇头,便又翻看了其中的几张,发现了一些他昔日没有看到过的东西。但是看来看去,不外是多了些外文字码和方块与圆圈之外的长条和曲线。他能认出来的汉文,只有"爱迪生"和"贝多菲"六个字,其他看上去像水又像云一样的笔道道,他无法知其含意。为了在陈半仙面前,表示不是对知识一无所知,便对陈半仙说道:"他在里边写错了一个音乐家的名字,我在舞蹈团知道,那个德国音乐家叫'贝多芬',他在纸片上错写成'贝多菲'了。"

"你混淆了两个人的名字。贝多芬是音乐家,贝多菲又叫裴多菲,是诗人。至于贝多菲是哪个国家的诗人,我不是舞文弄墨的说不清楚,但是他写过一首著名的诗,旧社会有点文化的人大都知道。他是怎么写的来着……"陈半仙用手敲打着自己的脑门,想了半天也没能回想起来。

"那肯定是同一个人,'芬'和'菲'只是译音不同而已。"

"不!我记起来了,那首诗是这么写的。"接着陈半仙背诵出那首诗:

> 生命诚可贵
> 爱情价更高
> 若为自由故
> 二者皆可抛

刘松的脸顿时红了一片。他无论如何也想不到,陈半仙知道的事情,他不但不知道,反而在他的面前出了笑话。陈半仙何尝看不出刘松的尴尬,为了不伤及刘松的面子,他只好不说大塔说旗杆:"你看这个诗人的名字,出现在最后一页纸上,说明王德龙当时是记起这首诗来了,才在那天夜里扑向电网的。"

刘松虽然觉得这个结论已经无可争议,但他还是弄不清楚一个问题:"为什么他非要到那儿去摸电网,在这间小屋里他只要拧下灯泡来,把手指往里一伸,不是一样可以达到他的目的吗?"

"你想想陆淼为什么要把自己挂在钟上?"

"那是他的生命钟。"刘松对此十分清楚,脱口而出。

"王德龙是学什么的?他曾是个机电工程师,选择在这间小屋里辞世,不是没有任何醒世的意义了吗!陆淼把死亡当成一场游戏表演,让劳改号们都能看见,王德龙又何尝不是如此?他如果自绝在这间小屋里,用席筒一卷,再往没有底的活棺材罩里一装,谁能知道他不在人世了?学电的死在电网上,也是他的精心选择嘛!"

刘松这时才明白了王德龙的死,是陆淼死亡方式的一种延续。他甚至于臆想,也许王德龙不一定是把身体扑在电网上的。出于自绝的游戏目的,不排除他有意到那儿去尿尿,让那高压电流从他的阳具入体,在他身上做最后一次试验,看看尿液里的矿物质,到底能不能把他送到天堂——因为在他刚刚接替王德龙敲钟任务的时候,曾有目击者告诉过他,当天为王德龙收尸的人,看见倒在电网上的王德龙身子软得像一摊稀鼻涕,他的裤带是解开着的,并且外露着阳物。

陈半仙十分欣赏刘松这个细节的补充。他把鼠洞里的那些烂纸片,一字排开地摊在了炕上,仔细地为刘松演绎王德龙走向天堂的思绪环节:那个爱迪生的名字,是世界上第一个发明了电灯的美国人,他在纸片上写上他的名字,当然是对于电的发现者的一种缅怀。之后,那一张张貌似胡涂乱抹的图像,一定是他在电子所从事的研究课题,曲线代表电流,圆圈和方块代表的是电器和电阻开关之类的东西。陈半仙也有他解释不了的纸片,比如那一团团像云像水的东西,以及浮在上面的船形图案。刘松的记忆在这个时候突发了作用,他说他听到过,王德龙曾经对陆淼谈起过一个资本主义大国正在研究什么飞船上天的事儿,那纸片上的无声言语,是否感叹他命运的蹉跎,人家在研究登天,而迈进中科院电子所门槛的人,不但不能发挥才能,反而下了十八层地狱?

"妙!这真是画龙点睛之笔。他笔下画的不是水,而是飞船下面的云。"陈半仙兴奋地拍一下炕席,"你还有什么记忆,可以当解剖王德龙死因旁证的吗?"

刘松把那天王德龙与陆淼的标点符号游戏中,王德龙拆解了一位伟人的名言,"与人斗其乐无",只剩下一个"穷!"字的那段往事,又说给陈半仙听。他追述完了以后,突然记起他曾答应王德龙,将这件事永远锁在心里的,因而连忙叮咛陈半仙道:"这可是件大事,我说走了嘴,你千万不要对……对……对别人说。"

陈半仙似乎并没有听见刘松的话,他身子往炕上一躺,感叹地低声叫道:"既生'瑜',何生'亮'。你们'老右'中净是天下奇才也!我一向认为我陈半仙聪明过人,只不过是哑巴王德龙的一凤毛麟角耳!看起来冤死鬼中我不过是一小鬼矣,连'牛头''马面'都算不上!"

刘松从没见过陈半仙如此动容,他反客为主劝解起他来了:"你别激动,诸葛亮也好,周瑜也好,都比腹内空空的我有用!也许有一天,我也找一个游戏的办法……"

陈半仙不知哪儿来的力气,他突然像挺尸那般,一下子从炕上坐了起来。"别这么咒自己。这小屋虽然走了两个敲钟人,都因为他们对这个世界认知得太多了。对他们两个人的智慧,你可以表示钦佩;但是对于知识分子的迂腐,你不能效仿——好死不如赖活着,人用不着去对抗命运。他们死了有什么用,不过是给坟场添了一个土馒头而已。"

陈半仙要走——因为到了劳改队熄灯睡觉的时间。刘松似还没能从心灵的震颤中苏醒过来,他留陈半仙和他挤在小炕上过夜,因为他还想知道陆淼的小本本上阿拉伯数字里的东西。陈半仙告诉他,那些高深莫测的代数方程式,他对此一窍不通,一个只上过私塾,后来就闯荡江湖的人,怎么能解析高等数学呢!但是他唯一看懂了的是陆淼写在小本本扉页上的那道生活代数题:A + B = C = X 的含意,它代表了陆淼对这世道探求的迷惘。

刘松告诉陈半仙昔日在歌舞团,为了提高文化修养,曾参加过初中文化课的补习。他知道 A + B = C 的公式定律,也知道 X 代表着未知数;但是他从中看不出陆淼有影射人生的东西在内。

"你再仔细看看其中的公式符号,你刚才不是讲过两则标点符号的游戏了吗?你理应从中受到启发。"

"你今晚就住在我这儿,别让我瞎动这个脑筋了。"刘松说,"今天是我心神最疲惫的一天,窝窝头滚落的事儿,吓得我出了一身冷汗;晚上又明白了那么多刺激人中枢神经的事情,你留在这小炕上睡一夜,对我是个最大的安慰。"

"我感情上愿意留下。可是在你这儿得睡冷炕,到病号队去是睡热炕。我这老棺材瓢子,受寒是会要了我的命的。"

刘松愣住了——发昏的头脑,竟然使他忘记了一切。他赶忙开门,搀扶着陈半仙回到隔壁病号队的监舍。

G

这是刘松的一个失眠之夜。在昏暗的灯光下,他先是翻看陆淼写在扉页上的代数公式。他仔细观看,才发现了自己过去的疏忽。原来在 $A+B=C$ 的等号上,有一条铅笔画下的斜线,那就是说 $A+B$ 不等于 C;但是在后边 $=X$ 的等号上,并没有这条否定线。他意在说明:$A+B$ 等于未知数 X。陆淼在这里使用的 X,当然是对时代的一种绝望。

解开这个十分简单的社会隐语,竟然花费了刘松的多半夜时间。睡下以后,他再一次发现自己生命的苍白,已然到了没有血色的地步。他甚至想,他过去就是一个失血的人,尽管他曾满面红光地跳跃于大的舞台——那些掌声和鲜花,都无补于他空泛的灵肉和大脑。

冬夜里飞过长空的打更鸟,已然叫过了四次,这穿过夜空的声声苦啼,告诉刘松夜已接近五更了。只是因为冬日昼短夜长,天还是黑洞洞的。为了第二天的劳动,他不得不强使自己合上眼皮,可是任他怎么数着一、二、三、四、五……用以驱逐心中所想,也无法进入睡眠状态。他想起他初到这间小屋时,心中还有点怕,因为这是两个死鬼住过的地方;今夜他不再怕了,他甚至希望他们两人的魂魄光临这间敲钟人的小屋一次,与他谈谈生存与死亡——因为人总有一天会死的。特别是陆淼小本本上的几句话"如果活着与死亡,如同住在一个房间,你就不如走出这个房间,去寻找你的天国"。

这些话反复在刘松头脑中涌现,至于陆淼是从哪儿抄来的,抑或是他自己的人生体察,这都无关重要,刘松只觉得这话掷地有声,就如同他每天敲打的那根铁轨,声声震得他头脑发麻,使他无法入睡。

刘松就这样度过了他的一个无眠之夜。第二天早上,他照例执行完了敲钟的工作之后,拿起淘粪的长棒儿的木勺,奔往厕所去淘粪。脸蛋红得像太阳的那位内勤队长,出现在厕所附近,隔墙向他喊道:

"刘松——刘松——"

刘松扔下粪勺,出厕所,笔直地立在队长面前。

"有人来探视你,你到接见室去一下。"

刘松本想问问来看他的是谁,因为自从于梅与他断电以后,他再没有一个亲人了。但是话到嘴边,他又咽了回去。他唯恐向队长吐露了真情,接见会为此告吹。

"你表现不错,不然的话要到下午才能探视。你去换换衣裳,别带着一身粪臭去接见室,以防给农场带来不好的社会影响。"

刘松应了一声"是"。

队长扭身走了。

刘松愣愣地站在那儿很久,就像是劳改大院里那棵枯枝枯叶的树,一动不动。这天响晴响晴,天空中没有一丝风,就连电网在风中的嗡嗡作响之声也听不到。那群蹲在墙根下晒太阳的老不死,别看早就死了精气神儿,但是劳改队训练出来的双耳,依然有着兔子般的灵敏。在刘松耷拉着脑袋往

447

小屋走的时候,像蛐蛐般的低鸣声,仍然不绝于耳。

"是不是那个漂亮妞子又来了?"

"你可真是有福气的人上人,活儿少,吃的窝头多,还有美人儿念念不忘!"

"在没有队长监视下,亲她一口。"

"我们是享受不到这种艳福喽!"

"嘻嘻……哈哈……"

如果此事发生在从前,刘松可能会高声骂上两句,因为于梅与他的事情,是一幕十分悲楚的戏剧,而这些老号还把它当喜歌唱,如同用一把刀子在捅他的心窝。但是自从他几次掂量了自己的分量以后,没有了对这些老号的轻蔑,特别是他感知到他们就是自己将来的影子后,这些老号的喃喃,在刘松内心吹起的却是怜悯与自怜。因而他还强作笑颜,以使那些即将辞世的老号,心里能有一次爱的幻想。

陈半仙也正坐在小屋的墙根下,见刘松郁郁不快地走了过来,头一句话就是向他道喜:"你看今天的天儿,紫气东升,必有喜事在等着你。"

刘松在他面前无须任何假面:"你听见队长吆喝我了?"

"我断定是于梅来看你了。"陈半仙说,"这可是你命运的一个转机。"

刘松不相信于梅会重新出现在他的面前。她不仅聪明,而且行为果敢,那次勇敢地闯进野麻地,就是她的性格表现。一个言必行、行必果的人,怎么能自食其言,重新到这块土地来探视他呢!但是转念一想,自己在这个冷寂的人世间,已然属于"一个人吃饱了,一家子不饿"的孤独行者,那么还有谁会来看望他呢?

"别磨磨蹭蹭地瞎猜了,你可以想一想,我陈半仙什么时候误判过疑案?你相信我的话,赶紧脱下那身淘粪的屎衣,你总不能让于梅嗅出你的浑身臭气来吧!"

刘松也确信是于梅来了,他自己说不清是喜是忧。道理十分简单,此时的他不是初到农场时的他了。他恨自己过去选择了舞蹈这个行业,更悔恨自己把于梅也领到这个行业里来。刘松心想,如果当真是于梅来了,他要把这种认知告诉她,让她当成今后生活的参照。当然,他还要以更为鲜明的态度,告诉她刘松人已非人,今后不需要她再来看他。昔日他和她都十分欣赏的敦煌壁画"飞天"的美丽,已在他的心中坠地成泥,神话中的万般绮丽,无法取代冷酷的现实——而现实就是劳改大院挂着的那根铁轨,虽然也能发出鸣响,但那不是古代编钟舞的伴奏,是让劳改犯出工的铁的号令。

好在这天晴和日朗,刘松甩去臭气熏天的淘粪的棉罩衣后,并不感到太冷。劳改号的接见室原来是在大院之内紧靠着铁门的地方,因为浮肿的劳改号个个面色青黄,有碍观瞻之故,便在年初迁到大墙之外去了。因而刘松这个久久不出大墙圈的勤杂工,有了一次步出铁门的时机。背后,那些老不死们说些什么,他已无心再听,他的头脑里只是一味地勾画着于梅的样子。一晃近一年不见了,不知她这些时光是怎么度过的。她结婚了,还是一人独处?从那次野麻地里告别时她的心绪上看,她是在承受着巨大的压力,似乎在匆匆地决定着什么重大的事情。可是这位骄傲的公主会看上哪个男性呢?

歌舞团的支部书记?

跳 B 角的二号男演员?

…………

刘松一个个过罗,又一个个地否定了。于梅心比天高,命比纸薄,偏偏痴情于一个劳改犯,而这个劳改犯,又是个被时代钉在十字架上的恶魔;陆淼的生活公式是 A + B = X,她该如何面对这个生活中的 X？他正低头臆想着苦命的于梅,接见室的门口已经响起一个女孩的叫喊声:"刘松——"

刘松怀疑自己是眼发花了,在接见室门口的女孩,何以会那么眼生。待他走近她的身旁,仔细凝视了她一会儿,终于肯定了这种陌生。他似曾在哪儿见过她,但是他无论如何也回想不起来了。内勤队长站在监视的小窗口旁,刘松不能过于外露他的情绪,因为陌生人是没有资格来到这块土地上的。所以,他在劳改队学到的装傻充愣,在这儿得到了实践的机会:"噢,是你来了!"

"大哥,小妹看你来了。"

这时刘松才当真想起来了,她是过去肩上垂着两根小辫,常常去歌舞团的排练场,看她姐姐于梅彩排的于竹。她过去没有叫过刘松哥哥,此时此地她不失自然地称他为哥哥,显然是为了探视的合理身份,没有这层关系,她就无法与刘松会面。但是令刘松尴尬的是,他不知道该怎么开口才好,他一生还没有叫过谁妹妹,但是在这种场合下,他也只好应答了一句:"小妹,我在这儿挺好,你跑这么远来看我……"

多亏那位队长对刘松劳动积极的认定,他在那个小窗口警示地说了一句:"你们接见的时间是半个小时,不能超过时间,按说非直系亲属来探视,是要有单位证明信的。一是她不知道这儿的规定,二是刘松劳动还尽职尽责,你们在这儿好好谈谈,只此一回,下不为例。"说罢,他离开小窗口走了——内勤队长的工作是非常繁忙的,劳改大院里发生的一切事情,都在他过问管理的范围。

事后刘松回忆起这次特殊的会见时,他都认为是一种天意的安排。于竹的突然出现,已使他愕然不知所措,待他知道了她的来意后,更陷入了茫茫然的状态。她是奉于梅之命,来这儿给刘松转达消息的:她走了,去了不可知的地方。迫使她铤而走险的是那位不断找她谈话的支部书记。在她与刘松划清了界限之后,找她谈话的内容开始变向,从政治问题转到儿女私情上来。于梅拒绝了这种纠缠,但是使她进退维谷的是,那位头头是个老谋深算的狐狸——于梅昔日借病假之机,一趟趟来农场看望刘松,都被详细地记录在他的小本子上。他为此做过调查,一句话说到底,他从反右时起就设下了猎获于梅的陷阱;在刘松身陷囹圄以后,他对于梅采取了"欲擒故纵"的策略,因而除了野麻地的细节他无从知道以外,于梅的一切行为皆在他掌握之中。于梅此时犹如他掌心一只小虫,欲飞无翅,欲走无门。在忍无可忍的情况下,她借着昔日演出时走南闯北相识的朋友,去了南方广州。据南方朋友传来的消息,一条"黄牛船",已经把于梅偷运到了香港。小小于竹此行的目的,就是向刘松低声传送这一信息的——于梅临行前,曾与妹妹有约,无论她此行生与死,都必须想办法通知刘松"老师"。

那天的接见就此匆匆结束。等队长回到这间接见室时,两个人已站到门口,在等着队长归来。刘松回敲钟人小屋的路上,除了腋下夹着于竹带给他的一包蛋糕之外,就剩下他对于梅一片缅怀和感谢之情了。如果这事情发生在刘松初到劳改农场时,他会为此而被惊吓得不知所措的。此时的刘松历经了片刻的惊愕之后,甚至感到了一种从未有过的轻松。他本来就无牵无挂,于梅远走高飞,他与世界仅有的一点藕断丝连也消失了。人心不可辱,于梅表现出了一个女人的尊严,是他意料中的事——但是她抗拒屈辱的方式,却是完全出乎刘松意料之外的。因为那个可怕的罪名令人不寒而栗——那叫叛国,捉住是要上断头台的。

走进铁门后,那些老号们都认为他鸳梦重温了,目光中包容着的复杂化学成分,刘松不想去加以判别。万变不离其宗,不外是对他这次接见的种种淫秽的猜测,但是陈半仙对他的索问,却使刘松颇费了一番脑筋。

当他回到小屋时,如同再生一次的陈半仙,以从未有过的喜悦目光盯视他说:"怎么样,死而后生的鸳梦重续,当别有一番滋味,是吗?"

刘松不愿意把陈半仙的算计失准说出来,那对他是个致命的打击——他生活在这个世界上,或许没有了一切快乐,唯有昔日职业留给他的习惯,是他精神的唯一寄托。此外,于梅的事不是儿戏,尽管刘松心里对他无须防范,在这年把光景内,他成了他的朋友,但告诉他实情毫无任何意义。基于以上两点认知,刘松没有等他再次追问,就匆匆打开了蛋糕纸包,递到了陈半仙面前。

"这是喜食,我得多吃。"

"你说得对,这是喜食。"刘松心中在为于梅的勇敢选择而激动。

"她是胖了还是瘦了?"

"你就只管吃好了,说话可是妨碍你下咽。"

"那可不行,你我既然是忘年之交,我就得关心你女友祸福。"

刘松只好支应地说:"胖了。比前几年更有风韵了。"

"怕是在骗我吧!"陈半仙停下正吃着蛋糕的嘴,"她为你的事,能在外边胖得起来吗?"

这突如其来的当头"一将",着实使刘松心中不安起来。他面对的是逻辑思维十分严密的老神仙,虽然他对他和她的问题,从根本上做出了错误的判断,但这并非意味着,他和病号队的白痴们画了等号。刘松借给陈半仙去倒开水之机,躲开了他追踪的视线,有那么片刻时间,他真想把事情原原本本,一股脑儿地抖搂出来给陈半仙听。但是他历经片刻的犹豫后,觉得还是不能让他知道全部真情,这不仅仅是有伤他自尊心的道白,还愧对于梅的一片真情。叛国罪不是开玩笑的事情,让它烂在自己的肚子里,是个不容置疑的上策。

"你怎么把水都倒在杯子外边了?"陈半仙眼里不容沙

子,"你是不是有些事儿,没对我说透?"

刘松回过身来,先把水杯递到陈半仙手里,然后苦笑一声道:"老神仙,我刚才说她胖了,不是为了给自己提神吗,你常说'笑一笑,十年少',何必把她瘦下去有十斤肉的事儿,在吃喜食的时候当作料,让你我都愁眉苦脸呢!该怎么对你说呢,这两年她一直为我挨批挨斗,人家认为她和我绝交是假的,伙穿一条裤子才是真的。"

"这么说还沾边。有你这条扯不断的红丝线,她身上就甭想长一斤肉。"陈半仙有点扬扬自得,"你该把劳改队的生存哲学告诉她,好死不如赖活着,让她挨批斗的时候,把别人喊的'老实交代'等口号,当成对她的赞美诗听。"

刘松点点头:"下次她再来,我一定转告她这些东西!"

还算不错,陈半仙信实了刘松编造出来的这些谎言,两斤蛋糕他吃了一大半,就撑得蹲茅房去了。刘松长出了一口气,把手中的蛋糕渣渣吃干舔净,就重新穿起淘粪的粪衣,干他的专职营生去了。他才进了厕所不一会儿,陈半仙手扶着墙走了进来。起始,刘松以为是追踪他和于梅的事儿来的,心里升起了短暂的不安。但是陈半仙进厕所后,并没有和他说话,而是匆匆地解着裤带,嘴里还不住喃喃地说:"真是后半辈子吃窝窝头的命。吃了这带油水的东西,肚子就咕噜噜地提抗议了。"

刘松连忙扔下淘粪的勺子,走到他身旁关切地问道:"你这是怎么了?"

"大便顶门,绞得肠子疼。"

"是不是蛋糕撑的?"

"别往好事上抹黑,于梅会在北京打喷嚏的。一连好几天了,我大便不畅,大概是便秘症又犯了。"

刘松问道:"我能帮上忙吗,你只管说。"

"你要是不嫌埋汰,能不能帮我……帮我……把屎抠出个头头来,那就一通百通了。"陈半仙自觉这份差事,实在难为刘松,刺啦一声从棉袄上撕下一条布片来,递给了刘松,"你绕在手指上,伸进去掏一下……"

刘松在厕所里帮助过许多老残病号的忙,但是为别人从肛门中往外掏屎,他还是第一次。事情已摆在了那儿,无论从哪个角度讲,这份差事是非他莫属了。他蹲下身子,十分认真地去为陈半仙掏屎。开始,他觉得肛门里很硬,待他把那块硬屎疙瘩掏出来后,还没容他有任何精神准备,那紧随其后的稀屎汤子,便如水枪一般喷射出来,弄得刘松满脸都是粪渣屎汤。刘松此时顾不了这些了,他顶着呛鼻的恶臭,先为陈半仙擦干净了屁股,又麻利地给他系上腰带,之后便带着满脸屎粪,扶他走出厕所。在这个短暂而又漫长的时间内,两个人谁也没说一句话。不过,刘松看得出来,陈半仙的肚痛并没过去,否则这个自喻为先知先觉的话篓子,早就大开闸门了。直到刘松要把他往小屋里送的时候,陈半仙才用手向刘松示意,他要去病号室。

"我不会嫌你脏的。"

陈半仙摇摇头,低声说了一句:"我是受寒了,要到火炕上躺着。"

那些靠在墙根下的老号,看见满脸屎渣的刘松搀扶着陈半仙走过来,有的向他竖起拇指,有的则归结到这次的接见女友上来:"人得喜事精神爽嘛,就凭你心眼这么好,老天一定会让你和她'天河配'!"

待刘松从病号监舍走出来,他才发现脸上的粪渣,已经冰冻在他的脸上——虽然今年的冬天,可以称之为暖冬,北国的这片大芦花荡,气温仍然在冰点之下。刘松要做的事情,不是再去淘粪,而是洗净自己的脸。他本来已无人的任何尊严,可以不在乎那张皮,可是那让人窒息的恶臭,令他刚进小屋的门槛,就呕吐了起来。

H

古人早有铭言训世:大暖之后必有大寒。

在逼近阴历年根的日子,天穹之间先是刮起了山摇地动的大风,那个久久失音的电丝,在寒风中开始了奏乐。那些老号在墙根下消失了身影。他们用不着去厕所了,白天和夜晚都有马桶和粪桶伺候。队长把这个任务又交给了刘松。

事先队长足足地把他表扬了一次,说他关心他人的危难,并举出了他为陈半仙抠粪的事例;然后队长又动用了场部的电喇叭,把刘松的事迹在大院里广播。最后,队长才找他个别谈话,对他提出了更高的要求:"刘松,你住的屋子离病号监舍最近,天又这么冷,这么多病号无法出屋,你完成每天的任务以外,把这二十几号人的吃、喝、拉、撒,也适当地管一管。"

刘松像个应声虫那般,回答了一个字:"行。"

在他看来,推托是没有用的,拒绝就是抗拒改造,无产阶级专政是块铁,谁敢去碰撞它,谁就得头破血流。他当初不过是拒绝了在右派结论上签字,不但自己滚进了台风眼里来了,还牵连到无辜的于梅,直到被迫逃离故土。刘松觉得他的壳体虽然每天都在活着,实际上人早已死了多时。因而,他视自己为一块会出气的行尸走肉,他在聆听队长各种训政时,这个"行"字,不必经过大脑就能吐出舌尖。

也算是歪打正着吧,增加上这份差事,他可以顺便照顾一下陈半仙的病。老神仙自打那次便秘腹泻以后,便躺倒在大炕上。当天晚上,刘松去看望他的时候,陈半仙有气无力地对他说道:"我这盏灯,油快熬干了……"

"我可以给你不断加油。"刘松把节省下来的窝窝头递给他。

陈半仙晃着手,不去接递过来的窝窝头:"气数已尽,就是吃龙肝凤胆也没有用了。"

刘松心中十分难过,硬是像下命令似的说:"你必须给我吃下去。"

"我不想吃任何东西。真的。"

刘松当真失望了。他并不全然信奉陈半仙的劳改哲学,但不能否认的是,在旷日持久的相处中,陈半仙给了他快乐,也给了他应对生活的机智。尽管这些东西,都无助于改变他的根本,可是陈半仙如果走了,他还有什么人可以谈心,与他共度时代的严寒?说起来似乎是个隔世童话,一个在红旗下成长起来的青年舞蹈演员,能与一个旧社会的算命先生相濡以沫,并在困境中不分彼此,有时连刘松都觉得回答不出这个问题。想来想去,是一个政治的怪圈把他和他圈在一起的,从而使他了解了更为复杂的人生。

出乎刘松意料的是,陈半仙那盏漏了油的灯,还真经熬。几天不吃,人已没了说话的力气,可是他还皮包骨头地活着。有一天,他艰难地对刘松招了招手,刘松走了过去,他让刘松伸出手来,那颤抖的手指,在刘松掌心写了半天,刘松也没感悟出那是些什么字来。无奈,陈半仙只好对着刘松的耳朵,像哑巴说话那么难,断断续续地吐出几个字:你……有……于梅,该……好好……活着。

刘松十分感动,在激情涌上心扉之时,他差一点把于梅远走高飞的事情告诉他。在敲钟人的小屋都没有对他倾吐的东西,怎么能在这儿说呢!刘松还是克制住了自己,没有让感情的野马脱缰。后来,刘松也有过如此的想法,把于梅的事写在一张纸条上,偷偷让他知道真实情况。左思右想,他还是把纸条撕了,就让他带着职业的愉快进天国吧,如果把实底告诉他,那将是他诀别人间前测算人生的一个败笔,何必让他为他这一笔而遗憾呢?

如果没有那一场大雪,陈半仙或许还要多在人世间停留几天。风停以后一到两天,大雪就跟踪而来,那场没完没了的雪,湿了烧炕用的一切干柴,热炕刚刚变成凉炕的第一天夜里,病号监房里就死了四个老残,陈半仙也身在其中。刘松向队长请求,为这几个人去送行,一向认为他劳改十分积极的内勤队长,突然一反常态地训斥开他了:"你少来点狼扮绵头羊的假戏,我真是被你这戏子给蒙住了眼睛!"

若同一声长空霹雳,震得刘松两耳嗡嗡作响。他不知道究竟发生了什么事情,队长那张红脸,变得煞白怕人。特别是"戏子"两个字,如同刀子再一次扎进他的心窝。他愣愣地望了队长半天,才吐出一句话:"报告队长,我不知道我犯下了什么错误?"

"先处理完了死人,再和你算总账!"

刘松无心去关注陈半仙的死了,他一个人默默地回到敲钟人的小屋,仔细地推敲队长脸上"晴转多云"的成因。想来想去,无法自解其谜。因为近几天来,这位队长对他的表扬,到了巅峰极致。就连帮助陈半仙抠屎的事,都成了他的先进事迹。大喇叭广播,使他扬名全场。很显然,事发东窗并非由于他与陈半仙的关系引起,那么他又是犯了哪一条监规,让队长的态度,突然有了一百八十度的大变化呢?

他一个人独自坐在敲钟人的小屋里,苦思冥想很久,还是不得其解。屋外已是一片银白,刘松从半敞开着的门缝失神地朝外望,绵绵飞雪像是千万只白色蝴蝶飞舞在天空。不知为什么,在这心绪失宁的时刻,他想起了他与于梅在舞台上演出过的"梁祝"双双化蝶的舞蹈。可能是那漫天飞舞的白蝴蝶,太像他和于梅身披白衫的舞姿了,他独自咀嚼着往日,心里更觉生活就像这雪天一般冷峻无情。这个昔日的镜头在他眼前消失之后,他突然想起队长的态度大变,是不是由于于梅出走而引发出来的事端。记得陆焱在这间小屋里说过:"中国社会的祸福株连,一人得道,鸡犬升天;一人问斩,灭门九族。这是远古封建王朝的血腥画面。"新中国推倒了"三座大山",没了株连九族,但是株连亲友却仍司空见惯,它好像是一个无形的环链,于梅昔日曾为他而受过,从而有了铤而走险;现在是不是她的铤而走险,又连锁反应到他的身上来了呢?

"是。"刘松咬紧下唇,做出了判断,"不会再有别的原因。"

他为这个突发而至的结论,更加不安起来。只见雪雾迷茫中,那辆曾经送陆森和王德龙远去的马车,把几个死在冬雪中的老残号拉走了。刘松从土炕上站了起来,他很想跑过去,再看上油灯断了油的陈半仙一眼,可是他立刻又坐回到土炕上。马车旁边走着队长,他不愿意再与队长见面,那不仅是不愉快的,更是自讨没趣。在刘松的记忆中,队长是从来不押死尸车去坟场的,此时的队长,身着厚厚的蓝色警装,头顶大皮帽子,一副远行者的打扮,显然是要担任一回护送死者的差事。他为什么要亲自去大芦苇塘?是不是因为冻死了病号,吃了上头的批评?刘松想了一阵,便突然歇斯底里地骂开了自己:"你算老几,人家是专政机构内部的事,你刘松不是'狗拿耗子,多管闲事'嘛!你还是想想你面临的鬼门关吧!"

雪天没有阳光,小屋显得比往常冰冷多了。为了暖暖身子,也是为了转移精神紧张,他走出小屋,去院子里扫雪。这场冬雪来势很猛,监舍白了,电网白了,岗楼白了——连院落里的那几棵孤零零的树,树枝树杈上都披白戴白,枝头的喜鹊不知飞到哪儿躲避大雪去了,那象征凶兆的老鸹倒是叫个不停,那呱呱呱呱的哀鸣,像是给这几个老号哭丧。刘松觉得扫雪还是不能解决暖身问题,他从工具房里借出一件夏天晒粮用的推板,开始把通道上的雪推到墙角;所谓通道,就是通往伙房的路,通往厕所的路,这些地方是人人必通过的地方,一旦雪结成冰,有人滑倒在地,就会像他上次在陆淼坟前狂舞的后果一样,伤筋动骨地躺在大炕上养伤。

不久,刘松的思绪又峰回路转地飞回到自身上来了:"我只顾哭别人的坟头了,谁来为我解忧?"陈半仙远去了西天正路,同类的"老右"们又分散在各个劳改队,要找个说说心事的人,更难上加难了。就在这个时刻,一个他从来没有认真思考过的"死"字,潮涌般地闯进了他的心扉……陆淼死了,王德龙死了——前者死得足以醒世,后者去得幽默睿智,他们生时有生时的从容,走时又有走时的慷慨。刘松自叹自愧之际,更觉自己不过渺如一粒尘沙,如果当真要走前者的路,也该有一声生命的最后绝响——当然,那还要拿出死者的勇气,因为无论是陆淼还是王德龙的死,在最后那一刹那,都是义无反顾的。

"你有这种勇气吗?"冥冥中的白雪似在向他发问。

"有!我本来就是没人牵挂的孤魂野鬼,于梅一走,我更无任何牵挂了。"

"你要知道,那会是痛苦的,陆淼把脖子伸进绳圈,呼吸窒息那几分钟,两腿会上上下下蹬踹个不停,你承受得了那剧烈的阵痛吗?"

刘松没能回答出来。他有些害怕死亡的阵痛。过去的世俗总是把自杀说成是懦弱者的行为,刘松今天似乎明白了,那是苟延残喘的生者,给自己寻找的防空洞,一个人当真有了辞世的想法,才会觉察出自戕是勇敢者的行为。他虽然十分敬重陆淼和王德龙的选择,但是自己却在自己孕生的那个死字面前却步了。一整天,刘松就是在这种矛盾的心态下度过的,他机械地推着清除积雪的推板,在他小屋的侧墙上,把雪堆成一个个"大白馒头"。他想,任何一个劳改干部看见他的劳动态度,都是会为他这种精神竖起大拇指的——因为在这大雪纷飞的时日,除了去埋死人的马车夫之外,连出工号都龟缩在大炕上,进行认罪守法的学习——说是学习,实际上是坐在大炕上磨嘴皮子。劳改队中有几句关于学习的口头禅:"侃大山,侃大山,说完了李四说张三,车轱辘话说破天,玉皇大帝笑开颜。"而此时此刻,在迷迷茫茫的雪团飞舞中,只有他一个是两条腿的人,陪伴他说话的只有呱呱噪叫着的黑乌鸦了。

好容易熬到了开晚饭的时候,那些出工号像百米赛跑的运动员那般,冲向打饭的伙房时,才看见了弓腰推雪的刘松,像是一只北极熊似的,还在那儿推雪,认识他的人朝他喊上两嗓子:

"北极熊,辛苦了!"

"这大院的雪,你一个人推得净吗?"

"呆子,还不去打饭喂肚子!"

"傻瓜——天字第一号的傻瓜!"

虽然话音里均是对刘松的嘲讽,但是他觉得这些话语,是对他心灵的最大安慰。因为毕竟有人看见了他的劳动成果,遗憾的是此时内勤队长没有走进劳改大院里来。片刻之后,他就暗暗骂开了自己:"你他妈的,真是贱货,快到刀搁在脖子上的时辰了,你怎么还梦想改变现实?"

晚上,再没有陈半仙陪他吃那几个窝窝头了,一种少有的苍凉如同冷雪塞进他的心窝,虽然他饥火攻心,手中的窝窝头硬是难往下咽。正在他心里结冰的时刻,劳改队的值班员——被劳改犯称为"头人"的,推开敲钟人小屋的那扇破门,扔给他又一声炸雷:"刘松,给你一个晚上的准备时间,明天白天到病号监舍开会,交代你的问题。"

在五雷轰顶中,刘松手中那几个窝窝头都滚落到了小炕上。待他清醒过来,忙追出门去询问那位"头人"说:"我……我……有啥……问题?你能不能告诉我一点,让我……让我有个……准备?"

"头人"斜了他一眼:"你真能演戏,这儿可不是你演戏的地方。有个叫什么于……于……什么叛国的人,说是过去跟你有联系。上边追查到这儿来,连队长都慌了神了。本来今天晚上,就要开这个会的,队长说,他也要准备准备。你看看,问题要是不严重,劳改干部会这么认真吗?敲钟人,不是我吓唬你,够你喝一壶的。"

刘松的不祥预感,终于走近了他——他白天的判断对了,于梅的问题反串到他头上了。本来,关进笼子里的人,都是死猪、死狗、死猫、死鼠了,对于下了地狱的死物,可以给它来个死猪不怕开水烫。可是此时此刻,他的手指无意间碰到了炕席底下压着的前两个敲钟人的遗物——陆淼的小本本和王德龙的那个纸包包,他忽然觉得其中的一张张烂纸,都是他的人生考卷。刘松把它从炕席下掏了出来,下意识地翻看了几页,死亡的欲求,便在他的内心织开了大网。

陆淼走了。

王德龙走了。

于梅也走了。尽管那不是到天国报到,而是亡命天涯,但于梅也是踏过生死界的人了。她活下来算是一种侥幸。

陈半仙最后也走了,在几种走法中,他是"好死不如赖活着"的另类品种,但他的死也和前者同样凄凉。如果按着陈半仙好死不如赖活着的处世哲学,苟且一时,明天上午等待他的是手铐和禁闭室。他这个一级与二级之间的浮肿号,虽然不至于小命升天,但是走出禁闭室那一天,怕也是病号队的一员了。与其这般,何不那般……

刘松在白天堆起雪堆时,并没有意识到它对他有什么用途,此时他忽然感到这一切都是天意安排——雪是洁白的,而他是混浊的,而且那些天空飞舞的白蝴蝶,就是他和她的生命象征。刘松不曾忘记,他的家族既孕生于雪国,又是在雪国沉没的,这正是他复原成为一个人的最好时机。想到这里,他的心反而沉静了下来。他先把滚落到地上的窝窝头拾起来,慢慢地进行着他最后的晚餐。待他吃下窝窝头,又喝干了菜汤后,便慢慢地走出房门。冬天,天黑得很早,借着白雪的反光,他看了看漫天的雪团还在飘飞,又审视了一下他白天堆在墙下的雪堆,已有一人多高。这个白白的馒头,将会在今夜变成一个有馅的包子。记得小时候,他在多雪的北国故土,曾和小伙伴们在大烟泡中,玩过捉迷藏的游戏,那是十分令人神往的趣事。

当他打定主意以后,又慢慢从雪地里走回到敲钟人的小屋。他再一次翻看了陆森和王德龙的那些遗物,他觉得这些遗物十分珍贵,它们既是个人的苦难生活记录,更是亡者给历史留下的宝贵遗书;与其让人发现了焚之于火,还不如物归原位为好,他企盼着下一个敲钟人,能是个同类中富有良知的人。他用手扒开那个曾给他一顿美餐的鼠洞,将王德龙的纸包包连同陆森的小本本,一块儿塞了进去,然后将原土复位,双脚用力将其踩平,直到那儿没有任何一点痕迹为止。当然,他没有忘记将于梅那次与他诀别的信函也一块儿埋进泥土,他不愿意在他的身上留下岁月的年轮——无论是美好的,还是心酸的,让它们统统化成肥料,去肥沃中国的大地;化为一缕记忆,赠给明天的历史!

他走出敲钟人的小屋以前,又坐在大炕上,仔细地推敲了他在冥冥中消失的细节:要带上一把扫帚扫净自己的脚印,还要脱掉臃肿的棉衣以缩小体积。当雪夜苦寒的打更鸟叫过三更,他看了看那只小闹表,已过了零点时分,他慢慢地步出了敲钟人的那间小屋。

…………

第二天早上,北国上空依然是鹅毛满天,但是在劳改大院里,那个被称为钟的半截铁轨哑了。劳改犯们钻在热被窝里睡懒觉,直到过了吃早饭的时间,那位"头人"才发现不见了敲钟的刘松。他不得不临时代替了敲钟人,当当当当地敲起钟来。

队长来了。

场长来了。

人们从刘松堆在炕上的棉装上分析,很像是越狱潜逃。因为那需要爬过大墙和电网,身着棉装行动是不方便的。但是有的劳改干部认为,一个身患浮肿病的人,尽管他年纪不大,要想跨越高墙和电网是不可思议的事情。由于大雪未停,队长动员劳改队的积极分子们,在院子里各处寻找,然而没有找到一点蛛丝马迹。

那次的大雪像是有意怜悯亡者刘松一样,一连下了五天,那些出工号的劳动项目改为扫雪,他们沿着墙根堆起了一个个雪堆,还是没有发现刘松的踪影。当然,也得益于刘松堆起的雪堆,紧挨着病号监舍——那些无力走到厕所去的老残号,把夜里的尿盆,不断往雪堆上泼洒,致使其他雪堆融化以后,那儿还是一座冰山。

大概一直到了"七九河开"的早春时节,最后那个冰堆才开始流泪。待它泪落成泥时,才有人在融雪中,发现了身着内衣、状若坐禅的敲钟人……

本系列书目（第1辑）

《毕淑敏精选集》
《从维熙精选集》
《邱华栋精选集》
《刘心武精选集》
《徐坤精选集》

图书在版编目（CIP）数据

从维熙精选集/从维熙著.－－北京：北京燕山出版社，2014.6
ISBN 978-7-5402-3557-4

Ⅰ.①从… Ⅱ.①从… Ⅲ.①中篇小说—小说集—中国—当代 Ⅳ.①I247.5

中国版本图书馆CIP数据核字（2014）第110935号

从维熙精选集

作　　者	从维熙
责任编辑	金贝伦　陈赫男
责任校对	张瑞武
封面设计	小　贾
出版发行	北京燕山出版社　联系电话　010-65240430
	北京市西城区陶然亭路53号　邮编100054
经　　销	新华书店
印　　刷	北京盛源印刷有限公司
开　　本	787×1092　1/32
印　　张	15
字　　数	295千字
版次印次	2014年7月第1版　2014年7月第1次印刷
定　　价	36.00元

版权所有　盗版必究